EVEREST

AHMET ÜMİT

Ahmet Ümit, 1960'ta Gaziantep'te doğdu. 1983'te Marmara Üniversitesi Kamu Yönetimi Bölümü'nü bitirdi. 1985-1986 yıllarında, Moskova'da Sosyal Bilimler Akademisi'nde siyaset eğitimi gördü. İlk kitabı 1989'da yayımlanan *Sokağın Zulası* adlı şiir kitabıdır. Bu kitap 2011'de gözden geçirilerek Everest Yayınları tarafından yeniden yayımlandı. 1992'de ilk öykü kitabı *Çıplak Ayaklıydı Gece* yayımlandı. Bunu 1994'te *Bir Ses Böler Geceyi*, 1999'da *Agatha'nın Anahtarı*, 2002'de *Şeytan Ayrıntıda Gizlidir* adlı polisiye öykü kitapları izledi. 1995'te hem çocuklara hem de büyüklere yönelik *Masal Masal İçinde* ve 2008'de yayımlanan *Olmayan Ülke* ile farklı bir tarz denedi. 1996'da yazdığı ilk roman *Sis ve Gece*, polisiye edebiyatta bir başyapıt olarak değerlendirildi. Bu romanın ardından 1998'de *Kar Kokusu*, 2000'de *Patasana*, 2002'de *Kukla* yayımlandı. Bu kitapları, *Ninatta'nın Bileziği, İnsan Ruhunun Haritası, Aşk Köpekliktir, Beyoğlu Rapsodisi, Kavim, Bab-ı Esrar, İstanbul Hatırası* ve *Sultanı Öldürmek* adlı kitapları izledi. Ahmet Ümit'in İsmail Gülgeç'le birlikte hazırladığı *Başkomser Nevzat - Çiçekçinin Ölümü* ve *Başkomser Nevzat - Tapınak Fahişeleri* ve Aptülika (Abdülkadir Elçioğlu) ile birlikte hazırladığı *Başkomser Nevzat - Davulcu Davut'u Kim Öldürdü* adlı çizgi romanları Everest Yayınları tarafından yayımlanmıştır.

KAR KOKUSU

Ahmet Ümit

§

Everest 827

Türkçe Edebiyat 267

Kar Kokusu

Ahmet Ümit

Kapak tasarım: Utku Lomlu

Yazar fotoğrafı: Volkan Doğar

1-3. Basım: 1998, Can Yayınları
4. Basım: 2001 OM Yayınları
5-18. Basım: 2002-2010, Doğan Kitap
19-25. Basım: Temmuz 2010-Haziran 2012, Everest Yayınları
26-27. Basım: Şubat 2013, Everest Yayınları
28-29. Basım: Mart 2014, Everest Yayınları

ISBN: 978 - 975 - 289 - 741 - 0
Sertifika No: 10905

EVEREST YAYINLARI
Ticarethane Sokak No: 15 Cağaloğlu/İSTANBUL
Tel: (212) 513 34 20-21 Faks: (212) 512 33 76
e-posta: info@everestyayinlari.com
www.everestyayinlari.com
www.twitter.com/everestkitap
facebook.com/everestyayinlari
www.twitter.com/baskomsernevzat
www.ahmetumit.com
www.facebook.com/ahmetumitfanclub

Baskı ve Cilt: Melisa Matbaacılık
Sertifika No: 12088
Çiftehavuzlar Yolu Acar Sanayi Sitesi No: 8 Bayrampaşa/İstanbul
Tel: (0212) 674 97 23 Faks: (0212) 674 97 29

Birinci Bölüm

İki gündür aralıksız yağan kar akşamüzeri durdu. Moskova'nın gri silueti geceyle birlikte mavi bir ayaza büründü. Kenti çevreleyen birbirinin aynı apartmanlardan merkezdeki yüzyıllık görkemli taş yapılara, devlet binalarının kızıl yıldızlı kulelerinden ünlü katedrallerin altın kubbelerine kadar, camdan bir gecenin içine gömülen bu yaşlı kent, pusulasını yitirmiş, nereye gittiğini bilmeyen buzdan bir gemiye benziyordu.

Moskova'nın kuzeybatısındaki Kurkino Köyü'nde, yabancı ülkelerden gelen öğrencilerin kaldığı sitenin nöbetçi kulübesinde, her zamanki görevlinin yerinde Viktor ile Nikolay oturuyordu. Kardan yansıyan ışık kulübenin camlarına vuruyor, sigara içmekte olan adamların yüzünü mavi bir aydınlığa boğuyordu.

Nikolay, kadranı neredeyse bileğinin üstünü tümüyle kaplayan saatine bakarak söylendi:

"On buçuğa geliyor. Bu saatten sonra kimse dışarı çıkmaz. Biz niye bekliyoruz hâlâ?"

Daha iri yapılı olan Viktor soruyu yanıtlamadı. Arkadaşının tavrına bozulduğu her halinden belliydi. Bu yeniyetmeyi niye vermişlerdi ki yanına. Toyluğuna bakmadan bir de ukalalık yapıyordu. Sigarasından derin bir nefes çekerken, "Artık konuşmasa," diye geçirdi aklından.

Ama yeniyetme Nikolay, alnını kaşıyarak sürdürdü sözlerini.

"Yıldırım'ın, mesajı buradaki öğrenciler için bıraktığı bile belli değil."

Viktor'un sabrı taşmak üzereydi.

"Bu bölgede Türklerin bulunduğu başka bir yer biliyor musun?" dedi.

"Mesajı alacak kişinin Türk mü olması gerekiyor? Azerileri niye araştırmıyoruz?"

"Saçma," dedi Viktor, sinirlendiğini gizlemeye gerek duymadan. "Bir Sovyet vatandaşıyla bağlantı kuracak olsalardı herkesin dikkatini çekebilecek böyle küçük bir yeri seçmezlerdi. İlişkiye geçecekleri kişi Moskova'yı tanımadığı için, Yıldırım, Kurkino gibi tehlikeli bir bölgeye, yani adamının bildiği az sayıdaki yerlerden birine gelmeyi göze aldı."

"Bilemiyorum," dedi Nikolay, arkadaşının söyledikleri onu ikna edememişti. "Belki mesajın şifresi çözüldüğünde anlarız. Klasik bir şifreymiş, değil mi?"

"Osip öyle söyledi, şu anda Türkçe kitapların bulunduğu bir kütüphanede harıl harıl şifrenin hazırlandığı kitabı arıyorlar," dedi Viktor, sonra anlamlı bir ses tonuyla ekledi. "Yani bu gece dışarda olan yalnızca biz değiliz."

Viktor'un serzenişini anlamamazlıktan geldi Nikolay.

"Ya kitabı bulamazlarsa?"

"Bulurlar bulurlar, bugüne kadar çözemedikleri şifre olmadı," dedi. "Ama bu mesaja fazla bel bağlamayalım. Hiçbir şey çıkmayabilir; yan yana sıralanmış dört satır rakamla ne anlatılabilir ki?"

Kendisine sorulduğunu sanan Nikolay, sıralamaya başladı:

"Bir uyarı, yeni bir buluşma yeri ya da bir soru..."

"Haklısın," dedi Viktor. "Kısa ve net talimatlar; sitedeki köstebeğin neler yapmasını istiyorlarsa..."

Nikolay sigara tutan eliyle, Kurkino'daki iki katlı ahşap evlerden farklı olarak modern tarzda inşa edilmiş sitedeki binaları gösterdi.

"Adamımızın burada olduğundan emin gibisin."

"Gibisi fazla, öyleyim."

"O zaman neden siteye girmedik? İçerden gözetlemek daha kolay olmaz mıydı?"

"Öğrenciler bizi fark edebilirdi."

"Öğrenciler deyip duruyorsun da Viktor Zaharoviç, burası hiç okula benzemiyor."

"Haklısın, alışılmış bir okul değil. Burada komünist ve işçi partilerinin üyeleri eğitim görüyor. Zaten adı da Uluslararası Leninizm Enstitüsü. Merkez binası Moskova'da. Belki görmüşsündür; Aeroport Metro İstasyonu'nun karşısında, küçük parkın yanındaki sarı taştan görkemli bina."

"Okul ordaysa öğrencilerin burda ne işi var?"

"Moskova'daki binada çoğunlukla Almanya, İsveç, Yunanistan, İspanya, Portekiz gibi ülkelerde yasallık kazanmış partilerin üyeleri eğitim görüyorlar. Ülkelerinde yasadışı çalışmak zorunda bırakılan partilerin üyeleri ise CIA, MOSSAD gibi istihbarat örgütlerinin takibinden uzak olsun diye bu sitede konuk ediliyorlarmış."

Nikolay'ın gözleri kurnazca parladı.

"Öğrencilerin hepsi yabancıysa siteye girmemiz sorun olmazdı. Kolayca çevirmen ya da öğretmen diye gösterebilirdik kendimizi."

Viktor, genç arkadaşına ilk kez hak veriyordu, çaresizlik içinde açıkladı:

"Merkez şu aşamada içeri girmemizi istemiyor. Andrey Alegoviç defalarca uyardı beni. Sanırım parti izin vermiyor. Ne de olsa burdakiler Merkez Komitesi'nin konuğu."

"Merkez Komitesi'nin konukları arasında bir köstebek ha!" dedi, hınzırca gülümseyerek Nikolay. "Hem de konukların hepsi komünist!"

"Bunda şaşıracak bir şey yok," dedi Viktor. Arkadaşının alaycı tavrına katılmadığı belliydi. "Kapitalist ülkelerdeki komünist partiler zor koşullarda savaşıyorlar, oralar düşmanın sızmasına en açık alan."

Sesi içtenlikten yoksundu ama işe yaradı, Nikolay'ın yüzü ciddileşti. Merakla sordu:

"Yalnızca Türk istihbaratı mı var dersin bu işin arkasında? Amerikalılar da bulaşmış mıdır?"

"Ne fark eder ki? Hem Türkleri küçümseme, dünyanın en sinsi istihbarat örgütüne sahipler."

Türklerin istihbarat örgütünü pek iplemedi Nikolay, aklını partinin tavrına takmıştı.

"Ya adamı yakaladığımızda Merkez Komitesi sorun çıkarırsa?"

Sigarasından derin bir nefes daha çeken Viktor, küçümseyen bakışlarla süzdü arkadaşını. Neyin önemli, neyin önemsiz olduğunu anlamaktan yoksundu bu yeni kuşak.

"Olmaz öyle şey," dedi kesin bir tavırla. "Sosyalist anavatanın güvenliği her şeyin üstündedir."

Bir süre ikisi de sustu. Yakınlarda bir yerlerden köpek havlamaları duyuldu. Sesin geldiği yöne döndüler. Kimsecikler görünmüyordu. Yeniden söze başladı Nikolay.

"Diyelim ki yanılıyoruz. Diyelim ki adamlar bizi yanlış yönlendirmek istiyor..."

"Eee," dedi Viktor, arkadaşının söylediklerini aptalca bulduğunu gizlemeye gerek duymayarak.

"Bilirsin işte," dedi Nikolay, Viktor'un umursamazlığını bu defa gerçekten de fark etmemişti. "Aslında köstebek filan yoktur ortada. Ama sanki varmış gibi gösterilir. Her yana izler serpiştirilir, ipuçları bırakılır. Biz de seçilen kurbanı suçlu diye yakalarız."

"Hayal gücün fazla çalışıyor. Komünist partilere karşı operasyonlarda bu yöntem pek kullanılmaz."

"Bugüne kadar kullanılmamış olması bundan sonra kullanılmayacağı anlamına gelmez. Belki de gördüğümüz buzdağının küçük bir kısmı. Altından ne çıkacağı belli değil. Belki de komünist partisi değil de daha büyük bir balık vardır işin içinde."

"Neden daha basit düşünmüyorsun? Türkiye'de askeri bir yönetim var. Devrimciler bu diktatörlüğe karşı dövüşüyorlar. Türk istihbarat örgütü de onları yakalamak, partilerini dağıtmak istiyor. Anlaşılan o ki, aralarına bir köstebek sızdırmışlar. Biz de adamı fark ettik. Elimizdeki bilgiler köstebeğin bu sitede yuvalandığını gösteriyor. Hepsi bu..."

"Ben hepsinin bu olduğunu sanmıyorum," diyerek varsayımını sürdürdü Nikolay. "Baksana, Yıldırım'ın bıraktığı mesajı da kimse gelip almadı."

"Dışarı çıkma fırsatını bulamamıştır. Bugün Türk komünistleri için önemli bir gün."

Nikolay anlayamamıştı, soru dolu bakışlarını arkadaşına dikti.

"Bundan 65 yıl önce, Türkiye Komünist Partisi'nin on beş yöneticisi Sovyetler Birliği'nden ülkelerine dönerken öldürülmüş. Bugün, yani 28 Ocak gecesi o toplu kırımın yıldönümüymüş. Sitede bir anma toplantısı düzenlemişler."

"Ne yani, adamımız düşmanlarının anısına saygısızlık olacak diye mi mesajı almaya gelmedi!"

Onun bu alaycı tavırlarından nefret ediyordu Viktor. Ama soğukkanlılığını korumayı bildi.

"Hayır," dedi donuk bir sesle. "Herkes toplantı telaşı içinde koşuştururken köstebeğimizin dışarı çıkması dikkat çekerdi. O yüzden mesajı almaya gelmedi. Anladın mı?"

"Anladım... Anladım... O zaman adamımız mesajı almaya yarın gelecek."

"Büyük olasılıkla ama fırsat bulamazsa öbür gün de gelebilir."

"Benim de söylemek istediğim bu," diyerek taşı gediğine koydu Nikolay. "Bizim burada beklememizin ne faydası var?"

Viktor başını kaldırıp Nikolay'ın gölgede iyice koyulaşan uçuk yeşil gözlerine sertçe baktı. Bu oğlanın işi çözmekten çok, kişiliğini ispat etme derdinde olduğunu biliyordu. Bütün bu alaycı tavırların, cin bakışların altında, geri kafalı bir istihbaratçı olarak gördüğü Viktor'un inisiyatifini kırma, sorumluluğu ondan alma düşüncesi yatıyordu. Zeki, sezgileri güçlü, parlak bir istihbaratçıydı Nikolay. Tıpkı bir av köpeği gibi işin kokusunu hemen alır, parçaları hızla birleştirip kısa sürede sonuca ulaşırdı. Ama pürüzler çıkıp da iş uzamaya başlayınca dikkati dağılır, sonuca gitmekte zorlanırdı. Türk Büyükelçiliği'nde kültür ataşe yardımcısı olarak çalışan, gerçekte MİT'in güvenilir elemanlarından olan Yıldırım Koru'nun buralarda bir iş çevirdiğinin kokusunu ilk alan da Nikolay olmuştu. Onun uyarısıyla Yıldırım'ı izlemişler, Kurkino'daki oyuncak mağazasının tuvaletine yerleştirdiği şifreli mesajı böyle tespit etmişlerdi. Bunu Nikolay'ın uyanıklığına, sezgilerindeki yanılmazlığa borçluydular. Ama öte yandan, sabırsızlığı, deneyimsizliği operasyonu batırabilirdi. Belki de bu yüzden onu başına bela etmişlerdi. "Belki kişilik olarak da zayıf biridir," diye düşündü Viktor. Bu karanlık kulübede avlarını beklemek yerine, sevgilisinin koynunda yatmayı istiyordur. Eh, pek de haksız sayılmaz, kim istemez ki... Sevgilisi ya da sarılıp yatacağı bir kadını olduktan sonra... Beş ay önce bir jimnastik öğretmeniyle kaçan karısını anımsadı. "Bunun gibi genç, yakışıklı bir piç..." diye geçirdi aklından. Ama karısı evde onu bekliyor olsaydı da Viktor bu sigara dumanına boğulmuş kulübeyi terk edip gidemezdi. Görevi her şeyin üstündeydi. Bu yeniyetme de, görev bilinci ne demektir, öğrenmeliydi.

"Bak yoldaş Nikolay," dedi, gözlerini arkadaşının yakışıklı yüzünden ayırmadan. "Burada oyun oynamıyoruz. Bizim işimizde fırsat bir kez kaçtı mı bir daha bok yakalarsın. Fırsatı kaçırmamak için bu pis kulübede bekleyeceğiz. Anladın mı? Gerekirse sabaha kadar, hatta ertesi gün akşama kadar bekleyeceğiz."

Nikolay bu düşünceye katılmıyordu ama sesini çıkarmadı. Ülkede yaşanan büyük değişimin güvenlik örgütüne de yansıması kaçınılmazdı. Viktor gibilerin suyu hızla ısınıyordu, çok az ömürleri kalmıştı örgütte. Onlarla dalaşıp kariyerini tehlikeye atmaya değmezdi. Elindeki sigarayı önündeki metal kül tablasında ezdikten sonra bakışlarını dışarıya, karın aydınlığında mistik bir görüntüye bürünen yola çevirdi.

Sitede çalışanlar yoldaki karları temizlemiş, çiğnene çiğnene topraklaşan kalın buz kütlesini ortaya çıkarmışlardı. Sert rüzgâr, ince bir kar bulutunu buz kütlesinin üzerinde sürükleyerek sitenin içlerine götürüyordu.

İkinci Bölüm

Rüzgâr, önüne kattığı kar bulutunu telaşla yürümekte olan Mehmet'in ayaklarına çarptı. Beyaz tanecikler genç adamın siyah postallarına, kadife pantolonunun yumuşak yüzeyine tutundular. Rüzgâr, Mehmet'in bacaklarına yapışan kar tanelerine aldırmadan yoluna devam etti, sitenin çitlerini aşarak kuzey denizlerine doğru uğultuyla savrulup gitti.

Mehmet'in ne kuzey denizlerine doğru esen bozkır rüzgârını, ne de ayaklarına çarpan kar bulutunu görecek hali vardı. Adımlarını açmış, Asaf'ın kaldığı binaya doğru yürüyordu. Ayazın yüzünü kavurduğunu hissetti; gür bıyıkları sanki teker teker donup dikiliyorlardı. Yün paltosunun yakasını kaldırıp tüylü siyah kalpağını kulaklarına kadar indirerek biraz daha hızlandı. Asaf'la bu gece konuşmalıydı. Yarın çok geç olabilirdi. Aslında kendi yoldaşları dururken Asaf'a gitmesi doğru değildi. Parti Sekreteri Hikmet neyse de, öteki yoldaşlar fena bozulacaktı bu işe; ne de, olsa Asaf onların kolektifinden biri değildi. Ama olayları daha iyi değerlendirebilme yeteneğine, daha önemlisi geniş bir yetkiye sahipti. Kolektifte onu sevmeyenlerin sayısı her geçen gün artmasına karşın, yine de Asaf'ın yoldaşlar üzerinde yadsınmaz bir etkisi vardı. Çünkü o Merkez Komitesi üyesiydi.

Asaf'ın kaldığı küçük daire, bej renkli sekiz bloktan oluşan sitenin ilk binasındaydı. Binalar beyaz kar örtüsünün arasında kara bir yılan gibi uzanan asfalt yolla birbirine bağlanıyordu. Küçük bir korusu, kıyısına yabanördeklerinin konup kalktığı, sazlıklarla çevrili bir deresi bulunan bu eğimli arazinin üzerine üç yüzer metre aralıklarla yerleştirilen binalar, 1980 Olimpiyatları'nda yarışacak konuk sporcular için inşa edilmişti. Site, olimpiyatlardan sonra Sovyetler Birliği Komünist Partisi'nin kullanımına açılmış, parti de Uluslararası Leninizm Enstitüsü'nün hizmetine sunmuştu burayı.

Sitedeki binalardan biri okula dönüştürülmüş, geniş odalar dershane gibi düzenlenmişti. Şili, Türkiye, Lübnan, Nikaragua gibi ülkelerden, çoğu sağlıksız tutukevi yaşamından, iç savaşın ateşinden, yeraltının ağır koşullarından gelen bu insanların görecekleri eğitim kadar, kısa bir süreliğine de olsa dinlenmeleri, moral değerlerini yükseltmeleri, kendilerini toparlamaları da önemliydi. Sağlığı bozulmuş birçok yaşlı komünist biraz da bu amaçla gönderiliyordu Moskova'ya. Ama öğrencilerin büyük bölümü devrimci teoriyi öğrenmek, geleceğin parti yöneticileri, hatta uluslararası komünist hareketin önderleri olabilmek için gelmişlerdi buraya.

Sitedeki ışıkların birer birer karardığı bu soğuk gecede aceleyle yürüyen Mehmet de onlardan biriydi. Alışılmışın dışında o, 1970 sonrası Türkiye'yi saran eylem fırtınasına kapılarak değil, Marksist kuramı okuyarak gelmişti partiye. Hukuk Fakültesi'ndeyken sol düşüncelere yakınlık duyduğunu ama kendi görüşlerine yakın bir örgütü seçmekte zorlandığı için hiçbir politik gruba katılmadığını söyleyecekti sonradan arkadaşlarına. O dönemde okumaya vermişti kendini. Fakülteyi bitirip avukatlık yapmaya başladığı yıllarda, biraz da aynı büroyu paylaştığı meslektaşının etkisiyle partiye yakınlaşmış, doğru çözümlemeleri, sağduyulu kararlarıyla yöneticilerin ilgisini çekmişti. Partiyle ilişkiye geçtikten sonra da okumakla geçirdiği eylemsiz yılların acısını çıkarmak istercesine olayların en önünde yer almaya başlamıştı. Bazı arkadaşlarının onu soğuk, hırslı bulmasına karşın, aldığı her görevden yüzünün akıyla çıkmayı başararak adını yetenekli kadroların listesine yazdırmıştı. Ama bu gece o ünlü soğukkanlılığının yerinde yeller esiyordu. Gizlilik nedeniyle sorununu herkesle konuşamazdı. Yemekten sonra konuyu bilen tek kişiye, Cemil'e anlatmıştı kaygısını. Cemil, nedense söylediklerini önemsemez görünmüş, sakin olmasını önermişti ona. Ama sakin olacak hali kalmamıştı

Mehmet'in. Bu sorunu ancak Merkez Komitesi üyesi Asaf çözebilirdi.

Asaf, okulun Moskova'daki merkez binasında kalıyordu. 28-29 Ocak anma günü nedeniyle Kurkino'ya gelmiş, akşam yemeğini yoldaşlarıyla birlikte yedikten sonra geceyi de burada geçirmeye karar vermişti.

Yemekhanenin yolu üzerindeki Latin Amerikalıların kaldığı beş numaralı bloka yaklaşırken bir gitar sesi duydu. Hemen Rosa geldi aklına. Alman asıllı Brezilyalı kız... Moskova'nın kül rengi ışığında bile parıldamayı sürdüren altın sarısı saçlar, yüzündeki çocuksu anlamı pekiştiren bal rengi çiller, derin bir kuyu gibi gölgeli gözler... Kızın, "Hola," diyen genç sesi çınlar gibi oldu kulaklarında. Ama hemen kovdu bu hayali kafasından. Şimdi aşk düşünecek hali yoktu. Hem parti bu tür ilişkileri pek hoş karşılamıyordu. Gerçi yoldaşlardan bazıları bu kuralı bozmuyor değildi ama Mehmet'in de onların yanlışına uyması gerekmezdi.

Binanın kapısından geçerken gitar tınısına neşeli sesler de eklendi. "Brezilyalılar," diye söylendi. "Bu adamlar eğlenceden başka bir şey bilmez mi?" Bakışları binanın duvarına kaydı. Duvara dayanmış sıra sıra demir çubukları gördü. Avuçlarında bir sızı duydu. Akşam yemeğinden önce, bu uçları mızrak gibi sivri çubuklarla yemekhanenin yolundaki buzları kırmışlardı. Yemekhanenin sorumlusu anaç Nina Andreyevna, yemek için kuyruğa giren öğrencileri başına toplayarak, yarı şaka yarı ciddi bir tavırla, eğer yemekhanenin yolundaki buzları kırmazlarsa, bu akşam aç kalacaklarını söylemişti. Çünkü yemekhaneye malzeme taşıyan görevlilerden biri düşüp ayağını incitmişti.

"Haydi yoldaşlar," demişti kadın, altın kaplama dişlerini gösteren şen gülüşüyle. "İşlemeyen dişlemez."

Yemenliler her zamanki gibi bu işe çok bozulmuş, hemen kaytarmanın yollarını aramaya başlamışlardı. Öteki grupların da çalışma fikrinden pek hoşlandıkları söylenemezdi ama Türkler her zamanki gibi hemen demir çubukları kapıp işe koyulmuşlardı. Türklerin arasındaki en hevesli kişilerden biri de kuşkusuz Mehmet'ti.

Latinlerin kaldığı binayı Rosa'nın güzel görüntüsüyle birlikte arkada bırakıp koruluğun içine girdi Mehmet. Yaprakları çoktan dökülmüş ak gövdeli kayınların, kar parçalarının dallarına tutunup kaldığı uzun boylu çam ağaçlarının arasından ilerleyerek kısa sürede korunun ortalarına vardı. Gözleri, ağaçların arasından seçilmeye başlayan Asaf'ın kaldığı binadaydı. Dairenin ışığı yanıyor muydu? "Evet," dedi sevinçle. Aynı anda arkasında bir ses duydu. İrkilerek durdu, hızla geriye döndü. Gözlerini kısarak çevresine bakındı. Kimsecikler yoktu, ağaçların arasında koyulaşarak uzanan yol bomboştu.

"Kim var orda?" diye seslendi. Sonra Rusça aynı sözcükleri tekrarladı: "Kto tam?"

Ama küçük koruda yankılanan kendi ürkek sesinden başka bir şey duymadı. "Kargalar olmalı," diye geçirdi aklından. "Bu soğukta karga olur mu?" diye duraksadı sonra. "Niye olmasın," diyerek rahatlattı kendini, çok dayanıklı kuşlarmış kargalar, yüz-yüz elli yıl yaşarlarmış. Osmanlı-Rus Savaşı'nı görenleri bile vardır belki. Tedirgindi ama yoluna devam etmek için acele etmedi. Bir süre daha arkasına bakındı, kimsenin olmadığından emin olunca dönüp daha hızlı adımlarla yürümeyi sürdürdü.

Bakalım Asaf ona yardım edecek miydi? Bundan çok emin değildi ama anlatacaklarının bu yoldaşı yakından ilgilendireceğini biliyordu. Çünkü Asaf kolektifin işleyişine karışmaya can atıyor, önemli biri olduğunu hissettirmek için her olanağı değerlendiriyordu.

"Bu gece, bu gece bitmeli bu iş," diye söylendi, korunun çıkışına geldiğinde. Asaf'ın kaldığı daire elli adım ötesindeydi. Onun odasındaki solgun ışıklara bakarken, yanındaki dairenin penceresinde birinin dikildiğini fark etti. Adam başını hafifçe öne eğmiş, elindeki kâğıdı okuyordu. Dikkatle baktı; ışık arkadan vurduğu için yüzü gölgede kalıyor, kim olduğunu seçemiyordu. Biraz daha yaklaşınca, balıkçı yaka, bordo kazağından tanıdı onu: Bu, sınıf öğretmenleri Leonid'di.

Leonid, Türk kolektifinin sevgilisiydi. Ciddi bir öğretmenden çok, esprili bir arkadaş, içten bir dost gibiydi. Asıl mesleği öğretmenlik değildi. Üniversiteyi bitirdikten sonra uzun yıllar Dışişleri'nin memuru olarak Birleşmiş Milletler'de çalışmıştı. Emekliliğinden önceki son beş yılını ise Sovyetlerin İstanbul Konsolosluğu'nda geçirmişti. Emekli olduktan sonra da partinin isteği üzerine Uluslararası Leninizm

Enstitüsü'nde Türk komünistlerine öğretmenlik yapmaya başlamıştı.

Oldukça düzgün bir Türkçesi vardı. Öğrenciler onun eski bir KGB ajanı olduğunu sanıyorlardı, hatta aralarından cesur olan birkaçı bu düşüncesini sesli olarak dile getirmişti. Leonid bunun yanlış olduğunu söylemiş ama gözlerinde tuhaf bir parıltıyla anlamlı anlamlı gülümsemekten de geri durmamıştı. Kolektifteki herkesin kabul ettiği bir gerçek vardı ki, o da Leonid'in pek alışıldık bir komünist olmadığıydı. Partinin görüşleri kadar, hatta belki daha da fazla kendi düşüncelerine önem verir, bunları açıklamaktan da çekinmezdi. Ama onu ötekilerden ayıran yalnızca bu özelliği değildi. Okuldaki öğretmenlerin çoğunun artık mimiklerine, davranışlarına sinmiş olan o soğuk, bıkkın ifadenin zerresi yoktu Leonid'de. Ağarmaya yüz tutmuş, düz kumral saçlarını eliyle geriye doğru tarar, hep enerjik bir ifadeyle bakardı insanların yüzüne. O konuşurken dikkatle izlerseniz, ağzından çıkan her sözcüğün duygusal yansımasını yüzünde görebilirdiniz, bazen abarttığı da olur ama hiçbir zaman içtenliğini bozacak bir düzeye ulaştırmazdı bunu.

Leonid'in penceredeki görüntüsünü izleyen Mehmet, "Tıpkı dershanedeki gibi yine ayaküstü bir şeyler okuyor," diye düşündü. Yanılmamıştı, Leonid gözleri elindeki kâğıtta, yavaşça dönüp pencerede kayboldu. Hastalığına rağmen bu kadar enerjik olması hayret vericiydi. Uzun yıllar alkol tedavisi gördüğünü duymuşlardı. Bunu yabancı ülkelerde, özellikle New York'ta geçen zorlu günlere bağlamıştı Türk öğrenciler. Kimse onu kınamamıştı. Hatta bunu bir devrimcinin tutukevinde hastalanması türünden bir olay kabul edip ona daha çok saygı duyar olmuşlardı. Artık ağzına içki koymuyor, farklı iklimlerde yetiştirilmiş bitkileri karıştırarak, değişik tatta, değişik kokuda çaylar elde ederek içindeki derin susuzluğu bu enternasyonal içecekle gideriyordu.

Bir defa evinde konuk etmişti kolektifi. Yalnız yaşıyordu. Karısı Larissa on yıl önce bir uçak kazasında ölmüştü. Karısının ölümünden sonra birçok sevgilisi olmuş ama kadınlarla sürekli bir ilişki kuramamıştı. Aleksandra adında nükleer fizik mühendisi olan bir kızı vardı, Kiev'de bir santralda çalışıyordu. Leonid'in geniş odasındaki gösterişsiz kütüphane

Rusça, İngilizce, Türkçe kitapların yanı sıra, Aleksandra'nın değişik yaşlardaki gümüş çerçeveli üç fotoğrafını da taşıyordu: Dört yaşında şeker mi şeker bir Oktobrist, yedi yaşında boynunda kızıl fularıyla bir Öncü ve on sekiz yaşında dünyalar güzeli bir Komsomol.

"Evli mi?" diye sormuştu Can.

"Değil," demişti kısaca Leonid. Evlilik konusundan hoşlanmadığı belliydi. Ama kızıyla ilgili öteki konulardan söz ederken gri gözleri daha bir aydınlanıyor, sohbeti iyice tatlılaşıyordu.

Mehmet koruluğun sınırındaki dereye geldiğinde, Leonid yine yaklaşmıştı pencereye. Ama Mehmet onu görmedi. Gözleri geçeceği derenin üzerindeki küçük köprüye takılmıştı, yerler buzdan parıldıyordu. Köprüye doğru bir adım atmıştı ki, ayağı kaydı. Düşmekten son anda tahta korkuluğa tutunarak kurtuldu. Doğrulup yeniden yürümeye başlayacaktı ki, arkasında birinin varlığını hissetti. İrkilerek başını çevirmeye çalıştı ama geç kalmıştı; derinden gelen bir ses duydu, aynı anda sırtında şiddetli bir darbe hissetti; hızla öne savruldu ama elleri hâlâ korkuluklarda olduğu için yere düşmedi. Başını çevirip vuranı görmek istedi, başaramadı. Bakışları usulca aşağı, göğsüne kaydı, hiçbir şey göremedi. Ama sırtındaki ağırlık hissedilmeyecek gibi değildi. Birkaç saniye ayakta kaldı, başı dönüyor, kusmak istiyordu. Engellemek istedi, başaramadı, ağzından koyu bir sıvının boşaldığını fark etti. Elleri korkuluktan çözüldü, yüzüstü yere yıkıldı. Düşerken başını köprünün buzlanmış tahta döşemesine çarpmıştı, ama hiç acı duymuyordu. Yalnızca hızla uzaklaşan birinin ayak seslerini işitti. Başını çevirmeye çalışmadı yüzünü görmese de onun kim olduğunu biliyordu.

Açık kalan gözleri, düştüğü yerden Leonid'in penceresine bakıyordu. Ölmekte olduğunun farkındaydı. Tuhaftır, bu dehşet verici düşünce sanki onu etkilemiyor, bedeni hiç tanımadığı bir uyuşukluğun içinde eriyip gidiyordu.

Rus öğretmenin yeniden pencereye yaklaştığını gördü. Demek bilinci yerindeydi, gördüğünü anlayabiliyordu. Gözlerini açıp kapamaya başladı. Hayır, bu huzur verici yumuşaklığa teslim olmamalıydı. Katili kaçtığına göre, kimse engel olmazdı ona; Leonid'den yardım isteyebilirdi. Evet, Leonid'e seslenebilir, kurtulabilirdi. Ama nedense bu düşünce ona pek cazip gelmiyordu. Bakışları on beş-yirmi santim kadar ilerde hareketsizce duran sağ eline kaydı. Kendine doğru çekmek istedi, başaramadı ama parmaklarını oynatabilmişti. Bu küçük kazanım bir umut kıvılcımı çaktı içinde. Ölmeyebilirdi. Belki de yarası o kadar ağır değildi... Bu tatlı uyuşukluktan sıyrılmalı, ölüme teslim olmaya başlayan bedenine karşı durmalıydı. Gücünü toplamaya çalıştı. Kıpırdanınca şiddetli bir acıyla sarsıldı. Bağırmak istedi, yapamadı.

Leonid hâlâ pencerenin önündeydi. Başını okumakta olduğu o lanet olası kâğıttan kaldırsa... Dışarı biraz dikkatli baksa onu görebilirdi. Yine o uyuşukluk... Hayır, buna izin vermemeliydi. Ne olursa olsun Leonid'e ulaşmalı, dikkatini çekmeliydi. Yeniden toparlanmaya çalıştı, daha şiddetli bir acıyla sarsıldı bedeni ama yılmadı, ağzını açıp kapamaya başladı. Yeni doğmuş bir kedi yavrusunun miyavlamasını andıran bir hırıltı çıktı ağzından. Dudakları yeniden kıpırdadı, yine bir hırıltı... Ne kadar çabalarsa çabalasın boşuna, bu hırıltılar bir türlü sözcüğe dönüşemiyordu. "Boşuna uğraşıyorum," diye geçirdi kafasından, "Son gördüğüm manzara Leonid'in penceresi olacak. Ölmek... Türkiye'den binlerce kilometre ötede, karlar altındaki bu ülkede..."

Hayır, ölmek istemiyordu. Bütün gücünü toparlayıp yeniden denemeye karar verdi. Ağzım açıp kapamayı sürdürdü. Sonunda kendi sesini duyabildi. Cılız bir "Leonid," çıktı ağzından. Umutlandı, "Leonid," diye tekrarladı. Bu kez sesi daha güçlü çıkmıştı. "Leonid," dedi daha gür bir fısıltıyla; sanki yaşayacağım, der gibi. Sesinin giderek güçlendiğini düşündü. Sesi güçlendikçe acısı da artıyordu, olsun, buna katlanabilirdi, Leonid'in onu kurtardığını, arkadaşlarının yardımıyla bir ambulansa bindirildiğini gördü, hatta revirdeki doktor Nataşa'nın o şefkat yüklü iri yeşil gözlerini yüzüne dikerek, "İyileşeceksin," dediğini bile duydu. Kurtulacaktı, fısıltısının herkesin duyabileceği bir çığlığa dönüşeceğini umarak, "Leonid" sözcüğünü yinelemeyi sürdürdü. Son kez fısıldarken, bakışları sınıf öğretmeninin penceresine takılıp kalmıştı ama onu bulanlar gözlerinde donup kalmış bir acının yanı sıra, hiç gerçekleşmeyecek bir umudun belli belirsiz iyimserliğini de göreceklerdi.

Üçüncü Bölüm

Leonid yeniden pencerenin önüne geldiğinde kızı Aleksandra'nın mektubunu okumayı bitirmişti. Aleksandra hamileydi, hem de evli bir adamdan. Adı Konstantin Pavloviç Mihaylov olan bu adamla geçen yaz Kiev'de tanışmıştı Leonid. Üniversitede felsefe profesörüydü. Elli yaşlarındaydı ama daha genç gösteriyordu. İyi bir izlenim bırakmıştı Leonid'in üzerinde. Marx'ın 11. tezini temel alarak felsefenin güncel yaşama uygulanmasıyla akademik tartışmalarının kısırlaşması arasındaki ilişki üzerine zorlu bir tartışma yapmışlardı. Konstantin'in görüşlerinin kendisininkilere benzerliğini fark etmiş, bu onu adama daha da yakınlaştırmıştı. Ama akşam eve dönüp de Aleksandra, "O benim sevgilim," deyince, adama karşı duyguları anında değişmiş, evli bir çapkının ağına düşmekle suçlamıştı kızını.

"Onu tanımıyorsun," demişti Aleksandra. "Bu işte bütün sorumluluk bana ait. Ona âşık olan benim. Hatta Konstantin ilişkiye girmemek için uzun süre direndi..."

Leonid öyle öfkelenmişti ki, bunları duymak istememiş, kızının yanında iki gün daha kalması gerekirken o gece apar topar dönmüştü Moskova'ya. Sonra yaptığının yanlış olduğunu anlamış, hâlâ bu ilişkiyi onaylamadığını özellikle belirterek kızından özür dilemişti. Aleksandra Moskova'ya geldiğinde konu yine açılmış ama kızının kararlı tutumunu gören Leonid yeni bir tartışmaya girmekten kaçınmıştı.

Şimdi de kızı hamile olduğunu yazıyor, çocuğu doğurmakta kararlı olduğunu hiç çekinmeden açıklıyordu. Aleksandra'nın ne kadar inatçı olduğunu bilirdi. Kafasına koyduğunu mutlaka yapardı. Dede olmayı hiç düşünmemişti. Yaşamındaki evreleri hesaplayarak yaşayan insanlardan değildi. Umulmadık olayların günlere katacağı heyecanları severdi. Kızını çok sevmesine karşın hiçbir zaman kendini bir baba gibi hissetmemişti. Demek dede olacaktı ha! Düşüncesi bile tuhaf geliyordu insana. Nasıl bir şeydi dede olmak?

Dedelerini hiç tanımamıştı. Babasının babası cephede kaybolmuş, annesinin babası ise genç yaşta veremden ölüp gitmişti. Ailesi iki kuşaktır komünistti. Babası Bolşevik Partisi'nin ilk üyelerindendi. 1905 Devrimi'ne katılmış, çarlık zindanlarında yatmış, 1917'de Kışlık Saray'a giren devrimciler arasında bulunmuştu. Annesiyle de devrim sırasında tanışmış, evlenmişlerdi. Ancak İkinci Dünya Savaşı sırasında Yugoslavya'da tutsak düşüp de ülkeye sağ olarak dönünce, yılların komünisti İvan, düşmanla işbirliği yapmakla suçlanarak Sibirya'ya gönderilmiş, orada tifüsten ölmüştü. Eşinin ölümüyle sarsılan annesi aktif politikadan çekilmiş, Stalin'in ölümünden sonra on binlerce komünist gibi İvan'ın da itibarının iade edilmesine, partinin aileden özür dilemesine karşın eski yoldaşlarını asla affedememiş ama oğlunu bir komünist gibi yetiştirmekten de geri durmamıştı. Leonid partiye üye olmaya karar verdiği zaman da ona engel olmamış, yalnızca, "Keşke başka bir sol parti olsaydı da ona girseydin," demekle yetinmişti.

Leonid'in kızı Aleksandra partiye üye değildi. Pek çok Sovyet genci gibi o da eski kuşaklara güvenmiyor, her alanda daha çok özgürlük istiyordu. Babası gibi bir adamın hâlâ parti üyesi olmasına da şaşırıyor, bu yüzden sık sık tartışıyorlardı. Babası, Konstantin Mihaylov'la ilişkisine karşı çıkınca, onu tutucu bir komünist olarak suçlamaktan çekinmemişti.

Oysa aradan geçen birkaç haftalık zaman bile Leonid'in katılığını kırmış, kızına karşı sert davrandığını düşünmeye başlamıştı.

"Ben hoşgörüsüz biri miyim?" diye sormuştu kendine. "Olmamam gerekir ama galiba öyleyim. Yaşadıklarımız böyle yapıyor bizi." Ekim Devrimi'nin ilk yıllarında yaşanan özgürlük ortamını, Şubat Devrimi sırasında Sovyetler'de bulunan farklı partileri, yaşanan canlı tartışmaları düşündü: "Belki de kendimizi muhalefetsizliğe mahkûm etmeseydik, o günleri koruyabilseydik her şey başka türlü olurdu."

Böyle düşünmesine karşın içi hiç rahat değildi. Onu asıl tedirgin eden şey, bebeğin babasız doğacak olmasıydı. Bunu söyler söylemez Aleksandra'nın inatla karşı çıkacağını, "Onun babası Konstantin Pavloviç Mihaylov'dur," diyeceğini çok iyi biliyordu. Biliyordu bilmesine de, bakalım Konstantin Mihaylov ne diyecekti bu işe? Rahata alışkın akademisyen yoldaş Mihaylov konumunu tehlikeye atabilecek miydi?.. Bir sürü laf dolanacaktı ortalıkta; dedikodulara aldırmıyordu, bu çürümüş insan topluluğunun içinde söylediklerine önem verebileceği çok az kişi vardı. Bütün tasası kızının mutsuz olmasıydı. Ama görüldüğü kadarıyla kızı hiç de mutsuz sayılmazdı. "Bugün için," diye mırıldandı Leonid. "Ya yarın?"

Sıkıntıyla pencereden dışarıya baktı. Küçük korunun ak gövdeli kayın ağaçları, laciverdi karanlıkta daha uzun, daha görkemli görünüyorlardı. "Şaşa kayını sevmez," diye düşündü Leonid. Onun beğendiği ağaç köknardı. Renginden belki... "Dallarına mavi dumanlar tünemiş gibi," deyişini anımsadı. Bunları düşünürken gözleri aşağıya, köprünün üzerine kaydı. "Bu da ne?" diye söylendi. Köprünün üzerindeki karaltıyı görmüştü. Pencereye iyice yaklaşarak dışarı baktı, karanlıkta ne olduğunu kestiremiyordu. Çift camlı pencerenin kanatlarını teker teker açtı. Sert bir serinlik çarptı yüzüne; ürperdi ama aldırmadı. Başını uzatıp köprünün üzerindeki karaltıyı seçmeye çalıştı. İnsana benziyordu, "Biri düşmüş olmasın," diye kaygılandı. Gidip yakından bakmalıydı. Eğer düşündüğü gibiyse adamcağız sabaha kalmaz donup ölürdü. Aceleyle pencereyi kapattı. Paltosunu, kalpağını giyip dairesinden çıktı.

Yan dairede kalan Asaf'ın odasından müzik sesi geliyordu. Hemen tanıdı, Çaykovski'nin *Uyuyan Güzeli*'nin giriş bölümü çalıyordu. Merdivenlere yönelirken, "Televizyon izliyor," diye geçirdi içinden.

Binadan çıkıp da biraz ilerleyince kaygılarında haklı olduğunu anladı, yerde yatan bir insandı. "İçkiyi fazla kaçıran öğrencilerden biri olmalı," diye düşündü önce. Büyük olasılıkla Yemenlilerden biriydi. Partinin ülkede yaygınlaşan alkolizme karşı aldığı karar nedeniyle komünistler içki içmeyi azaltmışlardı. Konuk öğrenciler de SBKP'nin bu kararını desteklemek için o güzelim Rus votkasına ağızlarını sürmüyorlar ya da öyle görünüyorlardı. Okulun en disiplinsiz gruplarından sayılan Yemenlilerin ise bu karar umurlarında değildi, sık sık içiyor, alışkın olmadıkları için de sızıp kalıyorlardı. Geçen yıl bahçede düşüp kalan biri, donmaktan zor kurtulmuştu.

Leonid, ince buz tabakasının üzerinde kaymamak için temkinli adımlarla köprüye ilerlerken durdu. Adamın yanında, sanki yere saplanmış gibi duran bir çubuk fark etmişti. Dikkatle baktı ama anlayamadı. "Düşmemek için yanına sopa almış olmalı," diye düşündü. Merakla yaklaşmaya başladı. Artık onu daha net görebiliyordu. "Ölü gibi yatıyor," diye düşündü. "Başını kötü çarpmış olmasa bari." Biraz daha yaklaşınca, sopa sandığı şeyin akşamüzeri öğrencilerin buz kırmak için kullandıkları demir çubuklardan biri olduğunu anladı. Demir çubuk adamın sırtına saplanmıştı. "Aman Tanrım," diyerek irkildi. İlk şoku atlatınca, yerde yatan adamı tanımaya çalıştı. Kalpağı yarı yarıya yüzünü örttüğü için kim olduğunu kestirmekte zorlanıyordu. Yardım etmesi gerekiyordu ama bir güç ona engel oluyordu. Sonra toparladı kendini, zavallı adamcağız, çekingenliği yüzünden ölebilirdi. Dikkatli ama hızlı adımlarla yaklaştı. Gözlerini kısarak, yerde yatan adamın yüzüne baktı. Kalın ama biçimli kaşlar, kartalımsı bir burun, Prusya tipi siyah bıyıklar... Bu yüz hiç yabancı gelmiyordu. Birden tamdı:

"Ama bu... Bu bizim Mehmet!"

Ağzından bu sözcükler dökülürken bir adım gerilemişti. Ne yapacağını bilemeden, ürkek gözlerle bir Mehmet'in yüzüne, bir de sırtında işaret direği gibi duran demir çubuğa bakarak öylece kaldı. Mehmet'in kendisine dikilmiş gözlerini fark edince onu yaşıyor sandı; önce utandı, sonra büyük bir sevinç dalgasıyla sarsıldı.

"Ne oldu sana?" dedi, titrek bir ses tonuyla.

Mehmet'ten ses yoktu. Gözleri Leonid'e sabitlenmiş, öylece bakıyordu.

"Seni kurtaracağım," diye söylenmeyi sürdürdü Leonid. Dizlerinin üzerine çökerek, paltosuna dokundu Mehmet'in.

Parmaklarının ucunda ince bir buz tabakasının kırıldığını hissetti. Paltosunun ıslanmış olmasına şaşırdı. "Yoksa suya mı düştü bu çocuk?" diye düşünürken, parmaklarının arasında ufalanan buz taneciklerinin Mehmet'in donmuş kanı olduğunu anladı. Ne kadar zamandır burada yatıyordu acaba? Gözleri yeniden demir çubuğa kaydı, çekip çıkarmayı düşündü, sonra vazgeçti. Bunu doktorlar yapmalıydı. Çekingenliği kaybolmuş, mantığı yerine gelmişti. Acele etmeli, onu hastaneye götürmeliydi. "Önce revire haber vermeli," diye düşünürken Mehmet'in donuk bakışlarına takıldı gözleri yeniden. "Yoksa," diye mırıldandı yutkunarak. Titreyen eliyle öğrencisinin yüzüne dokundu. Parmakları sanki buz kalıbına değmişti. Panik içinde elini polo yaka kazağın koruduğu boynuna soktu, atardamarı buldu, parmağını bastırdı; atmıyordu. İnanamadı, yeniden bastırdı; yanılmamıştı, atmıyordu. Bir an cesedin başında öylece kaldı. Sonra korkuyla sağa sola bakındı, belki de katil hâlâ buralardaydı. Kısılmış gözleri birilerini bulmak için boşuna taradı ağaçların arasını, kimsecikler görünmüyordu. Gözleri Asaf'ın dairesindeki ışığa takıldı. Usulca doğruldu, önce okula, sonra Asaf'a haber vermeliydi.

Dördüncü Bölüm

Asaf'ın daha birkaç dakika önce tatlı bir uykuyla mahmurlaşan gözleri, Leonid'in verdiği haberle fal taşı gibi açılmıştı. Odanın ortasında durmuş, yıllardır partinin sırdaşı olan bu yaşlı Rus'a, karşısında yabancı biri varmış gibi anlamsız gözlerle bakıyordu.

Asaf'ın düştüğü şaşkınlığı anlıyordu Leonid ama Türk yoldaşının ellerinin titrediğini görünce, bu kötü haberi böyle damdan düşer gibi aniden söylemekle yanlış yaptığını fark etti.

"Yoldaş," dedi. "İyi görünmüyorsun. Şöyle otur da sana bir bardak su getireyim."

"İstemem," dedi Asaf, kirpiksiz gözkapaklarını kırpıştırarak. "Mehmet olduğundan emin misin?"

"Gözlerimle gördüm," dedi Leonid, başıyla pencereyi göstererek. "Aşağıda, köprünün üzerinde... Sırtında uzun bir demir çubuk..."

"De... demir çubuk mu?"

"Evet, demir çubuk..." dedi Leonid, sonra sağ elinin işaretparmağı ile başparmağını kullanarak kalınca bir daire oluşturdu. "İşte bu kalınlıkta... Tam kalbinin arkasından saplanmış."

Mehmet'in cesedi bir an için Asaf'ın gözlerinin önünde belirir gibi oldu. Olanca ağırlığıyla aklına çöken bir soru, bu görüntüyü iyice netleştirdi belleğinde.

"Yani öldürülmüş mü?"

"Korkarım öyle," dedi Leonid.

"Nasıl olur?" dedi Asaf sersemlemiş bir halde.

"Başka açıklaması yok. Kimse kendi sırtına bir metre uzunluğunda bir çubuğu saplayamaz."

Bir an için ikisi de sustular. Leonid'in yüzüne insanoğlunun ölüm karşısında takındığı dingin çaresizlik duygusu gelip yerleşmişti. Asaf ise altdudağını çiğneyerek bu beklenmedik olayı anlamaya çalışıyordu.

Moskova'da, sosyalizmin anavatanında böyle bir olayla karşılaşacağı aklının ucundan bile geçmezdi; burası onlar için dünyanın en güvenli yeriydi. Ama olmuştu işte, Türk kolektifindeki yoldaşların en iyilerinden biri, kaldıkları binanın hemen önünde vahşice öldürülmüştü.

Katil, Mehmet'i rahatça öldürdüğüne göre başkalarını da ortadan kaldırabilirdi. Belki de hedef kendisiydi. Belki de Mehmet durumu fark etmiş, onu uyarmaya gelirken... Düşünceleri alkış sesleriyle dağıldı. Dönüp baktı, televizyondaki konser bitmiş, izleyiciler orkestrayı ayakta alkışlıyordu. Sanki birini uyandırmaktan korkarmış gibi ayaklarının ucuna basarak televizyona yöneldi, düğmesine basıp kapattı. Başını kaldırınca Leonid'le göz göze geldi. Adamın kendisinden bir açıklama beklediğini sanarak, "Sanırım içimizde bir ajan var," dedi.

Saptamanın kesinliği değil de, Asaf'ın ses tonundaki panik ürküttü Leonid'i.

"Bunu söylemek için biraz erken değil mi yoldaş," dedi sakin bir ses tonuyla.

Asaf saptamasının doğruluğundan o kadar emindi ki, Leonid'in sözleri onu düş kırıklığına uğratmıştı.

"Peki sen ne diyorsun bu işe?"

"Bir tahminde bulunmak zor. Belki de delinin biri..."

Daha fazla dinleyemedi Asaf.

"Yoldaş," dedi. Dersi anlamayan kalın kafalı öğrencisine çıkışan bir öğretmenin gerginliğiyle. "Biz burada tatil için bulunmuyoruz. Bizi buraya sınıf savaşı getirdi. Eğer bir yoldaşımız öldürülmüşse bunun altında mutlaka cuntanın parmağı vardır." Sesi metalik ve kuruydu.

Asaf'ın böyle konuşmasına canı sıkılmıştı Leonid'in ama belli etmedi.

"Belki de haklısın," dedi, alttan alarak. "Yine de... Nasıl söyleyeyim... Bir ajanın sızmış olması, biraz abartılı bir düşünce gibi geliyor bana."

"Öyle demeyin yoldaş. Siz Türkiye koşullarını bilmiyorsunuz. Ülkede ayakta kalan en güçlü parti bizimki. Cuntanın başı mitinglerde sürekli TKP'yi hedef gösteriyor. Siyasi polis, partiye sızmak için elinden gelen her şeyi yapıyor."

Parti yayınlarındaki gibi kalıplaşmış cümlelerden oluşan bu konuşma Leonid'i etkilememişti. Soğukkanlılığını koruyarak kendi tezini anlatmayı sürdürdü.

"Hadi ajan sızdı diyelim, neden cinayet işlesin? Polis o kişiyi yetiştirmek, partiye sokabilmek için yıllarını harcamıştır. Amaçları küçük tutuklamalardan çok, adamlarını yükseltmek, ilerde parti yönetimine gelmesini sağlamaktır. Böylece parti yönetiminde bulunmak gibi inanılmaz bir olanağı ellerine geçireceklerdir. Bir cinayetle yılların emeğini tehlikeye atarlar mı?"

Asaf'ın bakışları durgunlaştı. Leonid'in söyledikleri mantıklıydı ama ortalıkta da bir cinayet vardı. Ve bu cinayetin de bir nedeni olmalıydı.

"Tamam," dedi. "Söylediklerine katılıyorum. Bu cinayet polisin işine yaramaz. Ama başka çaresi kalmadıysa?"

Leonid anlamamıştı, alnı kırıştı, gözlerini Asaf'a dikti.

"Diyelim ki Mehmet içimizdeki polisi tespit etti, bunu bize anlatmaya geliyordu. Yoksa geceyarısı bizim binanın önündeki köprünün üzerinde ne işi var? Ama köstebek de Mehmet'in onu fark ettiğini anlamıştı. Tam zamanında, yani bize ulaşmadan onu öldürdü."

Bu önemli bir iddiaydı. Leonid hak vermekten kaçındı.

"Peki, neden öteki yoldaşlara değil de, örneğin hücre sekreteri Hikmet'e değil de bize anlatmak istesin?" diye sordu.

Asaf kendinden emin gülümsedi.

"Çünkü bu bilgiyi güvenilir insanlara iletmek istiyordu. Bu hiç de öyle uluorta konuşulacak bir şey değil. Belki adamdan kuşkulanıyordu ama henüz emin değildi. Bizi uyarmak istedi."

Asaf'ın söyledikleri Leonid'in de aklına yatmaya başlamıştı. Yine de onaylamakta acele etmedi.

"Bilmediğimiz başka nedenler de olabilir. Sana gelmeden önce dekana haber verdim. Güvenlik birimleri birazdan burada olurlar. Belki onlar daha kesin bir şeyler söyleyebilir."

"Kolektiftekilere ne anlatacağız?"

Leonid bu soruyu gereksiz bulmuştu.

"Olanı biteni anlatmaktan başka seçeneğimiz var mı?" diyerek Türk yoldaşını tepeden tırnağa süzdü. Asaf'ın sırtında yine takım elbise olduğunu ilk kez o zaman fark etti; her zamanki gibi kravatı da boynundaydı. "Bu adam hep takım elbiseyle mi dolaşır?" diye düşündü. "İnsan hep tetikte, hep diken üzerinde nasıl yaşar? Sanki her an bir toplantıya çağrılacakmış gibi hazır bekliyor, eminim yatarken de elbiselerini çıkarmıyordur."

"Yalnızca ölü bulunduğunu söylesek..." dedi Asaf, gözucuyla Leonid'e bakarak.

"Cinayet olduğunu gizleyelim mi?"

"Yoldaşlar gereksiz yere paniğe kapılmasınlar."

"Ama bunu gizleyemeyiz ki? Soruşturma başlayınca nasıl olsa öğrenecekler."

"Biz de bilmiyorduk, deriz."

"O zaman daha büyük bir güvensizlik çıkar ortaya."

Leonid, Asaf'ın neden ısrar ettiğini anlayamıyordu. Türk kolektifindeki yoldaşların tümü ağır koşullardan gelmişlerdi. Ölüme yabancı değillerdi. Bu insanlardan gerçeği saklamanın ne anlamı olabilirdi? Ama sonuçta karşısındaki kişi TKP Merkez Komitesi üyesiydi, onun düşüncesine saygılı olmalıydı.

"Sen bilirsin yoldaş," dedi. "Kolektiftekilere söylemeyelim, dersen ben uyarım ama bana kalırsa her şeyi olduğu gibi anlatmak daha doğru olur."

Asaf da duraksamıştı. Sağ eli çenesinde, gözlerini Leonid'e dikmiş, düşünüyordu. Kim bilir gene neler kuruyor, diye geçirdi içinden Leonid. Ona bir türlü ısınamamıştı. Açık biri değildi, en içten gülümseyişinden bile bir sahtelik sızıyordu. Gerçi Rusça öğrenmeye geldiği Moskova'da iki yıldır tek başına yaşadığı düşünülürse, insan ona hak verebilirdi. Belki de sorun Asaf'ın kişiliği değil de gizli çalışmak zorunda kalan bir partide yönetici olmasıydı. Neredeyse bütün ilişkilerin kapalı kapılar ardında yürütüldüğü böyle bir parti faaliyetinde insanın devrimci kişiliğini koruyabilmesi için özel çaba harcaması gerekirdi. Gizli çalışmanın getirdiği zorlu koşullar da cabasıydı. Kırk küsur yaşından sonra partinin bir sözüyle ailesini bırakıp Moskova'ya eğitime gelmişti. Gerçi önemli günlerde uçağa atladığı gibi soluğu Demokratik Almanya'da karısının, çocuklarının yanında alıyordu. Kolektifteki yoldaşların değil Türkiye'ye gidip sevdiklerini görmek, iki satır mektup yazmalarının bile olanaksız olduğu göz önüne alınırsa bu önemli bir lüks sayılırdı. Onların ülkeyle tek bağlantıları iki ay gecikmeli gelen günlük gazetelerdi. Bayat haberleri okuyarak neler olup bittiğini anlamaya uğraşıyor, gazetelerde gördükleri üçüncü sınıf fotoğrafları seyrederek özlem gideriyorlardı. Yakınlarının başına bir felaket gelse, ülkeye dönmeden bunu öğrenmeleri olanaksızdı.

Ama her dağın kendine göre karı vardı. Asaf'ın sorunları da küçümsenir türden değildi. Biraz gözlem, biraz fikir yürütmeyle onun parti yönetimindeki değişimden sonra buraya gönderilerek, birkaç yıl ayakaltında dolaşmamasının sağlandığı anlaşılabilirdi. O, Moskova'da bir tür sürgündü. Asaf'ın davranışları da bu saptamayı doğrular yöndeydi. Bir gün parti yönetimini övmesi, ertesi gün yerin dibine sokması; sorulan her soru karşısında yapay bir korkuya kapılıp gizemli havalara bürünmesi; onun göründüğü kadar rahat olmadığını, en azından yönetimle arasında bir sorun olduğunu kanıtlıyordu. Bütün bunların farkındaydı Leonid, gerekirse Asaf'la konuşmaya, ona elinden gelen her türlü yardımı yapmaya da hazırdı ama Asaf hiçbir zaman buna yanaşmadı. Leonid'i parti merkezinin adamı gibi görerek, aralarındaki mesafeyi korumayı kendisi için daha güvenli buluyordu.

Oysa Leonid'i parti merkezinden çok kendi öğrencileri ilgilendiriyordu. Öğretmenliğe ilk başladığı günlerdeki kararsızlığı, Türkiye'den gelen devrimcileri tanıdıkça azalmış, gitgide onlara bağlanmıştı. Leonid'e göre öğrencilerinin hemen hepsinde görülen en önemli eksiklik, kuşku duymayı, eleştirel bakmayı bilmemeleriydi. Bu yüzden derslerinde ağırlığı eleştiriye, bağımsız düşünmeye veriyordu. Ama şu anda kafasında kim bilir hangi entrikayı kurmakta olan Asaf gibi yöneticiler, tartışmak yerine emre uymayı yücelterek, kötü bir geleneği sürdürmek istiyorlardı. Konumlarını korumaları için gerekliydi bu. Yukarıda birileri herkesin anlayabileceği belirgin bir rota çizecek, parti üyeleri de bu yolda ilerleyecekti. Doğru da, yanlış da bu rotaya göre belirlenecekti. İşin tuhafı, bu yöntem Ruslarda da yaygın olarak kullanılmaktaydı.

Türkler ile Rusların düşünce ve inanç yöntemlerindeki benzerliği, bu konuyu düşünürken keşfetmişti Leonid. Yalnızca Rusların Ortodoks körlüğüyle Türklerin tek kitaba bağlılığı arasındaki yakınlık değildi söz konusu olan, Avrupa ile Asya arasında sıkışıp kalmış iki kültürün yapısındaki benzerlikti. Gündelik düşünce biçimlerinin bir parçasıydı bu. Çara ya da padişaha, parti sekreterine ya da tek şefe bağlılık. Ama bu anlayış zamanını doldurmuştu. Yaşam bu düşünce biçimini kabul etmiyordu artık.

"Aslına bakarsan ben de ne yapacağımı bilmiyorum," dedi Asaf, dalgınlığından sıyrılarak. Leonid'in kararsızlığını açığa vuran suskunluğu, onu daha temkinli olmaya itmişti. İçten miydi, yoksa kafasında başka bir plan mı vardı, Leonid kestiremedi. Biraz da neler düşündüğünü anlamak için, "İstersen Berlin'i ara," dedi. "Parti yönetiminin bu olaydan haberi olması gerek. Belki onlar daha iyi bir çözüm önerirler."

Asaf'ın yüzündeki kararsızlık endişeye dönüştü.

"Hayır hayır," dedi, bu düşünceye sıcak bakmadığını açıkça göstererek. "Cinayet hakkında çok az bilgimiz var. Olay netleşsin öyle arayayım. Şu sizin güvenlikçiler bir gelsin de."

"O halde aşağıya, cesedin yanına inelim," dedi Leonid toparlanarak.

Cesedi görecek olması Asaf'ın canını sıkmıştı.

"O neden?"

"Milisler gelmek üzeredir. Birilerinin onları karşılaması gerek."

"Haklısın," dedi Asaf ama bu işten hiç hoşlanmadığı belliydi. "Bekle, paltomu giyeyim."

Asaf kalın paltosuna uzanırken Mehmet'in yüzünü gözlerinin önüne getirmeye çalıştı. Tuhaf ama başaramadı. Oysa daha birkaç saat önce aynı masada oturmuş, yemek yemişlerdi. Biraz sıkıntılı görmüştü Mehmet'i. Onunla yalnız kalmak ister gibi bir hali vardı. Hatta bir ara, "Seninle konuşmak istediğim bir konu var," diyerek başlamış, ancak Şerif'in yanlarına gelmesiyle sözlerini yarıda kesmişti. Mehmet'in bu girişimini önemsemediği için şimdi kendi kendini yiyordu.

Beşinci Bölüm

El fenerinden yansıyan sarı ışığın ince buz tabakasında oluşturduğu saydam dairelerin devinimi patika yolun kenarındaki küçük çukurun içinde son buldu.

"Burada bir şey var," diye seslenerek çukura eğildi Nikolay. Karların arasında koyu renkli bir cisim çarpmıştı gözüne.

Viktor, cesetten başını kaldırıp merakla döndü. Arkadaşı az ilerde dizüstü çökmüş, dikkatle yere bakıyordu.

"Bir kalem," diye bağırdı Nikolay. "Burada bir kalem var. Lacivert bir dolmakalem."

Önemli olabilirdi, hemen ayaklandı Viktor.

"Tamam geliyorum."

Aralarındaki tartışmayı çoktan unutmuştu. Telsizden sitede bir cinayet işlendiği haberini duyar duymaz hemen, "Türkler mi?" diye sormuş, "Evet," yanıtını alınca da Nikolay'a bakarak, "Sana söylemiştim," demişti. "Bak adamımız harekete geçti."

Nikolay'ın hiç beklemediği bu gelişme onu adeta aptallaştırmış, yanındaki yaşlı kurdun karşısında ikinci bir yanılgıya düşmemek için yorum yapmadan önce neler olup bittiğini anlamaya karar vermişti. İki meslektaş hiç konuşmadan hızla cinayet yerine gelmişlerdi. Onları cesedin başında Leonid ile Asaf karşılamıştı.

Viktor'un ilk sorusu, "Cesedi kim buldu?" olmuştu.

Leonid soruyu yanıtlayarak kendilerini tanıtmıştı. Karşılarındaki kişileri temkinli gözlerle süzen Viktor, verdikleri bilgileri yeterli bularak el fenerini yakıp cesedin başına geçerken, Nikolay da arkadaşını izlemiş ama cesede şöyle bir göz attıktan sonra köprünün çevresini araştırmaya başlamıştı.

Onlarla ilgilenmeyi keserek işe koyulan istihbaratçıların tavrı Asaf'ın canını sıkmış, cesedi incelemekte olan Viktor'un başına dikilip bozuk Rusçasıyla, "Neler olup bittiğini bize anlatmayacak mısınız?" diye sormuştu.

Demir çubuğun girdiği yerde kızıl buzdan bir elipsin oluştuğu bölgeyi incelemeye başlayan Viktor'un dikkati Asaf'ın sorusuyla dağılmıştı. Başını kaldırıp, tepesinde dikilen bu çelimsiz adamı, öfkeyle karışık alaycı bir tavırla süzerek, "Anlatayım," demişti. "Bu bir ceset, bu da demir bir çubuk. Bu demir çubuk adamın sırtına saplanmış. Yani bu adam, bu demir çubukla öldürülmüş. Anladınız mı?"

Viktor'un alaycı tavrı fark edilmeyecek gibi değildi ama Asaf anlamamazlığa vurmuş, iyi niyetli olduklarını kanıtlamak için başlamıştı anlatmaya.

"Lütfen bizi yanlış anlamayın. İşinize burnumuzu sokmak gibi bir niyetimiz yok. Sadece yardım etmek istiyoruz. Bunun için de gelişmeleri bilmemiz gerek."

Konuşmaya kulak misafiri olan Nikolay da yaklaşmıştı yanlarına.

"Henüz işin başındayız," demişti duygusuz bir ifadeyle. "Biz de fazla bir bilgiye sahip değiliz. Ama bize yardım etmek istiyorsanız, Türk grubunu toplayıp durumu anlatın."

"Hemen mi?" diye sormuştu Asaf şaşkınlıkla.

"Elbette," demişti Viktor yeniden lafa karışarak. Nikolay'ın müdahalesinden rahatsız olmuştu, burada patronun o olduğunu herkes bilmeliydi. "Soruşturma açısından da gerekli bu. Türk grubundakiler olayı bilmeli. Ama öteki grupların bu cinayetten haberi olmamalı."

"Nasıl olacak bu?" diye atılmıştı Leonid.

"Çok basit, siz ve Türk öğrenciler kimseye söylemeyeceksiniz. Böylece ötekiler cinayeti öğrenemeyecek. Merkezin talimatı bu. Harfiyen uymak zorundayız."

"Merkezin mi?" diye düşündü Leonid. Karşısındakilerin sıradan milisler olmadığını ilk o zaman anlamıştı. Konuşmalarındaki güven, rahat davranışları... Her şey o kadar açıktı ki, daha önce nasıl da fark edememişti, bunlar KGB'dendi.

Konuşmasını sürdürmüştü Viktor, "Bu yüzden Türk yoldaşların uyarılmaları gerek. Cinayet gizlenmeli. Ayrıca, iki isteğimiz daha var sizden. İlki, öldürülen kişinin odasına bir göz atmak istiyoruz. Bunu öteki yoldaşların bilmesi gerekmez, siz toplantı halindeyken bu işi yapabiliriz. Kimsenin dışarı çıkmasına izin vermeyin yeter. İkincisi, yoldaşlarınızdan bu gece nerede olduklarını, ne yaptıklarını, yanlarında kimin olduğunu belirten birer rapor istiyoruz. Yarın sabah toplayacağız."

Viktor sözlerini tamamlamıştı ama Asaf daha fazla şey duymayı bekler gibiydi.

"Tamam mı?" diye sormak zorunda hissetmişti kendini Viktor.

"Tamam, tamam..." demişti Asaf sıkıntıyla, "ama cinayeti bizimkilere hemen söylemesek diyorum. Belki de katili hazırlıksız yakalayabiliriz..."

"Bu ısrar niye yoldaş?" diyerek sormuştu Nikolay, sert bir tonda. "Yoksa bildiğiniz bir şey mi var?"

"Hayır, yani..." diye kekelemişti Asaf.

"Bakın," diyerek uyarmıştı genç Rus, ciddi bir tavırla. "Bu basit bir cinayet değil. Bildiklerinizi gizlemeseniz iyi olur."

"Basit bir cinayet değil mi?" demişti Asaf boğuk bir sesle. "Ortalıkta neler dönüyor, neden bize anlatmıyorsunuz?"

Konuşmayı izleyen Viktor, arkadaşının boşboğazlığına sinirlenmişti. Böyle konuşarak köstebeği fark ettiklerini belli ediyordu.

"Nikolay abartıyor," diye girmişti lafa, arkadaşını sert bakışlarla süzerek. "Bu cinayetin neden işlendiğini biz de bilmiyoruz. Belki gerçekten de basit bir şeydir. Belki bir kazadır."

"Böyle kaza olur mu?"

"Olur mu, olmaz mı anlayacağız, tabii burada bizi lafa tutup çalışmamıza engel olmazsanız."

"Beni yanlış anladınız," demişti anında masum bir tavır takınarak Asaf. "Ben sadece akıl yürütüyordum."

Bu kadar ısrar Viktor'u sıkmaya başlamış, el fenerini Asaf'ın yüzüne tutmuştu.

"Anladığımız kadarıyla somut bir bilginiz yok. Bilgi olmadan nasıl akıl yürütürsünüz?"

Fenerin sarı ışığı Asaf'ın gözlüklerine yansımış, kitap okumaktan iyice yorgun düşen gözlerini korumak için sağ elini yüzüne siper etmiş ama soruyu da yanıtlamaktan geri kalmamıştı.

"Fazla bilgim yok ama..."

"O halde bizi neden uğraştırıyorsunuz?" diye sormuştu Viktor, fenerin ışığını Asaf'ın yüzünden uzaklaştırarak.

"Ama katilin Türk grubundan biri olduğunu düşünüyorum," demişti Asaf, elini yüzünden indirirken.

"Düşünüyorsunuz ha," diye dudak bükmüştü Nikolay.

"Yani sezinliyorum," diye düzeltmişti Asaf.

"Bir cinayet sezgilerle çözülmez. Elle tutulur, gözle görülür kanıtlar gerekli bize. Eğer bildiğiniz bir şey varsa söyleyin. Yoksa, sizden rica edeceğim, rahat çalışmamız için burayı bize bırakın."

Leonid, Viktor'un uygun bir dille Asaf'ı paylamasını içten içe sevinerek izlemişti. Ama Asaf yara sineği gibiydi, vazgeçmek nedir bilmiyordu.

"Elbette, ben sadece size yardımcı olmak istiyordum."

"Anlayışınıza çok teşekkür ederiz. Bize yapacağınız en iyi yardım, istediklerimizi yoldaşlarınıza iletmek olacak."

"Siz burada çalışırken ya biri daha öldürülürse?" Tuhaf bir ses tonuyla sormuştu Asaf.

"Yeni bir cinayet mi?" Viktor'un bakışları bir an, Mehmet'in çoktan katılaşmış cesedine çevrilmiş, sonra Asaf'ın yüzünde durmuştu.

"Bu cinayetlerin arkası gelecek mi, diyorsunuz..."

"Belli mi olur," demişti Asaf. "Katilin amacını bilmiyoruz ki."

Nikolay'a bakmıştı Viktor. Arkadaşı düşünceli görünüyordu. Görüş belirtmek yine ona kalmıştı. "Sanmıyorum," demişti. "Yeni cinayet, yeni ipuçları demektir."

"Ya bunu yapmak zorundaysa?"

Gecenin içinde çınlamıştı Asaf'ın sorusu.

"Bunun için katilin kendi güvenliğini tehlikede görmesi gerek. Şu ana kadar böyle bir ipucu edinemedik."

"Yine de bu olasılığı hesaba katmak zorundayız."

"O zaman arkadaşlarınıza yalnız kalmamalarını da önerin," demişti Viktor.

"Tamam," demişti Asaf, görüşünün dikkate alındığını düşünerek.

Viktor, Asaf'ın ses tonundaki rahatlamayı sezmiş ama buna bir anlam verememişti. Oysa Leonid, onun bu ruh halini çok iyi biliyordu. Yetkili kişileri arkasına almadan adım atarak kendini riske etmek istememişti Asaf. Ama şimdi rahatça Doğu Berlin'i arayıp parti merkezine haber verebilir, sonra da buradaki Türk yoldaşları toplantıya çağırabilirdi.

Asaf ile Leonid cinayet yerinden uzaklaşırken, arkalarından hatırlatmıştı Viktor:

"Unutmayın, herkes bu gece nerede olduğunu yazacak. Raporları yarın sabah istiyoruz."

Bu konuşmalar Nikolay'ın lacivert dolmakalemi bulmasından on dakika önce yapılmıştı. İki istihbaratçı el fenerinin ışığı altında parıldayan dolmakaleme bakıyorlardı.

"Ne dersin, katilin olabilir mi?" diye sordu Nikolay.

Viktor hiçbir şey söylemeden ayağa kalktı. Elini paltosunun iç cebine sokup bir kalem çıkardı. Birkaç metre geriye gidip yaşından beklenmeyen bir çeviklikle koşmaya başladı, Nikolay'ın yanından geçerken kalemi bıraktı. Kalem yola düştü, yere çarpıp arkadaşının ayaklarının dibine yuvarlandı. Nikolay önce ayaklarının dibindeki kaleme baktı. Bu, başarılı operasyonlardan sonra istihbarat elemanlarına armağan olarak verilen, özel olarak üretilmiş kalemlerden biriydi. Sovyet yapımıydı ama ince zevkin ürünü bir tasarıma sahipti. Çukurda bulunan kalem de oldukça güzel bir kalemdi. Sovyet yapımı değildi, cebe takılacak yerleri altın kaplamaydı. "Sıradan bir parti militanının alamayacağı kadar pahalı olmalı," diye düşündü Nikolay.

"Kaçarken düşürmüş olabilir!"

Viktor'un sesiyle düşünceleri dağıldı Nikolay'ın.

"Umarım öyledir," dedi Nikolay. "Böylece işimizi epeyce kolaylaştırmış olur."

Viktor dalgın bakışlarla süzdü arkadaşını. Nikolay'ın söylediklerini temkinli karşıladığı her halinden belliydi.

"Teknik ekip gelip fotoğrafını çekmeden onu düştüğü yerden alma," dedi uyaran bir ses tonuyla.

Başını kaldırıp ters ters baktı Nikolay, böyle bir konuda yanlış yapacağını nasıl düşünebilirdi. Az kalsın, "Emredersiniz yoldaş," diyecekti alaycı bir tavırla. Vazgeçti. Şu sıra bu dar kafalı adamla didişmek doğru olmazdı. "Belki de özellikle yapmıyordur, belki de onun çalışma tarzı bu," diye geçirdi kafasından. Sonra şefinin kalemini yerden alıp ona uzattı.

Viktor kalemini cebine yerleştirdi. Nikolay'ın rahatsız olduğunun farkında bile değildi. Mesleki sezgisi bu işte garip bir şeyler olduğunu söylüyordu. "Bizim meslekte sular sessiz akar," diye düşündü. Cinayet çaresizlik durumunda başvurulan bir seçenektir. Yıldırım hakkında yazılanları okumuştu, başarılı operasyonlara imza atmış biriydi; yüzünü anımsadı, geniş bir alın, yassı bir burun, küçük, yerinde duramayan gözbebekleri... Hiç de öyle aptal bir adama benzemiyordu. Karşılarında beceriksiz birileri mi vardı, çok daha büyük bir dolap mı dönüyordu, şu anda bunu kestirmek zordu.

Altıncı Bölüm

Türkiye Büyükelçiliği'nin Vadkovskiy Çıkmazı'ndaki binasında Yıldırım, öğle uçağıyla gelecek kuryeyi bekliyordu. Sonunda beklemekten usanıp ayağa kalktı, sinirli adımlarla odayı enlemesine geçerek, ince uzun pencerenin önüne geldi. Elçiliğin geniş bahçesini kaplayan kar yığınları gitgide koyulaşıyor, şiddetini artıran rüzgâr, yaşlı kayın ağacının pencereye kadar ulaşan eğri büğrü dallarını taş duvarlara sürtüp duruyordu. Düşünceli gözlerle bir süre daha ıssız bahçeyi seyreden Yıldırım, sonunda bundan da sıkılarak yeniden masasına döndü. Türk Hava Yolları'nın tarifeli uçağı yine rötar yapmıştı anlaşılan.

Türkiye'den beklediği yanıtın bu gece gelmesi gerekiyordu. Vakit geçirilmeden bu operasyona son verilmeliydi. Teşkilata gönderdiği mesajda bunu belirtmişti. Bakışları sumenin üstünde duran Gözcü'nün şifreli raporuna takıldı. İçerdeki adamlarına Gözcü adını vermişlerdi. Raporu bu öğleden sonra Kurkino'daki oyuncak mağazasının tuvaletinden almıştı. Aptallığa yaklaşan bir iyimserlik havası vardı yazılanlarda. "Kolektiftekilerin gerçek kimliğini çıkarmaya çalışıyorum," diyordu Gözcü raporda. "Yakında önemli bilgiler edineceğimi sanıyorum." Bu arada kolektiften birinin ondan kuşkulandığını ama bunu çok ciddiye almadığını, sorunu tek başına çözebileceğini belirtiyordu.

Yıldırım sıkıntıyla başını salladı. "Acemi çocuk," diye söylendi. "Kimlerle dans ettiğinin farkında değil."

Bugünkünü saymazsak, Gözcü'yle Moskova'ya geldiğinden bu yana iki kez bağlantı kurmuşlardı. İlki Tretyakov Sanat Galerisi'nde, ikincisi ise Bolşoy Tiyatrosu'nda. Tretyakov Sanat Galerisi'nde şifreli mesaj alışverişi yapılmış, Bolşoy'da ise kısa süreliğine de olsa yüz yüze görüşmüşlerdi. Teşkilatın talimatları Gözcü'ye iletilmiş, karşılığında da TKP kolektifi hakkında özet bilgiler içeren şifreli iki rapor alınmıştı. Ancak bu raporlar oldukça yetersizdi, Türk komünistlerinin çoğunun gerçek kimliğini bilmiyordu Gözcü. Kimliğinden emin olduğu yalnızca iki kişi vardı. Onları da çok önceden teşkilata bildirmişti zaten. Daha ayrıntılı bilgiler vereceğini yazıyordu ama son raporda yeni bilgi yoktu, böyle olacağını daha önceden kestirmişti Yıldırım, bu nedenle de bir hafta sonra yüz yüze bir görüşme mesajı bırakmıştı. Mesajı bırakmasının bir başka nedeni de Moskova'yı yeterince tanımayan Gözcü'nün bulduğu sakıncalı bağlantı yerlerinden kurtulmaktı. Üçüncü bağlantı için hiç olmayacak bir yeri, Kurkino'daki oyuncak mağazasının tuvaletini seçmişti Gözcü. Klozetin arkasındaki çinilerden birinin sökülmüş olduğunu, oraya rahatlıkla not konulabileceğini yazmıştı son mesajında. Kurkino son derece talihsiz bir seçimdi ama Moskova'yı bilmeyen, üstelik her istediğinde okuldan dışarı çıkamayan Gözcü'nün bu seçimine uymaktan başka çaresi yoktu Yıldırım'ın. Bağlantı noktasına giderken her zamankinden daha dikkatliydi. Elçilikten öğleden sonra çıkmış, evine gitmişti. Onu izliyorlarsa, bugünkü mesaisinin bittiği görünümünü vermek istiyordu. Evinde bir saat kadar oyalandıktan sonra, giysilerini değiştirip çıkmış, önce bir taksiye, ardından metroya binmiş, sonra yeniden bir taksiye atlayarak Kurkino'ya gelmişti. Bu hareketli yolculuk sırasında gözü hep arkada olmuş, peşinde gölge var mı, yok mu diye çok dikkat etmişti. Oyuncak mağazasının tuvaletinden Gözcü'nün şifreli mesajını almış, yerine yeni görüşme yerini bildiren aynı şifreyle çözülecek bir not bırakmıştı. Oyuncak mağazasından küçük bez bir tavşan alarak çıkmış, taksi beklerken köşedeki bir kamyonet dikkatini çekmişti. İlgisiz görünmüş ama taksiye bindikten sonra arkasını kontrol etmeyi unutmamıştı. Bir ara yine görür gibi olmuştu kamyoneti ama emin olamamıştı. Önlem olsun diye metroya gitmemiş, ara sokaklardan birinde inerek yürümüştü. Sokak ıssızdı, ne bir araç geçmişti, ne de bir insan. Temiz olduğunu anlayınca yeniden caddeye çıkıp bir taksiye atlamış, ilk metro istasyonunda inmişti. Bu arada sık sık arkasını kontrol etmiş, izlendiğini gösterir bir işarete rastlamamıştı. Ama içi hiç rahat değildi. Yaptıkları iş çok tehlikeliydi. Bugün değilse bile birkaç görüşme sonra KGB bu işin kokusunu alacaktı. Yıldırım'a göre bu kaçınılmazdı. Gözcü'yle ilişki kurmuş olmaları bile çılgınlıktı.

Gözcü, uzun erimli amaçlar için sızdırılmıştı partiye. TKP'yi dış düşmanın iç uzantısı olarak gören Milli İstihbarat Teşkilatı, Gözcü'nün örgüt içinde yükselmesini, etkili bir yönetici olmasını hedefliyordu. Böylece gizliliği bir efsane haline getirilmiş bu 60 küsur yıllık partinin yöneticileri açığa çıkarılacak, çalışmaları kontrol altına alınmış olacaktı. Ama işler umulduğu gibi gitmedi.

12 Eylül Darbesi'yle yönetime el koyan askerler, uzun erimli amaçlar yerine, günlük başarılara ihtiyaç duymaya başladılar. Beş yıldır aralıksız sürdürülen operasyonlarda tutuklanan binlerce yandaşına rağmen, örgütlerinin önemli bir bölümünü korumayı başaran parti, çalışmalarını sürdürerek, gerek yaptığı radyo yayınıyla, gerek büyük kentlerde gizlice dağıttığı bildiriler, fabrika girişlerine, okul önlerine astığı afişlerle halkı askeri yönetime karşı direnmeye çağırıyordu. Bu çalışmalar halkın çoğunluğunun dikkatini çekmese de generalleri rahatsız etmişti. Partinin çökertilmesi, kadrolarının tutuklanması için yalnızca siyasi polis değil, TKP'nin Sovyetler Birliği'yle bağlantısı da göz önüne alınarak MİT de alarma geçirilmiş, kısa sürede bu örgütlerinin dağıtılması istenmişti.

Askerlerin atamalarıyla yönetilen MİT, generallerin bu istemini gerçekleştirmek için teşkilatın elindeki tüm olanakları gözden geçirerek büyük bir operasyon başlatmayı planladı. Operasyonun başoyuncusu ise yıllar önce partiye sızdırılan Gözcü olacaktı. Bu karar MİT'in ilgili birimlerinde görüş ayrılığına yol açtı. Deneyimli istihbaratçıların çoğu operasyona karşı çıktılar. Gözcü'nün kalıcı amaçlar için TKP'ye sızdırıldığını, yakın bir gelecekte önemli bir yönetici olacağını, böylece hem bu partinin çalışmalarının kontrol altına alınabileceğini, hem de uluslararası komünist hareketin işleyişini, çalışma tarzını içerden tanıma olanağı elde edeceklerini, böylesi bir olanağı günlük politik çıkarlar için feda etmenin yanlış olduğunu söylediler. Tutuklamalar ne kadar geniş kapsamlı olursa olsun, geniş bir ilişki ağı bulunan TKP'yi, Sovyetler'in desteği göz önüne alındığında, tümüyle çökertmek olanaklı değildi.

Gözcü'yü partiye sızdıran ekip bu görüşlerini MİT'i yöneten Memduh Paşa'ya anlattılar. Deneyimli istihbaratçıları dinleyen Paşa ikna olmaya yaklaşmıştı, MGK'ya sunulmak üzere bir rapor yazılmasını istedi. Oturup olayı bütün ayrıntılarıyla gözler önüne seren bir rapor yazıldı. Generaller raporu ilgiyle okudular, istihbaratçıların ince düşüncelerine saygı duydular, becerilerini takdir ettiler ama operasyondan da vazgeçmediler, yalnızca, kolay yetiştirilmeyecek bir eleman olan Gözcü'nün açığa çıkmaması için hiçbir fedakârlıktan kaçınılmaması gerektiğini belirttiler.

Gözcü projesini yaratanlar tam anlamıyla şoka uğramışlardı ama ellerinden de bir şey gelmiyordu, emir demiri keserdi.

Böylece proje içerik değiştirdi; Gözcü, yakın bir gelecekte partiye ağır bir darbe vurma, örgütleri çökertme amaçlı bir operasyon için çalışmaya başladı. Ancak o sırada Gözcü partiden birinin kendisinden kuşkulanmaya başladığını bildirdi. Kuşkucu kişiyi etkisiz hale getirmek için küçük bir operasyon yapıldı, 53 kişilik bir militan topluluğu ele geçirildi. Kuşkucu artık Gözcü'ye zarar veremezdi. Tutuklamaların gerçek amacını bilmeyen Sıkıyönetim Komutanlığı, Emniyet'i ve MİT'i kutladı. MİT'teki uzmanlar çok iyi biliyorlardı ki, TKP'nin bu tutuklanan grup gibi onlarca örgütü vardı. Ama ülkeyi yöneten generaller açıklama değil tutuklama istiyorlardı, olabildiğince çok ve çabuk tutuklama. Bu da Gözcü'nün fazla mesai yapması demekti.

Tam bu noktada beklenmedik bir gelişme oldu; parti Gözcü'yü Moskova'ya eğitime gönderme kararı aldı. İstihbaratçılar bu durumu temkinli karşıladılar. Yoksa Gözcü deşifre mi olmuştu? Parti onu Moskova'ya götürerek etkisiz hale getirmeyi mi amaçlıyordu? İstihbaratçılar kara kara bunları düşünürken, durumu öğrenen generaller bu gelişmeye sevindiler. Aradıkları fırsat ayaklarına gelmişti. "Böylece TKP'nin yurtdışı bağlantısı açığa çıkarılacak, vatan hainleri suçüstü yakalanacaktı."

Ama yanlış hesap Bağdat'tan olmasa bile Moskova'dan dönecek, Yıldırım'ın korktuğu olay eninde sonunda gerçekleşecekti. Kötü sonu engellemek için kurnazlık yapmaya karar verdi Yıldırım. Gözcü'nün mesajını aldıktan sonra Türkiye'ye şifreli bir rapor yazarak, izlendiğini, adamlarının deşifre edilmiş olabileceğini bildirdi. Operasyonu burada keserek Gözcü'yü korumak olanaklıydı. Böylece hem Gözcü'yü, hem de kendini kurtarabilirdi. Ama yolladığı rapora bir türlü yanıt verilmiyordu. Bütün umudu bu öğleden sonra gelmesi gereken diplomatik kuryedeydi. Yıldırım bunları düşünürken kapı açıldı, elinde sarı bir zarfla, büyükelçilikte kâtip olarak çalışan MİT'in acar elemanlarından Ali içeri girdi.

"Kurye geldi Amirim, sanırım beklediğiniz haber bunun içinde."

Yıldırım, Ali'nin uzattığı zarfı aldı, aceleyle açarak masaya yürüdü. Şifresini artık ezbere bildiği satırları ağır ağır, yutarcasına okudu. Yeniden okudu, yeniden okudu, sonra kâğıdı masanın üzerine fırlattı.

"Kötü bir haber mi Amirim?" diye sordu Ali.

"Önemli değil, böyle olacağını biliyordum," dedi Yıldırım ama suratından düşen bin parçaydı.

"Üzüldüm," dedi Ali. "Yapabileceğim bir şey varsa..."

"Sağ olasın," dedi Yıldırım dalgın bir sesle. Sonra bakışlarını genç meslektaşına çevirerek ekledi. "Sen de git yat artık, vakit geç oldu."

"İyi geceler," diyerek saygılı bir tavırla çıktı kapıdan Ali.

O çıkar çıkmaz, sağ elini yumruk yapıp öfkeyle sol avucuna vurarak söylendi:

"Bizi harcayacak bunlar! Göz göre göre yakacaklar bizi!"

Teşkilatta arasının iyi olmadığı askerlerle, anlaşamadığı sivil meslektaşları geldi gözlerinin önüne. "Nasıl da sevinecekler bu işe. Belki de özellikle bu görevi verdiler bana. Teşkilattan ayağımı kaydırmak için." Yıldırım MİT'te reform yapılmasını istiyordu. Bu düşünceleri teşkilatta her zaman güçlü olan askerlerin kulağına da gitmiş, birkaç kez usulünce uyarmışlardı onu. Başına bir iş gelse zil takıp oynayacaklarından kuşkusu yoktu. Duvardaki ahşap saatin gonguyla sıyrıldı düşüncelerinden. Gözleri ikinci gongunu vuran duvardaki antika saate kaydı, akrep ile yelkovan birbirlerine epeyce yaklaşmışlardı. Bir süre ne yapacağını bilemeden masasının yanında dikildi, kendini çok yorgun hissediyordu. Düşüncelerini toparlaması için iyi bir uykuya ihtiyacı vardı. Masanın üzerinde duran evrak çantasını alıp kapıya yöneldiğinde antika saatin gongu on birinci kez vurmaya hazırlanıyordu.

Yedinci Bölüm

Duvarları kardeş komünist partilerin kırmızısı bol flamaları, Rusça, İngilizce, İspanyolca, Arapça, Almanca, Fransızcayla yazılmış farklı sloganların süslediği rengârenk afişleriyle donatılmış geniş odada buluştuklarında, parti üyelerinin çoğunun neden toplandıkları hakkında en küçük bir fikirleri bile yoktu.

Sol tarafta duvarı boydan boya kaplayan, Moskova'daki belediye, fabrika, okul, yerel parti örgütlerinin armağan ettiği flama, plaket, rozet gibi eşyaların sergilendiği bir büfesi, ortada çamdan yapılma altı kişilik bir toplantı masası ve sağ tarafta yataktan bozma bir divanı bulunan bu odayı Türkler parti toplantıları için kullanıyorlardı. Asaf odanın ortasındaki ahşap masada oturuyordu, sol yanına Leonid'i, sağ yanına hücre sekreteri Hikmet'i almıştı. Yüzünde üzüntüden çok, trajik olaylar karşısında bile soğukkanlılığını yitirmeyen büyük adamların sessiz ciddiyeti okunuyordu.

Leonid, ellerini çaresizlikle masanın üstünde kavuşturmuş, az sonra duyurulacak olan felaketin sorumlusu sanki kendisiymiş gibi huzursuzluk içinde bekliyordu. Asaf'ın tüm ısrarlarına karşın, öğrencilerine Mehmet'in öldürüldüğünü söylemeyi göze alamamıştı. Toplantıya katılma konusunda da çok düşünmüş ama saygı duyduğu, umut bağladığı bu insanları böyle zor bir durumda yalnız bırakmayı kendine yedirememişti. Şimdi ona her zamankinden daha çok ihtiyaçları vardı.

Kolektifin sekreteri Hikmet'in yüzünde hüzünle korkunun birbirine karıştığı, henüz anlamını bulamamış bir ifade gezinip duruyordu. Asaf, Mehmet'in öldürüldüğünü ona anlatmıştı ama olayı tam olarak kavradığı söylenemezdi.

Cinayet haberini duyduğunda tek bir sözcük bile etmeden, anlamsız gözlerle bakınıp durmuştu. Asaf onun korktuğunu hatta paniklediğini düşünmüş, "Demek ki, kritik anlarda bu yoldaştan bir şey beklememek gerekir," diye geçirmişti içinden.

Korkmuştu Hikmet ama ruh halini yalnızca bu duyguyla açıklamak haksızlık olurdu. Hissettiği korkudan çok, o yıllardır yakasını bırakmayan bildik huzursuzluktu. Beklenmedik olaylar, başarı getiren hoş sürprizler bile olsa, onda büyük tedirginliklere yol açardı. Dengesi bir anda bozulur, yaşarken kıymetini bilmediği o saydam dinginlik günlerce yerine gelmezdi. Eski durumun neden, nasıl değiştiğini anlamak, yeni olana ayak uydurmak, bütün bunlar korkunç şeylerdi Hikmet için. Onun ruhunu dinginleştiren en önemli etkendi denge. Marksizm'i benimsemesinde de bu eğiliminin önemli bir rol oynadığı söylenebilirdi. İnsanlığın komünizmle ulaşacağı o büyük uyuma, toplumsal işleyişin kazanacağı o olağanüstü armoniye duyduğu hayranlık, Hikmet'in devrimci kavgaya katılmasında belirleyici bir etken olmuştu.

Mehmet'in öldürülmesi bütün dengesini altüst edecek, onu ciddi bir depresyona sürükleyecek çapta bir olaydı. İşin en kötü tarafı, bu saplantısını yoldaşlarından gizlemek zorunda olmasıydı. Bunalımının daha da katmerlenmesi anlamına geliyordu bu. Ama sorununu kimseye anlatmazdı, bunu bir tür zayıflık olarak görüyordu. Hem anlatacaktı da ne olacaktı, sanki biri çıkıp da şöyle yaparsan geçer mi diyecekti. O halde tartışmanın bir anlamı yoktu. Olayı duyduğunda gözlerinde beliren o ürküntü veren derin boşluk bu yüzdendi, Asaf'ın düşündüğü gibi yalnızca korkudan değil.

Masanın sol tarafında yataktan bozma divanda Türk komünistlerinin en ayrıksı kişisi Kerem oturuyordu. Buna oturmak da denilmezdi, sırtını arkaya dayayarak yan uzanmıştı demek daha doğru olurdu. Şiddetli bir grip geçiriyordu, üç gündür Moskova'daki okulun revirinde yatıyordu. Mustafa Suphi'leri Anma Toplantısı söz konusu olunca hasta yatağından kalkıp gelmişti siteye. Ama pek doğru yaptığı söylenemezdi, hapşırıp duruyordu. Gözlerinin altı çökmüştü, hâlâ geçmeyen ateşin yanaklarına verdiği hafif kızıllık, insanlarla barışık olmayan bu tuhaf adamın yüzüne, arkadaşlarının hiç de alışık olmadıkları bir mahcubiyet havası veriyordu.

Futbol, voleybol maçlarına katılmazdı Kerem, masa tenisi ya da bilardo oynadığı görülmüş iş değildi. Bazen o da havasında olursa satranç oynayanları izler, genellikle dayanamaz, masanın birine kendi de çökerdi. Bu oyunda hiç de fena değildi, iddialı Rusları bile yendiği olurdu. İnsanların görmek için dünyanın dört bir yanından onca yolu tepip geldiği halde bilet bulmakta zorlandığı, ama Leninizm Enstitüsü öğrencilerinin en ön sıralarda rahatça oturma olanağını elde edebildiği ünlü Bolşoy Balesi'nin gösterilerine bile yalnızca bir kez gitmişti. O da tarihin ilk köle ayaklanmasını konu alan Spartacus'ün sahnelendiğini söyleyen Şerif'in ısrarıyla. Bir daha da ne bir tiyatroya ne de başka bir sanatsal etkinliği izlemeye gitmişti. Yoldaşların neredeyse tamamı giyinip kuşanıp Moskova'ya inerken o odasına kapanır, bir türlü bitiremediği *Kapital*'i birkaç demlik çay, birkaç paket sigara eşliğinde okumaya başlardı. Kolektifin sanat sorumlusu olan Cemil bir kez onu eleştirmeye kalkmış ama aldığı tepki karşısında bunu yaptığına yapacağına bin pişman olmuştu.

"Yoldaş," demişti Cemil, olanca içtenliğini takınarak. "Bu gösterileri belki bir daha ömür boyu izleme olanağı bulamayabilirsin."

"Ben buraya bale izlemeye gelmedim," demişti Kerem, soğuk bir tavırla.

"Ama bu da eğitimin bir parçası," diyerek ikna etmeye çalışmıştı Cemil.

"Eğitimin ne olduğunu senden öğrenecek değilim," diyerek kestirip atmıştı Kerem.

Cemil işin peşini bırakmayıp, "Yanlış düşünüyorsun yoldaş, biz birbirimizden öğreniriz," diye üsteleyince, Kerem onu eliyle itekleyerek, "Beni rahat bırak," demişti.

Cemil, ani bir refleksle Kerem'in elini yakalamış, iki yoldaş gergin bakışlarla birbirlerini süzmüşlerdi. Kökleri ülkede yaşanan olaylara kadar uzanan bu gerginliğin kavgaya dönüşeceğini fark eden Cemil kendine gelmiş, "Ne halin varsa gör," diyerek onu bırakıp gitmişti.

Bir komünist için oldukça tuhaf olan bu süreğen yalnızlık hali o kadar belirgindi ki, yabancı gruplar da durumu fark etmekte gecikmemişler, Yunanlılar onu, "dokuz artı bir," diye tanımlar olmuşlardı.

En iyi, çocuklarla anlaşırdı Kerem. Dillerini bilmemesine karşın sitenin bütün işlerini çekip çeviren, İkinci Dünya Savaşı'nın kahramanı, günümüzün sevimli alkoliği ihtiyar İvan'ın altı yaşındaki torunu Seryoşa'yla oyunlar oynar, iri cüssesine aldırmadan karlar arasında onunla koşuşur dururdu. Kerem'in bu halini gören yoldaşları ne diyeceklerini bilemez, onu devrimci harekete hasbelkader gelmiş bir tür meczup olarak kabul ederlerdi.

Onu savunan tek kişi Mehmet'ti. "Kerem'in neler yaşadığını bilmiyoruz, belki de başından çok kötü olaylar geçmiştir," diyerek bu yoldaşa karşı daha anlayışlı davranılmasını isterdi. Ama Kerem, Mehmet'ten hiç hoşlanmazdı, kolektifte sevdiği tek kişi Şerif'ti. Eğer buna sevmek denebilirse, çünkü bazen Şerif'le saatler süren uzun sohbetler yapar, aralarından su sızmaz ama bazen de onu hiç tanımıyormuş gibi davranırdı. Şerif'in de bu sohbetlerden hazzettiği pek söylenemese de, bu sorunlu yoldaşı kırmak içinden gelmez, gerekirse sabaha kadar onu dinler, konuşmadığı zamanlar da tek soru bile sormadan kendi işine bakardı.

Kerem, yüksek ateşten baygınlaşan gözlerinde tuhaf bir ifadeyle karşı iskemlede sigarasını tüttüren Şerif'e bakıyordu.

Üstünkörü gülümsedi Şerif arkadaşına; aklı apansız çağrıldıkları bu geceyarısı toplantısındaydı. Sigarasından derin bir nefes çekip bakışlarını odanın ortasındaki masaya kaydırarak Asafi incelemeye başladı. Ama duygularını gizlemede usta olan yılların politikacısı Asaf'ın yüzünden olanları anlaması çok zordu. Derin bir nefes daha çekti sigarasından, tütünün acı tadı damağını dağlayıp genzine kadar ulaştı, yüzünü buruşturarak elindeki sigaraya baktı. Cosmos, Sovyetler'de üretilen en iyi markalardan biriydi ama Samsun'dan sonra Şerif'e oldukça tatsız gelmişti. Ülkeden getirdiği stok bitince çaresiz alışmıştı bu sigaraya.

Daha kırkına bile girmemişti Şerif ama en az ellisinde gösteriyordu. Cılız kumral saçları çoktan beyazlamaya başlamıştı, seyrek kirpiklerinin tükendiği göz uçlarından şakaklarına uzanan derin kırışıklıklar çileli bir geçmişin izleriyle erken bastıran bir yaşlılığın sevimliliğini aynı anda nakşetmişti bu zayıf yüze.

"Sen niye geldin ki bu hasta halinle?" diye çıkıştı Kerem'e; biraz da odadaki can sıkıcı suskunluğu bozmak için sormuştu bu soruyu.

Kerem hiçbir şey söylemedi, acı acı gülümsedi yalnızca. Asaf da işitmişti Şerif'in söylediklerini. Bu lafları yersiz bulduğunu belirten bir ifadeyle baktı onlara. Şerif tınmadı, gözleri Leonid'e kaymıştı; göz göze gelecek gibi oldular ama Rus öğretmen bakışlarını hemen kaçırdı. Şerif buna bir anlam veremedi, neler oluyordu? Düşünceleri yanında oturan Can'ın fısıltısıyla dağıldı.

"Önemli bir olay var galiba?"

Şerif arkadaşına dönerek ilgiyle dinlemeye başladı.

"Baksana," diye sürdürdü Can, başıyla masayı göstererek. "Leonid ile Asaf da katılıyor toplantıya."

Gerçekten de bu ikisinin kolektifle birlikte toplantı yaptıkları görülmüş iş değildi, hem de gecenin bu saatinde. Asaf daha önce yalnızca bir kez bulunmuştu toplantılarında, o da Moskova'ya geldikleri ilk günlerde. O toplantıda parti okulundaki eğitimin önemi, TKP'lilerin yıllardır en disiplinli öğrenciler olma onurunu ellerinde tuttukları, bu onuru yeni kolektifin de bozmaması gerektiği hakkında bir söylev çekmiş, kadınlarla ilişki konusunda dikkatli olunması, bütün ilginin derslere verilmesini önermişti. O günden sonra da Asaf'ın kolektifle örgütsel ilişkisi kesilmişti. Kesilmişti ama o hiçbir zaman yoldaşlardan uzak duramamış, her fırsatta insanlara karışmayı sürdürmüştü. Özellikle, Marksizm'le ilgili ukalalık sayılacak açıklamalar yapmaktan çekinmeyen Cemil ile kadınlarla arası iyi olan Can'a sık sık takılması yüzünden tatsızlıklar çıkmıştı.

Can, temiz giysileri, bakımlı haliyle öteki yoldaşlardan hemen ayrılıyordu. Almanya'ya işçi olarak giden Kürt bir ailenin ikinci erkek çocuğuydu. Cemil ona, "Zaza Kürtlerinin en yakışıklısı," diye takılırdı. Almanya'da partilenmişti Can. Daha güvenli bir çalışma yapma olanağı varken, Avrupa'da yaşayan birçok Türkiyeli komünistin tersine, daha tehlikeli bir görevi seçmiş, merkez komite ile ülkedeki örgütler arasında kurye olarak çalışmaya başlamıştı. Bu yüzden ülkedeki partililerin psikolojisini yakından biliyordu. Onu tanıyanlar da insana güven veren bu içten gülüşlü yoldaşı kendilerinden biri sayıyor, Avrupa'da yaşayan kavga arkadaşlarına karşı alttan alta hissettikleri küçümseme duygusunu ona karşı duymuyorlardı. Can'ın ülkedeki TKP'lilere göre önemli bir avantajı daha vardı. Parti merkezindeki insanları tanıyordu. Ülkedeki yoldaşların pek çoğunun sandığı gibi örgütü yarı tanrı, yarı insan efsanevi önderlerin değil, yanlışlar yapabilen, korkan, bazen kendi çıkarlarını düşünen, kendisi gibi etten kemikten kadroların yönettiğini biliyordu. Onun kafasında TKP miti çok önceden yıkılmış, örgütü daha gerçekçi bir gözle değerlendirme olanağını bulmuştu.

Can'ın yanındaki iskemlede Beşir oturuyordu. Leninizm Enstitüsü'nün Avrupa'da üretilmiş malların satıldığı mağazasından oldukça yüklü bir paraya aldığı, yanları beyazlı-kırmızılı şeritlerle süslenmiş lacivert eşofmanlarıyla gelmişti toplantıya. Aynı eşofmandan Afganlılar, Brezilyalılar, Lübnanlılar ve Nikaragualılar da almışlar, Sovyet hükümeti nedense tek tip eşofman ithal ettiğinden, farklı ülkelerin devrimcileri aynı futbol takımının üyesiymişler gibi benzer eşofmanlarını giymek zorunda kalmışlardı. Belki de Beşir enternasyonalizm duygusunu böylesine somut yaşattığı için bu eşofmanları çok seviyor, dershaneden gelir gelmez hemen sırtına geçiriyordu. Daha önce de defalarca toplantılara eşofmanla katılmıştı. İlkinde Hikmet onu uyarmış, eşofmanların toplantının ciddiyetini bozduğunu söylemişti. Ama Beşir mahpushanede en önemli toplantıları bile eşofmanlarla yaptıklarını söyleyerek karşı çıkmıştı parti sekreterine. Tartışma uzamaya başlayıp da konu Çanakkale Cezaevi'nde yaşanan açlık grevlerindeki kahramanlıklara dönünce, artık bu öyküleri dinlemekten gına gelen öteki yoldaşlar müdahale etmişler, Beşir de böylece kendi aralarındaki toplantılara eşofmanla katılma hakkını elde etmişti. Ama şimdi, odadaki ağır havadan, önemli bir sorunla karşı karşıya olduklarını anlıyor, özellikle de Leonid'in burada olmasından çekinerek, "Toplantıya eşofmanla gelmekle yanlış mı yaptım acaba?" diye düşünüyordu. Bakışları karşı duvarda Slav tarzı nakışlarla bezenmiş ahşap bir çerçevenin içindeki Nâzım Hikmet'in "Seni Düşünüyorum" başlıklı şiirine kaydı.

Türkiye Komünist Partisi,
                    T.K.P.'m benim,
                              seni düşünüyorum.
Sen dünümüz, bugünümüz, yarınımızsın,
en büyük ustalığımız,
                    en ince hünerimizsin.
Sen aklımız, yüreğimiz ve yumruğumuzsun.
Dünyada bir anılır şanlı soyun var:
sen küçük kardeşisin V.K.P.(B)'nin
Sen bana bugün
          mübarek alnındaki yara yerinle
ve işçi bileklerinde zincir izleriyle göründün,
yürüyorsun dimdik, pırıl pırıl.
Ömrümde yalnız seninle
          ve senin safında olmakla övündüm.

Bu şiiri ezbere söyleyecek kadar çok okumasına karşın, her okuyuşunda heyecanlanmaktan, gözleri dolacak kadar coşkuya kapılmaktan kendini alamazdı Beşir. Aslen Mardinliydi. O tatlı aksanı da olmasa kimse onun Kürt olduğunu anlayamazdı. Bir İsveçli kadar sarışındı, açık mavi gözlerinin pek etkileyici olduğu söylenemese de, kalkık küçük burnu, uçları adeta beyazmış gibi duran uzun kirpikleri ve biçimli kaşlarının dört parmak üstünden başlayan kıvırcık sarı saçlarının bu iriyarı genç işçiye sevimli bir hava verdiği inkâr edilemezdi.

Beşir'i gülümseyerek süzüyordu Cemil. "Cenaze evini andıran bu odanın içindeki en renkli kişi," diye geçirdi aklından. Beşir'in çaprazında oturuyordu. Yirmi beş yaşındaydı. Kuzguni siyah saçları, bıyıkları, buğday rengi tenini olduğundan daha esmer gösteriyordu. Yabancı öğrencilerin çoğu İspanyol sanmışlardı onu. Dizginleyemediği bir heyecanı vardı, çoğu zaman coşkusu sağduyusunu bastırır, olmadık çıkışlar yapar, gereksiz tartışmalara neden olurdu. Bu heyecanın altında kendini gösterme duygusuyla yanıp tutuşan güçlü bir ego yatıyordu. Ama Cemil bu duygusunu devrimci romantizm diye açıklamayı daha uygun buluyordu. Teoriye yatkın bir zekâsı vardı. Bu niteliği onu zaman zaman ukalalaştırıyor, yoldaşlarının tepkisini çekiyordu. Ama kendisiyle öylesine meşguldü ki, yoldaşlarının tavrını fark ettiği pek söylenemezdi. En iyi anlaştığı kişi Şerif'ti. Bazı konularda ters düşseler de, Cemil'in bütün kolektiftekilere yetecek kadar fazla olan coşkusu, ülkede olumsuz bir çalışmanın içinden gelen Şerif'i de etkilemiş, bu delidolu genç yoldaşı öz kardeşi gibi sevmeye başlamıştı.

Turgut, Asaf'ın karşısındaki iskemleye yerleşmişti. Elindeki İngilizce-Türkçe cep sözlüğüne bakarak yeni sözcükler ezberlemeye çalışıyordu. Yunanlı sevgilisi Eli'yle daha iyi anlaşabilmesinin tek yolu İngilizce sözcük dağarcığını genişletmesiydi. Temiz bir yüzü vardı, kolektiftekilerin çoğu gibi orta boyluydu. Siyah saçlarının tersine, bıyıkları parlak bakır rengiydi. Kıbrıslıydı Turgut, belki de Eli'yi bu yüzden seçmişti. Aslında bu seçimin kıza ait olduğunu söylemek daha doğru olur, çünkü Turgut da yabancı kadınlar karşısında Türk erkeğinin geleneksel tutukluğunu yaşadığı için, Eli'den hoşlanmasına karşın ilk adımı atmakta duraksamış ama işi şansa bırakmak istemeyen Yunanlı komşunun girişimleriyle bu ateşli aşk, Moskova'nın soğuk ikliminde filizlenmeye başlamıştı. Eli'nin aşkına verdiği tutkulu karşılıktan da anlayabileceğimiz gibi, Turgut soğukkanlı görünmesine karşın, aslında ateşli bir çocuktu. Bu yüzden de kendi partisindeki yasal çalışma yerine TKP'nin fırtınalı yaşamını seçmişti. O da Can gibi kurye olarak çalışıyordu. Kıbrıslı olduğu için daha az dikkat çekiyor, ülkeye kolayca girip çıkabiliyordu.

Şu ana kadar kolektiften kimseyle takışmamıştı. Turgut'un uyumlu hali hemen herkesin dikkatini çekmiş, beğeni toplamıştı. Sekreter atanmadan önce oybirliğiyle muhtar seçilmiş, kolektifin yönetsel işleriyle ilgilenmişti. Bu işi pekâlâ da iyi yürüttüğü söylenebilirdi. Ama sekreterin atanması uzadıkça, başta onu yetersiz bulan Durmuş olmak üzere, bazı yoldaşların tepkisini çeker olmuştu, neyse ki sonunda parti merkezi Hikmet'i sekreter olarak atamıştı da, büyük tatsızlıklara yol açılmadan Turgut yeniden kendi kabuğuna çekilip derslerine çalışmaya, sevgilisiyle rahatça birlikte olmaya başlamıştı. Spor karşılaşmalarında grubun aranan elemanlarından biriydi; özellikle de futbolda amatör bir kümede oynayacak kadar yetenekliydi. Ama Moskova'da ona gerekli olan futbol değil, İngilizce ve Marksist teoriydi. Hangisi daha önemli diye sorarsanız, sanırım Turgut, Eli'nin iri siyah gözlerini anımsayarak uzun uzun düşünür, sonra da, "Bunu kestirmek gerçekten de zor yoldaş," derdi.

En son Nejat girdi içeriye. En uzun boylu olanlarıydı, kumraldı, henüz yirmi altısında olmasına karşın saçları şimdiden açılmaya başlamıştı. İstanbul'da yaşıyordu, ailesi yıllar önce Bulgaristan'dan gelmişti Türkiye'ye. O da Cemil gibi çocuk denecek yaşta atılmıştı kavgaya. Lise çalışmasında her kademede bulunmuş, önemli bir görevdeyken artık yaşının büyüdüğü gerekçe gösterilerek alınıp kenara konulmuştu. Buna hiç itiraz etmemişti, o verilen her görevi yerine getirmeye hazır, su katılmamış bir parti işçisiydi. Eğitime gelmesi de büyük bir özveri işiydi zaten. Kimse ona önceden Moskova'ya eğitime gideceğini, buna göre hazırlık yapmasını söylememişti. Oysa Moskova'ya gelecek yoldaşlara en az birkaç ay önceden haber verilir, ona göre hazırlıklar yapılırdı. Gerçi parti Nejat'ı eğitime yollamayı düşünüyordu ama bu yıl gideceklerin arasında yoktu. Son anda listedekilerden birinin gitmesi tehlikeye girince, parti sorumlusu hemen o gün Nejat'ı çağırıp, "Bu akşam Moskova'ya eğitime gidiyorsun," deyivermiş, arkasından da eklemişti, "Bak her yoldaşa kısmet olmaz bu."

Nejat şoke olmuştu, çünkü daha iki gün önce bir kızı dünyaya gelmişti. Bu durumu karısına nasıl açıklayacaktı, hadi ona açıkladı, ya çalıştığı şirkete ne diyecekti? Ama parti kararıydı, uymamak olmazdı. Önce çalıştığı yere gitti; babasının çok rahatsız olduğunu, onun işini devralması gerektiğini söyledi. Yarım maaşını da içerde bırakarak ayrıldı şirketten. Eve gitti, durumu karısına anlattı. Ağladı kadıncağız, sonra ne yapalım, madem parti kararı, deyip kocasının bavulunu hazırlamaya başladı. Akşamüzeri yoldaşıyla görüşüp sahte pasaportunu aldı Nejat. Bir tek yakınma sözcüğü bile çıkmamıştı ağzından. Geceyarısı Bulgaristan'a giden trende pencere kenarına oturmuş, ay ışığının altında bitip tükenmek bilmeyen verimli tarlaları seyrediyordu ama aklı karısı ve kızında kalmıştı.

Moskova'ya gelince kolektiftekilerle hemen uyum sağlamıştı. Kâğıt oyunlarını iyi biliyordu, bilardoya yatkındı. Gerçi yaşı ilerlemişti ama hâlâ lise yıllarının çalışma alışkanlıklarını sürdürüyor, bu davranışları zaman zaman komik durumların ortaya çıkmasına neden oluyordu. Buna rağmen kimse ona kızamıyor, içindeki çocuğu koruyan bu yoldaşa hemen herkes sempatiyle bakıyordu.

Nejat içeri girerken Hikmet soru dolu bakışlarını ona dikmişti. Nejat biraz öfkeli bir tavırla ellerini yana açarak, "Yok," dedi. "Adam hiçbir yerde yok. Bilardo salonuna baktım, yok. Ekvadorlu Luis ile İsrailli Yakob maç yapıyorlardı, onlara sordum, görmemişler. Yer yarıldı da içine girdi sanki."

"Bence yerin dibine değil de başka bir yere girmiştir," dedi Cemil hınzırca.

Şerif arkadaşının neden bahsettiğini anlamış, gülümseyerek başını öne eğmişti.

Asaf sert bakışlarını Hikmet'e dikerek sordu:

"Moskova'ya inmemiştir, değil mi?"

Parti kararı kesindi. Hiçbir yoldaş tek başına siteden ayrılamazdı.

Hikmet sıkıntılı ama kesin bir tavırla yanıtladı:

"İnmemiştir, bunu yapamaz." Nejat'a dönerek sürdürdü sözlerini: "Belki Afganlıların yanındadır."

"Belki," dedi Nejat, Kerem'in yanına otururken. "Ama sitedeki bütün grupları tek tek dolaşamazdım herhalde."

Bütün gözlerin üzerine çevrildiğini hissetti. Savunma zorunluluğu duydu.

"Hem onlar çoktan uyumuştur. İnsanları rahatsız edemezdim ya." Gözler hâlâ üzerindeydi. Birden anımsamış gibi, "Ha yahu, dışarıda iki Sovyet vatandaşı gördüm, tanıyan var mı, kim onlar?"

Asaf, söz konusu kişilerin Mehmet'in odasını aramaya gelen Viktor'un adamları olduğunu anlamıştı.

"Onlar görevliler," dedi. "Binada tamir edilecek yerler var mı, onlara bakacaklarmış."

"Geceyarısı mı?" dedi Şerif kuşkuyla. Ortalıkta karanlık bir şeylerin döndüğüne kesinlikle emin olmuştu artık.

"Bu adamların da işlerine akıl sır ermiyor," dedi Cemil, dudaklarında hinoğluhin bir gülümsemeyle.

"Gördüğünüz gibi yenilenme süreciyle birlikte, Sovyet insanları gece gündüz demeden çalışıyor," diye espri yapmaya kalktı Beşir ama kimse gülmedi.

Nejat sıkıntıyla yün gömleğinin cebinden sigarasını çıkardı, yakacaktı ki Leonid öksürmeye başladı. Öksürük sesleri Asaf'ın beyninde yankılandı, migreni tutmak üzereydi. Yüzünü buruşturarak Nejat'a döndü, "Yoldaşlar mümkünse sigara içmeyelim," dedi.

Nejat bir an alınmış gibi kaş altından süzdü masadakileri. Asaf sözlerini sürdürdü. "Sigarası yananlar da söndürürse iyi olur. İçerde göz gözü görmez hale geldi."

Sigara içmeyen azınlık bu talebi gönülden destekledi, sigara içen çoğunluktan bazıları homurdansa da hepsi birer fırt daha çekip ellerindeki izmaritleri kül tablalarına bastırdılar. Sağlığına dikkat eden Can bununla da yetinmedi, kalkıp odanın geniş pencerelerinden birini ardına kadar açtı. İçerisi bir anda soğudu. Ama soğuk Can'ın umurunda değildi, pencereden içeri dolan havayı içine çekerek söylendi.

"Mis gibi kar kokuyor."

Leonid dalgınlığından sıyrılıp Can'a baktı. Bu sözleri küçükken annesinden defalarca duymuştu. Sabah kalkıp da kapılarının önüne kadar yığılan karları görünce, sevinçle mırıldanırdı annesi: "Mis gibi kar kokuyor." Küçükken bir anlam veremezdi bu sözlere. Kar da kokar mıydı canım! Ama üniversiteye girdiği yıl, ilk aşkı, ilk göz ağrısı, sonradan karısı olacak Larissa'yla donmuş Moskova Irmağı boyunca yürürken o da duymuştu kar kokusunu. Bunu annesine anlatınca da, "İşte şimdi tam bir Moskovalı oldun," demişti yaşlı kadın. "Kar kokusunun farkına varmayan Moskovalı mı olurmuş!" Ama sonra kanıksadığından mıdır, unuttuğundan mıdır, yaşamın ağırlığından mıdır bilinmez, duymaz olmuştu, insanı serin, yumuşacık dinginliğiyle saran o belli belirsiz kokuyu.

"Yeter artık kapat şunu," diyen Nejat'ın sesiyle sıyrıldı düşüncelerinden Leonid. "Hepimizi hasta edeceksin."

Can acele etmedi ama bu kez uyarı Asaf'tan geldi.

"Can yoldaş kapat pencereyi de başlayalım." Can istemeye istemeye pencereyi kapatırken Asaf da yanında oturan Hikmet'e döndü.

"Durmuş olmadan başlamak zorundayız," dedi.

Hikmet tedirgindi, bir şeyler söyleyecekti ki, yüzünde yapılan işe anlam veremeyen bir ifadeyle Şerif atıldı.

"Yalnızca Durmuş değil, Mehmet de yok."

Leonid'in dudakları belli belirsiz titremeye başlamıştı. Hikmet sıkıntıyla sağ elini çenesine götürüp farkında olmadan ağzını kapatmıştı, Asaf bakışlarını önce Şerif'e çevirdi, sonra odadakilere döndü. Sanki herkesi tek tek süzer gibiydi ama aslında kimseyi gördüğü yoktu. Büyük felaketler karşısında bile metanetini yitirmeyen, kararlı bir önder gibi davranmak istiyor ama kaşlarını kaldırışından parmaklarını oynatışına kadar, bütün bedenini etkileyen bir çekimserlik ona engel oluyor, cinayetin etkisinden bir türlü kendisini kurtaramıyordu.

"Zaten toplanmamızın nedeni de," diyerek bir deneme yaptı ama güvenli bir ses tonuyla girdiği cümlenin daha üçüncü sözcüğünde sesi titremeye başladı, açıklamasının sonunu getiremedi. Bir süre durakladı, derin bir soluk alarak, "Toplanmamızın nedeni Mehmet yoldaş," diyerek güç bela bitirebildi cümleyi.

Odadakilerin yüzleri gerilmiş, bakışlar Asaf'ın dudaklarına kenetlenmişti. Artık kötü bir şeyler olduğunu sezinlemişlerdi ama içlerinden biri de çıkıp neler oluyor diye soramıyordu.

Asaf'ın yapmacık metanetini korumaya çalışan son çizgiler de yumuşamış, yüzü bir bozgun habercisinin yılgın ifadesini almaya başlamıştı.

Rahatsız edici bir boyuta ulaşan sessizlik, merakına herkesten önce yenilen Şerif'in sorusuyla bozuldu.

"Eee, ne olmuş Mehmet'e?"

Bir an hissedilen duraksamayı da saymazsak, sesi o kadar doğaldı ki, odanın gerilimi biraz yumuşar gibi oldu ya da Asaf böyle düşündü, derin bir soluk alarak konuşmaya başladı.

"Mehmet yoldaş," dedi ama yine de hemen açıklayamadı, "Mehmet yoldaş," diye tekrarladı, bu yinelemeler konuşması için ona güç verir gibiydi. "Mehmet yoldaş öldü!"

Sekizinci Bölüm

"Mehmet yoldaş öldü!"

Asaf'ın dudaklarından dökülen bu üç sözcük, odada ürkütücü bir sessizliğe yol açtı. Odadakiler dehşetten fal taşı gibi açılmış gözlerle birbirlerine baktılar ama içlerinden kimse çıkıp da bir şey soramadı. Beklenmedik bir olay, hele de bu bir ölümse, ne kadar açık anlatılırsa anlatılsın, işitilmesiyle kavranması arasındaki süre sıradan bir habere göre daha uzun oluyordu.

"Cesedini Leonid bulmuş," diye sürdürdü konuşmasını Asaf, biraz rahatlamış görünüyordu. "Bizim kaldığımız binanın önünde..."

Asaf konuşmasını sürdürecekti ki, gözlerin Leonid'e çevrildiğini, kimsenin onu dinlemediğini fark edince susarak o da Rus öğretmene bakmaya başladı.

Leonid suçüstü yakalanmış gibi iki kez yutkunduktan sonra, "Pencereden gördüm," dedi, titrek bir sesle. "Köprünün üzerindeydi... Karanlıktı... Önce seçemedim. Aşağıya indim... Baktım bizim Mehmet..."

"Nasıl ölmüş?" diye sordu Şerif, ağlamaklı bir sesle.

"Demir bir çubuk... Sırtında..." Sözcüğü düzeltti, "Sırtına demir bir çubuk saplanmış," dedi.

Yerde kanlar içinde yatan Mehmet'in cesedi geldi Şerif'in gözlerinin önüne.

"Bu akşamüzeri buzları kırdığınız demir çubuklardan biri... sırtına saplanmış," diye sürdürdü Leonid.

"Saplanmış mı?" dedi Can, araya girerek. Yakışıklı yüzü şaşkınlıktan allak bullak olmuştu.

"Evet, sırtından girmiş." Anlatırken, demir çubuk ona saplanmış gibi acıyla yüzünü buruşturmuştu Leonid.

"Öldürülmüş mü?"

Bu ürkek fısıltının kimin ağzından çıktığı belli olmadı, belki de herkes kendi kendine bu soruyu sormuştu da içlerinden yalnızca biri düşüncesini dile getirebilmişti.

Mehmet bir kazayla ya da doğal nedenlerle ölmüş olsaydı yoldaşları buna üzülecekler, günlerce olayın etkisinden kurtulamayacaklardı ama öldürülmüşse, bu aynı zamanda burada bulunanların da tehlike altında olduğu, her an içlerinden birinin daha cinayete kurban gidebileceği anlamına geliyor, bir yoldaşın kaybından duyulan üzüntünün yanı sıra, kendi can güvenlikleri için duydukları derin kaygı da içlerini kemiriyordu.

"Ne yazık ki öyle," diyen Asaf yetişti ağlamamak için kendini zor tutan Leonid'in yardımına.

"Onu kim öldürmüş olabilir?" diye öfkeyle söylendi Can. Arkadaşına duyduğu üzüntü, kendine yönelen tehditten daha mı ağır basmıştı, yoksa öldürülme olasılığını hiç mi aklına getirmemişti, belli olmuyordu.

"Yabancılardan biri olmalı," diye söylendi Hikmet, kesin bir tavırla. Kendi kolektifinden birinin böyle bir cinayet işlemiş olmasını düşünmek bile istemiyordu.

"Bildiğim kadarıyla yabancılarla hiçbir sorunu yoktu," dedi Şerif, bu konuda farklı düşünceleri olduğunu belli ederek.

"Pepe'yi unutma," diye atıldı Beşir, sesi öfke doluydu. "Yılbaşında sevgilisiyle dans etti diye boğmaya kalktıydı Mehmet'i."

"Ertesi gün oğlan gelip özür diledi," diye karşı çıktı Şerif. "Sonra da Pepe'yle dost oldular. Hatta birlikte gidip yeşil Brezilya çayı bile içtik odalarında."

"Mehmet'i herkes severdi," diye yakındı Turgut. "Hiç kimseye bir kötülüğü yoktu ki..." Sesi titremeye başlamıştı.

"Belki de," dedi, dalgınlıktan sıyrılmış bir ses tonuyla Cemil. "Onu faşistler öldürdü."

"Faşistler mi?" diye sordu Can.

"Düşünsenize Türk müteahhitleri Moskova'da inşaatlar yapıyorlar. Onların çalışanları arasına karışıp..."

"Saçma," dedi Asaf araya girerek. "Bizim burada kaldığımızı nereden bilecekler."

"MİT söylemiştir. Ya da CIA, biliyorsunuz faşistleri taşeron olarak kullanıyorlar."

"Ben de sanmıyorum," dedi Şerif. "Biz terörist bir örgüt değiliz ki."

"Bilemiyorum," dedi Cemil, gözlerini yere indirerek. "Cunta bizi yıldırmak için her tür saldırıyı dener gibime geliyor."

"Öyle ya da böyle, gitti yoldaşımız," dedi Beşir, yazıklanarak.

Bu akıl yürütmeleri gereksiz bulduğu her halinden belliydi.

"Onu ne kadar tanıyorsunuz?" diyen bir ses duyuldu. Aynı anda bütün gözler Kerem'e çevrildi.

Kerem uzandığı divanda güç bela doğrulmuş, yanıt arayan bir adamın merakından çok, odadakilerin tavrını benimsemeyen, hatta bir parça küçümseyen bakışlarla arkadaşlarını süzüyordu.

Cemil bir şeyler söyleyecekti ki, Beşir ondan önce davrandı:

"Ne demek istiyorsun yoldaş?" diye sordu, anlamaya çalışan bir ifadeyle.

Kerem alabildiğine sakindi.

"Mehmet'i diyorum, ne kadar tanıyorsunuz? Mesela sen, Beşir yoldaş, onun gerçek ismini biliyor musun? Ne iş yapardı? Karısı, çocukları var mıdır?"

"Nereye varmak istiyorsun yoldaş?" diyerek, Hikmet kesti sözünü.

Kerem onu takmadı, Nejat'a dönerek sürdürdü konuşmasını.

"Daha bir hafta önce, yemek kuyruğunda onu bencil diye suçlayan sen değil miydin?"

"O başka..." diye karşı çıkacak oldu Beşir.

"Başka mı, hadi o başka, ya sen Nejat yoldaş, Mehmet sosyal psikoloji dersinde çok konuşuyorsun dediğinde, aranızda geçen sert tartışmayı ne çabuk unuttun."

Kerem'i ciddiye almayan Nejat, "Sayıklıyor," diye mırıldandı.

"Sayıklamıyorum," dedi Kerem, keskin bakışlarını Nejat'a dikerek. "Sayıklamıyorum ama öfkeleniyorum."

"Sen ne diyorsun be," diye gürledi Cemil, iskemlesinde yarı doğrularak. "Mehmet öldü diye neredeyse sevineceksin."

Cemil'in sözleri Kerem'i zıvanadan çıkarmaya yetmişti, hasta haline bakmadan kavga edecekmiş gibi doğruldu, bir şeyler söyleyecekti ki, "Yoldaşlar, lütfen sakin olalım," diyen Asaf'ın müdahalesiyle sustu.

Odadaki gerginliğin kötü bir yerlere varacağını sezinleyen Şerif, ötekilere fırsat vermeden atıldı.

"Kerem yoldaş," dedi yumuşak bir ses tonuyla. "Sen rahatsızsın, gidip uyusan..."

Kerem alınmış gözlerle baktı Şerif'e.

"Yazık, beni bir tek senin anlayacağını sanırdım," dedi, sonra tehdit edercesine baktı Şerif'e. "Belki de anlıyorsun, ama bunu söylemek işine gelmiyor."

"İyi değilsin yoldaş, git yat, sonra tartışırız," diyecek oldu Şerif ama Kerem aldırmadı.

"Siz de iyi değilsiniz..."

"Sayıklıyor," diye tekrarladı Nejat.

"Kendinde değil," diye onu destekledi Turgut.

"Siz kendinizde değilsiniz," diye yeniden sesini yükseltti Kerem. "Ne kendinizi, ne yoldaşlarınızı tanıyorsunuz."

Sustu, yorulmuş gibiydi, başı önüne düştü. Bir süre öylece kaldı. Odada kimse konuşmuyor, herkes onu izliyordu. Sonra yanında oturan Nejat'a döndü, dudaklarında yenilmiş bir gülümseme belirdi, eliyle arkadaşının dirseğine dokundu.

"Belki de sen haklısın," dedi. "Belki de sayıklıyorum."

Yanıt beklemeden döndü, gözlerini kapattı. "Sanki benim için tartışma bitti," der gibiydi.

Başka zaman olsa Kerem'in davranışını yadırgamaz, gülüp geçerlerdi. Ama ölmüş bir yoldaşın ardından yaptığı bu konuşmayı kaldırmak güçtü. Yine de kimse bulaşmadı Kerem'e. Odayı yeni bir suskunluk dalgası kaplamış, sıkıntı elle tutulacak kadar belirginleşmişti. Birinin duruma müdahale etmesi, bu moral bozucu havayı dağıtması gerekiyordu, bu işi Asaf yaptı:

"Yoldaşlar," dedi, sesi tok çıkıyordu, kendini adamakıllı toparlamıştı. "Biliyorum, hepimiz için ağır bir durum. Ama sakin olmalıyız. Düşman hiçbir yerde peşimizi bırakmıyor. Hatta burada, sosyalizmin anavatanında bile yoldaşlarımızı katletmeyi sürdürüyor. Soğukkanlı olmalıyız. Sovyet güvenlik birimleri olayı soruşturmaya başladılar bile. Ben de parti merkezine telefon edip durumu bildirdim. Durumu değerlendirmek için hemen toplanacaklar..."

"Peki, biz ne yapacağız?" dedi Şerif, gergin bir yüz ifadesiyle.

"Bekleyeceğiz, soruşturmayı yürütenlere yardımcı olacağız."

Şerif duymazlıktan gelerek Hikmet'e döndü.

"Kendi aramızda toplanıp bir değerlendirme yapmamız gerekmiyor mu?"

Hikmet, Şerif'in ne demek istediğini anlamamıştı, bir şeyler söyleyecekti ki Asaf atıldı.

"İşte toplandık ya. Her şeyi burada konuşabiliriz."

"Hayır, konuşamayız, bu bizim hücrenin toplantısı değil." Asaf sinirlenmeye başlamıştı.

"Peki ne toplantısıymış bu?"

"Bu parti merkeziyle okul yönetiminin bilgilendirme toplantısı. Sen Merkez Komitesi'nden olabilirsin ama bizim kolektifin üyesi değilsin," diye sürdürdü sözlerini Şerif, sonra Rus öğretmene döndü. "Bunu bir saygısızlık olarak almayın lütfen Leonid yoldaş ama siz de bu parti örgütünden değilsiniz. Ölen yoldaş bizim kolektifin üyesi, konu öncelikle bizim aramızda tartışılmalı."

"Haklısınız," dedi Leonid, çekingen bir sesle. "Ben yalnızca açıklama için geldim buraya."

Asaf'ın yüzü sıkıntıyla buruştu, Şerif'in işgüzarlığından çok, Leonid'in uzlaşmacı tavrına bozulmuştu ama kendini tuttu.

"Bak yoldaşım," dedi Şerif'e bakarak, sesinde dozu yerinde bir ciddiyet seziliyordu. "Bence acele etmeyin. Şu soruşturma bir ilerlesin, parti merkezi durumu bir değerlendirsin, sonra..."

"Anlamıyor musun yoldaş," diye gürledi Şerif. Asaf'ın tersine, öfkesini gizlemeye gerek duymadan konuşuyordu.

"Sonrası olmayabilir. Burada söz konusu olan bizim yaşamımız. Tartışmalıyız, gerekirse önlem almalıyız."

"Ben de onu diyorum. Önlemi en iyi, uzmanları alır. Bu işi Sovyet yoldaşlara bırakalım," dedi. Açık bir gerçeğe işaret ediyormuş gibi kendinden emin gülümseyerek sözlerini sürdürdü: "Biliyorsunuz, Sovyet yoldaşlar bu konuda uzmandır."

"Öyle olduğunu görüyoruz," dedi Şerif, acı acı gülümseyerek. "Ama ben kendi canımı artık başkalarına emanet etmek istemiyorum." Son cümleyi söylerken bakışları odadaki arkadaşlarının yüzlerinde dolaştı, sanki onlardan kendisini desteklemelerini bekliyordu ama kimseden ses çıkmıyordu. Bakışları gelip Cemil'in koyu renk gözlerinde durdu.

Cemil duraksıyordu, Şerif'in kaygılarına tam olarak katıldığı söylenemezdi. Bugüne kadar Sovyetler'e tümüyle güvenmişlerdi, şimdi görüşlerini değiştirmeleri için bir neden göremiyordu ama öte yandan Asaf'ı desteklemeyi de hiç düşünmüyordu.

"Bence yanlış düşünüyorsun yoldaş."

Konuşan Hikmet'ti. Yaşadıkları kaosun tıpkı ülkede olduğu gibi ancak merkezden gelen direktiflerle düzeleceğine inanıyordu. Farklı görüşlerle durumu içinden çıkılmaz hale getirmeye hiç gerek yoktu. "Biz bu ülkeye gelirken canımızı, özgürlüğümüzü, hatta ailemizin güvenliğini bu insanlara teslim etmedik mi? Kendi adıma konuşacak olursam, bu konuda en küçük bir kaygım yok. Unutma, dünya devriminin merkezindeyiz, Sovyetler Birliği'ndeyiz."

"Senin gibi düşünmüyorum," diyerek araya girdi Cemil. Aslında hâlâ kararını vermiş değildi ama Hikmet'in Asaf'la birlikte hareket etmesi canını sıkmıştı. Böyle bir anda Şerif'i yalnız bırakmayı kendine yedirememişti. "Bulgaristan'da yaşadıklarımdan sonra kimseye gözü kapalı inanmam ben. Nerdeyse bizi elleriyle cuntanın polisine teslim edeceklerdi." Sözlerinin burasında Can'a döndü. "Öyle değil mi Can, sen ne diyorsun?"

Böyle bir soru beklemeyen Can hazırlıksız yakalanmıştı, ama Bulgaristan'dan geçerken ceplerinde 150 marktan fazla para olmadığı gibi, sudan bir gerekçeyle ikisinin de trenden indirilmelerini, TKP üyesi olduklarını, Türkiye'ye iade edilirlerse tutuklanacaklarını söylemelerine karşın, sınıra götürülmelerini, bir Bulgar görevlinin müdahalesiyle son anda kurtulmalarını o da unutmamıştı.

"Haklısın," dedi, "sosyalist ülkelerde de önemli yanlışlıklar yapılabilir. Kimseye sonuna kadar güvenmek zorunda değiliz."

Asaf sıkıntıyla başını salladı, konuşmak üzereydi ki Turgut ondan önce davrandı.

"Siz ne yapmamızı önerirsiniz Leonid yoldaş?"

Derslerdeki ataklığını, toplantı boyunca gösteremeyen Leonid'in çekimserliği Turgut'u düş kırıklığına uğratmıştı.

"Ben size teoriyi öğretmekle görevliyim. İçişlerinize karışamam," dedi Leonid, masanın üstünde iç içe geçirdiği ellerine kararsız gözlerle bakarak. Bir an sustu, sonra gözlerini kaldırarak Turgut'a baktı. "Ama mademki görüşümü soruyorsunuz, kendi aranızda toplanıp kendi kararlarınızı almanızın doğru olacağına inanıyorum."

"Bu zaman kaybına yol açar," diye karşı çıktı Hikmet.

"Doğru yöntemi uygulayarak yitirilen zaman, yanlış yöntemi uygulayarak kazanıldığı varsayılan zamandan daha kısadır," dedi Leonid, ne söylediğini bilen bir adamın etkileyici ses tonuyla.

"Ama her şey o kadar açık ki. Tartışacak bir şey yok," diyerek isyan etti Asaf.

"Oylama yapalım," dedi Cemil. "Çoğunluk neye karar verirse o olsun."

Asaf ile Hikmet birbirlerine baktılar. Hikmet odadakilere döndü: "Bu öneriye ne diyorsunuz yoldaşlar?"

"Bence makul," dedi Şerif. "Çoğunluğun kararına uyarım." Karşı çıkan kimse yoktu.

"Tamam o zaman," dedi Hikmet, bu demokrasi oyununu sevmiş gibiydi. "Toplanalım, diyenler ellerini kaldırsın."

Şerif, Cemil ve Can'ın elleri kalktı. Asaf'ın gözleri ilk kez gülmeye başlamıştı.

"Toplanmayalım, diyenler."

Önce Hikmet elini kaldırdı, onu Turgut, Nejat ve Beşir izledi. Kerem dudaklarında boş vermiş bir gülümsemeyle başını sallamakla yetindi.

Hikmet yüzünde tarafsız bir ifadeyle Şerif'e döndü.

"Toplantıya gerek görülmedi yoldaş."

"Yanlış yapıyoruz," dedi Şerif adeta yalvarırcasına. "Bu ipin ilmeğini kendi ellerimizle boynumuza geçirmek gibi bir şey."

"Demokrasiye saygılı olmalıyız Şerif yoldaş," dedi Asaf, dudaklarında yılışık bir gülümsemeyle.

"Asıl demokrasiye ters olan bu karar," dedi Şerif.

"Oylama kararını birlikte aldık," diye yumuşak bir sesle anımsattı Can.

"Biliyorum," dedi Şerif. Yüzünde kırgın bir ifade belirmişti. "Ama beni ve yoldaşlarımı ipe götürecek demokrasiye saygı duyamam."

"İnan seni çok iyi anlıyorum," diyerek, ortalığı yatıştırmak istedi Asaf. "Yoldaşların için kaygılanmana da saygı duyuyorum. Ama boşuna kaygılanıyorsun. Her şey yoluna girecek."

Şerif küskün bir halde içine döndü, daha fazla konuşmayı canı istemiyordu. Bunu fırsat bilen Asaf gırtlağını temizleyerek, "Yoldaşlar," diye konuşmaya başladı. "Partimiz birçok zorlu olaydan güçlenerek çıkmasını bilmiştir. Bu olaydan da yüzümüzün akıyla çıkacağımıza daha şimdiden inanıyorum. Yeter ki birbirimize olan güvenimizi yitirmeyelim. Çünkü parti biz komünistlerin inancından, özverisinden, yiğitliğinden ve çabasından başka bir şey değildir. Birbirimize ve partiye inanmalıyız. Düşmanın saldırısını ancak böyle geri çevirebiliriz. Sovyet yoldaşlar bu olayı kısa sürede çözeceklerdir. Ancak bizden kendilerine yardımcı olmamızı istiyorlar. İlk istekleri bu cinayetin öteki gruplara söylenmemesi."

"Peki, Mehmet'in yok oluşunu nasıl açıklayacağız?" diyerek, herkesin kafasında beliren soruyu gündeme getirdi Can.

"Acil bir gelişme oldu. Dün gece Moskova'dan ayrıldı, diyeceğiz. Böyle durumlar olur. Biz gizli bir partiyiz."

Açıklamasına karşı çıkılmadığını gören Asaf konuşmasını sürdürdü.

"Sovyet yoldaşların ikinci isteği, bu gece nerede olduğumuzu, ne yaptığımızı ve yanımızda kimlerin olduğunu açıklayan birer rapor yazmamız."

"Ne yani bizden mi kuşkulanıyorlar?" diye düş kırıklığı içinde sordu Nejat.

"Günaydın!" diye seslendi Şerif. "Şimdi mi anladın?"

"Ne demek oluyor şimdi bu?"

"Tek tek hepimizi sorgulayacaklar demek oluyor," diye açıkladı Şerif, anlamlı bir sesle.

Nejat şaşkınlıkla Şerif'e bakarken, Asaf açıklamaya çalıştı. "Gerçek başka türlü nasıl ortaya çıkabilir ki?"

"Katilin bizim aramızda olduğunu mu düşünüyorlar?" Buna inanamıyormuş gibiydi Nejat.

"Öyle söyleyen yok. Mehmet bizim arkadaşımızdı. Olayı araştırmaya bizden başlamalarından daha doğal ne olabilir?"

Asaf'ın söyledikleri mantıklıydı ama Nejat'ın kendine yediremediği Sovyetler Birliği'nde sorgulanmaktı. Marksizm'i öğrenmek için geldiği bu ülkenin polisi onu katil zanlısı olarak karşısına alıp sorgulayacaktı. Bu Nejat için anlamsız olduğu kadar utanç vericiydi de. Aslına bakarsanız yalnızca Nejat değil, kolektifin öteki üyeleri de benzer duygular içindeydiler.

"Onlara kendimizle ilgili bilgilerin ne kadarını söyleyeceğiz?" diye atıldı Cemil, sesi ciddiydi.

"Şimdilik, yalnızca bu gece neler yaptığımızı öğrenmek istiyorlar."

"Ya daha fazlasını isterlerse. Gerçek kimliğinizi açıklayın derlerse?"

"Üzgünüm ama söylemekten başka çaremiz yok."

"Bu yönde bir parti kararı mı var?"

"Bakın yoldaşlar, siz olayın önemini hâlâ kavrayamadınız. Burada, Moskova'da, üstelik SBKP Merkez Komitesi'nin güvenli mekânlarından birinde bir yoldaşımız öldürüldü. Bu basit bir olay değil. Çok daha büyük bir komplonun ilk adımı olabilir bu cinayet. O yüzden lütfen daha sorumlu davranalım."

"Ben burada sorumsuz davranan kimseyi göremiyorum," diyerek Şerif de katıldı tartışmaya. "Cemil'in sorusu yerinde, gizli çalışan bir partide güvenlik her şeyden önemlidir. Öyle her açıkla diyene kimliğimizi açıklayamayız."

"Okula ilk geldiğinizde açıkladınız ama."

"Açıkladık, çünkü parti öyle istiyordu. Bu yönde bir karar var mı Leonid yoldaş?"

"Bilmiyorum, Berlin'le Asaf konuştu."

"Demek ki yok. Ben kendi adıma sorguculara burada olan biten her şey hakkında bilgi veririm ama kendi kimliğimi açıklamayı reddediyorum."

Öfkeden çenesi titremeye başlayan Asaf yanıt vermeye hazırlanıyordu ki, kapı ardı ardına çalındı. Herkes merakla döndü. Açılan kapıda Nikolay'ın alaycı suratı göründü.

"Özür dilerim," dedi. "Toplantınızı bölüyorum ama siteye girmeye çalışan bir adam yakaladık. Sizin kolektiften olduğunu söylüyor."

Leonid, genç istihbaratçının sözlerini Türkçeye çevirince, "Durmuş," dedi dişlerinin arasından Hikmet. "Durmuş olmalı."

Dokuzuncu Bölüm

Durmuş, kollarını göğsünde kavuşturmuş, sıkıntılı bir suratla Viktor'un karşısında oturuyordu. Sitenin kapısından girerken sivil giyimli görevlilerce alınıp bir ahşap masa ile iki çelik dolaptan oluşan yönetim odasına, daha önce hiç görmediği bu iki adamın karşısına getirilmesine bir anlam verememiş, yarım yamalak Rusçasıyla kendisinin Türk olduğunu anlatmış, bunun üzerine daha yakından ilgilendiklerini görünce durumu iyiye yorarak, umutla Türkçe bilen birinin gelip kendisini kurtarmasını beklemeye başlamıştı.

Viktor bir yandan sigarasını tüttürüyor, bir yandan da bu geniş alınlı, çekik gözlü adamı izliyordu. "Tatar mı acaba?" diye geçirdi kafasından: "Türkiye de Sovyetler gibi halkların kaynaştığı, harman olduğu bir coğrafya." Önce okulda, dersliklerdeki haritalarda, sonra Nâzım Hikmet'in şiirlerinde okumuştu Türkiye'nin adını. Onun şiirlerindeki imgelerden yola çıkarak bir ülke yaratmıştı kafasında. Düşlemindeki ülke gerçeğe ne kadar yakındı, bilmiyordu. Bir ara bunu öğrenme olanağı doğmuş, bürodan yurtdışı görevi çıkmış, büyük olasılıkla da gideceği yerin Türkiye olacağı söylenmişti. Ama sonra plan değişmiş, Moskova'da kalmıştı. Türkiye'nin adını da *Pravda*'nın satırlarında okur olmuştu. "Demek yazgımızda Anadolu insanlarıyla Moskova'da karşılaşmak varmış," diye düşünüyordu, Durmuş'un aynı ritimle yere vurduğu sağ ayağına bakarken. "Niye bu kadar gergin?" diye sordu kendi kendine. "Bir şeyler mi saklıyor?"

Durmuş, soluk alışına kadar kaçırmadan onu izleyen bu asık suratlı adamla aynı odayı paylaşmaktan hiç hoşlanmıyordu ama birileri gelip onu kurtarıncaya kadar buz gibi bakışlara katlanmak zorunda olduğunun da farkındaydı.

Kapı açılıp da Leonid ile Hikmet'i görür görmez sevinçle ayağa fırladı.

"Nihayet gelebildiniz," dedi Hikmet'e yaklaşarak. "Bu adamlara laf anlatamıyorum."

Haksızlığa uğramış biri gibi konuşuyordu. Onun bu mazlum tavrına aldırmadı Hikmet.

"Nerdesin sen?" diye çıkıştı.

Yoldaşından böyle bir tavır beklemeyen Durmuş, bir adım geriledi, gözlerini kısarak olanları anlamaya çalıştı.

"Nasıl neredeydim?" dedi cansız bir sesle.

"Kaç saattir seni arıyoruz, bakmadığımız yer kalmadı."

"Beni niye arıyorsunuz?"

"Stop, stop," diye kesti sözlerini Viktor. Bu iki Türk'ün söylediklerinden bir tek sözcük bile anlamamıştı ama onların kavgalarıyla kaybedecek zamanı yoktu. Leonid'e döndü.

"Sanırım bize çevirmenlik yapmak zorundasınız."

"Elbette," dedi Leonid.

Başıyla Hikmet'i göstererek sordu Viktor:

"Bu da kim?"

"Türk kolektifinin parti sekreteri."

Viktor, parti sekreterini dikkatle süzdü.

"Onunla daha sonra konuşuruz. Rica etsek bizi yalnız bırakabilir mi?"

Viktor'un söylediklerini çevirdi Leonid. Hikmet bozulur gibi oldu ama söylenene de hemen uydu.

"Ben kaldığımız binada, yoldaşlarımın yanında olacağım," dedi.

Olanları anlamayan Durmuş paniklemeye başlamıştı, "Bir dakika sekreter yoldaş," dedi telaşla. "Gitme, neler oluyor? Bu adamlar da kim?"

Nikolay nazik bir tavırla Durmuş'u omuzlarından tuttu, "Pajalusta tavariş, pajalusta," diyerek yerine oturttu. Hikmet bir an durup geriye baktı, yoldaşının yardım isteyen ürkek gözleriyle karşılaştı. Ama Viktor işaretparmağını dudaklarına götürerek, bir şey söylememesi için onu uyardı, Hikmet de kapıyı çekip çıktı.

Hikmet gidince, Durmuş tedirgin gözlerini Leonid'e çevirmişti.

"Korkma," dedi Leonid. "Bu yoldaşlar milisten. Sorulanlara doğru yanıt ver yeter."

"Ne söylüyorsun ona?" diye atıldı Nikolay.

"Sakin olmasını öğütlüyordum."

"Bir daha bunu yapmayın," dedi. Sesi biraz sert çıkmıştı. Leonid kınayan gözlerle baktı onlara. Bu tipleri çok iyi tanırdı.

Onlardan çok daha iyileriyle çalışmıştı yurtdışında. "Her şeye kuşkuyla bakan paranoyak sürüsü," diye geçirdi aklından, "Ancak öldüklerinde gerçek huzuru duyabilecek zavallılar."

Leonid'in alındığını sezinleyen Viktor, "Nikolay Yokovloviç'in söylediklerini yanlış anlamayın lütfen," dedi uzlaşmacı bir tavırla. "Biz işimizi yapmaya çalışıyoruz."

"Açıklamanız gereksiz, farkındayım," dedi Leonid, kırgınlığını sürdürerek.

Nikolay cebinden bir not defteri ile kalem çıkararak masanın üzerine yerleştirdi.

"Artık başlayabiliriz," dedi Viktor. "Adı ne bu yoldaşın?"

"Durmuş, Durmuş Alaplı."

"Gerçek ismi mi?"

"Hayır, Moskova'da bu adı kullanıyor."

"Gerçek ismi ne?"

Bir an duraksadı Leonid, sonra kesin bir tavırla, "Bilmiyorum," dedi.

İki istihbaratçının da gözünden kaçmamıştı bu.

"Kimden öğrenebiliriz?"

"Sanırım, okulda bu işe bakan özel bir büro var."

Viktor bir an başını kaldırıp Leonid'e baktı. Çelik mavisi gözbebekleri kuşkuyla kıpırdanmaya başlamıştı.

"Bu özel büroda Türkçe bilen kimse var mı?"

"Onu da bilmiyorum."

Gözbebekleri kıpırdanmayı bırakıp Leonid'in yüzünde durdu.

"Peki şöyle sorayım: O bürodakiler Türklerle konuşurken sen orada mıydın?"

"Bunu söyleyemem."

"Hımm," diyerek Nikolay karıştı söze. "Viktor Zaharoviç, bana mı öyle geliyor, yoksa çevirmenimiz bizden bilgi mi saklıyor?"

"Neden bize bilgi vermiyorsunuz?" dedi Viktor. Genç arkadaşı gibi oyun oynamak yerine açıkça konuşmayı seviyordu.

"O gizli çalışan bir partinin üyesi. Kimliğini açıklamak benim yetkimi aşar," diye açıkladı Leonid.

"Anlıyorum," dedi Viktor, sonra başıyla Durmuş'u göstererek ekledi. "Peki rica etsek ona sorar mısınız, gerçek adı nedir?"

"Anlamıyorsunuz," dedi Leonid, başını iki yana sallayarak. "Hiçbir şey anlamıyorsunuz."

"Lütfen yoldaş," dedi Viktor, dudaklarında yumuşak gülümsemeyle.

"Peki," dedi Leonid. "Söyleyeceğim ama açıklayacağını sanmam."

Leonid, tartışmalarını kaygı yüklü bir yüzle izleyen Durmuş'a dönerek Viktor'un sorusunu çevirdi. Soruyu duyar duymaz toparlandı Durmuş.

"Neler oluyor Leonid yoldaş?" dedi. "Nedir bu sorgu?"

"Şu anda bunu sana söyleyemem. Belki daha sonra."

"Ama biliyorsun, ben kimliğimi açıklayamam..."

Nikolay, Durmuş'un tavırlarından olumsuz yanıt verdiğini anlamıştı. Kendini tutamadı, Leonid'in açıklamasını beklemeden, "Eğer kimliğini açıklamazsa sabaha kadar burada tutarız onu," dedi.

Leonid alaycı bir gülümseyişle süzdü Nikolay'ı.

"Niye gülüyorsunuz?" dedi Nikolay, asabi bir tavırla.

"Bunun bir işe yarayacağını sanmam," dedi Leonid, gülümseyişini sürdürerek. "Durmuş 87 gün işkencede kalmış, yine de kimliğini açıklamamış biri."

Nikolay ikinci bir "Hımm" çekerek başını sallamakla yetindi.

"Pekâlâ," diyerek Viktor girdi devreye, olanlara sinirlenmeye başlamıştı ama kendini tutuyordu. "Sorar mısınız ona, gecenin bu saatinde nereden geliyormuş?"

Soru aynen çevrildi.

"Dolaşmaya çıktım," dedi Durmuş, kısa, kesin bir yanıtla.

Leonid bu sözlere inanmamıştı; bugüne kadar Türk kolektifinden hiç kimse dolaşmak gibi sudan bir nedenle sitenin dışına çıkmamıştı. Üstelik tek başına gitmesinin yasak olduğunu bile bile. Ama yanıtı olduğu gibi istihbaratçılara çevirdi.

"Nerede dolaşmış?"

"Kurkino'ya indim," dedi Durmuş. "Orada burada vakit geçirdim."

Leonid, Türk yoldaşın yalan söylediğine iyice emin olmuştu. "Bunu niye yapıyor ki," diye düşündü. "Yoksa gerçekten de Mehmet'in öldürülmesiyle bir ilişkisi mi var?"

"Kurkino'da dolaşacak ne de çok yer vardır ya!" diye mırıldandı Nikolay.

"Kurkino'da nerelere gitmiş?" Viktor'un ses tonu, Nikolay'ın tersine, son derece ciddiydi.

Durmuş hazırlıksız yakalanmış bir insanın telaşı içinde, hem düşünüp hem soruyu yanıtlamaya çalıştı.

"Şeyy..." dedi. "Mağazaları gezdim."

Viktor önemsemiyormuş gibi rahat bir tavırla sordu:

"Mağazaları mı? Hangilerini?"

Hiç beklemeden yanıtladı Durmuş.

"Oyuncak mağazasını."

Viktor ile Nikolay gözlerini dikmiş,dikkatle onun tepkilerini inceliyordu.

"Gecenin bu saatinde açık mıdır orası?"

"Ben oradayken açıktı."

"Sen oradayken saat kaçtı?"

"Farkında değilim."

İstihbaratçılar sorulara kaçamak yanıtlar veren Durmuş'un yalan söylediğinin farkındaydılar, çünkü oyuncak mağazası kapanıncaya kadar orada kalmışlar ve bu adamı görmemişlerdi. Mağazayla ilgilendiklerini belli etmemek için Durmuş'un yalanını dolaylı yollardan açığa çıkarmayı seçtiler.

"Oyuncak mı alacaktın?" diye sordu Viktor.

"Evet, oğluma."

"Ama almamışsın," dedi Nikolay kuşkuyla.

"Geçen gittiğimde vitrinde bir tren görmüştüm. Onu veremeyeceklerini ama aynısından getirtebileceklerini söylemişlerdi. Bugün de tren geldi mi diye gittim. Ne yazık ki gelmemiş."

"Sık sık gidiyorsunuz galiba oyuncakçıya?" diye sordu Viktor.

"Çok sık değil, arada bir. En son bir hafta kadar önce gitmiştik," dedi Durmuş, eliyle burnunun sağ kanadını kaşıyarak.

Artık sorular peş peşe sıralanmaya başlamıştı. Hem anında çeviri yapıp hem de yanıtlar üzerine akıl yürüten Leonid, çok zorlanmasına karşın işini en iyi biçimde yapmaya çalışıyordu.

"Oraya gittiklerinde yanında kimse var mıymış?"

"Evet," dedi Durmuş, bir an duraksadı, anımsamaya çalıştı. "Epeyce kalabalıktık: Şerif, Mehmet, Hikmet, Cemil bir de Can vardı. Yakınlarına oyuncak aldılar."

Nikolay oyuncak mağazasına giden Türklerin isimlerini defterine kaydetti.

Leonid, söylenenleri çevirirken, "Bu oyuncak mağazasının Mehmet'in ölümüyle ne ilgisi var," diye düşünüyor ama işin içinden bir türlü çıkamıyordu.

"Bugün siteden kaçta ayrılmış?"

Soran Nikolay'dı, dudaklarındaki alaycı gülümseme silinmiş, birden asık suratlı bir adam olup çıkmıştı.

Durmuş bakışlarını kaçırarak yanıtladı soruyu:

"Tam saatini kestiremiyorum, akşam yemeğinden sonra."

"Akşam yemeği kaçta başlıyor?"

Bu defa Viktor sormuştu.

"Sanırım yedi buçukta."

"Yemek için de yarım saat ayır. Sekiz." Nikolay'a döndü. "Mağaza yedide kapandı. Biz yedi buçukta sitenin kapısındaydık, onu görmemiş olmamızı nasıl açıklıyorsun?"

"Bilmem," diyerek, soru dolu uçuk yeşil gözlerini arkadaşına dikti genç istihbaratçı. "Belki de yalan söylüyor." Sonra bakışlarını Leonid'e çevirdi.

"Siteden yürüyerek mi ayrılmış?"

Sorular bu gece yaptıkları üzerinde yoğunlaştıkça Durmuş'un tedirginliği de artıyordu.

"Siteden nasıl çıktığımın ne önemi var ki," diye mızırdandı.

"Bilemiyorum ama onlara söylesen iyi olur," diyerek uyardı onu Leonid.

Durmuş kararsızdı, sorgucuları da bunu sezmişlerdi.

"Yürüyerek çıkmadığını biliyoruz," diyerek düşüncelerini dağıtmak istedi Viktor. "Tabii kapıdan çıkmadıysa o başka."

"Bu işin içinde bir iş var," diye geçirdi aklından Leonid, söylenenleri Durmuş'a çevirirken.

Durmuş'un yüzü gölgelenmeye başlamıştı. "Sovyet yoldaşların minibüsüyle ayrıldım siteden," diye mırıldandı.

"Sovyet yoldaşlar mı?" Ötekileri beklemeden sormuştu soruyu Leonid.

"Sitede çalışan emekçiler," diye açıkladı.

Viktor'un sert bakışlarıyla karşılaşan Leonid, Durmuş'u bırakıp söylediklerini Rusçaya çevirdi.

"Kimmiş bu emekçiler?" diye kuşkuyla sordu Viktor.

Üç adamın da bakışlarının üzerinde kilitlendiğini gören Durmuş'un gerginliği iyice artmıştı. Bir çırpıda dökülüverdi ağzından sözcükler.

"Yemekhanedekiler işte. Tanya, İrina, Yelena, Sofya, Olga..."

"Hep de kadınmış şu bizim emekçiler," diye gülmeye başladı Nikolay, emekçiler sözcüğünü üstüne basa basa söylemişti.

Viktor ciddi bir ifadeyle Leonid'e döndü, arkadaşının tavrını sulu bulduğu her halinden belliydi.

"Açık konuşsun, kadınlardan biriyle ilişkisi mi varmış?"

Soruyu renkten renge girerek dinliyordu Durmuş.

Doğruydu, yemekhanede bulaşıkçılık yapan Olga'yla ilişkisi vardı. Her ayın sonunda düzenlenen balolardan birinde tanışmışlardı. Bu ilişkiye girmemek için çok düşünmüştü Durmuş. Evliydi, çok sevdiği bir oğlu vardı, buraya gönül eğlendirmeye değil, Marksizm'i öğrenmeye gelmişti, üstelik Olga da evliydi ama kadın o kadar güzeldi ki, menekşe rengi gözlerindeki o yumuşak parıltılarla karşılaşır karşılaşmaz bütün engelleri unutuveriyordu.

Yoldaşların çoğu farkındaydı bu ilişkinin, kimse yüzüne karşı bir şey söylememişti ama onu kınadıkları belliydi. İlişkisini bilen ve onaylayan tek kişi Asaf'tı.

Asaf'la arası çok iyiydi. Ekip Moskova'ya uçmak için Bulgaristan'daki Rila Otel'de buluştuklarından beri kolektifteki insanlara alışamamıştı. En çok bozulduğu kişi de Cemil'di. Küçük burjuva bir aydın bozuntusu olarak görüyordu onu. Her soruyu yanıtlamaya, ne kadar çok bilgiye sahip olduğunu kanıtlamaya çalışan o yarı sanatçı züppelerden biri. Belki de bu yüzden, Eğitim Enstitüsü'nü bitirmesine karşın kendini işçi olarak tanıtarak, olur olmaz yerde proletaryanın erdemlerini sayıp dökmeye başlamıştı. Böylece bir tür koruyucu kalkan oluşturup başta Cemil olmak üzere kolektifte anlaşamadığı yoldaşların kendisine bulaşmasını önlemeye çalışıyordu. Moskova'ya geldiklerinde de Asaf'la tanışınca hemen ona yanaştı. Çünkü o parti merkezindendi, ülkeden gelen, üç aşağı beş yukarı kendisine benzeyen bu insanların yerine onunla arkadaş olmak çok daha doğru ve güvenliydi. Olga'yla ilişkisini Asaf'a da çıtlatmıştı. Aslında ona söylemeye de cesaret edemezdi ama yoldaşı bir rastlantı sonucu sitedeki organizasyon işlerinden sorumlu Yelena Nilovna'yla sarmaş dolaş yakalayınca açılmasında hiçbir sakınca olmayacağını anlamıştı.

Daldığı düşüncelerden Leonid'in sesiyle sıyrıldı Durmuş:

"Kadınlarla ilişkin var mı?" Rus öğretmen ikaz eden bakışlarını öğrencisinin çekik gözlerine dikerek ekledi, "Bak yoldaş, gerçeği söylemen senin yararına olur. Küçük bir kaçamaktan çok daha ciddi bir durum söz konusu."

"Ben onlarla sadece arkadaşım," dedi, bu gece olanlara hâlâ bir anlam veremeyen Durmuş.

"Onlar mı? Hepsiyle mi?"

"Olga Kuznetskaya'yla."

"Bu gece onunla mıydın?"

Cılız bir "Evet" çıktı ağzından.

"Nereye gittiniz?"

"Çay içmeye."

"Nereye?"

"Olga'ya."

"Evine mi?"

"Evet."

Bu "Evet" ilkinden daha güçlüydü.

"Kocası ne dedi bu işe?" Eski alaycı tavrına yeniden bürünmüştü Nikolay. Viktor bu soruyu çevirmesine izin vermeden Leonid'e döndü.

"Siz ne diyorsunuz Leonid İvanoviç, onların sınıf öğretmenisiniz. Olga'yla ilişkisi var mı bu adamın?"

Leonid bir an Durmuş'a baktı, söyleyecekleri konusunda kararsız gibiydi.

"Kadınla ilişkisi olduğu benim de kulağıma çalındı. Ama bu akşam kadının yanında mıydı, onu bilemem."

"Öğrenmek zor olmayacak," dedi Viktor.

Leonid, sözcüğü sözcüğüne çevirdi Rus'un söylediklerini.

Durmuş tedirgin olmuş gibiydi. Leonid'in gözünden kaçmadı bu.

"Ne oldu yoldaş, söylemek istediğin bir şey mi var?"

"Şeyy, diyecektim ki," diye geveledi Durmuş. "Kocasının bu gece evine gittiğimden haberi olmaz değil mi?"

Durmuş'un kaygısını aktardı Leonid.

"Kiminle yattığı bizi ilgilendirmiyor," dedi Viktor. "Ama yalan söylediyse, bunun bedelini de öder."

"Doğruyu söylüyorum," diyerek atıldı Leonid'in çevirisini dinledikten sonra Durmuş. "Olga'yla konuşunca anlayacaksınız."

"Anlayacağız," diye tekrarladı Viktor. "Sor bakalım Mehmet'i en son ne zaman görmüş?"

Leonid söylediklerini çevirirken Viktor ile Nikolay gözlerini dikmiş, zanlının tepkilerini ölçüyorlardı. Durmuş, başından beri takındığı şaşkın ifadeyi koruyordu.

"Yemekte gördüm, Asaf'la oturuyorlardı."

"Bana neden bu soruları soruyorsunuz?" der gibi bakıyordu adamların yüzüne.

"Yalnızca ikisi mi vardı?"

"Sonra Şerif de geldi yanlarına. Ben çıkarken onlar hâlâ masada oturuyorlardı... Ne oldu, yoksa Mehmet'e bir şey mi oldu?"

"Artık anlatabilirsin," dedi Viktor.

Tıpkı parti odasındaki gibi derinden bir iç geçirerek Leonid anlatmaya başlarken, küçük defterine aldığı notları gözden geçiren Nikolay, Kiril harfleriyle yazılmış Türk isimlerinden bazılarını daire içine alıyordu.

Onuncu Bölüm

Vakit geceyarısını geçmiş olmasına karşın, Türk komünistlerinin kaldıkları kattaki bütün odaların ışıkları yanıyordu. Toplantıdan sonra da tartışmalar ikili üçlü gruplar halinde sürmüş, belirsizliği derinleştirmekten başka bir sonuca ulaşamayan bu konuşmalar da heyecanını yitirince kolektiftekilerin çoğu kâğıda kaleme sarılıp cinayet saatinde nerede olduklarını yazmaya koyulmuşlardı. Cemil, Şerif ve Nejat ise hâlâ kendi aralarında tartışmayı sürdürüyorlardı.

Üç kafadarın bir araya gelişi yalnızca bu geceye özgü bir olay değildi. Şerif hemen her gece Cemil ile Nejat'ın kaldığı odaya gelir, çaylar içilir, gece geç saatlere kadar sohbet edilirdi. Sohbet konularının gün boyu gördükleri derslerle genellikle hiçbir ilgisi olmazdı. Ama derslerde yaşanan komiklikleri, aptallıkları konuşmaya, öğretmenleri, çevirmenleri, sınıf arkadaşlarını çekiştirmeye de bayılırlardı.

Sohbet konularının vazgeçilmez kişisi Sovyetler Birliği Komünist Partisi tarihi dersine gelen İlya'ydı. Eski bir diplomat olmasına karşın Leonid ne kadar içtense, yıllardır öğretmenlik yapmasına karşın İlya da o kadar yapmacık bir insandı. Suratı her zaman tıraşlıydı, bütün kılları birbirinin aynı uzunluktaki ince bıyığı, bir kadınınki kadar pembe dudağının hemen üzerinde sanki gerçeküstü bir görüntüymüş gibi dururdu. Çok şık giyinirdi, tabii Sovyet tekstil sanayinin olanakları ölçüsünde.

Her soruya yanıt olabilecek, istenilen yere çekilebilecek gösterişli cümleler kullanırdı İlya. Amaç, kuramı yaşamın hizmetine sunmak değil, ne pahasına olursa olsun inancın doğruluğunu kanıtlamak olunca, basit gerçeğin yalın sözcükleri yerine, basmakalıp olanın görkemli ama kof laflarını kullanmak kaçınılmaz oluyordu. Bu cümleler Aspirin gibi her derde devaydı; gerektiğinde düşünme molası yerine geçer, gerektiğinde tartıştığınız insanları şaşırtabilirdi; verdiği entelektüel hava da cabası. Marifet biraz da bu cümleleri kullanan kişinin oyunculuğundaydı ki, İlya değme aktörlere taş çıkartacak kadar yetenekliydi.

Rolüne başlarken Gorki Caddesi'ndeki Puşkin heykelinin duruşunu takınır, ellerini arkasında birleştirerek başını hafifçe öne eğer, derin bir anlam yüklenmiş gözlerini pencereden dışarıya, karlar altında uzanan kırlara çevirirdi. "Şimdi," diyerek söze başlar ama bir süre susarak sessizliğin dramatik yapıya katkı yapmasını bekler, umduğu gerçekleşince de sürdürürdü sözlerini. "Bu kapalı odanın içinde sesli olarak düşünüyorum da, dışarıdaki yaşam ne kadar gerçek?"

Dünyanın gizini çözmüş, bu gizemin altında ezilen bilge bir adamın duygulu ses tonuyla yankılanırdı küçük derslik. Bu replik hemen her derste tekrarlanır, hiçbir yoldaşın düşüncesi çöpe atılmazdı. Önemli önemsiz, doğru yanlış fark etmez, ayaküstü oluşturduğu mantık sisteminde herkesin düşüncesine bir yer bulunurdu:

"Cemil yoldaşın düşüncesindeki gerçek payı daha fazla, bu yüzden onu başa alıyorum, Hikmet'inkini hemen arkasına, Turgut'unkini sol yana, Can'ınkini onun arkasına..."

Sarkık, gür bıyıklı, sert görünüşlü Türk komünistlerinin onun bu davranışlarıyla alay edeceğini aklının ucundan bile geçirmezdi. Oysa yaşları, politik görüşleri ne olursa olsun, öğrenci her yerde öğrenciydi ve en büyük zevkleri de öğretmenleriyle alay etmekti. İlya'nın yapmacık tavırları, abartılı hali de kolektiftekilerin bu duygusunu doyurmak için bulunmaz malzemeydi.

Ama herkese haksızlık etmeyelim, kolektifte Kerem, Hikmet ve Durmuş gibi sağduyulu yoldaşlar da vardı. Onlar İlya yoldaşla alay edilmesine bozulur, mesleğini yerine getirmeye çalışan bu değerli insanı tiye almanın devrimci ahlakla uyuşmadığını savunurlardı. Hatta bu konuda parti örgütünden bir yasaklama kararı bile çıkarmaya çalışmışlar ama önerileri destek bulmamış; zavallı İlya, başını Şerif, Nejat ve Cemil'in çektiği sorumsuz öğrencilerin alay konusu olmaya devam etmişti.

Bu üç kafadar başkalarıyla değil, kendileriyle de dalga geçmekten geri durmaz, sık sık birbirlerine de takılırlardı. Şerif'in neredeyse her aybaşı geçirdiği küçük ameliyatlar, Nejat'ın düz yolda yürürken bile düşüp bir yerlerini sakatlaması, Cemil'in kendini gösterme merakı da iğneleyici ama hoş bir dille anlatılır, oda kahkahalara boğulurdu. Kahkahaları duyan öteki yoldaşlar da odaya doluşur, Moskova'nın soğuk gecelerinden biri daha gurbet hastalığı denilen o garip kederin, gülmeyi başarabilen insanların neşeli sesiyle kırıldığına tanık olurdu.

Kuşkusuz bu sohbetlerin vazgeçilmez konularından biri de kadınlardı. Aslında bunun için onları kınamamak gerek; çünkü Sovyet kadınları insanın aklını başından alacak kadar güzeldi. Yalnızca Sovyet kadınları mı? Brezilyalı melezler, uzun bacaklı İsveçliler, yeryüzünün en tatlı esmerleri olan Guyanalılar, ateşli İspanyollar, Güney Afrika'nın dolgun dudaklı siyahileri, Türklere kendi kadınlarını anımsatan Yunanlılar, hiç de yabancısı olmadıkları Almanlar, sürmeli gözlü Araplar, burunlarında hızmalarıyla Hintliler... Yeryüzünün farklı niteliklerini bakışlarında, tenlerinde, seslerinde taşıyan birbirinden çekici kadınlar.

Böyle bir okulda öğrenci olup da kadınları konuşmamak olur mu? Zaten bizimkilerin asıl sorunları da kadınları konuşmamak değil, onlarla ilişki kuramamaktı. Odalarının sarışın duvarlarına, geniş yataklarına, kederli pencerelerine yansıyan bu istek ne kadar yakıcı olursa olsun henüz doyurulmamış bir güdü, buruk bir özlem olarak içlerinde büyüyüp duruyordu.

Kadınlarla ilişki kuramama nedenlerinin başında partinin yasaklaması geliyordu. Moskova'ya eğitime gelmişlerdi; başka konularla, hele hele kadınlar gibi tehlikeli uğraş alanlarıyla hiç ilgilenmemeliydiler. Şerif'in bu öneriyi pek taktığı söylenemezdi ama yabancı dil bilmediğinden mi, yoksa cesaret eksikliğinden mi, kadınlarla iletişimi bakışmaktan, gülümsemekten öteye geçmezdi. Cemil ile Nejat içinse bir başka engel daha vardı: Evlilikleri. Eşlerini, çocuklarını diktatörlüğün hüküm sürdüğü bir ülkede, parasız pulsuz, adeta kendi yazgılarına terk ederek gelmişlerdi buraya. Ne haber gönderebiliyorlar, ne de bir haber alabiliyorlardı. Bu koşullarda bir sevgili bularak Moskova'nın tadını çıkarmayı kendilerine yediremiyorlardı. Onlar kendilerini doğruluk, adalet savaşçıları olarak görüyorlar, kuracakları toplumun bu değerler üzerinde inşa edileceğini söylüyorlardı. Dünyanın neresine giderlerse gitsinler, buna uygun davranmalı, tutarsızlığa düşmemeliydiler. Ülkede kaygı içinde onları bekleyen eşleri, çocukları herkesten daha çok hak ediyordu bu davranışı.

Ama ele avuca sığmayan yaşamın, tutarlılığın katı sınırları içinde hapsolmaya hiç mi hiç niyeti yoktu. Her gün yeni bir sürpriz, yeni bir ayartıcı olayla kışkırtıp baştan çıkarmaya çalışıyordu onları. Bu yoğun saldırılar karşısında, bizim ağırbaşlı yoldaşlarımızın tunçtan iradeleri bile yumuşuyor, yüreklerinde beklenmedik kıpırtılar başlıyor, ülkedeki eşe duyulan özlem bir anda değişiyor, Moskova'da yaşayan bir dişinin gözlerine, sesine, dudaklarına, tenine duyulan isteğe dönüşüyordu. Bu isteğin sözde kaldığı da pek söylenemezdi.

Cemil, Aliki adında folklor öğretmeni bir Yunanlıyla ergenlik dönemindekine benzer platonik aşk yaşamaya başlamıştı bile.

Nejat, daha karmaşık duygular içindeydi ama tam kararını verememişti. Alt kattaki Guatemalalı kara gözlü Camilla'yla mı, yoksa yemekhanede bulaşıkçılık yapan mavi gözlü İrina'yla mı dostluğunu geliştirsin, bocalayıp duruyordu. O bocalaya dursun, Nikaraguaları grubun komutanı Yüzbaşı Ricardo, İrina'yla çoktan işi pişirmişti bile. Bizimki biraz daha beklerse Camilla'yı da Lübnanlı Cafer'e kaptıracaktı. Neyse ki Can, Turgut ve Durmuş'un bu alandaki etkinlikleri yüz ağartıyordu da Türklerin ulusal onur saydıkları "erkeklik sancağı" uluslararası bir arenada yerlere düşmüyor, Kurkino'nun görünmeyen burçlarında şan ve şerefle dalgalanmayı sürdürüyordu. Bizim üç kafadara da geceler boyunca konuşabilecekleri neşeli konular kalıyordu sadece.

Ama bu geceki sohbet tahmin edileceği gibi hiç de neşeli değildi.

Şerif küçük masaya sırtını vermiş, iskemlede oturuyordu, Cemil ile Nejat'sa pijamalarını giymeden öylece yerleşmişlerdi yataklarının üzerine.

"Neler oluyor Şerif yoldaş?" diye sordu Nejat. Kafasının iyice karıştığı belliydi. Kirpiklerini kırpışından küçük kırmızı diliyle dudaklarını ıslatışına, başını taşıyamıyormuş gibi hafifçe sağa yatırışından uzamaya başlayan sakallarını kaşıyışına kadar, her davranışından çaresizlik sızıyordu.

"Bana niye soruyorsun?" diye tersledi Şerif, yarı şaka, yarı ciddi bir tavırla. "Toplantıda desteklediğin Asaf'a sorsana."

"Yapma Şerif yoldaş," diyerek çocukça sırnaştı Nejat. "Böyle olacağını bilemezdim ki."

"Bundan sonra bilsen iyi olacak. Ortalıkta kötü şeyler dönüyor," dedi Şerif, sanki birileri onu dinliyormuş gibi sesini kısarak. "Dikkat edelim de bok yoluna gitmeyelim."

Cemil, kaşlarının altından Şerif'e baktı. Oylamadan sonra mızıkçılık yapması, şimdi de Nejat'a çıkışması canını sıkmıştı.

"Niye bok yoluna gidecekmişiz?" diye sordu. Sesi gerektiğinden sert çıkmıştı. "Mehmet'i biz öldürmedik ki!"

"Herkes böyle söyleyecek," diye açıkladı Şerif. Cemil'in tartışmak için fırsat aradığını fark etmişti. "Ya birileri suçu bizim üzerimize yıkmak isterse?"

"Birileri mi? Daha açık konuş yoldaş, kimler?" diye sordu Cemil.

"Bilemiyorum," diye duraksadı Şerif.

"Bilemiyorum deme şimdi," dedi Cemil, gergin ama içten bir tavırla. "Aklında kimler var?"

"Mesela Asaf, diyelim. Bu tam Asaf'lık bir durum. Entrika çevirmek için bulunmaz bir fırsat. Bence balıklama atlayacaktır bu işin üzerine."

"Atladı zaten," diye onayladı onu Nejat. Duymadın mı bu geceki konuşmasını? Herif sanki kolektifin sekreteri."

Cemil kafasından geçenleri görmek istercesine, kahverengi gözlerini kısarak bakıyordu Şerif'e.

"Mehmet'in ölümünde Asaf'ın parmağı mı var diyorsun?"

"Tam öyle olduğunu söyleyemem," dedi Şerif. "Bu durumdan partide yitirdiği konumunu yeniden kazanmak için yararlanacaktır. Ama cinayetle de ilgisi olabilir. Hepimiz kadar o da zanlı."

"Cinayete karışacağını sanmam," dedi Cemil, kesin bir tavırla. "Asaf korkaktır, ucunda cinayet olan bir işe bulaşmaz."

Şerif önce kapıya baktı, sonra sesini iyice kısarak, "Ya işin içinde SBKP'den birileri de varsa?" diye sordu.

"Bildiğin bir şey mi var senin?"

"Yoook, sadece geçmişte yaşananlara bakarak neler olabileceğini kestiriyorum."

"Çok iddialı bir tahmin," dedi Cemil, sözcükleri tartarak.

"Yok Şerif yoldaş abartıyorsun, o kadar da değil," dedi gergin bir tavırla tartışmaya giren Nejat. "Sovyetlerin bu işle hiçbir ilgisi olamaz."

"Ben Sovyetleri suçlamıyorum" dedi Şerif. "Belki partideki bir fraksiyon..."

"Bence de yanılıyorsun," dedi Cemil. "SBKP'nin artık bu tür entrikalara bulaşacağını sanmıyorum."

"Benimki sadece bir varsayımdı," diyerek geri çekildi Şerif ama birkaç söz daha etmeden de duramadı. "Bu gibi olaylarda bazen bir kurban gerekir. Uyanık olalım da o kurban biz olmayalım."

"Kusura bakma ama bazen seni anlayamıyorum," dedi Cemil, gözlerini Şerif'in yüzünden ayırmadan. "Her olayın altında bir entrika arıyorsun. Parti yönetimiyle aranda ne geçti bilmiyorum ama bu kadar kuşkucu olmamalısın."

Sağ eliyle, kırçıllaşmaya başlayan bakır rengi gür bıyıklarını çekiştirerek dinleyen Şerif, "Sen de çok iyimsersin be Cemil," dedi, arkadaşını sevecen bakışlarla süzerek. "Senin kafandaki parti kusursuz, Allah yapısı gibi bir şey."

Cemil ciddiyetini koruyordu.

"Allah yapısı değil elbette ama kusursuz ya da kusursuza yakın."

"Abartıyorsun. Ülkedeki parti örgütlerini düşünsene. Kaftandaki gibi bir parti yok oğlum, olmayacak da. Örgüt de insan gibidir; hatalarıyla, zaaflarıyla yaşar."

"Ama hataları, zaafları öne çıkarıp moralimizi bozmanın da bir anlamı yok," diye atıldı Nejat. O da Şerif'in söylediklerine katılmıyordu. "Yoldaşlar canla başla çalışıyorlar."

"Haklısın, sıradan parti üyesine bir diyeceğim yok."

"Yöneticiler kötü, diyorsun," dedi Nejat, bu görüşe katılmadığını belirten bir ses tonuyla. "Ama yanılıyorsun. Onlar da bizim kadar çile çekiyor. Deniz yoldaşı düşünsene. İşkencede paramparça ettiler adamı. Ama ağzından tek bir sözcük bile alamadılar."

"Bir dakika yahu," diye isyan etti Şerif. "Ben yöneticilerin hepsi kötü demiyorum ki, içlerinde çok iyi yoldaşlar da var. Ama Asaf gibileri de var."

"Ben Asaf gibilerin çok etkili olacağını sanmıyorum," dedi Cemil, o her zamanki kendinden emin zırhına bürünerek.

Şerif, arkadaşının gerginleşen yüzüne baktı, anlayışla gülümsedi.

"Eğer partide her konuyu, her şeyi konuşabilseydik ben de sana katılırdım."

"Bunları yapamayacağımızı biliyorsun. Biz yeraltında çalışan bir partiyiz."

"Keşke olmasaydık."

"Gizli olmayı biz seçmedik ki," diyerek yine araya girdi Nejat. "Burjuvazi yaşam hakkı tanımadı ki bize."

"Doğru, biz istemedik ama yeraltını sevdiğimizi de inkâr edemeyiz. Gizli çalışma sanki bizi daha çok devrimci yapacakmış gibi geldi. İyi olan kadar, kötü olanın da gizlilik perdesinin ardında saklanabileceğini anlayamadık."

"O kadarını göze almak zorundaydık," dedi Nejat.

"Zorundaydık, evet, ama unutma, başımıza ne geldiyse bu zorunluluklardan geldi."

Cemil konuyu değiştirip Mehmet'i kimin ya da kimlerin öldürdüğüne getirecekti ki, içeri Kerem girdi. Yanakları hâlâ al al yanıyordu, gözlerinin altında derin, mor halkalar oluşmuştu. Dik durmaya çalışıyordu ama yürürken sendelediği odadakilerin gözünden kaçmadı. Birkaç adım atarak yaklaştı, sanki içeride Şerif'ten başka kimse yokmuş gibi yalnızca ona bakarak, "Yoldaş," dedi, neredeyse emir verircesine, otoriter bir tavırla. "Biraz gelir misin, sana söyleyeceklerim var."

"Şu anda gelemem," dedi Şerif, soğuk bir sesle. Başıyla odadakileri göstererek ekledi. "Önemli bir şey konuşuyoruz."

Kerem'in alev alev yanan gözlerinde küçümseyen bir ifade belirdi.

"Benim söyleyeceklerim daha önemli," dedi eskisinden daha sert bir tavırla.

"Kusura bakma gelemem," dedi Şerif, kararlı görünüyordu ama Kerem'den de anlayış bekler gibi bir hali vardı. "Yarın sabah konuşuruz."

Kerem'in yüzündeki inatçı ifade kırılır gibi oldu ama gözlerindeki kararlılık hiç yitmemişti. Odadakiler onun ısrar edeceğini düşünüyorlardı ama üstelemedi.

"Peki, yarın konuşuruz o zaman," diyerek kapıya yöneldi. Bir adım attıktan sonra düşecek gibi oldu. Şerif ayağa fırlayarak, "Seni odana götüreyim mi?" dedi.

Başını çevirdi, sağ elini havaya kaldırarak, "İstemez," dedi. "Ben giderim." Ne bir hoşça kalın, ne iyi geceler, hiçbir şey söylemeden çıktı odadan.

"Manyak," diye mırıldandı Nejat ardından. "Artık dayanamıyorum bu herife."

"O kadar da değil," dedi Şerif.

"Bu herif beni de korkutuyor," dedi Cemil. Gözleri hâlâ odanın kapısındaydı.

"Yapmayın çocuklar, psikolojik sorunları olan zavallının biri o."

"Mehmet'in öldürüldüğünü duyduğumda aklıma Kerem geldiydi" dedi Cemil, kuşku dolu bir ifadeyle. "Eğer hasta yatağında olmasa..."

"Hani sivil faşistler diyordun?" diye sordu Nejat. Arkadaşının tutarsızlığını göstermek gibi bir niyeti yoktu, sadece neden görüş değiştirdiğini merak etmişti.

Şaşkınlığa düşer gibi oldu Cemil ama çabuk toparlandı. "Aklıma gelen ihtimallerden biri de oydu. Ama düşününce Kerem'in de bu işi yapabileceğine inandım."

"Hadi canım sen de. Kerem niye öldürsün Mehmet'i?"

Cemil'in kahverengi gözleri koyulaştı. Şerif onun bir açıklama yapacağını sandı ama umduğu gibi olmadı, arkadaşının gözlerindeki yoğunluk dağıldı.

"Ne bileyim," diye söylendi, sanki boş ver dermiş gibi. "Herifin toplantıda yaptığı konuşmaya baksana!"

"Ben senin gibi düşünmüyorum," diyerek itiraz etti Şerif. "Ne demek istediğini anlatamadı salak." Duraksadı, yüzü düşünceli bir hal almıştı, kapıya bakarak mırıldandı.

"Yoksa gitsem mi şunun yanına?"

"Alıştırma," dedi Nejat. "Her canı istediğinde niye gidesin. Beklemesini öğrensin."

"Bence de gitme," diyerek arkadaşını destekledi Cemil. "Kerem saçmalıyor. Bir de söylediklerini dinlersek iyice zıvanadan çıkar."

"Onu anlıyorum," dedi Şerif, düşünceli bir tavırla. "Kötü biri değil aslında."

"Kötü olmayabilir ama hasta. Gripten söz etmiyorum, herif kafadan kontak."

"Korkunç şeyler yaşamış. Bir oğlu varmış, iki yaşında ölmüş, sonra da karısı terk etmiş."

"Hepimizin sorunları var," dedi Nejat. "Ama bunları parti meselesi haline getirmiyoruz."

"Beni asıl düşündüren, bunları sana anlatması," diyerek, suçlayan bakışlarını Şerif'e dikti Cemil. "Kimliğini açığa çıkaracak bilgiler veriyor... Sen de niye dinledin ki onu yoldaş?"

"Kendini kaptırmış konuşurken, bunları anlatma, diyemezdim."

"Ne diyeceksin, onun düşünmesi lazımdı," diyerek Şerif'i savunma gereği duydu Nejat.

Cemil arkadaşının söylediklerine katılmadı ama bir şey de söylemedi; her çetrefil sorunla karşılaştığında yaptığı gibi yine bıyığının ucunu ağzına alıp çiğnemeye başladı.

On Birinci Bölüm

Saat tam on ikide her zaman olduğu gibi sitedeki binaların bütün kapıları kilitlenmişti. Önceleri bu işi gelişigüzel yapan savaş kahramanı Sergey Antoliyeviç, bu gece görevlilerden aldığı talimata uygun olarak anahtarı çevirdikten sonra, iyice kapanmış mı diye kapıları itekleyerek tek tek yoklamıştı. Sitedeki yaşam geceye teslim olmuş, öğrenciler çoktan ikinci uykularına varmışlardı. Ama sitede uyumayanlar da vardı, cinayetin işlendiği köprünün üzerinde, korunun içinde hummalı bir çalışma sürüp gidiyordu. Türklerin karşısındaki boş binaya güvenlikçiler yerleşmiş, binayı sıkı bir gözetim altına almışlardı. KGB'nin teknik bölümünden, eline çabuk, sessiz iş gören yedi kişi el fenerleriyle ağaçların altını karış karış tarıyor, işe yarayacak her türlü ipucunu, her belirtiyi topluyor, kaydediyorlardı. Küçük korunun başladığı yerde, Brezilyalıların kaldığı binanın on beş metre yakınında buldukları domuz jambonunu saymazsak, korudaki lacivert dolmakalem dışında önemli olabilecek bir kanıta rastlamamışlardı. Bu jambonu da öğrencilerden biri unutmuştu ya da erzak taşıyan görevlilerden biri düşürmüştü. Ama Viktor'un titizliğini bilen teknik ekiptekiler onu da kanıtlar listesine eklediler.

Sitenin yönetim odasını kendilerine karargâh olarak seçen Viktor ile Nikolay telsizle konuşuyor, arada bir çıkıp teknik ekibin bulgularıyla ilgileniyor, sık sık aralarında tartışıyorlardı. Teknik ekip işini bitirir bitirmez cesedi taşımak gerekiyordu. Öğrenciler ertesi sabah uyandıklarında burada cinayet işlendiğini gösteren tek bir işaretle bile karşılaşmamalıydılar. Üstelik cesede bir an önce otopsi yapılmalı, ölüm nedeni tam olarak anlaşılmalıydı. Türklerin gerçek kimliklerinin, yaşamöykülerinin öğrenilmesi soruşturmanın sağlıklı yürütülmesi için bir zorunluluktu. Amirleri Andrey Alegoviç bu sorunu çözümlemiş, okuldaki büro Türk komünistlerinin kimliklerini onlara açıklayacaklarını söylemişti. Ama hepsinden önemlisi, iyi Türkçe bilen, güvenilir bir çevirmen bulmaktı. Çevirmen olmadan soruşturma yapılması olanaksızdı. Andrey Alegoviç, bu iş için Leonid'in biçilmiş kaftan olduğunu söylemişti. Viktor aralarındaki tartışmayı aktarınca, ertesi gün okulda Leonid'in de katılacağı bir toplantı düzenlenmesi kararlaştırılmıştı. Bu toplantıda hem durum değerlendirilecek hem de Rus öğretmen ikna edilecekti.

Sitede ışığı yananlardan biri de Leonid'di. Masasında oturmuş, az önce yazdığı raporu gözden geçiriyordu. Gerçi kimse ondan böyle rapor istememişti ama o da cinayet saatinde sitedeydi. Kendini soruşturma dışında tutmayı düşünmüyordu. Hatta raporu biraz geniş tutmuş, öğleden sonra sitenin küçük tiyatro salonunda yapılan Mustafa Suphi ve on dört yoldaşını anma toplantısından başlayarak olanları anlatmıştı. Ne öncesinde, ne tören sırasında, ne de sonrasında anormal olan hiçbir davranış sezinlememişti. Bütün yoldaşlar tekvücut olmuş, bu anma toplantısının başarısı için çalışmışlardı. Tören salonunun girişinde, Türkiye'nin en eski politik partisi olan TKP'nin kurulduğu yıl olan 1920'den bu yana savaşımını resimlerle anlatan bir sergi açılmıştı. Bayraklar, çiçeklerle süslenmiş serginin gezilmesiyle başlayan tören Hikmet'in açış konuşmasıyla sürmüştü. Heyecandan titreyen bir sesle On Beşler'in Karadeniz'de nasıl öldürüldüğünü anlatan Hikmet, partinin savaşımının hâlâ sürdüğü gibi alışıldık sözlerle sonuçlandırmıştı konuşmasını. Ardından, uzun yıllar yasaklandıktan sonra kutlanılmaya başlayan yığınsal 1 Mayıs gösterilerinin filmleri seyredilmişti. Leonid ellerinde bayrakları, pankartları, dillerinde türküleriyle, coşkulu yığınların dalga dalga Taksim Meydanı'nı dolduruşunu soluğunu tutarak izlemiş, kendi ülkesinde çoktan sönmüş olan devrim ateşinin İstanbul'un göbeğinde yeniden alevlenişini görmek gözlerini yaşartmıştı. Film bitince Nikaragua grubunun sanat sorumlusu Sánchez, Neruda'nın bir şiirini okumuş, sonra da Cemil'in yönettiği bir pandomim oynanmıştı. Can'ın okuduğu Nâzım Hikmet'in "Onbeşler İçin" adlı şiirinden sonra da Türk, Arap, Rus, İspanyol, İsrail ve Portekiz dillerinde hep birlikte söylenen "Enternasyonal"le toplantı sona ermişti. Öteki kolektiflerin neredeyse eksiksiz katıldığı tören sitedeki ağır yaşamı bir günlüğüne de olsa canlandırmıştı. Tören boyunca konuşmaları, şiirleri aynı anda çevirmek zorunda kalan Leonid, zor anlar yaşasa da, toplantı sonunda Türkiyeli yoldaşlarıyla gurur duymuş, bir çocuk heyecanıyla öteki kolektiflerin öğretmenlerine yarı şaka yarı ciddi takılarak, en devrimci grubun kendi öğrencileri olduğunu söylemişti.

Bu başarılı törenin ardından bir araya gelen Türk yoldaşlar sevinç içinde coşmuşlardı. Kolektifin en nemrut suratlı kişisi olan Kerem bile, hasta olmasına rağmen herkese gülücükler dağıtmaktan kendini alamamıştı. Böyle keyifli bir günün sonunda oturulmuştu akşam yemeğine. Aradan geçen birkaç saat kimi yoldaşların coşkusunu azaltmışsa da Şerif, Cemil, Nejat, Turgut ve Can hâlâ törenin coşkusu içinde yarı sarhoş dolanıp durmuşlardı ortalıkta. Yemekten sonra Leonid, Turgut'la iki parti satranç oynamış, ilkini kazanıp ikincisini kaybetmişti. Onları Hikmet, Can ve Nejat izlemişti. Bir ara, müdahale ediyor diye Turgut, Nejat'a çıkışmış, küçük çaplı bir atışma yaşanmıştı aralarında. Oyun bitince de herkes odalarına çekilmişti. Pencereden Mehmet'in cesedini görene kadar da kimseye rastlamamıştı Leonid.

Mehmet'i öldüren Türklerden biri miydi? Gizli servisin soruşturmayı bu yönde derinleştireceğini anlamıştı Leonid. Ama o öğrencilerinden hiçbirini katil olarak düşünemiyordu. Haftanın beş günü her sabah karşılaştığı, dersliklerde, konferans salonlarında, gezilerde birlikte olduğu, en basit konulardan en önemli sorunlara kadar tartışıp konuştuğu bu insanların arasından bir düşman, bir hain çıkabileceğine inanamıyordu. Oysa devletler düzeyinde süren politik savaşımın milyonlarca insanın ölümüne, yıkımına yol açan sonuçlarını görmüş, yaşamıştı. Mehmet'in öldürülmesi nedense bütün bunlardan farklı bir şeymiş gibi geliyordu ona. Belki kendisini de tehdit edebilecek bir cinayetle ilk kez yüz yüze geliyordu da ondan.

Türk kolektifine bir ajanın sızmış olabileceği kuramsal olarak asla reddedemeyeceği bir düşünceydi. Bu türden olasılıklar Leonid tarafından da dile getirilmiş, gizlilik kurallarına uymaları konusunda yoldaşları defalarca uyarmıştı. Ama cinayet, bütün kuramsal saptamalardan çok daha ürkütücü ve zor kabul edilebilir bir olguydu.

Kuramla ilgilenen insanların yaşamdan belli bir uzaklıkta durduklarını bilirdi Leonid. Söyledikleri, yazdıkları gerçeğe ne kadar yakın olsa da, yaşananların o kendine özgü renginden, kokusundan, ağırlığından yoksun olurlardı. Ve daha bir gün önce kararlılıkla açıkladıkları kehanet gerçekleşince de büyük bir şaşkınlığa kapamaktan kendilerini alamazlardı. Şimdi de öyle olmuştu işte, defalarca tekrarlanan bir olasılık gerçekleşmiş, bu varsayımı dile getirenlerden biri olarak Leonid, bunun böyle olacağını biliyordum, diyerek, soğukkanlılıkla başka bir saptamaya geçeceğine, duraksamış, duygusal bir çöküntüye düşmüştü. Ama şaşkınlığı ne denli büyük olursa olsun, ortada tuhaf bir olay, hepsinden önemlisi, cesedi hâlâ köprünün üzerinde duran öldürülmüş bir yoldaş vardı. Bundan sonra neler olacağı ise belirsizdi.

Leonid'in kafasını kurcalayan bir başka konu da soruşturma sırasında nasıl bir tavır takınacağıydı. Viktor'la tartışmalarına rağmen bu soruşturmanın dışında kalamayacağını, istese bile buna izin vermeyeceklerini biliyordu. Bunu isteyeceğinden de emin değildi zaten.

Uzun yıllar süren diplomatlık mesleğinin kişiye kibar bir sahtekârdan öte bir özellik katmayan o yapay havasından sonra, politika denilen oyunun acımasızca oynandığı bir ülkeden gelen bu insanların erkek nahifliğiyle biçimlenen yalın dünyası onu etkilemişti.

Uluslararası Leninizm Enstitüsü'nde öğretmenlik önerildiğinde Leonid duraksamış, yaşlılığın iyice hissedilmeye başladığı emeklilik günlerinde, yeni bir serüvene atılacak cesareti kendinde bulamamıştı. Ama okulun iki yıl önce vefat eden eski dekanı Vladimir ile kızı Aleksandra onu zorlamış, öğretmenliği kabul etmesini sağlamışlardı. İyi de yapmışlardı, yeni mesleğiyle birlikte Leonid yaşama adeta yeniden sarılmıştı. Bu okulda, Türkiye'den gelen öğrencilerin arasında onu etkileyen neydi? Bu soruyu defalarca kendine sormuş, her seferinde farklı yanıtlar bulmuştu. Bir keresinde komünistlerin iktidar için değil, muhalefet için yaratılmış olduklarına kadar götürmüştü işi. Yaşanan yetmiş yıllık deneyim iktidar işinde çuvalladıklarının en açık kanıtıydı. Ama faşizme karşı direnişte, demokratik haklar için savaşımda, savaş kışkırtıcılığına karşı durmada destanlar yaratmıştı komünistler. Yabancılaşmayı ortadan kaldırmışlar, aşkı aşk, şiiri şiir yapmışlardı. Ama iktidar oldukları andan itibaren bütün büyü bozulmuş, kapitalist ülkelerdekine benzer bir yabancılaşma, belki daha katmerlisi insanların başına bela olmuştu yeniden.

Oysa muhalefette, baskı altında kavgayı sürdüren Türkiye'den, Şili'den, Lübnan'dan, Nikaragua'dan gelen yoldaşlar, bütün ilkel davranışlarına, geri kültürlerine karşın daha diri, daha umut doluydular. Gerçi demokratik bir anlayış taşıdıkları, çokseslililiği benimsedikleri söylenemezdi, zaten yeraltında bunu gerçekleştirmeleri de çok zordu. Onlar bütün zorluklara karşın iyimserliklerini korumayı bilmişlerdi. Yalnızca bu duyguları taşıyan insanların varlığı bile yeryüzünde uğrunda dövüşmeye değer bir şeylerin olduğunu kanıtlamaya yeterdi. Bu değerlendirme akıllıca değildi kuşkusuz. Orta gelişmişlik düzeyindeki bir ülkeden gelen, inançlarına sarılarak yaşayan bu insanların, başarıya ulaşması çok zor olan savaşımlarına bakarak iyimser olmanın hiçbir bilimsel ya da mantıksal açıklaması yoktu ama anlamı vardı. Ortak inanç, ortak düşünce, ortak eylemle yaratılan bu anlam, gerçekçi bir bakış açısının iç buran karamsarlığından çok daha fazla gerekliydi Leonid'e. Söz konusu olan anlam basit bir kendini kandırmacanın çok ötesindeydi. Eğer öyle olmasaydı her beş yılda bir SBKP kongrelerinde yüksek sesle dile getirilen, programa alınan kararlarla daha kolay kendinden geçebilirdi. Gerçek olmayana, evet, diyebilirdi Leonid, ama içten olmayana asla.

Doğrusunu söylemek gerekirse, gün gelip böyle korkunç bir olayla karşılaşacağını, bir yoldaşın hem de kendi kapısının önünde öldürüleceğini hiç düşünmemişti. Olayların ona yüklediği sorumluluktan kaçamazdı artık. Kaçmayı da istemiyordu zaten. Ama daha çok yetkiye sahip olmalı, edilgen bir çevirmen olmak yerine Türk grubunu yakından tanıyan bir sınıf öğretmeni, onların bir yoldaşı olarak katılmalıydı soruşturmaya. Yıllardır omuz omuza çalıştığı gizli servis yöneticilerinden bunu isteyebilir, kabul etmeseler bile zoraki bir durum yaratarak istediği gibi davranabilirdi. Bu olanaklıydı, bütün bilgiler onun üzerinden akacaktı. Bilmediklerini de onlar sorarken öğrenecekti.

Bu karara varınca kendini daha iyi hissetti. Masada duran soda şişesini açtı, kafasına dikip içti. Alkole tutsak olduğu günlerden kalma bir tat hissetti ağzında. Bu da nereden çıkmıştı şimdi? Sanki bir şeylerden kaçıyormuş gibi aceleyle ayağa kalktı, pencereye yürüdü.

Cesedi ilk gördüğü yerden dışarı baktı. Aşağıdaki hareketliliği hemen fark etti. Binanın önüne bir ambulans gelmişti. Bir sedyeye konulan cesedi görevliler ambulansa taşıyorlardı. Mehmet'in saygılı gülümseyişini anımsadı Leonid. "Ölmek için kötü bir zaman," diye mırıldandı. "Düşlerinin ülkesinde öldürülmek ise ayrı bir talihsizlik." Belki cesedini bile Türkiye'ye götüremeyeceklerdi. Moskova'da, mezarını kimsenin ziyaret etmediği yalnız bir ölü. Nereye gömüleceği çok mu önemliydi? O bir enternasyonalistti. Bu ülkenin toprakları doğduğu kentin toprakları kadar yakındır ona diye düşündü.

Aşağıda görevliler cesedi ambulansa koyup kapıyı kapatmışlardı. Bir ara Viktor'u görevlilerle konuşurken gördü. Sonra adamlar ambulansa bindiler. Viktor da içeri girdi herhalde. Ambulans binanın önünden uzaklaşıncaya kadar Leonid ayrılmadı pencerenin önünden.

On İkinci Bölüm

O sabah Moskova'da uyananlar gözlerini bir mucizeye açtılar. Geceki ayazın etkisiyle donan ağaçlar, güneşin tembel ışıkları altında parıldayan kristal dev biblolara dönüşmüştü. Ama Türkiyeli komünistlerin bu güzelliğin ayırdına varacak halleri yoktu. 29 Ocak 1986'yı Kurkino'da geçirdikleri en kötü günlerden biri olarak anımsayacaklardı.

Bir gün önceki coşkunun yerinde, şimdi korku yüklü karamsar bir bekleyiş vardı. O sabah kimsenin canı ders yapmak istemiyordu ama bunu dile getirmek yine kolektifin en kalender kişisi Şerif'e kaldı. Arkadaşlarının önerisini iletmek üzere Hikmet'e yollandı. Hikmet erkenden kalkmış, banyoda tıraşını oluyordu. Şerif'in, "Bugün ders yapmayalım," önerisini o da olumlu karşıladı. Her sabah yaptığı gibi önce alt kattaki ütü masasına inip pantolonunu, gömleğini ütüledi, sonra giyindi, odaları dolaşarak raporları topladı. Arkadaşları yemekhanenin yolunu tutarken o dershaneye indi. Leonid'i kantinde otururken buldu. Yüzü solgundu Rus öğretmenin, sanki bir gecede birkaç yıl birden yaşlanmış gibiydi. Raporları uzatırken, ders yapmama önerisini dile getirdi, önerinin Şerif'e ait olduğunu da hemen ekledi. Leonid, her zamanki gibi saygıyla dinledi, ama sonra, "Bu çok yanlış olur," dedi, kaygı yüklü bir sesle. "Öteki grupların, hatta size ders vermeye gelen hocaların durumu bilmemesi gerekiyor. Mutlaka ders yapmalıyız. Ama ilk iki ders benim. Sohbet ederiz."

Görevini eksiksiz yerine getirmek isteyen bir yöneticinin ivecenliğiyle yemekhaneye yöneldi Hikmet.

Sabah mahmurluğundan sıyrılmaya çalışan sitedeki öğrencilerin neşesi henüz yerine gelmemişti. Yemekhanedeki masaların çoğu boştu, bu, öğrencilerin yarısından çoğununun henüz uyanmadığı ya da yeni kalktığı için bugün kahvaltı yapma şansını yitirdiği anlamına geliyordu.

Yemek kuyruğunda isteksizce bekleyenlerin ardına eklendi Hikmet. Önünde iki kız, üç erkekten oluşan beş kişilik Brezilyalı bir grup vardı. Dün geceki partinin mahmurluğunu üzerlerinden atamamış olsalar gerek, tembel tembel esneyerek, önlerindeki tezgâhta sergilenen peynir tabaklarını, reçel kutularını, iri yumurtaları süzüyorlardı. Bir ara, kıvırcık saçları, kaslı bedeni ve yüzünden eksik olmayan çapkın gülümseyişiyle Brezilya kolektifinin en gösterişli delikanlısı olan Pepe'yle göz göze geldi Hikmet.

"Dobre utra," dedi Pepe.

"Dobre utra," diye karşılık verdi Hikmet ama, "Şimdi bu Mehmet'i sorar," diye kaygıya kapılmaktan da kendini alamadı. Yanılmamıştı, Pepe bir adım yaklaştı, eliyle az ilerdeki uzun masada yemek yiyen Türkleri göstererek, "Tavariş Mehmet?" dedi.

Soğuktan rengi atmış dudaklarına yapay bir gülümseme yerleştirmeye çalıştı Hikmet. Eliyle işaretler yaparak Mehmet'in ülkeye döndüğünü anlattı. Bu işte başarılı olduğunu Pepe'nin şaşkın bakışından anladı.

"Niçin?" diye sordu Pepe, bu defa yarım yamalak bildiği Rusça yerine daha yetkin olduğu İngilizceyi kullanmıştı.

Soruyu anlamıştı Hikmet ama İngilizceyi meramım anlatacak kadar kıvıramadığından ellerini yana açıp boynunu bükerek, Pepe'nin istediği anlama çekebileceği bir hareket yaptı.

Pepe bir süre düşünceli gözlerle Hikmet'i süzdükten sonra durumu kabullendiğini belirten bir baş hareketiyle önüne döndü. Dalgın bir tavırla aldığı tepsiye ekmek, peynir, reçel, salam koyarak ilerledi. Hikmet de Pepe'yi izledi, büyük çay bardaklarından birini öğrencilere kırıtarak bakan İrina'ya uzatarak, "Çay pajalusta," dedi.

Kız çayı koyarken, Hikmet kaşarpeyniri ve kırmızıbiber turşusundan oluşan o çok sevdiği sandviçten iki tane aldı tepsisine, yanına biraz da zeytin koydu. Yeterliydi. İrina'nın en az bu güneşli kış sabahı kadar güzel bir gülümsemeyle uzattığı çay bardağını da alıp tepsisini Pepe'nin peşinden tezgâhın üzerinde sürükledi. Kasaya ilerlerken, Pepe yeniden Hikmet'e döndü.

"Mehmet bana Nâzım Hikmet'in fotoğrafını verecekti. Dün sergilediğiniz fotoğraflardan birini. Sizden alabilir miyim?" diye sordu İngilizce olarak.

Nâzım, fotoğraf laflarından Pepe'nin ne istediğini çıkardı Hikmet.

"Tabii tabii," dedi, sonra biraz düşünüp İngilizce sözcükleri buldu. "Yes, of course... of course..."

"Thanks," diyerek minnettarlığını bildirdi Pepe. Sonra da önüne döndü, bir daha da Hikmet'e laf atmadı.

Kasa kuyruğunda beklerken yemek yiyen arkadaşlarına baktı Hikmet. Mehmet dışında herkes oradaydı. Kerem bile kalkıp gelmişti. Hiçbir şey konuşmadan kahvaltılarını bitirmeye çalışıyorlardı ama bu sessizlik sanki onları birbirlerine biraz daha yakınlaştırmış gibiydi. Ya da, "Felaketler insanları birleştirir," diye düşünen Hikmet'e öyle geldi. Bir elin omzuna dokunduğunu hissettiğinde kasaya ulaşmasına üç kişi kalmıştı. Döndü, Asaf'ın mahkeme duvarını andıran suratıyla karşılaştı.

"Sen miydin yoldaş? Günaydın," dedi Hikmet gülümseyerek.

"Günaydın," dedi Asaf, elindeki kahve fincanını Hikmet'in tepsisine koyarken.

"Yemek almamışsın!"

"Şu sıra yemek düşünecek halim yok," dedi Asaf.

Yeni gelişmeler olduğunu sezinlemişti Hikmet ama Asaf bu sabah o kadar aksiydi ki cesaret edip soramıyordu. Kasaya bir kişi daha yaklaştılar.

"İstersen sen otur yoldaş," dedi Hikmet, saygılı bir tavırla. "Ben kahveni getiririm."

Yine sert bakışlarla süzdü arkadaşını Asaf.

"Masaya seninle birlikte gitmeyi tercih ederim," dedi.

"Nasıl istersen," demek üzereydi ki Hikmet, kasadaki şişman kadın, "Bir ruble, on beş kapik," diyerek uyardı. Hikmet parayı ödeyip yoldaşların yanına yürürken sordu:

"Bir şey mi oldu Asaf yoldaş, çok gerginsin."

Yoldaşı onu hiç önemsemiyormuş gibiydi.

"Oturunca söylerim," diyerek geçiştirdi. Bakışları Türklerin masasına yaklaşan yemekhanedeki aşçılardan Aleksey'deydi. Bu herif de nereden çıkmıştı şimdi. Yaşlı adam masaya yaklaştı, tepsideki kızartılmış sosis tabağıyla bir bardak portakal suyunu Kerem'in önüne koydu. Kerem'in tedirgin olmuş gibi bir hali vardı. Aleksey bir şeyler söyledi ama Kerem anlamamıştı, başını salladı.

Asaf adımlarını hızlandırarak Aleksey'e yaklaştı.

"Yardımcı olabilir miyim?" diye sordu.

Asaf'ın Rusça konuştuğunu gören Aleksey çekinir gibi oldu.

"Siz Türk müsünüz?"

"Evet," dedi Asaf, sonra başıyla sosisler ile portakal suyunu göstererek sordu, "Bunlar ne için?"

Aleksey gözlerini Kerem'e dikerek, "Bir oğlum var," dedi. "Alyoşa. Onun yaşında. Şimdi Afganistan'da savaşıyor. Onu hasta görünce oğlum aklıma geldi. Bu yüzden getirdim yiyecekleri."

Asaf'ın gergin yüzü yumuşadı, duygulanmıştı. Adama teşekkür etti. Sonra Aleksey'in söylediklerini yoldaşlarına çevirerek ekledi.

"İşte gerçek bir Sovyet vatandaşı: içten, duygulu, cömert... Sosyalizm böyle insanlar yetiştiriyor işte."

Masadakiler Asaf'ın söylevinden değil ama yaşlı adamın davranışından etkilenmişlerdi.

"Biz de ona bir hediye verelim," diye tutturdu Beşir.

Durmuş daha da ileri gitti.

"Öğle vakti parti bayrağı ile bir rozet getirelim," dedi.

"Ona teşekkür etmeyecek misin?" dedi Can, burnunu çekip duran yoldaşına bakarak. Kerem zoraki ayağa kalktı, adamın elini sıktı.

"Spasiba."

Aleksey mutlu olmuştu, ağzındaki çürük dişleri göstererek bir çocuk gibi gülümsedi.

Asaf onu masaya davet etti ama yaşlı adam, "Öğle yemeğini hazırlamam gerek," diyerek mutfağın yolunu tuttu. Asaf da masaya, Hikmet'in yanına çöktü. Şerif'in canı sıkılmış gibiydi, Asaf'ı şöyle bir süzdükten sonra Hikmet'e döndü:

"Ne oldu, Leonidie konuştun mu?" diye sordu.

"Konuştum. Derslere katılmamamızın dikkat çekeceğini söylüyor."

Konuşmayı dinleyen Asaf telaşlandı.

"Aman yoldaşlar, derslere katılmamak da nereden çıktı?"

"Bilmem, benim haberim yok," dedi Durmuş.

"Erken kalksaydın haberin olurdu," diye tersledi Şerif. "Yoldaşlar kendilerini iyi hissetmiyorlar. Bugün derslere girmesek diye düşündük."

"Sakın ha," diye korkuyla söylendi Asaf. "Herkesin dikkatini çeker. Gece ne konuştuk. Bu olayı kimse bilmemeli."

"Bence de derslere girmeliyiz," diyerek Asaf'ı destekledi Durmuş.

"Leonid doğru söylüyor," dedi Cemil, Şerif'e dönerek.

"Tamam, mesele yok o zaman," dedi Şerif, alınmış gibiydi. "Siz istediniz diye derslere girmeyelim dedik."

"Ama ben kendimi iyi hissetmiyorum," dedi Kerem. "Hastalık üsteledi galiba."

"Senin yataktan çıkman bile hata," dedi Şerif. "Git de bir an önce yat."

"Gideceğim, sabah bir arada görünelim istedim."

"O zaman Kerem dışında herkes derse giriyor," diye işi garantiledi Asaf.

Kimse ona bir şey söylemedi, herkes yemeğiyle meşguldü. Durmuş'un gözü Kerem'in önünde el sürmeden baktığı sosislerdeydi. Dayanamayıp sordu:

"Yoldaş, yemiyorsan sosisleri alabilir miyim?"

Kerem sosis tabağını Durmuş'un önüne itti.

"Ye yoldaş ye," dedi Nejat gülümseyerek. "Senin hepimizden çok enerjiye ihtiyacın var."

"Ne diyorsun sen be?" diye çıkıştı Durmuş.

Kahvesinden bir yudum alan Asaf, anlamsız bir tartışmanın başlayacağını anlayarak lafa karıştı.

"Yoldaşlar," dedi. "Dün geceyarısı parti merkezinden aradılar. Bir haftadan önce buraya kimseyi gönderemiyorlar."

"Neden?" diye sordu Şerif, ağzındaki lokmayı bitirmeden, bu yüzden sesi biraz boğuk çıktı.

"Çok sıkışıklarmış, biliyorsunuz konferans hazırlıkları sürüyor. Birini gönderene kadar parti adına soruşturmayı benim yürütmemi istiyorlar."

"Bunu tahmin etmiştim," diye homurdandı Şerif.

"Belki daha iyi olur," dedi Hikmet, iyimser bir ifadeyle. "Ne de olsa Asaf yoldaş bizleri tanıyor. Üstelik Rusçası da var."

"Tek başıma bu işin altından kalkamam," dedi Asaf, alçakgönüllülüğü elden bırakmayarak. "Bana yardım etmelisiniz."

"Elbette yardım ederiz," dedi Durmuş, kararlı bir tavırla çatalını sosislerin en irisine batırarak. "Bu cinayetin sorumlusunu yakalamak bize düşer."

"Biraz yavaş," dedi Can. "Duyacaklar."

"Neyi duyacaklar, sanki herkes Türkçe biliyor da," diyerek ters ters baktı Durmuş, sonra sosisini ağzına atıp aceleyle çiğnemeye başladı.

Asaf bir sigara yakarak derin bir nefes çektikten sonra, "Dün gece yazdığınız raporlardan birer tane de ben istiyorum," dedi.

Masada buz gibi bir rüzgâr esti, yüzlerde hoşnutsuz bakışlar belirdi.

"Yeniden mi yazacağız?" diye sıkıntıyla söylendi Turgut.

"Keşke dün akşam söyleseydin yoldaş," diyerek arkadaşını destekledi Can.

"Dün akşam bana bu görev verilmemişti ki."

Hikmet araya girdi.

"Dert etmeyin yoldaşlar, Leonid raporları Rusçaya çevirecek. Türkçe olanları işine yaramaz. Onları Asaf yoldaşa veririz."

"Sovyet polisi sorguya ne zaman başlayacak?" Can'dı soran.

"Bilmem," dedi Asaf. "Henüz onlarla konuşmadım."

Sovyet polisinin sorguya başlayacak olması masadakilerin canını sıkmıştı yine. Yemek boyunca bir daha kimse konuşmadı.

Şerif, "Afiyet olsun," diyerek masadan kalkarken Kerem de doğruldu.

"Dershaneye kadar birlikte yürüyelim."

Cemil'in gözleri onların üzerindeydi. Bunu fark eden Kerem, "Alçak herif," diye mırıldandı masadan uzaklaşırken.

"Neden öyle söyledin?" diye sordu Şerif, şaşırmış gibi bir tavırla.

"Alçak olduğu için," dedi Kerem, elindeki tepsiyi mutfağın önündeki bulaşıkların konduğu masaya bırakarak.

Şerif durdu, tepsisini elinde tutuyordu.

"Bak Kerem," dedi. "Benim yanımda yoldaşlarıma küfredemezsin."

"Ama sen onu tanımıyorsun."

"Seni de tanımıyorum. Ne olursa olsun kimseye küfretmeye hakkın yok."

"Peki," dedi Kerem, uysal bir tavırla başını öne eğerek. "Bir daha küfretmem."

Şerif sakinlemişti, elindeki tepsiyi Kerem'inkinin üzerine bıraktı, birlikte kapıya yöneldiler.

Cemil kendisi hakkında konuştuklarını anlamıştı. Masadan kalktı, Nejat da onu izledi. Yemekhaneden çıktıklarında soğuk hava yüzlerini kavurdu, paltolarına sımsıkı sarıldılar. Şerif ile Kerem on beş metre kadar önlerinde yürüyorlardı. Kerem hastalığına aldırmadan elini kolunu sallayarak heyecanla bir şeyler anlatıyordu. Şerif de sessizce dinliyordu onu. Dershanenin önüne kadar böyle yürüdüler. Dershanenin köşesine geldiklerinde Kerem geriye baktı, Cemil ile Nejat'ı gördü. Hiçbir şey söylemeden yüzünü buruşturmakla yetindi.

"Bizim hakkımızda konuşuyorlar," dedi Nejat.

"Boş ver," dedi Cemil. "Herif zırdeli."

Cemil ile Nejat yaklaşırken Kerem son birkaç söz söyleyip ayrıldı Şerif'in yanından.

"Ne anlatıyor o yine?" diye sordu Cemil, kapıda onları bekleyen Şerif'e.

"Zavallı iyice paranoyak olmuş. Herkesten kuşkulanıyor. Senin hakkında atıp tuttu."

"Ne söyledi?" diye sordu Cemil, bozulmuştu.

"Sonra anlatırım," diyerek saatine baktı Şerif. "Geç kalıyoruz, Leonid'e ayıp olacak."

İçeri girerken bir ses duydular.

"Mehmet... Mehmet..."

Üçü de aynı anda döndü. Beş altı adım ötede Rosa onlara el sallıyordu. Ama kız onların yüzünü görünce düş kırıklığına uğramış bir ifadeyle yaklaştı.

"Özür dilerim," dedi Rusça, sonra eliyle Cemil'i göstererek onu Mehmet sandığını belirtti. Anlamıştı Cemil, gülümsedi. Farklısını bulamadıkları için Mehmet, Turgut, Can ve Cemil aynı paltoları almışlardı. Kapıdan çekilerek kıza yol verdiler. Rosa teşekkür ederek içeri girdi, onlar da kızın kırmızı mantosunun altından bile belli olan kıvrak kalçalarını izleyerek peşi sıra yürüdüler.

Kerem ile Mehmet dışında herkes dershanedeydi. Önce bir suskunluk oldu. Leonid dahil kimsenin canı konuşmak istemiyordu. Kolektifin sekreteri olarak bu suskunluğu bozmanın kendisine düştüğünü gören Hikmet, "Pepe, Nâzım'ın resmini istiyor," dedi. "Mehmet söz vermiş."

"O oğlan çok seviyor Nâzım'ı. Neruda'dan daha iyi bir ozan olduğunu düşünüyor," diye konuşmaya katıldı Nejat.

"Daha iyi bir ozan değil, daha proleter bir şair," diye düzeltti Durmuş.

"Pepe kim, proleterlik kim be! O aşk şiirlerinin peşinde. Nâzım'ın da Neruda'dan daha iyi aşk şiirleri yazdığını söylüyor..."

Nâzım'ın şairliği ve proleterliği üzerine başlayan bu tartışmaya, "Cenaze ne olacak?" diyen Can'ın üzüntülü sesi ara verdi. "Herhalde Nâzım gibi Moskova'da bırakmayacağız Mehmet'i."

Hikmet şaşkınlıkla Leonid'e baktı, bu konuyu hiç düşünmediği belliydi.

"Cesedi Türkiye'ye nasıl sokacaklar, bilmiyorum!" dedi Leonid, kederli bir yüzle. "Partiniz bir yolunu bulacaktır herhalde."

Sonraki iki ders felsefeydi. Dersin hocası Özbekistanlı Tahir, sınıfa girer girmez iki yoldaşın derste olmadığını fark ederek, "Mehmet de mi hastalandı?" diye sordu. Mehmet'in dersleri astığı görülmüş iş değildi.

"Mehmet bu sabah ülkeye döndü," dedi Hikmet, renk vermemeye çalışarak.

"Ülkeye mi döndü?" diye sordu Özbek öğretmen.

"Önemli bir gelişme olmuş da."

Önce kuşkulandı Tahir, çekik gözleriyle sınıftakileri anlamlı anlamlı süzerek neler olup bittiğini anlamaya çalıştı. Ama öğrencilerin renk vermemeleri üzerine her şeyin yolunda olduğu kanısına vararak, "Eh ne yapalım, yolu açık olsun," dedi.

Ama diyalektiğin yasaları konulu derse başlayıp da Cemil, Turgut gibi felsefeye ilgi duyan öğrencilerin bile onu dinlemek yerine pencereden karlar altındaki kırları izlediğini, ötekilerin de kederli bir dalgınlık içinde önlerindeki defterlere bir şeyler karaladığını görünce, işlerin ters gittiğini sezinler gibi oldu.

"Bugün ne oldu size yahu?" diye çıkıştı öğrencilerine.

Kolektifini savunma güdüsüyle herkesten önce Hikmet yanıtladı soruyu:

"Bir şey yok Tahir yoldaş," dedi. "Akşamki parti toplantısı biraz uzun sürdü de."

Eğer öncesi olmasa fazla üstelemeyecekti Tahir ama dersine karşı başlarda yoğun olan ilgi gitgide azalmaktaydı. Bu yüzden, "Gece geç yattık," gibi bir nedenle dersine kayıtsız kalınmasını bağışlayamazdı.

"Dersler de parti toplantısı kadar önemlidir," diyerek uzun bir söyleve başladı, felsefe öğrenmeden iyi bir komünist olmanın olanaksız olduğunu altını çize çize belirttikten sonra kolektiftekileri yeterince çalışmadıkları için bir güzel haşladı.

Tahir'in sert sözleri karşısında haksızlığa uğradığını düşünen Nejat'ın gözleri doldu, gizlemesi gereken bir cinayet olduğunu unutarak neredeyse felsefe hocasıyla sert bir tartışmaya başlayacaktı ki, durumu fark eden Şerif, arkadaşını dürtükleyerek yanlış yapmasına engel oldu.

Kolektiftekiler teneffüste kendi aralarında konuşarak ikinci derste daha aktif olma kararı aldılar.

Derse girer girmez söz alan Cemil'in, komünist toplumu tarihsel bir zorunluluk olarak görmenin diyalektiğin, "değişim dışında hiçbir şey mutlak değildir" önermesiyle çelişip çelişmediğini sormasıyla ortalık karıştı.

Tahir, derslerinde kullandığı sözcükleri yineleyerek bir çelişkiden söz edilemeyeceğini söyledi.

Cemil ikna olmamıştı, Tahir'in damarına basma pahasına üsteledi.

"Tahir yoldaş, bunları defalarca bize anlattınız. Bunları öğrendik. Benim merak ettiğim, diyalektik yöntem ile tarihsel materyalizm arasında bir çelişme olup olmadığı."

"Çelişme filan yok," dedi Tahir, öğrencisini küçümseyen bakışlarla süzerek. "Bence sorun şu ki, sen bu konudan hiçbir şey anlamamışsın, bir daha oku."

Sorun Marksizm'in namusu sayılabilecek önemde bir konu olunca kolektifteki kimi yoldaşların da ayranı kabarmakta gecikmedi. Bir süreliğine de olsa gece yaşanılanlar unutuldu, ateşli bir tartışma başladı. Cemil'in kuşkulu yaklaşımını kolektifin çoğunluğu paylaşmıyordu. Fazla konuşmayan Can bile arkadaşına hararetle karşı durarak, "Marx öyle söylemiyor, sen yanlış düşünüyorsun," dedi.

Ama Cemil'in de geri çekilmeye hiç niyeti yoktu. Üstelik bütün kolektifin ona karşı olması alttan alta egosunu okşuyor, dershanede en çok onun sesi çıkıyordu.

"Siz hâlâ eski yöntemle düşünmeyi sürdürüyorsunuz," dedi. "Düşüncenizi yenilemeden kendinizi değiştiremezsiniz."

Cemil'i yenmek için fırsat kollayan Durmuş, bu sözlere mal bulmuş Mağribi gibi atılarak, "Hadi biz yanlış düşünüyoruz, Marx da mı yanlış düşünüyor?" dedi.

"Marx ile seni aynı kategoride değerlendirmek benim için üzücü, ama galiba öyle, Marx da yanlış düşünüyor. Yoksa komünizmi bir zorunluluk olarak görmezdi," diye yanıtladı onu Cemil korkusuzca.

Tartışmayı ilgiyle izleyen Şerif'in kafası karışmıştı; örgüte bağlılık konusunda neredeyse kölece bir uyum sergileyen bu Cemil, kuramsal tartışmalar söz konusu olduğunda, nasıl oluyordu da işi militan bir kuşkuculuğa kadar vardırabiliyordu. Bunu anlayamıyordu.

Tartışma hiçbir yere varmadan sürüp giderken, Tahir sınıfın başarılı öğrencilerinden biri olan Cemil'in daha fazla hırpalanmasına razı olmayarak müdahale etme gereği duydu ama dersin sona erdiğini bildiren zil ondan önce davranarak tartışmaya son noktayı koymuştu bile.

On Üçüncü Bölüm

Leonid, okulun Moskova'daki sarı taştan yapılmış binasına geldiğinde vakit öğleyi bulmuştu. Kapının önünde birbirinin ardına park edilmiş Volga marka siyah iki otomobili görünce, "Geç kaldım," diye düşünerek adımlarını hızlandırdı. Bir kaleninkileri andıran iki kanatlı ahşap kapıdan içeriye girince emektar kapıcı Ustin Petroviç karşıladı onu. Yaşlı kapıcı saygıyla ayağa kalkarak, "Sizi Yuriy Konstantinoviç'in odasında bekliyorlar," dedi.

Leonid, kapıcıya teşekkür ederek vestiyere yürüdü. Kalpağını, paltosunu bıraktıktan sonra, ayaklarının dibinde her zaman kırmızı karanfillerin bulunduğu Lenin heykelinin önünden geçerken arkada birilerinin olduğunu fark etti. Gözleri ister istemez onlara kaydı. İki kişiydiler, sanki birbirlerinin içine sokulmak istercesine sımsıkı kenetlenmişlerdi, kıvırcık siyah saçlarla düz sarı saçlar birbirine karışmıştı. "Bunlar düpedüz ayaküstü sevişiyorlar," diye düşündü. Erkeği tanımıştı; Filistinli Musa'ydı. İsrail komandolarının baskınında sağ elini yitiren ama bakışlarındaki yaşama sevincini inatla korumayı sürdüren, kara gözlü Musa. Kız da Alman kolektifinin en güzel kızı İlona. Sırtını Lenin heykeline veren İlona'nın kısacık eteği sıyrılmış, biçimli bacaklarının bütün güzelliği ortaya çıkmıştı. Musa elsiz kolunu kızın ince beline dolamış, dolgun dudaklarını iştahla emiyordu. Birbirleriyle öyle meşgullerdi ki, ne Leonid'i, ne de bir başkasını görecek halleri vardı. Başka zaman olsa onlara imrenirdi Leonid.

Ama bu kez ne onlara imrenebildi, ne de yaşlılığına yandı, aklı Mehmet'deydi. "Kimine ölüm, kimine aşk..." diye söylenerek asansöre yöneldi. Şanslıydı, asansörü yakalamıştı, kapıyı açtı, binmek üzereydi ki birinin onu çağırdığını duydu.

"Leonid İvanoviç..."

Başını çevirdi, ekonomi politik profesörü Svetlana Antoliyevna ile göz göze geldi. Gerginliği kayboldu, dün akşamdan beri karşılaştığı tek güzel şeydi Svetlana. Kırkını aşmış olmasına karşın, aynı yaştaki Sovyet kadınları gibi kendini salmamıştı, incecikti, yumuşacık gülümseyişi gibi abartısız makyajı da yüzünden hiç eksik olmazdı. Ama Leonid'i etkileyen bunlar değildi. Yalnızca genç kızların bakışlarında yakalanabilen, masumiyet giysilerine bürünmüş o fettan ışıltının bu orta yaşlı kadının yeşil gözlerinde de hâlâ inatla parıldıyor olmasıydı. Belki de ışık filan yoktu da Leonid'e öyle geliyordu. Ne fark ederdi ki? Önemli olan Svetlana'nın yanında kendini genç hissetmesiydi, gerisiyse lafügüzaftı.

"İyi günler," dedi Leonid, usulca eğilip kadının uzattığı elini özenle dudaklarına götürerek. Svetlana'nın gözlerindeki pırıltı çoğaldı.

Kadının elini bırakmadan doğruldu Leonid.

"Bugün yine çok güzelsiniz."

"Siz de her zamanki gibi çok nazik," dedi kadın ama Leonid'in yüzündeki endişeyi fark etmişti.

"Solgun görünüyorsunuz. Hasta değilsiniz ya?"

"Bir şeyim yok. Gece biraz fazla çalıştım."

"Kendinize dikkat edin Leonid İvanoviç, hepimizin size ihtiyacı var."

"Sağ olun, benim de size ihtiyacım var."

"Öyle mi, ben de unuttunuz sanıyordum. Hani Türk öğrencileri getirecektiniz."

Sesinde sitemden çok, flört etmek isteyen bir kadının gerekli ilgiyi görmediğini belli eden iğneleyici, hoş bir tını vardı.

"Çok özür dilerim Svetlana Antoliyevna," dedi Leonid, mahcup bir sesle. "Asla unutmadım. Araya başka işler girdi, bilirsiniz işte, öğrencilerin dertleri... En kısa zamanda sizi arayacağım."

Leonid sözlerini bitirirken eğilip kadının elini yeniden usulca öpmüştü.

"Çok gecikmeyin ama," dedi kadın elini yavaşça çekerken. "Sizden haber bekliyorum."

"En kısa zamanda," diye mırıldandı Leonid. Svetlana giderken bir an arkasından bakarak onun diri bedenini izledi, sonra asansöre bindi.

Okul dekanı Yuriy Konstantinoviç'in odasının önüne geldiğinde diplomatlık günlerinden kalma bir alışkanlıkla kendine çekidüzen verdi. Kapıyı vurup içeri girdi.

Defalarca girip çıktığı bu geniş ama gösterişsiz odada, her zaman şık giyinen, temiz yüzlü Yuriy Konstantinoviç'ten başka bir kişi daha vardı. Adam sırtı kapıya dönük oturmuş, dekanla çene çalıyordu. Leonid'i gören Yuriy Konstantinoviç hareketlendi.

"Buyrun Leonid İvanoviç, şöyle gelin."

Leonid masaya yaklaşırken sırtı dönük adam ayağa kalktı. Uzun boyluydu, çoktan ağarmış düz saçları kısacık kesilmişti.

"Merhaba Lenya," dedi dönerek. Yeşile yakın ela gözlerinde eski bir dostu görmüş olmanın verdiği kıvanç okunuyordu. Önce tanıyamadı Leonid ama çok kısa sürdü bu.

"Andrey sen ha!" diye sevinçle söylendi. İki arkadaş bir an birbirlerini süzdüler, sonra kucaklaştılar.

"Ne işin var burada?"

Soruyu sorarken Andrey'le göz göze gelmiş, o anda kafasında şimşek çakıvermişti.

"Bu işle sen ilgileniyorsun."

"Öyle de denebilir," dedi Andrey, sanki önemsiz bir şeyden söz ediyormuş gibi. "Ama asıl seni görmek için geldim."

Yuriy Konstantinoviç şaşırmış gibiydi.

"Tanışıyor musunuz?"

"Birleşmiş Milletler..." diyecek oldu Leonid.

"Eski dostuz," dedi Andrey, onun lafını keserek.

"Evet," diye toparladı Leonid. "Çok eski dostuz."

Andrey sevgiyle dostunu süzüyordu. Leonid'den bir baş daha uzundu, ak saçlarına karşın daha genç gösteriyordu.

"Hiç değişmemişsin," dedi.

"Hadi canım," dedi Leonid. "Asıl değişmeyen sensin. Nasıl böyle genç kalabiliyorsun, anlayamıyorum."

"Kadınlardan uzak durarak," dedi Andrey, dudağında hınzır bir gülümsemeyle.

Leonid'in New York'taki çapkınlıkları oradaki Sovyet memurları arasında dillere destan olmuştu. Elçiliğin sıradan bir memuru olarak, istihbarat görevlileri gibi tuzağa düşme korkusuyla kendini perhizde tutmasına yol açacak bir neden yoktu. Başta Amerikalılar olmak üzere değişik ülkelerden kadınların tadına bakma fırsatı bulabilmişti böylece. Andrey o günleri unutamamış olmalıydı ki, hâlâ serzenişte bulunup duruyordu.

"Kadınlar," dedi Leonid derinden iç geçirerek, Svetlana'nın yüzü gelmişti gözlerinin önüne. Aslında uzun süredir yalnızdı. Biraz da kendi seçmişti bunu. Günübirlik ilişkiler sıkmıştı onu. Kalıcı bir ilişki istiyordu artık. Ama üzerindeki ölü toprağını atıp bir türlü harekete geçemiyordu. Eski arkadaşının yanında ününe gölge düşürmemek için çapkın Rus diplomatını oynamayı sürdürdü. "Kadınsız bir dünya katlanılmaz olurdu."

"Sen adam olmazsın," dedi Andrey, sonra kaygılı bir tavırla sordu: "Kalp krizi geçirmişsin?"

Leonid, boş ver, dercesine elini boşlukta salladı.

"Atın ölümü arpadan olsun."

"Şimdi nasılsın?"

"İdare ediyoruz işte."

"Kızın nasıl, o saçları örgülü ufaklık, güzel bir kadın olmuştur."

"İyidir," dedi Leonid, durgun bir tavırla. Kızının mektubuna yanıt vermediğini anımsamıştı. Doğurmak istediği çocuk için ne söyleyeceğini bilemiyordu ama fırsat bulur bulmaz yazmalıydı kızına.

Kalın kaşları hafifçe çatılan Yuriy Konstantinoviç'in soğuk sesi böldü dostlar arasındaki bu içten konuşmayı.

"Leonid İvanoviç," dedi yaşlı dekan, resmi bir tavırla. "Andrey Alegoviç, dün geceki olayı soruşturan ekibin yöneticisi. Bizden yardım istedi, gerekli bilgileri ilettik kendisine. Sizinle görüşmek istiyor."

"Evet, sizinle görüşmek istiyoruz," diye tekrarladı Andrey.

"Elbette Yuriy Konstantinoviç," dedi Leonid, dekana dönerek. "Elimden gelen yardımı yapmaya hazırım."

Yuriy Konstantinoviç rahatlamıştı, eliyle Leonid'e boş koltuğu göstererek, "Otursanıza," dedi.

Ancak Andrey hemen araya girdi, "Biz içeri, arkadaşların yanına geçsek," dedi nazik bir tavırla. "Hemen işe koyulmakta fayda var."

Yaşlı dekan bozulmuştu, önemsenmediğini hissediyordu.

"İyi ama," diyecek oldu.

"Merak etmeyin, gelişmelerden sizi haberdar edeceğiz." Bu sözler yaşlı dekanı ikna etmemişti.

"Yoldaş Andrey, size hatırlatmak isterim, burası Merkez Komitesi'ne bağlı bir okul. Neler olup bittiğini bilmek benim de hakkım."

"Kuşkusuz yoldaş Yuriy," dedi Andrey, onu dikkate aldığını belli eden saygılı bir tavırla. "Bizim öğrendiğimiz her şeyi siz de öğreneceksiniz. Eminim toplantımızdan sonra yoldaş Leonid size bilgi verecektir."

Dekan koyu mavi gözlerini Leonid'e dikerek, kararlılıkla söylendi:

"Merakla sizi bekliyorum."

"Elbette Yuriy Konstantinoviç," dedi Leonid. "Gelişmeleri size bildireceğim."

Dekanın odasından çıkan iki eski arkadaş, tavanı yüksek, dar koridordaki kırmızı halının üstünde yürümeye başladılar.

Andrey başıyla dekanın odasını göstererek, "İhtiyarı kızdırdık," dedi.

"Sanmıyorum, sadece kendi otoritesini korumaya çalışıyordu."

"Onun bir zamanlar Fransa'da elçilik yaptığını biliyorsun, değil mi?"

"Duydum. Sizden biri mi?"

"Hayır. O da senin gibi hiçbir zaman istihbaratçı olmadı."

"Sevmiyor demek ki bu mesleği."

"Bilmem ama senin sevmediğini söyleyemem. Belki sırf rahat çapkınlık yapabileyim diye girmedin servise."

Leonid gözlerini kısarak baktı arkadaşına.

"Yanlış," dedi kırgın bir tavırla. "Girmedim değil, almadınız."

Andrey bakışlarını kaçırarak konuyu değiştirdi.

"New York'tan sonra İstanbul'u nasıl buldun?"

"Aslında birbirlerine benziyorlar. Moskova gibi düzenli, yerleşmiş değiller; her ikisinde de yaşayanları içine alıp sürükleyen dev bir kaos var. Sanki akşam yıkılıp her sabah yeniden kuruluyorlar. Ama bu kaosun kötü olduğunu söyleyemem. Ve her ikisi de denize açılıyor; sevişmeye hazırlanan bir kadın bedeni gibi sıcak ve nemliler."

Andrey kendini tutamayarak kahkahaları koyuverdi.

"Oğlum Lenya sen adam olmazsın," dedi gülmekten yaşaran gözlerini elleriyle kurularken. Leonid halinden memnun, ne var bunda bu kadar gülecek, dercesine yapmacık bir ağırbaşlılıkla arkadaşına bakıyordu.

"Hâlâ Engels hayranı mısın?" diye sordu Andrey.

"Engels'i seviyorum. Romantik bir adam, tutkulu. Barikatlara çıkmak için kilometrelerce yol yürüyecek kadar çılgın."

"Aynı zamanda çapkın," diye ekledi Andrey.

"O da yaşamı sevmesinden. Ama onun yönteminde bir yanlış var. Diyalektiği kullanmasından söz ediyorum. Zaten adamın işi de felsefe değil ya."

"İlginç," diye atıldı Andrey. "Hatırladığım kadarıyla *Doğa'nın Diyalektiği*'ne bayılırdın."

"Çok önceleri. Artık doğanın yasaları ile toplumun yasalarının benzeşmediğini düşünüyorum. İnsanoğlu doğadan daha karmaşık."

"Anlaşılan şu sıra Frankfurt okulundakileri okuyorsun?"

"Onları ve öncekileri, Nietzsche'yi, Schopenhauer'i... Bir zamanlar yok saydığımız herkesi. Sana da öneririm."

"Biz çoktan başladık oğlum. Bu ülkede değişimi başlatanların istihbaratçılar olduğunu unutuyorsun."

"Andropov'dan mı söz ediyorsun," diye sordu Leonid. Bir süre sustu. "Doğru, değişimi o başlattı. Ama belki de yanlışlık orada. Değişimi başlatan halk olmalıydı, görevi devleti korumak olan bir kurum değil."

Andrey'in neşesi kaçar gibi oldu. İki arkadaş koridor boyunca bir süre sessizce yürüdüler.

"Adamların nerede?"

"Viktor yukarıda bir dershanede, Türk kolektifindekiler hakkında okuldan aldıkları bilgiler üzerine çalışıyor. Nikolay da şu yemekhanedeki kadını sorgulamak için Kurkino'ya gitti. Hani akşam site dışındaki Türk'ün sevgilisi olan..."

"Olga..."

"Evet Olga, işte onu sorgulamaya gitti. Sonra dönüp Viktor'a katılacak. Sen raporları getirdin mi?"

"Getirdim. Hepsi Rusçaya çevrilmiş durumda."

"Mükemmel."

"Sorguya ne zaman başlıyorsunuz?"

"Raporlar okunduktan sonra."

Leonid kuşkuyla süzdü arkadaşını.

"Soruşturmayı geciktiriyorsunuz gibime geliyor."

Andrey anlamlı anlamlı güldü.

"Bunu da nereden çıkarıyorsun şimdi?"

"Yapma Andrey, sizi bilirim. Şu ana kadar çoktan başlamış olmalıydınız. Bir şey bekliyorsunuz."

"Seninle konuşmayı bekliyorduk. Seni kazanmadan bu işi çözemeyiz."

İnanmayan gözlerle süzdü arkadaşını Leonid.

"Öyle olsun bakalım."

"Öyle zaten. Kafanı boş yere yorma... Nerede konuşabiliriz?"

Koridorun sonuna gelmişlerdi, Leonid sağ taraftaki kapıya yönelirken mırıldandı.

"Burası boş olmalı."

Aydınlık bir dershaneye girdiler. "Herkes yemekte, en az yarım saat bizi rahatsız etmezler," diyerek, oturması için arkadaşına ön sıralardan birini gösterdi Leonid. İki arkadaş kullanılmaktan aşınmış sıraya yan yana oturdular.

Oturur oturmaz Leonid çantasını açtı, kırmızı bir dosya içindeki Türklerin raporlarını Andrey'e uzattı. Andrey dosyayı önüne çekti ama kapağını bile açmadan sordu:

"Sen ne diyorsun bu işe Lenya?"

Leonid'in yüzü gölgelendi.

"Aslında ne diyeceğimi bilemiyorum. Belki kıskançlık ya da bir yanlışlık..."

"Hayır hayır, bunları unut," dedi Andrey, sözünü keserek. "Türk grubunda bir köstebek var."

Leonid şaşırmadı ama anlamak isteyen gözlerle arkadaşının yüzüne baktı.

"Bundan emin misin?"

"Adım kadar. Türk istihbaratının Moskova'daki adamlarından birinin mesajını ele geçirdik."

"Oyuncak mağazasında."

Andrey'in gözleri şaşkınlıkla açıldı.

"Nereden biliyorsun?"

"Dün gece Durmuş'u sorgularken duydum."

"Doğru duymuşsun, oyuncak mağazasında. Okuldakilerden birine bırakılmış."

"Ne yazıyor?"

"Şifreyi henüz çözemedik. Uzmanlar çalışıyor. Klasik yöntem, bir kitaptan yararlanılmış; dikkat çekmeyecek, hep el altında olan bir kitap. Sence ne olabilir?"

"Hep el altında..." diyerek düşündü Leonid. "Lenin'in kitaplarından biri. *Ne Yapmalı*. Belki de 'TKP Programı'."

"Parti programı olacağını sanmam. Biraz daha edebi bir metin."

"Roman mı?"

"Roman olması gerekmez ama parti programı kadar da kuru değil."

"Kalın bir kitap mı?"

"Şifre 58. sayfaya kadar işaretlenmiş. Ama kalın bir kitap da olabilir tabii."

"*Kapital*'e ne dersin. Her öğrencide bir tane vardır."

Andrey merakla sordu.

"Gerçekten okuyorlar mı *Kapital*'i?"

"Sanmıyorum ama nedense her öğrenci bir tane alır. Böylece daha entelektüel hissediyor olmalılar kendilerini."

"Kapital ha... Olabilir."

İkisi de sustular. Leonid arkadaşına bakıyordu ama gözünden teker teker Türk yoldaşların yüzleri geçiyordu.

"Bir köstebek!" diye mırıldandı. Öğrencilerinin hiçbirine hain sıfatını konduramıyor, olanlara inanmakta hâlâ güçlük çekiyordu. Ama durum ortadaydı. Andrey'i tanırdı, işini iyi yapan istihbaratçılardan biriydi. Mesleği onun bütün yaşamıydı. Ortalıkta somut kanıtlar olmasa bu kadar kesin konuşmazdı.

"Bize yardım edeceksin, değil mi?" diye sordu Andrey.

Leonid başını kaldırıp arkadaşına baktı.

"Edeceğimi biliyorsun," dedi. "Seni hiçbir zaman yalnız bırakmadım."

Andrey derinden bir iç geçirdi, elini arkadaşının omzuna koydu.

"Doğrusunu söylemek gerekirse bundan emin değildim. Yenilik rüzgârları insanları tuhaflaştırdı. Yetmiş yıldır bu ülkeyi ayakta tutan değerlerin sarsıldığını hissediyorum. Sen de değişmiş olabilirdin."

"Değiştim zaten," dedi Leonid. "Eskinin savunacak nesi var ki?"

"Ama değişmemişsin işte. Sen hâlâ komünistsin."

"İyi ya, ben komünist olduğum için değiştim zaten."

Andrey yine kahkahalarla gülmeye başladı.

"Tuhaf adamsın, seni anlamakta her zaman güçlük çekmişimdir."

"Bense kendimi hep basit biri olarak görmüşümdür."

"Neyse, bırakalım bu abuk sabuk tartışmayı. Önemli olan bize yardım etmen."

"Yalnız bir şey var. Bu soruşturmada basit bir çevirmen olarak yer almayacağımı bilmeni isterim."

Andrey uzun uzun süzdü arkadaşını.

"Türkleri seviyorsun, değil mi?"

"Evet, seviyorum."

"Neden?"

"Hey ne oluyor! Ne bu sorular? Yoksa benden de mi kuşkulanıyorsun?"

"Saçmalama, benimki sadece merak."

"Söyleyeceklerim belki sana garip gelecek ama onlar bizde çoktan ölen devrimin ruhunu temsil ediyorlar. Konuşmaları, mimikleri, giyim kuşamları bana 1905 Devrimi'ni hatırlatıyor."

"1905 mi? Niye Ekim 1917 değil de 1905?"

"İktidar kirletir. 1905'te devrimcilerin umutları henüz kirlenmemişti."

Andrey'in yüzünde alaycı bir ifade belirdi.

"Gülme," dedi Leonid. "Söylediklerimde çok ciddiyim."

"Tamam tamam. Ama unutma, senin kahramanlarının içlerinde bir köstebek var."

"Bolşeviklerin içinde de vardı."

"Yine de sen bu yaşlı yoldaşını dinle, onlara fazla güvenme. Kimse sütten çıkmış ak kaşık değildir."

Andrey'in bu tavrını olumsuza yordu Leonid.

"Bak Andrey," dedi uyaran bir tavırla. "Bu sözlerle beni oyalamaya çalışıyorsan baştan söyle. Onlar benim öğrencilerim. Onlara karşı sorumluluğum var."

Andrey alaycı bir gülümsemeyle Leonid'e bakarak söylendi:

"Sen iflah olmaz bir romantiksin."

"Bırak şimdi tatlı sözlerle uyuzumu kaşımayı. Soruşturmaya aktif olarak katılacağım. Yoksa beni unutun."

"Birlikte geçirdiğimiz yıllarda senin hakkında öğrendiğim ilk şey neydi biliyor musun?" diye sordu anlamlı bir ses tonuyla.

Leonid bir şey söylemeden arkadaşına baktı. Deneyimli istihbaratçı başını ağır ağır sallayarak tamamladı sözlerini: "Senin kendi bildiğinden şaşmayan, Tanrı'nın belası, inatçı bir herif olduğun."

On Dördüncü Bölüm

Sabah yüzünü gösteren güneş, öğleden sonra kuzeyden sökün eden bulutların arasında kayboldu, erken çöken akşamla birlikte serpiştirmeye başlayan kar geceye doğru tipiye dönüştü.

Yemekhane sabah kahvaltısının tersine tıklım tıklım dolmuş, konuşmaları, tenleri, alışkanlıkları farklı insanlardan oluşan yemek kuyruğu kapıya kadar uzanmıştı. Erkenden gelip kuyruğun önlerinde yer alan öğrenciler, pencere kenarındaki masalara çoktan yerleşmiş, adlandıramadıkları bir sevinç içinde, yağan karı izleyerek doyuruyorlardı karınlarını. Türk kolektifinde bile sabahki mahzunluk kırılmış, yarınki ders için okunacak kitaplar gibi, okul yaşamının rutin konuları zihinleri yeniden meşgul eder olmuştu. Her zaman melankolik takılan Kerem ile asık suratlı olmayı ciddilik sanan Durmuş'u hesaba katmazsak, yoldaşlar arasında şakalaşmalar bile başlamıştı.

Yemekhanede bekleyen Türk kolektifinde yaşam normale döne dursun, parti odalarında üç Sovyet vatandaşı onlarla ilgili önemli bir konuyu tartışıyorlardı. Viktor masaya oturmuş, iki yanına ise Nikolay ile Leonid'i almıştı. Masanın üzerinde bir telsiz ile küçük bir teyp ve iki kalın dosya gelişigüzel duruyordu.

"Asaf da sorguya katılmak istiyor," dedi Leonid.

Asaf'la tartışmalarını anımsayan Viktor yüzünü buruşturmuştu.

"Dün geceki kısa boylu adamdan mı söz ediyorsunuz? O bize ayak bağı olur," dedi.

"Soruşturma için partisi onu görevlendirmiş."

"Neden ayrı bir soruşturma yapıyorlar?" diye sordu Nikolay. Sanki Leonid TKP yetkilisiymiş gibi. "Bize güvenmiyorlar mı?"

"Bunu güven sorunu olarak almamak gerekir," diye açıklamak zorunda hissetti kendini Leonid. "Onlar da üyelerine hesap vermek zorundalar. Hem siz, hayır, deseniz bile, yukarısı karar almış, en geç yarın size de bildirirler. Asaf'ın isteği, soruşturmaya bugünden katılmak."

"Yukarının izin verdiğine emin misin?" diye sordu Viktor, kalın kaşlarının altından ters ters bakarak.

"Eminim," dedi.

Ona, "Olmaz," demeyi ne kadar çok isterdi Viktor. Ama büro şefi Andrey'in anlattıklarından sonra bu cin bakışlı adama öyle kolay kolay hayır diyemeyeceğini anlamıştı.

"İsterseniz şöyle yapalım Leonid İvanoviç," dedi sıkıntısını gizleyerek. "Sorgulara katılsın ama biz istediğimiz anda odadan çıkacak, tamam mı?"

"Tamam," dedi Leonid. "Bence mantıklı." Aslında bu kadarını bile beklemiyordu. Henüz karar onlara iletilmemişken Asaf'ın sorguda bulunmasını bu nemrut suratlı istihbaratçıların kabul edeceğini hiç sanmıyordu. Sanki Viktor'un düşüncesini değiştirmesinden korkuyormuşçasına hemen ayağa kalktı.

"Onu çağırayım, içerde kararımızı bekliyordu," diyerek odadan çıktı.

Asaf sıkıntılıydı, Hikmet'in sanki kadın eli değmişçesine düzenli olan odasında, pencerenin önünde dikilmiş, verilecek kararı bekliyordu. Berlin'den gelen telefondan beri amansız bir ikilem yaşıyordu.

Cinayetin ilk şokunu atlattığında, bu olayın onun yıldızını yeniden parlatabilecek bir olanak olduğunu düşünmüştü. Ama telefondaki yoldaş, "Soruşturmayı parti adına şimdilik sen yürütmelisin," dediğinde bu düşüncesinin yanlış olduğu fikrine kapıldı. TKP kurulduğundan bu yana pek çok yandaşı, üyesi öldürülmüştü ama Moskova'da, üstelik parti okulunda bir cinayet ilk kez işleniyordu. Bu olayda bilinmeyen çok şey vardı. Viktor ile Nikolay'ın tavırlarından da bu anlaşılıyordu. Gücünü, yeteneklerini aşan bir entrikayla karşı karşıya olduğunu sezinliyor, bırakın yıldızının parlamasını, olayın sorumlusu olarak ilan edilebileceğini bile düşünerek için için korkuyordu. Belki de yeni yönetim ayağını kaydırmak için özellikle bu çetrefil işi onun üzerine yıkmıştı. Böylece ondan tümüyle kurtulabilirlerdi.

Adım adım tasfiye edildiğinin çoktandır farkındaydı Asaf. Oysa 1974 yılında yurtdışına çıktığında nasıl da inanç ve umutla doluydu. Uzun yıllar varlık gösteremeyen TKP, ülke içinde kendisi gibi yetenekli devrimcilerle bağlantı kurarak, "1973 Atılımı" adı altında bir örgütlenme kampanyası başlatmıştı. Uzun yıllar Fikir Kulüpleri Federasyonu'nda yönetici olan Asaf, partiyle buluşacağı gün ne kadar da heyecanlanmıştı. Ama gördükleri kısa sürede bu heyecanını dindirdi. Ortada partiden çok, yurtdışı bağlantıları güçlü, yetenekli bir grup eski tüfekten başka kimse yoktu. TKP bedeni olmayan bir efsane kahramanı gibiydi. Onu karşılayan yaşlı genel sekreter ise sanki bu durumu görmüyormuş gibi inançla, parti tarihinden, bayrağı yere düşürmeyen kahramanlardan, özellikle de Nâzım Hikmet'ten söz edip duruyordu. Birkaç ay geçince Asaf'taki düş kırıklığı yerini partiyi yeniden yaratmak heyecanına bıraktı. Ortalıkta gerçek anlamda bir partinin olmadığı doğruydu ama büyük bir potansiyel vardı; gerek savaşım deneyimi, gerek yurtdışı bağlantıları, gerekse ülkede hâlâ bir efsane olması, güçlü bir parti yaratılmasını olanaklı kılabilirdi. Türkiye'deki büyük değişimi gerçekleştirecek partinin yaratılmasını sağlayan kadronun içinde yer almak, Mustafa Suphi, Ethem Nejat, Şefik Hüsnü, Nâzım Hikmet gibi tarihi kişiliklerden biri olmak, bunu düşünmek bile tutkudan titremesine yetiyordu. Canla başla çalışmaya başladı Asaf. Ama gizli parti çalışmasının, hele hele politik göçmenliğin insanı öğüten, acımasız bir değirmen olduğunu geçen yıllar ona kötü bir biçimde öğretecekti. Öngörüldüğü gibi parti ülkede hızla güçleniyor, tarihinde hiç olmadığı kadar yığınsallaşıyordu. Artık sorun yığınsallaşma değil, nitelikli kadrolar yaratmaktı. Bu da ülke içindeki örgütler ile ülke dışı yönetim arasında sağlıklı bir bağın kurulmasını, hepsinden önemlisi, artık merkez komitesi toplanan, kongresi yapılan gerçek bir parti çalışmasına geçilmesini gerektiriyordu. Bu yönde tartışmalar da başlamıştı ama ne yazık ki çabuk davranılamamış, eksikler giderilememişti. 12 Eylül 1980 Darbesi işte bu hazırlıksız koşullarda yakalamıştı partiyi. Askeri yönetimin saldırısı karşısında güçlü örgütler ayakta kalırken, güçsüz olanların önemli bölümü yıkıldı gitti. Binlerce parti üyesi, yandaşı işkenceden geçirildi, tutuklandı. Ayakta kalan örgütler parti yönetimine ağırlıklarını koymaya başladılar. Böylece Asaf'ın da içinde olduğu kimi eski yöneticiler bir köşeye itildi ya da çekilmek zorunda kaldılar. Bütün bunlar olurken, Asaf gençlik yıllarını çoktan tamamlamış, orta yaş sınırına gelmişti. Devrime adanmış tutku dolu yıllar sona ererken, Moskova'da bile olsa iki yıllık bir sürgün yaşamına mahkûm edilmek korkunç bir şeydi. Ama Asaf olanlardan kendini sorumlu tutmuyordu. O tek başına ne yapabilir, neyi değiştirebilirdi ki? Üstelik o yalnızca ideolojik alandan sorumluydu, örgütsel çalışmalara doğrudan müdahale etmesi söz konusu bile değildi. Umudunu yitirmedi Asaf. Biraz zaman geçince, durum daha nesnel bir gözle değerlendirilecek, deyim yerindeyse onun da itibarı iade edilecekti. Dikkatli olmalı, uyanık davranarak, daha fazla yıpratılmasına izin vermemeliydi. Bunun yolu da soruşturmayı yürüten Sovyet polisine dayanmak, onlarla birlikte çalışmaktan geçiyordu. Bu karara varır varmaz, SBKP Merkez Komitesi'nde TKP'yle ilgilenen bürodan İgor'u aradı. Eskiden beri arası çok iyiydi İgor'la. Cinayeti anlatırken, her şeyi bildiğini söyledi İgor ona. Büyük bir entrikayla karşı karşıya olduğunu kesin olarak anladı Asaf. Soruşturmaya parti adına katılmak istediğini söyledi. İgor bunu olumlu karşıladı. Gerekli yerlerle konuşacağını açıkladı. Akşama doğru telefon geldi. Sorguya katılabileceği söyleniyordu, ancak güvenlik birimlerine haber biraz geç gidebilirdi, bir şey kaçırmak istemiyorsa, durumu uygun bir dille anlatmalı, olayla ilgilenen istihbaratçıların olurunu alarak soruşturmaya katılmalıydı.

Leonid'in Moskova'dan dönmesini sabırsızlıkla beklemişti Asaf. Leonid gelir gelmez de odasına damlayarak, sabah söylemeye fırsat bulamadığı parti kararını açıklayıp durumu anlatmıştı. Leonid de önerisini olumlu bulduğunu, ancak buna kendisinin karar veremeyeceğini belirterek, "Önerini

Viktor'a ileteceğim," demişti Viktor ve Nikolay'la soruşturma öncesi hazırlıkları tamamlamak için parti odasına kapanırken, Asaf da Hikmet'in odasında beklemeye başlamıştı. Ne de olsa kolektifte en çok güvenebileceği insan parti sekreteriydi.

Leonid'in kapıdan uzanan başını gördüğünde heyecanla sordu:

"Kabul ettiler mi?"

"Ettiler," dedi Leonid. "Sen de katılabilirsin."

Derin bir soluk almıştı Asaf. Hikmet'in masasına koyduğu, kahverengi deriden evrak çantasını kapıp Leonid'in peşi sıra yürüdü. Artık, katil bulunduğunda kendi rolünü abartarak sonucu rahatça sahiplenebilirdi, olumsuz bir durumda ise sorumluluğu Sovyet polisine yıkacaktı.

Odaya girdiğinde Viktor'un masada oturmuş, önündeki kâğıtları okuduğunu gördü. Ondan önce içeri giren Leonid, adamın yanına çökmüştü bile. Leonid'in karşısında oturan Nikolay kayıt düzeneğini kurmuş, bandı başa alıyordu.

"Dobre Veçer," diyerek Nikolay'ın yanındaki iskemleye yerleşti Asaf. Viktor başını önündeki kâğıttan kaldırarak şöyle bir göz attı Asaf'a.

"Dobre Veçer," dedi, sonra yeniden kâğıtlara daldı.

Nikolay odaya kimse girmemiş gibi teyple ilgilenmeyi sürdürüyordu.

Burada istenmediğini hissetmişti Asaf ama karakter atacak hali yoktu. Deri evrak çantasını açtı, Viktor'un önünde duran kırmızı dosyanın aynısını çıkarıp masaya koydu.

"Otopsi raporunu aldım," diyen Viktor, başını önündeki kâğıtlardan kaldırmadan okumaya başladı. "Dıştan yapılan muayene sonucu, sırtta sol tarafta, sol skapuların iç yan kenarına 1 cm. uzaklıkta, üçüncü inter kostal aralıkta 2 cm. çapında, kenarları düzensiz, etrafında yanık izi olmayan delik tespit edildi."

"Azizim Viktor Zaharoviç," diye yakındı Leonid. "Ne olur şunu anlayabileceğimiz bir dilde anlatın."

"Tamam tamam," dedi Viktor gülümseyerek. "Delici cisimle kalbin delinmesi sonucu hipovelemik şoka bağlı ölüm. Yani kısacası, adamın kalbi parçalanmış."

"Böylece Mehmet'in demir çubukla öldürüldüğü kesinleşmiş oluyor," dedi Nikolay.

"Evet," diyerek yeniden önündeki kâğıtlara eğildi Viktor. İçlerinden birini çekip çıkardı. Gürültüyle boğazını temizleyerek açıkladı.

"Bu katın planı." Sonra Leonid'e dönerek sordu:

"Bu katta dört daire var, değil mi? Kimlerin hangi dairelerde kaldığını biliyor musunuz?"

"Yoldaş Asaf daha iyi bilir," dedi Leonid.

Leonid'in topu kendisine atması sevindirmişti Asaf'ı. Planı teklifsizce önüne çekip baktı, sonra masanın ortasına, herkesin görebileceği bir noktaya götürerek anlatmaya başladı:

"Doğru, bu katta dört daire var."

"Alt kat boşmuş, öyle mi?" diye sordu Viktor.

"Öyle, alt katta kimse kalmıyor. Bizimkiler ütülerini filan yapıyorlar."

Asaf işaretparmağını, merdivenin bitiminde, sol tarafa çizilmiş ilk dairenin üzerine koyarak anlatmaya başlarken, Nikolay teybin tuşuna dokundu.

"Bu dairenin bir odasında Cemil ile Nejat kalıyorlar, diğerinde ise Can ile Mehmet," dedi. "Soru var mı?" diye Viktor'a baktı, olmadığını anlayınca parmağını yanındaki dairenin üzerine kaydıran Asaf açıklamasını sürdürdü:

"Burada ise Şerif ile Turgut bir odada, Hikmet ile Durmuş öteki odada kalıyorlar." Parmağını sağa hareket ettirdi, "Burası şu anda bulunduğumuz yer, bildiğiniz gibi parti toplantıları için kullanılıyor. Yan dairede ise biraz sorunlu bir yoldaşımız olan Kerem ile uykusunda horlayan Beşir ayrı ayrı odalarda kalıyorlar."

Viktor planı yeniden önüne çekti, anımsamadıklarını yinelettirerek Asaf'ın söylediği isimleri dairelerin içine yazdı.

"Ben siteye geldiğimde, Leonid gibi korunun yanındaki binada kalıyorum," dedi Asaf. Viktor'un bakışları Asaf'ın önünde duran dosyaya takılmıştı.

"Bunların Türkçeleri," diye açıkladı Leonid, Viktor'un önündeki kâğıt tomarını göstererek.

"Çevirdikten sonra iade etmiştim."

Viktor birden hatırlamış gibi Asaf'a bakarak söylendi:

"Aralarında sizin raporunuz yok."

"Benim raporum mu? Benden de mi istemiştiniz?"

"Yoldaş Leonid bile yazmış, sizin ne ayrıcalığınız olabilir ki?"

Soran Nikolay'dı, sanki Asaf'a çıkışmaktan keyif alıyor gibiydi.

"Ben düşündüm ki..."

"Bunda düşünecek bir şey yok. Dün gece nerede olduğunuzu yazmalıydınız?"

"Saklayacak bir şeyim yok," diye söylendi Asaf, alıngan bir sesle.

"Dün gece 22.25 ile 22.45 arası ne yapıyordunuz?"

"Odamdaydım. Rusçamı ilerletmek için Puşkin'in öykülerinden birini okuyordum."

Konuşmaları ilgiyle izleyen Viktor da katıldı sorguya:

"Hangisini?"

"*Büyük Petro'nun Arabı*'nı."

"Ben de çok severim o öyküyü," dedi Nikolay, sonra eliyle başını kaşıyarak sanki unutmuş gibi sordu: "Neydi o çarın vaftiz oğlu olan Arap'ın adı?"

Asaf'ın yüzü gölgelendi, alnı kırıştı.

"Şey... Mustafa mıydı?" diye söylendi, güvensiz bir ses tonuyla.

"Hayır, İbrahim'di" dedi Nikolay, anlamlı gözlerle Asaf'ı süzerek. "Nasıl okumuşsunuz Puşkin'i."

"Ben daha çok Rusça öğrenmek için..." diyecek oldu Asaf.

"Sizi odanızda gören oldu mu?" diyerek sert bir tavırla tartışmaya katıldı Viktor.

"Ben gördüm," dedi Leonid.

"Ama cesedi bulduktan sonra," diye kuşkusunu dile getirmekten çekinmedi Viktor.

"Evet, cesedi bulduktan sonra."

"Anlıyorum," dedi Viktor, bakışlarını genç arkadaşına çevirerek. Nikolay, Türkçe bilmemesine karşın Asaf'ın önündeki raporları çekmiş, bakıyordu.

"Okudunuz mu bunları?" diye sordu Asaf'a.

"Okudum," dedi Asaf, bu durumdan hiç hoşlanmamasına karşın nedense kendini zanlı gibi hissediyordu.

"Ne dersiniz, kimden başlayalım sorguya?"

Asaf hazırlıksız yakalanmıştı.

"İzninizle," diyerek Nikolay'ın önündeki raporları yeniden aldı, sayfaları karıştırdı.

"Hikmet, Turgut ve Can yemekten sonra birlikteymişler," dedi düşünceli bir tavırla. "Toplantı saatine kadar Hikmet'in odasında satranç oynamışlar. Kerem hastaymış, gece boyunca uyuduğunu yazmış. Nejat odasında Sabahattin Ali'nin *Kuyucaklı Yusuf*'unu okuyormuş, bir ara Can sigara almak için uğramış yanına. Kısa bir süre sohbet etmişler."

"Durmuş da Olga'nın kollarındaymış," diyerek sözünü kesti Nikolay. Asaf'a bakarak açıklamasını sürdürdü. "Sabahleyin kadınla konuştum, yoldaşınızın söylediklerini doğruladı."

"Geriye Beşir, Şerif ve Cemil kalıyor," dedi Asaf. "Beşir tek başına bilardo oynadığını yazmış. Oyun salonundan en son o ayrılmış. Kimseyle de karşılaşmamış. Bence sorgulanacakların başında o yer alıyor."

"Ya Şerif?" diye sordu Viktor. "O da cinayet saatinde nerede olduğunu kanıtlayacak bir tanığa sahip değil. Sitede gezmeye çıktığını söylüyor."

"Haklısınız," dedi Asaf. "Şerif de öncelikle sorgulanması gereken bir yoldaş. Ama Cemil'i de unutmayalım. Gerçi raporunda gece boyunca tez yazdığını söylüyor ama Şerif döndüğünde parti odasına uğramış, ışıklar yanıyormuş ama Cemil'i bulamamış."

"Bravo," dedi Nikolay manalı bir ses tonuyla. "Siz polis olmalıymışsınız."

Nikolay'ın her anlama çekilebilecek sözlerini övgü olarak aldı Asaf.

"Gizli çalışmak, bazen bir polis gibi düşünmeyi gerektiriyor."

On Beşinci Bölüm

Dudaklarında kendinden emin bir gülümsemeyle girdi odaya Beşir. Rusların dost mu düşman mı olduklarını belli etmeyen duygusuz yüzlerini görünce kaygılandı ama gülümsemesini yitirmedi, destek olur umuduyla Asaf'a baktı. Asaf hiç oralı olmadı, yüzü en az Viktor ile Nikolay'ınki kadar ifadesizdi. Beşir'in gülümseyişi tedirginliğe dönüşmek üzereydi ki, Leonid sevecen bir tavırla ayağa kalkarak, "Gel Beşir yoldaş," dedi. "Şöyle Asaf'ın yanına otur."

Beşir gösterilen iskemleye yöneldi ama Viktor oraya oturmasına engel oldu.

"Karşıma otursun, yüzünü görmek istiyorum."

Leonid bozulmuştu ama istihbaratçının sözlerini çevirmekten geri durmadı. Hiç yüksünmedi Beşir, gülümsemesini inatla koruyarak gösterilen yere geçti.

"Spasiba," dedi Viktor, kalın kaşlarının altındaki mavi gözlerini Beşir'e dikerek.

Beşir Rusça, "Bir şey değil," demeyi bilmediğinden, yüzünde kalender bir ifadeyle hafifçe başını sallamakla yetindi. Viktor'a içi ısınmıştı; onu pazartesi günü okulun merkez binasında izledikleri *İnsanın Yazgısı* adlı filmdeki kahramana benzetmişti. Bu asık suratlı polisin nedense altın gibi bir kalbi olduğunu düşünmeye başladı.

Türklere pek benzemeyen bu sarışın adamın neden kendisine sevgiyle baktığını bir şeye yoramayan Viktor, çareyi hemen sorguya geçmekte buldu.

"Burada niçin bulunduğunu biliyor mu?"

Leonid'in çevirisini dinleyen Beşir, "Size yardım etmek için," dedi hiç duraksamadan.

"Ondan kuşkulandığımızı hiç düşünmüyor mu?" diye atıldı Nikolay.

Beşir'in rahat tavrı karşısında o da Viktor'unkine benzer bir şaşkınlığa kapılmıştı.

"Bırakalım nasıl isterse öyle düşünsün," diyerek Nikolay'ın sorusunu havada bıraktı Viktor. "Dün gece neler yapmış asıl onu anlatsın bize."

"Yemekte birlikteydik zaten," diye Leonid'e bakarak anlatmaya başladı Beşir. "Yemekten sonra sen Turgut'la satranç oynamaya başladın. Hatırlarsan, bir süre sizi seyrettim. Sen ilk maçı alınca oradan ayrıldım. Yukarıdaki salona çıktım, oyuncak tüfeklerle atış yapmaya başlamıştım ki Cemil damladı. 'Yarın öğle yemeği için atışmasına var mısın?' dedi, ben de kabul ettim. Yarıştık, o kazandı. Ben, 'Bir oyun daha oynayalım,' dedim. Cemil biraz nazlandıktan sonra kabul etti ama o sırada Mehmet yanımıza geldi. Tedirgindi. Cemil'le görüşmek istiyordu."

"Bir saniye, bir saniye," diyerek araya girdi Leonid'in çevirisini dinleyen Viktor. "Tedirgindi, derken neyi kastediyor, daha açık anlatsın."

"Mehmet selamsız sabahsız gelmez," diyerek başladı anlatmaya Beşir. "O akşam bir merhaba bile dememişti yanımıza geldiğinde. Bir şeylere çok canı sıkıldığı belliydi. Konu ne ise sanırım Cemil de biliyordu, işitmemi istemedikleri için uzaklaştılar, ben de merak edip sormadım. Sonra Cemil bana döndü, 'Kusura bakma, yarın atış yaparız. Mehmet'le konuşmam gerekiyor,' dedi. Baktım, Cemil de ciddileşmişti."

"Cemil ile Mehmet'in arası nasıldı?"

Bu kez Nikolay kesmişti Beşir'in sözünü.

"İyiydi. Mehmet'in kimseyle kavga ettiği görülmüş değildi zaten."

"Onlar yanından ayrılırken saat kaçtı?"

"Tam olarak söyleyemeyeceğim ama dokuzu geçiyor olmalı."

"Sonra sen ne yaptın?"

"Sonra..." Biraz düşündü. "Yarım saat kadar kendi kendime atış yaptım. Ne yalan söyleyeyim, Cemil'e yenilmek onuruma dokunmuştu. Ertesi gün bu yenilginin öcünü almalıydım. Ben atış yaparken, Kongolu Kasavubu geldi yanıma. 'Gel yarışalım,' dedim. Eliyle yeşil çuhalı masayı göstererek, 'Bilardo,' dedi. Teklifini kabul ettim. Bir saat kadar bilardo oynadık. Ama şanssızlığım üzerimdeydi, Kasavubu'ya da yenildim. Bir süre sonra Kongolunun uykusu geldi, yatmaya gitti. Canım iyice sıkılmaya başlamıştı. Kendi kendime bilardo oynamayı sürdürdüm. Duvardaki saatin 22.30'u gösterdiğini fark edene kadar da oynadım. Vaktin geçmiş olduğunu görünce panikledim, yarınki felsefe dersi için elli sayfalık bir metin okumam gerekiyordu. Aceleyle toparlanıp kaldığımız binaya yollandım."

"Yolda dikkatini çeken bir şey oldu mu?"

"Yoo, olağanüstü hiçbir şey yoktu. Yalnızca Brezilyalıların kaldığı binadan gelen müzik sesini, kahkahaları duydum... Ha... Bir dakika, raporumda belirtmediğim bir şey var, önemli olduğunu düşünmediğim için yazmadım. Bizim binanın önüne geldiğimde birinin içeri girdiğini gördüm. Ama kim olduğunu seçemedim. Aynı anda, yürüyüşten dönen Şerif'le karşılaştık. İçeri gireni o da görmüştü. Hatta, 'Kimdi o,' diye bana sordu. Ben de tanıyamadığımı söyledim. Şerif'le birlikte içeri girdik."

Ruslar dikkat kesildi. Raporunda dışarı çıktığını yazan yalnızca iki kişi vardı, peki Beşir'in gördüğü üçüncü kişi kimdi?

"O gördüğünüz kişiyle ilgili hiçbir ayrıntı veremez misin?" diye sordu Leonid.

"Bir şey söylemek çok zor," dedi Beşir, alnını kırıştırarak. "Karanlıkta önümden akıp geçti."

Sorguyu ilgiyle izleyen Asaf da heyecanlanmıştı, adeta yalvarırcasına sordu:

"Beşir yoldaş bu çok önemli. Aklını biraz zorla. Ne giymişti, boyu bosu, yürüyüşü nasıldı? Hiçbir şey görmedin mi?"

Beşir yeniden düşündü, kendini zorladı ama gözünün önünde hiçbir şey canlanmıyordu.

"Bir gölge, bir gölge gördüm sadece."

"Yoldaşlardan birine benzemiyor muydu?"

"Bir gölgeyi kime benzetebilirim ki? Şerif ile benim dışımda herkes olabilir."

"Belki Şerif daha ayrıntılı bilgi verebilir," diye mırıldandı Asaf Rusça, istihbaratçılara dönerek.

"Umarım öyle olur," dedi Viktor.

"İçeri girince dikkatini çeken bir şey olmadı mı? Dışarıdan yeni gelmiş bir yoldaş, paltosunu çıkaran biri falan?" diye yeni bir soru geldi Nikolay'dan.

"Olmadı. Ben Hikmetlerin odasına girdim zaten. Hikmet ile Turgut satranç oynamayı sürdürüyorlardı, Can da onları izliyordu. Siz gelip bizi toplantıya çağırana kadar da orada kaldım."

"Peki, Kurkino'ya sık gider misin?"

Yeniden kendisiyle ilgilenildiğinden sanki memnun olmuş gibi bir hali vardı Beşir'in.

"Bir kere gittim," dedi. "Yoldaşlar daha sık gidiyorlar ama ben onlara katılmıyorum. Kurkino'ya gideceğime Moskova'ya inerim daha iyi."

"Yoldaşlar niçin iniyorlar Kurkino'ya?"

Duraksadı Beşir, yüzünü kaygı bürümüştü. Yardım dilercesine gözlerini Asaf'la dikmişti. Bu istihbaratçıların gözünden kaçmadı.

"Neden yanıtlamıyor soruyu?"

Leonid'in çevirisini duymuştu Beşir ama Asaf'a dönerek sordu:

"İçki içtiğimizi söyleyecek miyiz?"

"Hay Allah iyiliğini versin yoldaş," diyerek gülmeye başladı Asaf. "Korktuğun bu mu? Söyleyeceğiz tabii, Sovyet yoldaşlardan hiçbir şeyi gizlemeyeceğiz."

Leonid konuşmaları Rusçaya çevirmişti, ikisi de sağlam içici olan Nikolay ile Viktor, Türklerin neden içki içmediklerini anlamakta zorluk çektiler.

"Hadi biz alkolizmle mücadele için kestik votkayı. Ama siz neden içmiyorsunuz?" diye şaşkınlıkla sordu Viktor.

"Sizinle dayanışma için," dedi Asaf.

"İyi de, sizin içmemenizin bize ne faydası var?"

"Olsun," dedi Asaf gururlanarak. "Şu anda bu ülkede yaşıyorsak, sizin partinizin kararlarına uymak zorundayız."

"Pek uymamışsınız ama," dedi Nikolay gülerek.

"Her zaman yüzde yüz randıman alınmıyor," dedi Asaf.

"Şimdi tam kolhoz müdürü gibi konuştun," dedi Nikolay. "Neyse, biz sorumuza dönelim."

Ortamın yumuşadığını sezen Beşir gönül rahatlığı içinde yanıtladı soruyu:

"İçki almaya gidiyorduk, bir de oyuncak almaya."

"Oyuncak mı?" diye sordu, yapay bir şaşkınlıkla Viktor.

"Evet, ucuz bir oyuncak mağazası var Kurkino'da."

"Kim buldu bu mağazayı?"

"Şerif ile Cemil, galiba yanlarında Nejat da varmış."

"Sen de oyuncak aldın mı?"

"Aldım. Kız kardeşime sarı saçlı bir Rus bebeği."

"Başka kimler gitti o mağazaya?

"Kolektifte gitmeyen kalmadı ki, oyuncaklar çok ucuz, herkes bir yakınına hediye aldı."

Asaf bu oyuncak mağazası muhabbetinden kuşkulanmış, iş nereye varacak diye dikkatle sorguyu izliyordu. Leonid ise katilin bulunmasında çözümün bu mağazadan geçtiğinin bilincinde, kendini sorguya kaptırmış, Beşir'in ağzından çıkan sözcükleri bir yandan Rusçaya çevirirken, bir yandan da ipucu olabilir mi diye zihninde tartıyordu. Viktor'un adamlarının bütün gün mağazanın içinde karargâh kurduğunu ama mesajı almaya kimsenin gelmediğini biliyordu. Soruşturmayı bir gün bekletmelerinin gerekçesini de, mesajı almaya gelecek kişiyi ürkütmemek olarak açıklamıştı ona Viktor.

"Kolektiften hiç kimseyi yabancı biriyle konuşurken falan gördün mü?"

"Buradaki yabancı yoldaşlarla hepimiz konuşuyoruz."

"Öğrencileri kastetmiyorlar," diye açıkladı Leonid. "Dışarıdan biriyle, yani sokakta, metroda filan."

Biraz düşündükten sonra anlatmaya başladı Beşir:

"Bir gün Mayakovskiy İstasyonu'nda yaşlı bir Azeri geldi yanımıza. Türkçe konuştuğumuzu duymuş. Halimizi hatırımızı sordu. Konuşmaya başladık ama sonra adam sapıttı. Milisler hakkında kötü sözler söylemeye başladı, onlara sarı kulak diyordu. Adamın tekin biri olmadığını anlayınca uzaklaştık yanından. Başka da hiçbir yabancıyla konuşmadık."

Viktor önündeki kırmızı dosyanın yanında duran poşeti açtı, koruda buldukları lacivert dolmakalemi çıkardı.

"Sor bakalım, bu kalemi tanıyor mu?"

Leonid soruyu çevirirken, Asaf'ın yüzü cin çarpmışa dönmüştü.

"Tanımıyorum," dedi Beşir. "İlk kez görüyorum."

"Bir dakika, o kaleme ben de bakabilir miyim?" diye atıldı Asaf.

Viktor kalemi uzattı. Asaf kalemi alarak incelemeye başladı.

"Bu kalem benim!" dedi. "Onu nerede buldunuz?"

Viktor ile Nikolay birbirlerine baktılar.

"Sizin mi? Emin misiniz?" diye sordu Viktor.

"Eminim tabii. Bilen yoldaşın hatırası."

"Ne zaman kaybettiniz?"

"Bilmiyorum ama bugün öğleye doğru raporları incelerken not almam gerekti, ilk o zaman fark ettim kaybolduğunu. Nerede buldunuz?"

"Cinayet mahallinde, desem çok mu şaşırırsınız?"

Viktor'un suçlar gibi konuşması Asaf'ı sinirlendirmeye başlamıştı.

"Neden böyle konuşuyorsunuz, niçin şaşırayım canım?"

"Cinayet mahallinde özel bir eşyam bulunsa ben şaşırırdım, hatta korkardım," dedi Nikolay.

"Benim alnım açık," dedi Asaf, dün geceden beri alaycı serzenişlerine katlandığı bu genç adam karşısında soğukkanlılığını artık daha fazla koruyamayacağını anlamıştı. "Ben kimseyi öldürmedim."

"Sizi katillikle suçlayan olmadı" dedi Nikolay. "Öyle değil mi Leonid İvanoviç?"

"Bence hepimiz sakin olmalıyız," diyerek ortalığı yatıştırmaya çalıştı Leonid. Asaf'ın yapmacık, yalak tavırlarından hoşlanmıyordu ama görevlerini yaparken hiçbir kuralla kendilerini sınırlamak istemeyen bu saygısız adamların davranışları da onaylanacak gibi değildi.

"Tamam, dediğiniz gibi sakin olalım yoldaş Leonid," dedi Nikolay. "Ama bu kalemin cesedin on beş metre uzağında bulunduğunun da bir açıklaması olmalı."

"Düşürmüşüm," dedi Asaf, sesini yükselterek. "Orası geçtiğim yol. Sigara paketini çıkarırken olmalı."

"Belki," dedi Nikolay. "Ama cinayet saatinde nerede olduğunuzu kanıtlayacak kimse de yok."

"Bu kadarı da fazla," diyerek ayağa kalktı Asaf. "Beni bir yoldaşımı öldürmekle suçlayamazsınız. Ben bu partiyi yaratan insanlardan biriyim. Ona ihanet edemem."

"Eminim etmezsiniz," dedi Viktor, soğuk bir ses tonuyla. "Emeğinize büyük saygı duyuyoruz ama ortada bir cinayet var. Bizi anlamalısınız. Suçsuzluğu kanıtlanana kadar buradaki herkes zanlıdır."

"O halde beni soruşturmaya da sokmayacaksınız."

"Korkarım bu doğru yoldaş Asaf," dedi Viktor. "En azından bazı konular netlik kazanıncaya kadar sizi sorguya alamayacağız."

"Bu sizin fikriniz," dedi Asaf, hırçın bir tavırla ayağa kalkarak. "Üstlerinizle konuşacağım."

"Elbette, bu hakkınız ama şu andan itibaren sorguya katılmanız doğru olmaz."

"Öyle olsun, göreceğiz bakalım," diyerek Asaf dosyasını alıp çantasına yerleştirdi. "Bir insanı suçlamak bu kadar kolay olmamalı," diye söylenerek kapıya yöneldi.

Leonid bozulmuştu bu işe. Asaf'ı sevmiyordu, kalemin ona ait olması da ilginçti ama onu böyle kovar gibi odadan uzaklaştırmaları hiç hoş değildi. Yine de sesini çıkarmadı. Belki bu konuyu Andrey'le konuşmalıydı. Zaten Asaf'ın da gerekli girişimlerde bulunacağından emindi.

Beşir tartışma boyunca ne olduğunu anlamadan, tenis maçı izler gibi bir Ruslara, bir Asaf'a bakıp durmuştu. Asaf masadan kalkıp da öfkeyle kapıya yürüyünce işlerin yolunda gitmediğini fark etti. O da kalkmak istedi.

"Lütfen ona kalmasını söyleyin Leonid İvanoviç," dedi Nikolay kibarca, sonra ekledi:

"Sorar mısın, iştahı yerinde mi?"

Çeviriyi dinledikten sonra Beşir'in o çocuksu gülüşü yeniden gelip dudaklarına kondu:

"İyi yerim. Şükür burada et, ekmek bol," dedi eliyle göbeğine vurarak. "Baksanıza iyice semirdik."

"Domuz jambonu sever misin?"

"Salam mı?" diye sordu Beşir.

"Onun gibi bir şey," diye açıkladı Leonid.

"Severim severim," dedi Beşir, kalender bir gülümsemeyle. "Öyle yemek filan seçmem ben."

"Gece yatmadan önce bir şeyler atıştırır mısın?"

"Yok canım, o zaman uyuyamam."

"Benim son bir sorum var Beşir yoldaşa," dedi Viktor. Bakışları yumuşamış, yüzünde içten bir ifade belirmişti. "İstemezse yanıtlamayabilir ama çok merak ediyorum. Neden komünist olmuş?"

"Ben bir işçiyim," dedi Beşir. "Komünizm bir işçinin bu dünyada da, öteki dünyada da görüp görebileceği tek cennettir."

Viktor içten gülümsedi, hoşuna gitmişti Beşir'in yanıtı.

Ama Nikolay onun gibi düşünmüyor olacak ki provakatif bir soru patladı.

"Sovyet cennetinde kendini nasıl hissediyormuş?"

Leonid canı sıkılarak çevirdi bu soruyu. Nikolay'ın sözlerindeki iğneleyiciliği anlamamıştı Beşir, sağ elini yumruk yaparak yanıtladı.

"İyi, çok iyi," dedi. Sonra Rusça tekrarladı. "Haraşo, oçin haraşo."

Viktor'un suratının asılmasına aldırmadan, kahkahalarla gülmeye başladı Nikolay.

Leonid de bozulmuştu. Viktor'a dönerek, "Beşir çıkabilir mi artık?" dedi.

"Benim soracağım bir şey yok," dedi Viktor.

Leonid, Nikolay'a sormaya gerek bile duymamıştı.

"Teşekkür ederiz Beşir yoldaş," dedi. "Gidebilirsin."

Beşir geldiği gibi gülümseyerek çıktı odadan.

"Oçin haraşo, Rusçanı sevsinler senin," diye mırıldandı arkasından Nikolay.

"Siz parti üyesi misiniz Nikolay Yakovloviç?" diye adeta azarlarcasına sordu.

"Bana mı sordunuz?" dedi Nikolay toparlanarak.

"Size sordum, parti üyesi misiniz?"

Kendine meydan okunduğunu sezmişti Nikolay.

"Evet, beş yıldır parti üyesiyim. Ne olmuş?"

"Yükselmek için mi üye oldunuz, yoksa komünist ideallere inandığınızdan mı?"

"Elbette komünist olduğum için."

"O zaman Beşir'le alay edemezsiniz."

"Nedenmiş o, komik olan her şeyle, herkesle alay ederim ben."

"Ama o komik biri değil, o bir kahraman."

"Kahraman mı?"

"Evet, o bir kahraman," dedi Leonid inançla. Sonra başıyla kırmızı dosyalardan birini işaret ederek ekledi: "Okumadınız mı öyküsünü?"

"Ben okudum," dedi Viktor, tavrından Leonid'e hak verdiği anlaşılıyordu.

"Ya siz?"

"Bütün gün sokaklardaydım. Nasıl okuyayım?"

"İyi o zaman, anlatacaklarımı dinleyin de Beşir'in nasıl bir adam olduğunu anlayın biraz. Askeri darbeden sonra polisin TKP'yi çökertmek için başlattığı Kızıl Fener Operasyonu'nda tutuklanan, Ankara'dan ilk grubun içindeydi Beşir. Bir demir döküm atölyesinde çalışıyormuş. Hem küçük çaplı işyerlerinin sendikalaşması için çaba harcıyor, hem de oturduğu gecekondu bölgesindeki parti örgütünün aktivitelerine katılıyormuş. Tutuklamalar başladığında hiç paniklememiş, partiye o kadar inanıyormuş ki, tutuklanabileceği aklının ucundan bile geçmiyormuş. Oysa günlerdir süren Kızıl Fener Operasyonu meyvelerini çoktan vermeye başlamış, Ankara il örgütü çökertilmiş, sıra alttaki hücrelere gelmiş. Bir hafta sonra Beşir'i de bulmuş polisler. Yakalandığında hâlâ bir yanlışlık ya da asılsız bir ihbar olduğunu düşünüyormuş. Hücreye atıldıktan altı saat sonra alındığı ilk işkence seansında bir tek soru bile sormadan bayıltıncaya kadar dövmüşler onu. 'Soru bile sormadan beni dövdüklerine göre bunlar işkence yapmaktan zevk alan sapıklar olmalı,' diye düşünmüş Beşir. Bir yandan da ona partiyi sormadıkları için seviniyor, bu tutuklamanın sendikal çalışmalarla ilgili olabileceğini sanıyormuş.

İkinci seansa çıktığında onu dövmemişler. Gözleri bağlı olduğu için yüzünü görmediği bir polis kendinden emin bir ses tonuyla parti adını, görevini sormuş ona. Böylece sorgunun partiyle ilgili olduğunu anlamış Beşir. Ama temkinliliği elden bırakmamış. Hatta polis, sorumlu yoldaşının kim olduğunu söylediğinde, ardından da Beşir'in kod adını açıkladığında bile, 'Bunlar boş atıp dolu tutmak istiyorlar,' diyerek ketumluğunu sürdürmüş. Polis ondan üsttekileri değil, alttakilerin isimlerini, adreslerini istiyormuş. Bunu isterken de sakin bir ses tonuyla, 'Partinin tavanı göçtü, herkesi biliyoruz, sen de şu adamlarının adını ver de bitirelim bu işi,' diyorlarmış. Arkadaşlarının adını vermemiş Beşir. Onu yeniden dövmüşler, artık kaba dayak atmıyorlarmış; önce bütün bedenini ıslatıp elektrik vermişler, işe yaramayınca Filistin askısına asmışlar ama tek bir isim bile alamamışlar ağzından. Polisin elindeki kesin bilgilere rağmen inancına sarılıp direnmeyi sürdürmüş. Sonunda parti sorumlusunu getirmişler karşısına. Gözlerindeki bağı çözmüşler, yoldaşını gören Beşir'in yüreği yumuşamış, gözleri dolmuş. Ama polislerin yanında tutmuş kendini. Kendi halini unutup kir pas içindeki yoldaşına acımış. Beşir'le göz göze gelmemeye çalışan yoldaşı ona bir şeyler anlatmakla meşgulmüş.

'Bak Beşir,' demiş. 'Parti çözüldü, her şeyi biliyorlar, boş yere kendine yazık etme.'

Eski yoldaşının sesinde Beşir'in daha önce hiç duymadığı moral bozucu bir tını varmış. Önce yoldaşının ne demek istediğini anlamamış, bunun polisi atlatmak için bir manevra olduğunu düşünmüş. Ne ki yoldaşının söyledikleri manevra olmayacak kadar doğruymuş. Birden olanları kavramaya başlamış ama anlamak istememiş. 'Ben bu adamı tanımıyorum,' diye bağırmaya başlamış. Polisler saldırmışlar üzerine, kendini yere atmış. Kaldırmaya çalışmışlar, direnerek bağırmayı sürdürmüş. İyice zıvanadan çıkan polisler, kafa göz dinlemeden, ölür mü kalır mı diye düşünmeden vurmaya başlamışlar. Bayılmış, bırakmamışlar, su döküp yeniden dövmeye başlamışlar. Onu bıraktıklarında, bedeni bir pelte halindeymiş. Ama gözlerini açıp da sorumlusunu karşısında göremeyince rahatlamış, az önce yapılan konuşmayı yok sayarak yeniden partiye duyduğu büyük inanca sarılmış.

Ankara'da polisin tutuklayamadığı az sayıdaki hücreden biri de Beşir'inkiymiş. Onu beş yıl hapis cezasına çarptırmışlar ama parti altı ay sonra onun ele vermediği yoldaşları bularak yeniden örgütlenmeye başlamış. Yani senin alay ettiğin o adam, hem arkadaşlarını kurtarmış hem de partisini."

Leonid konuşmasını keserek Nikolay'ı süzdü bir süre. Genç istihbaratçının sesi soluğu kesilmişti.

"İşte komik bulduğunuz adam böyle biri," diye ekledi Leonid.

"Ne olacak, aynı koşullarda olsam ben de aynı şekilde davranırdım."

"Emin misiniz?" dedi Leonid, inanmayan gözlerle Nikolay'ı süzerek.

"Elbette eminim, siz beni ne sanıyorsunuz?"

"Size hakaret etmeye niyetim yok. Çoğu parti üyesi ödentisini bile ödemiyor Sovyetlerde."

"Benim onlardan biri olduğumu nereden biliyorsunuz," dedi Nikolay, cılız bir sesle.

"Bilmiyorum ama tahmin etmek zor değil," dedi Leonid. "Kendimizi kandırmaya hiç gerek yok. Bizler artık kuşkuya düştüğümüz ortak idealimiz için kılımızı bile kıpırdatmaya üşenirken o bu işe canını koydu. Ona en azından bir saygı borcumuz var."

"Yoldaşlar lütfen," diyerek Viktor girdi araya. Aslına bakarsanız Leonid'in bu genç oğlanı haşlamasına çok sevinmişti ama inisiyatifi de bu çevirmene bırakamazdı. "Burada hücre toplantısı yapmıyoruz. Bizim işimiz köstebeği bulmak. Hadi vakit geçirmeden Şerif'i çağıralım."

"Tamam," dedi Leonid. Ama ayağa kalkarken yeniden Nikolay'a döndü. "Hiç değilse bu söylediklerimi bir düşün, olur mu?"

On Altıncı Bölüm

Daire kapılarının açıldığı geniş sahanlıkta gelişigüzel dizilmiş iskemlelere tüneyerek arkadaşlarıyla televizyon izlemekte olan Şerif, Asaf'ın hışımla odadan çıktığını görünce içeride sert bir tartışma olduğunu anlamıştı. Ama bunu iyiye mi, yoksa kötüye mi yorması gerektiğini bilemiyordu.

"Ne oldu?" diye sordu Hikmet, kaygıyla.

"Bir şey yok," diye onu tersledi Asaf, sonra kimseyle konuşmadan merdivenlere yönelerek aceleyle inmeye başladı basamakları.

Kolektifin öteki üyeleri de Asaf'ın bu tavrına bir anlam verememişlerdi. Aralarından yalnızca Cemil, "Rus polisler bile Asaf yoldaşa dayanamadı galiba," diye mırıldandı, dudaklarında bu durumdan hoşnutsuz olmadığını belirten bir gülümsemeyle.

Ama arkadaşları gülmediler Cemil'in sözlerine; bu sıkıntı verici belirsizliği gidermek için diyaloglarından hiçbir şey anlamadıkları Fransız yapımı bir aşk filmini izleyerek, sorgu sırasının kendilerine gelmesini beklediler.

Türk kolektifi yemekten döndüğünde Leonid onları başına toplayarak, polisin bilgilerine başvuracağını söylemiş, soruşturmaya Beşir'le başlayacaklarını, ancak Şerif ve Cemil yoldaşların da binadan ayrılmamasını rica etmişti. Şerif, Beşir'den sonra kendi ismi açıklanınca, cinayet saatinde dışarıda oldukları için kuşkuyu üzerlerine çektiklerini hemen anlamıştı. Anlayamadığı, gece boyunca parti odasında tez yazan Cemil'in de ilk sorgulanacaklar arasında yer almasıydı. Onun durumu Kerem ya da Nejat'tan farklı değildi. Üçü de odalarında yalnız olduklarını söylemişlerdi. Neden Kerem'i ya da Nejat'ı değil de onu alacaklardı sorguya? Belki de bu bir rastlantıydı. Neyse, bu konuda daha fazla kafa yormanın yararı yoktu, nasıl olsa birkaç saat sonra öğreneceklerdi gerçeği. Şerif'in yanında oturmuş televizyon izlemeye çalışan Cemil de hiç sakin değildi. Kimseye belli etmemesine karşın ilk sırada sorgulanacaklar arasında yer alması onu da rahatsız etmişti; gözleri beyaz ekrandaki filmde, aklı sorguda anlatacaklarında, oturduğu sandalyede kıpırdanıyordu. Kerem'in de ondan geri kalır yanı yoktu. Leonid'in konuşmasını dinledikten sonra yoldaşları televizyonun karşısına dizilirken, o her zamanki ayrıksılığıyla, sigara kokusunun kitap sayfalarına kadar sindiği odasına kapanmayı seçmişti. Ama Asaf'ın sorgu odasından kovulmasından on dakika sonra huzursuz bir suratla Şerif'in tepesinde dikilip, "Seninle konuşmak istiyorum," diye tutturdu. Kafası sorguyla meşgul olan Şerif, sıkıntıyla, "Bir sen eksiktin," diye düşündü ama Kerem'in çağrısını da geri çevirmeyerek, gönülsüzce onun odasına yollandı.

İki kişilik odada tek başına kalıyordu Kerem. Yatağının yanındaki etajerin üstü ilaç doluydu. Diazem kutuları, ağrı kesiciler, öksürük şurupları...

"Ne kadar çok ilaç. Bunların hepsini alıyor musun?" diye sordu Şerif şaşkınlıkla.

"Boş ver şimdi onları," dedi, ilaçlara bakmadan, sağ elini boşlukta sallayarak. "Beşir'den sonra sen girecekmişsin sorguya?"

"Öyle görünüyor."

"Sonra?"

"Sonra da Cemil."

"Olmaz!" diye bağırdı Kerem, sanki biri ayağına basmış gibi. "Bu olmaz. Ona engel olmalısın. Cemil'den önce ben girmeliyim sorguya."

Şerif şaşkınlıkla sordu:

"İyi ama neden?"

"Bunu sana söyleyemem. İçerdekilere anlatabilirim ancak," diye mırıldandı Kerem. Bakışlarını kaçırmıştı, özür diler gibi bir hali vardı.

"O zaman Cemil'den önce girmek istediğini niye Leonid'e söylemiyorsun?"

"Beni dinlemezler. Ama sen Leonid'i ikna edebilirsin." Sesinde kararlılıktan çok, yardım dileyen birinin kaygısı seziliyordu.

Şerif anlamaya çalışan bakışlarla süzdü arkadaşının solgun yüzünü. İçten görünüyordu, kafasında yarattığı hayallerden korkan bir çocuk mu, yoksa gerçekten bir şeyler bilen biri mi vardı karşısında, kestirmek güçtü. Cemil değil de başka bir yoldaştan kuşkulansa daha kolaydı inanmak. Cemil'i tanıyordu, evet çabuk parlardı, bilgiçti, burnu havadaydı ama ondan bir hainlik geleceğini, hele hele onun Mehmet'i öldürmüş olabileceğini hiç sanmıyordu. Ne var ki Kerem iri gözlerinde hiç eksilmeyen bir inatla bakıyordu yüzüne.

"Giderek kötülüyor bu çocuk," diye geçirdi aklından Şerif. "Hastaneye yatırmalı." Ama bu düşüncesini söylemedi arkadaşına. İyilikten anlıyordu Kerem, üstüne gitmenin bir yararı yoktu. "Cemil'den önce girsin sorguya ne olur ki?" diye düşündü. Belki Cemil'e söylese, o da, "Madem rahatlayacak, ben sıramı ona veririm," derdi.

"Peki," dedi babacan bir tavırla. "Merak etme, Leonid'le konuşacağım."

"Sağ ol," diyerek arkadaşının ellerine sarıldı Kerem. "Ne kadar doğru bir iş yaptığını sonra anlayacaksın."

Şerif sahanlığa döndüğünde, arkadaşları televizyondaki filmi unutup sorgudan çıkan Beşir'in başına toplanmışlardı.

"Korkacak bir şey yok lan," diyordu Beşir, Nejat'a bakarak. "Sohbet ediyorlar."

"Ne sordular?" dedi Cemil, yüzündeki dinginliğin yerini rahatsız edici bir merak almıştı. Şerif'in gözünden kaçmadı bu ama dikkatini Beşir'e verdi.

"Hiiç," diye yanıtladı soruyu sarışın Kürt. "Dün akşam ne yaptın, kimseyi gördün mü filan."

"Sıkıştırdılar mı seni?"

Bu soruyu yakışıksız bulan Hikmet, dönüp pis pis bakmıştı Cemil'e. Bakışları fark etmişti Cemil ama umursamamış, can kulağıyla Beşir'in söylediklerini dinlemeyi sürdürmüştü.

"Yok canım, niye sıkıştırsınlar? Ben onlara yardım ettim sadece."

"Asaf niye hışımla çıktı öyle?" diye sordu Şerif, Beşir'i saran küçük topluluğun üstünden başını uzatarak.

"Bilmem," dedi Beşir. "Rusça konuşuyorlardı, anlamadım." İçerdeki saf hali yerini köylü kurnazlığına bırakmıştı. Asaf hakkında konuşmanın kendisine yarar getirmeyeceğini çok iyi biliyordu. Sorulan sorulara, sınavını başarıyla atlatmış bir öğrencinin rahatlığı içinde genel geçer yanıtlar verdi ama arkadaşları daha çok bilgi istiyor, durmadan soruyor, her ayrıntıyı merak ediyorlardı. Beşir'e yönelen ilgi Leonid'in kapıyı aralayıp Şerif'i içeri çağırmasıyla son buldu.

"Sıra bende mi?" diye sordu Şerif, yarı alaycı bir tavırla kapıya yönelirken.

"Öyle," dedi Rus öğretmen, kapıyı yarı yarıya açarak; Şerif'in geçmesi için kenara çekildi. Gülümsemeye çalışarak ekledi, "Ama Beşir anlatmış olmalı, korkacak bir şey yok."

"Anlayacağız bakalım," dedi Şerif, alaycılığını sürdürerek kapıdan süzülürken. "Korkacak bir şey var mı, yok mu?"

Leonid de peşinden içeri girecekti ki, birden anımsamış gibi Hikmet'e döndü.

"Şu sizin geleneksel Türk konukseverliğine ne oldu yoldaşlar?" dedi yapmacık bir sitemle. "Hadi ben neyse de, bir bardak çay bile ikram etmediniz içerdekilere."

"Merak etmeyin," diye atıldı Nejat. "Çayınız ocakta, demini tutsun diye bekliyoruz."

"Sağ olun," dedi Leonid, dudaklarında içten bir gülümseme belirmişti. "Tahmin etmiştim zaten."

Sonra Şerif'i izleyerek kapıyı içeriden kapattı.

"Dobre veçer," diyerek girdi Şerif parti odasına. Selamını Viktor aldı, az önce yapılan tartışmanın etkisinden kurtulamayan Nikolay, gözucuyla bakmakla yetindi yalnızca. Şerif oturacağı yeri kestirmeye çalışırken, Beşir'in kalktığı iskemleyi gösterdi Viktor. Şerif iskemleye yerleşirken Leonid de arkasından yetişmişti zaten.

"Çaylarımız da geliyor," dedi otururken.

Bu, aynı zamanda Nikolay'a, az önceki tartışmayı unutalım, türünden bir mesajdı.

"Mükemmel," dedi Viktor, ellerini ovuşturarak. "Boğazım kurumaya başlamıştı."

Bu lafın daha çok votka isteği uyandığında söylenildiğini bilen Leonid ile Nikolay ayrı ayrı gülümsediler. Ama dosyadaki raporların arasından Şerif'inkini önüne çekerek ilk soruyu sormaya hazırlanan Viktor, onların bu tavırlarını fark etmedi. Okuldan aldığı yaşamöyküleri arasında ilgisini çeken ikinci kişiydi Şerif. 12 Eylül Darbesi'nden bu yana partiyle arası iyi değildi. Viktor bunu anlayabilirdi; bir komünistin parti yönetimiyle çeliştiği görülmemiş iş değildi ki. Onun asıl ilgisini çeken, Şerif'in Türkiye'den ayrılırken Moskova'ya gelme konusunda ısrar etmiş olmasıydı. Ama sorularına cinayet gecesinden başladı.

"Dün gece yürüyüşe çıkmışsın. Saatini hatırlıyor musun?"

Şerif, Leonid'in çevirisini dinledikten sonra, gözlerini arkadaki kızıl renkli TKP bayrağına, simle işlenmiş orak çekicin hemen üzerinde yer alan küçük yıldıza dikerek bir süre düşündü.

"Saat ondan sonraydı," dedi bakışlarını Leonid'in gözlerine dikerek. "10.15 falan olmalı."

"Yürüyüşe çıkmanın bir nedeni var mıydı?"

"Sıkıntıdan," dedi Şerif, doğal bir tavırla, "insan çok sıkılıyor burada."

"Öğrenciliğin zevkli bir şey olduğunu düşünürdüm," dedi Nikolay.

"Bu yaştan sonra zor oluyor."

"Sık sık böyle yürüyüşler yapar mısın?"

"Yaparım. Aslında Cemil ile Nejat da katılırlardı bana. Ama dün akşam Cemil'in tez yazacağı tuttu. Nejat da, 'Üzerimde bir halsizlik var,' deyip yalnız bıraktı beni."

"Nereye yürüdün?"

"Önce aşağıya indim ama dereye kadar değil. Orası karanlık oluyor, dereye yüz-yüz elli metre kala, son lambanın bulunduğu yerden döndüm. Korunun dışından yürüyerek yukarı çıktım."

"Korunun içine girmedin mi?"

"Hayır, yanından geçip yemekhaneye yürüdüm."

"Korunun yanından geçerken kimseyi görmedin mi ya da bir ses filan duymadın mı?"

"Görmedim, şiddetini giderek artıran rüzgârın uğultusundan başka da bir ses duymadım. Ha... Bir de Brezilyalıların kaldığı binadan gelen gitar ezgileri ve kahkahalar... Yemekhanenin oradan sitenin kapısına yöneldim, sonra üşümeye başladığımı hissettim, geri döndüm, biraz önce geldiğim yolu tersinden yürüyerek binaya geldim."

"Binanın önünde kimse var mıydı?"

Önündeki notlara göz attıktan sonra Viktor başlamıştı sorguya. İkisi de bu işte oldukça iyiydi. Leonid sorgu öncesi iki istihbaratçının aralarında görev bölümü yaptıklarını bile düşündü bir ara. Oysa sorular sorgunun doğal akışı içinde ortaya çıkıyordu. İki istihbaratçı da kararlıydı, en küçük bir ayrıntı bile karanlıkta kalmayacaktı.

"Vardı, ben alttaki köşeden çıktığımda, bir karaltının koşarcasına geçip kapıdan içeri girdiğini gördüm. Onun kim olduğunu merak etmeye bile fırsat bulamadan başka biri daha çıktı karanlıktan ama onun acelesi yoktu. Yaklaşınca Beşir olduğunu anladım. O da içeri gireni görmüştü. 'Tanıdın mı?' diye sordum. O da kim olduğunu çıkaramamış."

"Peki, içeri girince, paltosunu yeni çıkaran biri filan dikkatini çekmedi mi?"

"Çekmedi. İçeri girince Cemil'in yanına uğradım. Cemil yoktu. Tuvalete filan gitmiş olmalıydı. Beklemedim, öylesine bakmıştım zaten. Kendi daireme döndüm, geçerken Hikmet'in odasına göz attım, Turgut ile Hikmet satranç oynamayı sürdürüyor, Can ile onlara yeni katılan Beşir ise oyunu izliyordu. Sonra odama geçip eşofmanlarımı giydim, felsefe dersinin notlarını okumaya başladım."

"Kimdi o, bir tahminde bulunamaz mısın?"

Şerif soru dolu gözlerle önce Viktor'a, sonra Leonid'e baktı.

"Onun katil olduğunu mu düşünüyorsunuz?"

"Kesin bir şey söylenemez. Ama sizden başka dışarıda olduğunu söyleyen kimse olmadı. Dışarıya çıkan ve bunu gizleyen üçüncü kişinin kuşkuları üzerine toplaması kaçınılmaz," dedi Viktor. "Şimdi söyleyin, kim olabilir içeri giren."

"Bunu söylemek çok zor. Karanlıktı, bir an için gördüm. Herkes olabilirdi."

"Herkes olamazdı," dedi Nikolay, önündeki notlara bakarak. "Sen, Beşir, Turgut, Can, Hikmet, Durmuş dışında biri olabilir ancak. Yani Nejat, Kerem ya da Cemil. Cemil'in odada bulunmaması ilginç!"

Leonid'in çevirisini dinleyen Şerif duraksadı, Kerem'in Cemil hakkında söyledikleri gelmişti aklına. Ama bu düşünceleri kovdu aklından. Kerem'in söylediklerine güvenilmezdi. Sanki kendi kendine açıklarmışçasına, "Belki de dışarıdan biriydi," dedi; sözcükler ağzından aceleyle dökülmüştü. "Öteki kolektiflerden biri. Belki kaçıyordu, benim geldiğimi görünce onu tanıyacağımdan korktu, karşılaşmak istemedi, alt katın boş olduğunu biliyordu, oraya girdi."

"Olabilir," dedi Viktor, Şerif'in dalgınlaştığını fark etmişti. "Ne düşünüyor?" diye sordu. "Aklına gelen bir şey varsa bizimle paylaşmasını isteriz."

"Bir şey var ama söylemek doğru olur mu bilemiyorum," dedi Şerif.

"Nedir?" diye sordu Leonid, merakla.

"Kerem sorguya Cemil'den önce alınmak istiyor."

"İlginç, ama neden?"

"Bana söylemek istemedi, size söyleyecekmiş."

Leonid Rusçaya çevirdi Şerif'in sözlerini. Viktor'un gözleri parıldamaya başlamıştı.

"Bu Kerem hasta olan değil mi?"

"Evet," dedi Leonid. "Gergin bir yoldaş. Ülkede kötü olaylar yaşamış, sinirleri harap durumda. Kolektifte kavga etmediği kimse kalmadı..."

Leonid konuşurken kapı çalındı, sonra elindeki tepside çayları taşıyan Nejat girdi içeri.

"Evet, işte çaylarımız," diyerek yaklaştı Nejat.

"Spasiba bolşoy," dedi Leonid, sonra Türkçe tekrarladı: "Çok teşekkürler."

"Önemli değil," dedi Nejat, kalender bir tavırla çayları masadakilerin önlerine koyarken.

Viktor ile Nikolay da minnettar bir tavırla teşekkür ettiler. Nejat çayları dağıtıp eliyle de Şerif'in sırtına usulca vurarak dayanışmasını belirttikten sonra tepsisini alıp çıktı odadan.

Leonid çayından bir yudum aldı.

"Oh! İşte bu harika oldu," diye mırıldandı keyifle.

"Çok içmenin zararlı olduğunu söylüyorlar. İnsanı sinirli yapıyormuş," dedi Nikolay, gözlerinde alaycı ama içten bir ifadeyle.

"Alkol kadar değil," dedi Leonid. Genç istihbaratçının barışmak istediğini anlamıştı.

Masadakiler çaylarından birer yudum daha aldıktan sonra Viktor sorguya yeniden başladı:

"Kurkino'ya sık gider misin?"

"Sık değil ama bugüne kadar beş altı kere gittim."

"Gidince nerelere uğrarsın?"

"İçki dükkânına, oyuncak mağazasına," dedi Şerif, doğal bir tavırla. "Çok güzel oyuncaklar var. Yeğenime bir ayı aldım."

"Kimlerle gittin oraya?"

"Kimlerle... Cemil vardı... Mehmet ve Nejat da geldiler bizimle. Sanırım herkesle gittim oraya."

Şerif'in kuşkulanmasından çekinen Nikolay konuyu değiştirdi.

"Kolektiften birinin yabancı biriyle konuştuğuna tanık oldun mu hiç?"

Şerif, "Bu adamlar nereye varmak istiyorlar," diye düşündü ama soruyu yanıtlamaktan da geri durmadı.

"Sanırım görmedim. Biz hep birlikte dolaşırız... Haa, bir dakika. Yılbaşından bir gün önce Bolşoy'a gitmiştik. *Altın Çağ* adlı baleyi izlemeye."

"Şostakoviç" diye mırıldandı Nikolay.

"Evet Şostakoviç," diye tekrarladı gülümseyerek Şerif. "O gün Mehmet biraz rahatsızdı. Midesi bozulmuş, 'İstersen gelme,' dedik ama dinlemedi. Kerem, Cemil ve Turgut dışında hepimiz oradaydık."

"Kerem'i anlıyoruz da Cemil ile Turgut niye gitmedi?" Çapkınca gülümsedi Şerif.

"Onlar daha önce Yunanlılarla gitmişlerdi. Turgut'un Yunanlı bir sevgilisi var da..."

"Ya Cemil?"

"Cemil'in de bakıştığı bir kadın var."

"Adı ne?"

Şerif duraksadı. Bunları söylediğine pişman olmuştu, toparlamaya çalıştı.

"Aralarında bir ilişki yok. Belki bizim Cemil kendi kendine gelin güvey oluyor."

"Adı ne?" diye buz gibi bir ses tonuyla yineledi Viktor.

"Aliki. Selanik'te kadın hareketi sorumlusuymuş. Kumral, güzel bir kadın."

Viktor defterine notunu alırken Şerif anlatmayı sürdürdü.

"Evet, Bolşoy'a gitmiştik. Her zamanki gibi tıklım tıklımdı. Neyse, ışıklar söndü, oyun başladı, ilk perdenin sonuna doğru, yanımda oturan Mehmet karnını tutarak kıvranmaya başladı. 'Ne oldu?' diye fısıldadım. 'Midem çok kötü, tuvalete gitmem gerek,' diyerek aceleyle dışarı çıktı. Biraz bekledim, gecikince kaygılandım, ben de peşinden çıktım. Salona indiğimde Mehmet'in orta boylu esmer bir adamla konuştuğunu gördüm, o da beni fark etmişti. Yanlarına yaklaştım, İngilizce konuşuyorlardı. 'Ne oluyor?' diye sordum Mehmet'e. 'Tiyatrodaki görevlilerden biri,' dedi beni süzen adamı göstererek. Yeniden içeri girmemem konusunda beni uyarıyordu. İzleyiciler rahatsız olurmuş. Adam hiçbir şey söylemeden ayrıldı yanımızdan. Biz de ikinci perdeye kadar bekledik salonda. Bunun gibi birkaç olay daha var, bir keresinde Cemil'le yürürken Gorki Caddesi'nin bitiminde, Mayakovskiy heykelinin önünde bir adam durdurdu bizi. Bir şeyler geveliyor, anlamıyoruz, sonra çaktık, herif kadın pazarlıyor, hemen uzaklaştık tabii. Adres soranlar, para isteyenler, Türk olduğumuzu anlayıp gevezelik eden Azeriler... Bizde hemen herkesin başına gelmiştir böyle olaylar."

"Anlıyorum," dedi Viktor, sonra bardağındaki çayın son yudumunu da kafasına dikerek bitirdi. Yeniden önündeki notlara baktı, doğal bir ifadeyle Şerif'e döndü.

"Duyduğumuza göre partiyle aran iyi değilmiş."

Çeviriyi dinleyen Şerif'in kaşları çatıldı.

"Partiyle değil, bazı yöneticilerle."

"Her neyse işte..." dedi Viktor önemsemeyerek. "Yöneticiler partiden ayrı düşünülemez."

Bu tavır Şerif'i iyice sinirlendirdi.

"Yanlış," diye çıkıştı. "Parti, politik bürodan en alttaki hücresine kadar bir bütündür. Bazen Merkez Komitesi işlevsiz hale gelir, en alttaki örgütler partiyi yeniden yaratır. Benim partiyle aram hiçbir zaman kötü olmamıştır. Bunu bozmaya ne siyasi polisin, ne de yeteneksiz yöneticilerin gücü yeter."

Şerif'in gözleri kıvılcımlanmış, sesi titremeye başlamıştı.

Leonid, "Lütfen Şerif yoldaş," demek zorunda kaldı. "Bizim içişlerinize karışmak gibi bir niyetimiz yok. Sen haklı ya da haksız olabilirsin, buna biz karışamayız. Amacımız bu soruşturmayı sağlıklı bir biçimde yürütmek."

"Tamam," dedi Şerif, biraz sakinleşmişti. "Tamam, neler olduğunu kısaca anlatayım: Ben sendikal alanda çalışıyordum. Partinin 1973 Atılımı'ndan sonra işçi sınıfı arasında başarılı işler yaptık, ancak ülkedeki politik tartışmalar sertleşmeye başlayınca, etkin olduğumuz sendikaları partinin yan kuruluşları gibi görme eğilimi ağır bastı. Bu da ekonomik çıkarları için bir araya gelen işçileri, sendikacıları korkuttu, bizden uzaklaştırmaya başladı. Ben sendikaların partinin uydusu olmasına karşı çıktım, iki büyük işçi konfederasyonunun önkoşulsuz birleşmesi için görüşmelere geçilmesini önerdim. Beni sağ sapma olarak değerlendirerek sessizce görevimden aldılar. Üstelik bunu açıklama yürekliliğini bile göstermeden, sanki görev değişimi oluyormuşçasına entrikayla yaptılar bu işi. Olanın bitenin farkına varmayan ben, bütün iyi niyetimle devrettim görevlerimi. Kızağa çekilmiştim de haberim bile olmamıştı. Tam o sırada askerler erke el koydular. Sendikada yönetici olduğum için DİSK davasından aranmaya başladım. Ardından Ankara TKP davasında adım geçmeye başladı. Artık Ankara benim için güvenli değildi, parti beni İstanbul'a yolladı. İstanbul'da bir parti yetkilisiyle çalışmaya başladım. Benim sorumlum değildi ama bağlantımı o sağlıyordu. Adam evlere şenlikti. Haftanın dört günü sarhoştu. Durumun vahametini anlayabiliyor musunuz? Polisin av köpeği gibi peşinde olduğu gizli savaşım yürüten bir parti ve bu partide önemli görevler yapan alkolik bir yönetici. Bir ara onunla aynı evi paylaşmak zorunda kaldık, kısa sürede evin balkonu içki şişelerinden geçilmez hale geldi. Kimseye haksızlık etmek istemiyorum, her gün yeni tutuklama haberlerinin geldiği, işkencelerin, ihanetlerin gündüz gözüne yaşanan karabasanlar olduğu bir süreçten geçiyorduk. Yaşadığımız gerilim gerçekten de korkunçtu ama içki içerek de sınıf savaşımı verildiği dünyanın hiçbir yerinde görülmüş değildi. Onu birkaç kez uygun bir dille uyardım ama umursamadı. Bunun üzerine ben de yukarıya rapor yazıp bu adamdan alınarak daha aktif görevlere verilmemi istedim. Aylarca bekledim, ne yanıt geldi, ne de başka bir şey..."

Rusların üçü de onu dikkatle dinliyorlardı, Şerif'in soluklanmasını fırsat bilen Viktor, eliyle önündeki dosyayı işaret ederek, "Burada, 'Yurtdışına çıkarken illa da sosyalist bir ülkeye gideceğim,' dediğin yazıyor."

"Doğru," dedi Şerif, buruk bir gülümsemeyle. "Öyle yaptım. Ama bunu neden istediğimi anlatayım. Aylarca beni aramayan yöneticilerden neden sonra haber geldi. Elime sahte bir pasaport tutuşturup, 'Hadi yurtdışına çıkıyorsun,' dediler. Niyetleri beni Batı Avrupa'ya yollayıp politik mülteci yaparak, sorunlu bir yoldaştan kurtulmaktı. 'Ben politik göçmen olmak istemiyorum,' dedim. Israr ettiler, ülkeden ayrılmayacağımı söyledim. Bunun üzerine, 'Tamam, biz seni Batı Avrupa'ya değil, sosyalist bir ülkeye eğitime yollayacağız,' dediler. Kabul ettim. Ama Bulgaristan'a gelince iş yine değişti. 'Batı Avrupa'ya gideceksin,' dediler. Ben de, 'Gitmeyeceğim,' dedim. 'Ya beni Moskova'ya gönderirsiniz ya da tren biletimi alın, bu akşam Türkiye'ye dönüyorum,' dedim. Beni bir hafta beklettiler. Sonunda isteğimi kabul etmek zorunda kaldılar."

"Eğitimden sonra nereye gideceksin?"

Soruyu Nikolay sormuştu, gerçekten merak eder gibiydi.

"Nereye olacak, ülkeye," diye yanıtladı Şerif. "Başka bir yere gider miyim?"

Herkes gülümsedi.

O anda Viktor'un yanında duran telsiz cızırdamaya başladı. "Bizi arıyorlar galiba Viktor Zaharoviç," dedi Nikolay. Viktor'un açtığı telsizden cızırtılı bir ses yükseldi:

"Merkez, Kurkino'yu arıyor, tamam."

Leonid, Andrey'in sesini tanımıştı.

"Merkez, burası Kurkino, tamam," diyerek karşılık verdi Viktor.

"Kurkino bir saate kadar merkezde buluşalım, tamam."

“Sorgu yapıyorduk, yarıda mı bırakalım, tamam.”

“Elinizdeki işi bitirip gelin, tamam.”

“Anlaşıldı merkez, tamam,” diyerek telsizi bırakan Viktor, soru dolu bakışlarını Nikolay’a çevirdi. Ama genç meslektaşından bir yanıt alamadı. Oysa Leonid’in gün görmüş gözlerindeki parıltıyı fark etse, bu çağrının altında Asaf’ın parmağı olduğunu anlayabilirdi.

On Yedinci Bölüm

İki istihbaratçı, Şerif'in sorgusunu tamamlayıp apar topar, Ploşçad Derjinskova'daki KGB binasına geldiklerinde saat 23.00'ü geçmişti ama bina en az sabahki kadar kalabalıktı. Sfenks adını taktıkları, ifadesiz, soğuk suratlı genç görevli, yoldaş Andrey'in birinci kattaki odasında kendilerini beklediğini söyleyince koşuşturmakta olan meslektaşlarının arasından sıyrılıp mermer basamakları tırmanmaya başladılar.

"Gece mesaisi var galiba," diye mırıldandı Nikolay.

"Zirve için," diye açıkladı Viktor. "Silahsızlanma görüşmeleri pazartesi başlıyor."

"Doğru, unutmuşum," diye elini alnına vurarak söylendi Nikolay. "Bize de iş düşecek mi?"

Viktor başını bile çevirmeden söylendi.

"Önce elimizdekini bitirelim."

"Yükselme tutkusu yüzünden mahvolacak bu herif," diye geçiriyordu aklından. "Mesleği hiç tanımıyor. Bizde bu tür tutkuları olanlar hoş görülmez..." Ama belki de yanılıyordu. Soğuk savaş süreci tamamlanmak üzereydi, dünyada yeni bir dönem başlıyordu. Yeni dönem, yeni düşünce biçimlerini gerektiriyordu. Rekabet, bireysel girişim, kişisel refah gibi sözcükler artık *Pravda*'da bile yazılmaya başlanmıştı. Belki de zamanı dolan Nikolay değil, kendisiydi.

Andrey Alegoviç'in odasına girdiğinde zihni hâlâ bu düşüncelerle meşguldü; bir adım geriden onu izleyen Nikolay'ın ise aklından neler geçiyordu, bunu ancak şeytan bilirdi.

Geniş masasının başında gazete okurken yakalamışlardı Andrey Alegoviç'i. Bu koşuşturma, bu telaş arasında amirlerinin gazete okuyacak zaman bulmasına şaşırmıştı Viktor.

"Gelin yoldaşlar," dedi Andrey onları fark edince başını gazetesinden kaldırarak. "Şöyle yakınıma oturun."

İki istihbaratçı saygıyla koltuklara yerleşirken, Andrey Alegoviç sanki Viktor'un düşüncelerini okumuş gibi açıkladı.

"Şanslısınız çocuklar, on beş dakika önce burası ana baba günüydü. Az önce çıktılar, ben de yoldaş Malev'in 'Yeni Dönemde İstihbaratın Yeni İşlevi' başlıklı yazısını okumaya fırsat bulabildim."

Adamlarının anlamamış gözlerle *İzvestiya* gazetesine baktıklarını fark edince tatlı sert bir ifadeyle söylendi:

"Sakın, 'Bu yazıdan haberimiz yoktu,' demeyin."

İnkâr etmek boşunaydı, bütün gün süren koşuşturma içinde gazete okuyacak fırsat bulamamışlardı. Sağ elini sıkıntıyla gamzeli çenesinin üzerinde gezdiren Viktor, okumadıklarını itiraf edecekti ki, "Yazıyı biliyorduk," diyerek Nikolay atıldı. "Ama elimizdeki dosyayla ilgilenmekten fırsat bulup da okuyamadık."

Viktor genç meslektaşının yüzüne baktı, en küçük bir heyecan bile yoktu. "Kusursuz bir yalancı," diye geçirdi aklından. Bir istihbaratçı için önemli bir özellik.

"Anlıyorum," dedi Andrey, sonra sağ eliyle önündeki gazeteye vurarak coşkuyla ekledi. "Ama bu yazıyı mutlaka okumalısınız. Yeni dönemde istihbaratın politik görevi ne olacak? Yeni dönem bizden neler bekliyor? Kafanızdaki soruların tümünün yanıtını bu yazıda bulacaksınız. Ellerine sağlık yoldaş Malev'in, mükemmel bir yazı çıkarmış..."

Nikolay hayran gözlerle amirinin ağzına bakarken, Viktor yüzünde yorgun bir ifadeyle, buna benzer coşkulu konuşmaları defalarca duyduğunu anımsıyordu. Her yeni dönemde böyle iri laflar edilirdi, çoğunlukla da bunlar kof çıkar, ufak tefek atamalar yapılır, işler eski tas eski hamam sürüp giderdi. Ama bu kez gerçekten de korkuyordu Viktor. Değişim sözcüğü ülke tarihinde hiçbir zaman bu kadar yaygınlık kazanmamıştı. Değişimden yana olmayan kimse yoktu sanki. Parti sekreterinden fabrikadaki işçiye, Kızılordu generalinden Arbat Sokağı'ndaki sanatçıya kadar ülkedeki herkes, hep bir ağızdan, "Yaşasın yeniden yapılanma!", "Yaşasın açıklık politikası!" diye haykırıyordu. Bu duruma çok şaşıyordu Viktor, çünkü her gün televizyon ekranlarında, gazete sütunlarında büyük bir öfkeyle eski uygulamaları eleştirenler, eskiden bu ülkeyi yönetenlerden başkaları değildi. Kuyrukların, yenilmeyecek kadar tatsız yiyeceklerin, giyilmeyecek kadar biçimsiz giyeceklerin, alkolizmin, yabancılaşmanın ve daha pek çok sorunun gerçek sorumluları onlardı. Mademki açıklık dönemi başlamıştı, neden suçlarını kabul etmek, en azından özeleştiride bulunmak yerine, toplumu nereye götüreceği belli olmayan bir eleştiri dalgası yaratmayı tercih ediyorlardı. Gidişi hiç iyi görmüyordu. Değişim, kudurmuş atların çektiği bir troykaya dönüşmüştü, ülkeyi derin bir uçuruma doğru sürüklüyordu. En kötüsü de, henüz kimse bunun farkında değildi ya da yıllardır olduğu gibi herkes kendi kıçını kurtarmanın derdine düşmüştü. İstihbarat örgütünde de durum farklı değildi. Andrey gibi üst düzey yöneticilerin değişime ayak uydurduklarını göstermek için Viktor gibi orta düzey yöneticilerini harcamaları, yerlerine de reformlara açık genç kuşağın temsilcileri olarak Nikolay gibilerini atamaları işten bile değildi. Geçmişte yapılan ne kadar pis iş varsa tasfiye edilen orta düzey yöneticilerine yüklenir, böylece de örgüt pirüpak bir görüntüye kavuşurdu.

"Niye daldın öyle Viktor Zaharoviç?" diye sordu Andrey. "Beni dinlemiyor gibisin."

"Kusura bakmayın yoldaş Andrey," dedi, soğuk, resmi bir tavır içerisinde.

"Kafam şu cinayet işine takıldı da."

Andrey'in canı sıkılır gibi oldu ama hemen yumuşacık bir gülümsemeyle kapattı bu ruh halini.

"Haklısın," dedi. "Aslında ben de o iş için çağırmıştım sizi."

"Ne oldu, yeni bir bilgi mi var?" diye iyimser bir merakla sordu Viktor.

"Önemli değil," dedi Andrey, renk vermeden. "Şu TKP Merkez Komitesi üyesi olan adam. Neydi adı?" Sağ eliyle daireler çizerek anımsamaya çalıştı.

"Asaf," diye hatırlattı Nikolay, dudaklarında yalaka bir gülümsemeyle.

"Evet o, partisi adına sorguya katılmak istemiş, siz de kabul etmemişsiniz."

"Kabul ettik," diye düzeltti Viktor, hoşnutsuzluğu daha da artmıştı. "Ama zanlı olduğunu anlayınca mecburen sorgudan çıkardık."

"Zanlı olduğunu mu?" diye sordu Andrey.

Viktor amirinin şaşkınlığında bir yapmacıklık olduğunu sezinlemişti ama açıklamasını sürdürdü.

"Cinayet mahallinde kalemini bulduk."

"Cesedin yanında mı?"

"Hayır, on-on beş metre yakınında. Aynı yol üzerinde."

"Düşürmüş olabilir."

"O da öyle söyledi. Ama cinayet saatinde nerede olduğunu da kanıtlayamıyor. Üstelik cinayet onun kaldığı binanın hemen önünde işlendi."

"Cinayet saatinde neredeymiş?"

"Odasında tek başına olduğunu söylüyor. Gören kimse yok."

"Vakit geç, herkesin uyumaya hazırlandığı bir saat... Kimsenin onu görmemiş olması doğal."

Bir süre gözlerini adamlarının yüzüne dikerek düşündükten sonra, ulaştığı sonucu açıkladı Andrey.

"Bence bu adam katil olamaz. Planlı cinayet işleyen biri, bu işi kaldığı binanın önünde yapmaz."

"Ya planlı değilse, kızgınlıkla öldürmüşse."

"O zaman daha çok kanıt bırakırdı. Leonid İvanoviç de onun yanındaki dairede kalıyormuş. Mutlaka bir şey görür ya da duyardı... Üstelik bu adam yılların devrimcisi. TKP adına SBKP'yle de yıllarca ilişkiyi o yürütmüş. Sınanmış, denenmiş, temiz biri." Durdu, meslektaşlarına bakarak başını salladı.

"Hayır hayır, sanmıyorum. O katil olamaz."

"Yani onu yeniden sorgulara katacağız, öyle mi?" dedi Viktor, düş kırıklığı içinde.

"Adamın katil olduğunu gösteren yeterli kanıt yok ki elimizde."

Bu konuşmanın nereye varacağını anlamıştı Viktor.

Asaf'ın sorguya katılması direktifi gelmişti yukarıdan. Ama yılların yöneticisi Andrey bu kararı emir olarak değil, ikna yoluyla uygulattırmaya çalışacaktı kendilerine. Gözucuyla Nikolay'a baktı, saygıyla şefini dinliyordu ya da öyle görünüyordu.

"Peki ne yapacağız yoldaş Andrey?" dedi Viktor. Görev bilinciyle hareket eden bir memurun kendine güveni vardı sesinin tınısında.

"Sorguya katılsın ama gözümüzü üzerinden ayırmayalım..."

"Ya adam gerçekten katilse?" diye üsteleyecek oldu Viktor.

"Dikkatli olacağız yoldaş," dedi Andrey, bu sorudan rahatsız olduğunu belli ederek. "Hem yukarısı da böyle istiyor. Yani sorumluluk biraz da onların. Biz de riski göze alacağız."

Bir süre kimse konuşmadı. Sessizliği, yüzüne sevimli bir ifade takınan Andrey bozdu.

"Size bir de iyi haberim var. Çocuklar şifreyi çözdüler."

İşte Viktor'un duymak istediği buydu, arkadaşına baktı, o da heyecanlanmıştı. Önce Nikolay sordu:

"Hangi kitapmış?"

Andrey gülümsedi, hemen yanıtlamadı, bu güzel haberin tadını çıkarmaya çalışıyordu.

"Leonid, *Kapital* olabileceğini söylemişti ama benim aklıma başka bir şey geldi. Şifrede kullanılan sayfa sayıları 60'ı geçmiyordu. Bu bir aldatmaca da olabilirdi, yine de şansımızı denemeliydik. Osip'e daha ince bir kitaba bakmasını söyledim. Ama Leonid'in söylediği gibi hep el altında olan, dikkat çekmeyecek bir kitap. Yani Marksist klasiklerden biri."

Kaşlarını kaldırarak, soru dolu ışıltılı bakışlarını adamlarına çevirdi:

"Eee, siz ne diyorsunuz bakalım, hangi kitap olabilir bu?"

"Karl Marx'ın yazdığı bir kitap mı?" diye sorarak amirinin oyununa katıldı Nikolay.

"Marx ve Engels birlikte yazmışlar," dedi Andrey, önemli bir ipucu vermiş gibi.

Nikolay eli yanağında düşündü ama bulamadı. Andrey suskun oturan Viktor'a sordu:

"Sen ne diyorsun?"

"*Manifesto* mu?" dedi, kuşkuyla.

"Bravo," dedi Andrey. Önündeki deri çantayı açarak, *Komünist Manifesto*'nun Sol Yayınları'nca basılmış Türkçe bir nüshasını çıkardı. "Bildin, *Komünist Manifesto*. Fazla kalın olmayan, Marksizm okuyan her öğrencinin elinin altında bulunması gereken bir kitap."

"Kitabının düşmanlar tarafından kullanılacağı yoldaş Marx'ın aklının ucundan bile geçmemiştir herhalde," dedi Nikolay, yarı alaycı bir tavırla. "Mezarında kemikleri sızlıyordur şimdi."

"Mesajda ne yazıyor?" diye sordu Viktor, ciddiyetinden gram eksiltmeden. "Asıl önemli olan bu."

Çantasından Kiril alfabesiyle yazılmış bir kâğıt çıkardı Andrey. Viktor'a uzattı.

"Al, kendin oku."

Kâğıdı alan Viktor yüksek sesle okumaya başladı:

"Yüz yüze görüşmemiz gerekiyor. 3 Şubat Pazartesi günü, saat 14.00'te Dinamo Metro İstasyonu'nun önünden Beloruskaya Garı'na doğru yolun sağından yürü. Gara gelince aşağıya in. 14.20'de yürüyen merdivenin önünde beni bekle."

"Ne cesaret!" dedi Viktor şaşkınlıkla. "Hem de okulun yanında!"

"Cesaretle ilgisi yok," dedi Andrey. "Özellikle okulun yanını vermiş. Köstebeğin ortadan yok olduğu göze çarpmasın diye. Pazartesi günü olması da anlamlı. Çünkü her pazartesi günü Kurkino'daki öğrenciler okulun merkez binasına geliyorlar; sabahları konferans dinliyorlar, öğleden sonra ise film izliyorlar. Kolektiftekiler film izlerken bizimki bir şeyi bahane edip salona girmeyecek. Görüşmeye gidecek."

"Akıllıca, göz önünde olup bitenler daha az dikkat çeker," dedi

Nikolay, sonra düşünceli bir halde ekledi. "Ama mesaj hâlâ oyuncak mağazasının tuvaletinde duruyor. Köstebeğimiz mesajı almazsa bu buluşma gerçekleşmez ki."

"Karar vermek için erken," dedi Andrey. "Daha önümüzde beş koca gün var."

"Umarım adamımız mesajı almaya gider. Yoksa görüşme yerine gidip Yıldırım'ı tutuklamak zorunda kalırız," diye ekledi Viktor.

Arkadaşının yanlışını bulan Nikolay hemen atıldı.

"İşte bunu yapamayız, adamın dokunulmazlığı var."

Viktor'un suratı iyice karardı. Andrey sanki ekibin sorumlusu oymuş gibi, Nikolay'a dönerek sordu:

"Soruşturma nasıl gidiyor?"

Nikolay duraksadı, gözucuyla Viktor'un hoşnutsuz yüzüne baktı. Yaşlı meslektaşı umursamaz bir tavırla, başını sallayarak, anlatmasını istedi.

"Henüz başlardayız," dedi Nikolay. "Cinayet saatinde dışarıda olan Beşir ile Şerif'i sorguladık. Beşir'in katil olacağını sanmıyorum. Çok saf biri. Şerif de pek kafama yatmıyor. İlginç bir şeyden söz ettiler. İkisi de binaya giren birini görmüşler. Büyük olasılıkla katil o. Ama onun kim olduğunu henüz bilmiyoruz."

"Kuşkulandığınız biri yok mu?" diye sordu Andrey, hatasını anlamış gibi Viktor'a bakarak üsteledi. "Ha, ne diyorsunuz yoldaş?"

Viktor dizlerine inmiş gözlerini ağır ağır kaldırdı, istemeye istemeye amirine baktı.

"Bir şey söylemek için erken," diye mırıldandı. "Ama Cemil ile Kerem kuşkuları üzerine çekiyor."

"Neden bu ikisi?" diye merakla sordu Andrey. "Elinizde ne var?"

"Somut bir şey yok gibi ama kuşkular onların üzerinde toplanıyor. Cinayet saatinde tez yazdığını söylüyor ama odada yok. Üstelik Mehmet'i ülkeden tanıyan kolektifteki iki kişiden biri o."

"Öteki kim?"

"Kerem," diyerek yeniden konuşmaya katıldı Nikolay. "Cinayet gecesi 39 derece ateşle yatıyormuş. Leonid'in anlattığına göre, toplantıya bile zor katılmış. Ama bu katil olmayacağı anlamına gelmez. Onu da odasında gören kimse olmamış."

"Anlıyorum," dedi Andrey başını sallayarak, sonra Viktor'a döndü. "Şu Cemil'den bahsetsene biraz. Nasıl biri?"

"Genç, dinamik biri. Çok iyi bir parti sicili var. Çocuk denecek yaşta devrimci olmuş. Önce yarı anarşist bir örgüte katılmış, örgüt dağılınca TKP'li gençlerin kurduğu dernekte çalışmaya başlamış. Partinin gençlik örgütünün her düzeyinde görev almış. Birkaç kez yaralanmış, defalarca gözaltına alınmış ama hiç tutuklanmamış. Sonra partiye üye alınmış. Yıldızının parladığı yıllar darbe sonrasına rastlıyor, yani gizlilik dönemi. İstanbul yüksek öğrenim gençliği içinde etkinlik yürüten, Merkez Komitesi'nin hemen altında çalışan öğrenci gençlik bürosundan sorumlu iki kişiden biri; öteki de öldürülen Mehmet."

"İyi bir parti militanı diye onu katil zanlısı sayamayız," diye karşı çıktı Andrey, düşünceli gözlerini Nikolay'a çevirdi yeniden. "Kerem'in görevi ne?"

"Bunların dağıtımcıları. Yasadışı yayımlanan dergilerin örgüt sorumlularına ulaşmasını sağlıyormuş. Mehmet'e bağlı görünüyor ama ikisinin de yönettiği örgütlere yasadışı materyal akışından sorumluymuş."

"Önemli bir görev," diye mırıldandı Andrey, sonra memurlarını süzerek ekledi. "Mademki kuşkular bu ikisinin üzerinde toplanıyor, o zaman araştıralım şunları, bakalım ne çıkacak?"

On Sekizinci Bölüm

Şerif sabah uyandığında Turgut'un yatağını boş buldu. Banyoda olmalı diye düşündü. Kalktı, neredeyse duvarın tümünü kaplayan perdeleri çekerek, iki camlı pencereden dışarı baktı. Kar hâlâ yağıyordu; belki geceki kadar yoğun değil ama aynı sessizlikte. Yemekhane yolunda kartopu oynayan iki karaltı dikkatini çekti. Yaklaştıklarında tanıdı onları: Brezilyalıların küçük kıçlı, siyahi güzeli İzabel ile onun uzatmalı âşığı Lübnanlı Ömer. İzabel, Ömer'i önüne katmış kovalıyordu. İzabel'e karşılık vermeyen Ömer, üzerine gelen kartoplarını savuşturmak için sağa sola eğiliyor ama iri cüssesiyle bunu yapması zor olduğundan sürekli isabet alıyordu. Bu durumdan hoşnut olan İzabel ise kahkahalarla gülerek, İsrail topçusunun acımasızlığı içinde sürdürüyordu salvo atışlarını.

Hemcinsinin düştüğü durumu penceresinden buruk bir gülümsemeyle izleyen Şerif, "Allahım şu erkek milletine biraz akıl ver," diyerek başını salladı. İki sevgili yandaki binanın arkasında kaybolurken o da ayrıldı pencerenin önünden. Hiç âdeti olmadığı halde, bu sabah kahvaltıdan önce canı sigara çekiyordu. Gözucuyla masada duran pakete baktı, uzanıp alacaktı ki son anda vazgeçti. Çıktı odadan. Banyodan su sesleri geliyordu. Yanılmamıştı, Turgut içerdeydi. Her sabah yaptığı gibi Hikmet ile Durmuş'un odasına yürüdü. Kapıyı tıklatıp başını uzattı. İkisi de uyanmış, yatakta sohbet ediyorlardı.

"Günaydın," dedi Şerif.

"Günaydın," dediler.

"Yine banyoyu kaptı değil mi?" dedi Durmuş. Gülümsemekle yetindi Şerif, oda arkadaşını çekiştirmek istemiyordu.

"Ne diyorsun Şerif yoldaş, eğitim sürecek mi?" diye başka bir soru sordu Durmuş.

Şerif'in içini kuşku bürümüştü.

"Yeni bir haber mi var?"

Hikmet telaşlanır gibi oldu, yatağında doğrularak, "Yok canım, Durmuş akıl yürütüyor," dedi.

"Bence sürecek, daha doğrusu sürmesi lazım."

"Bence de," diye arkadaşını onayladı Hikmet.

Durmuş aldığı yanıtlardan memnun olmuş gibiydi, çekik gözleri keyifle parıldamaya başladı.

"Ben de öyle düşünüyorum. Burası da kavganın başka bir alanı. Aramızdan biri öldürüldü diye bırakıp kaçamayız."

Durmuş'un kaygısını anlamıştı Şerif. Bu salak, Rus karıya âşık oldu, eğitimi yarıda kesip Türkiye'ye döneceğimizden korkuyor.

"Kaçacağımızı nereden çıkardın?" diye sordu Hikmet; kaçmak sözcüğü canını sıkmıştı.

"Öylesine söyledim," diye geçiştirdi Durmuş.

"Neyse çocuklar, ben şu Beşir'e bir bakayım, yine uyuyup kalmasın," diyerek ayrıldı yanlarından Şerif. Banyodan su sesleri gelmeye devam ediyordu; oda arkadaşı en az on beş dakika daha içerdeydi anlaşılan.

Şerif daire kapısından çıkınca, sahanlıkta tek başına oturmuş televizyon izleyen Nejat'la karşılaştı.

"Nedir bu sabah sabah? Rüyanda mı gördün oğlum," diyerek takıldı.

Alınmış gözlerle baktı Nejat.

"İnsan bir günaydın der be!"

"Günaydın günaydın," diyerek yaklaştı Şerif. Televizyona göz attıktan sonra, "Hem de çizgi film izliyorsun ha," dedi, abartılı bir şaşkınlıkla.

"Sen git de Beşir'i uyandır," dedi Nejat, dikkatinin dağılmasından rahatsız olmuştu. "Ben burda Rusça öğreniyorum."

"*Heidi* izleyerek mi öğreniyorsun?"

"*Heidi* değil, *Mişa*, hem o bir partizan."

"Desene, hem Rusça öğreniyorsun hem politik eğitimini ilerletiyorsun!"

Nejat arkadaşını kovalamak için iskemlesinden kalkmaya çalışırken, Şerif kahkahalarla gülerek Beşir ile Kerem'in kaldığı daireye girdi. Daha kapıyı açar açmaz Beşir'in o dillere destan horultusu çarptı kulağına. "İyi ki boş oda var, yoksa kim kalırdı bu adamla," diye geçirdi kafasından. Gözleri Kerem'in kapısına kaydı. Gece Viktor ile Nikolay erken ayrılınca, telaşla Şerif'i bir köşeye çekip neden gittiklerini sormuş, verilen yanıtları kabul etmemiş, onu yalancılıkla, kendisini oyalamakla suçlamıştı. Gönlünü alıncaya kadar canı çıkmıştı Şerif'in. Sonunda doğru söylediğine ikna etmişti onu. Ama Kerem'in kaygı verici tedirginliği geçmemiş, geceyarısına kadar paranoyak senaryolar anlatıp durmuştu Şerif'e.

Dün gece olanları anımsayan Şerif, Kerem'in kapısının önündeki loşlukta durmuş, "Onu uyandırsam mı, uyandırmasam mı?" diye düşünüyordu. Yine ters şeyler söyleyip canını sıkmasından çekiniyordu. Ama geçip gidemedi. Kimseyle arası iyi olmayan bu yoldaşı o da bırakırsa iyice yalnızlaşacak, yalnızlaştıkça da kafayı yiyecekti. En azından hastalığı nasıl olmuştu, ona bakmak niyetiyle kapıya yaklaştı. Aralık kapının koluna uzanıyordu ki, terliğine bir şeyin bulaştığını hissetti. Baktı, göremedi, hol yeterince aydınlık değildi. Çay ya da kahve gibi şekerli bir şey dökülmüş olmalıydı. Temizliğe gelen Katya yine haşlayacaktı onları. Kadın, Rusça bilmemelerine aldırmadan, açık renk çapkın gözlerini yüzlerine dikerek, sanki onu anlıyorlarmış gibi dakikalarca konuşurdu. Bereket burası Şerif'in dairesi değildi, Kerem ile Beşir'in çekecekleri vardı. "Söyleyelim de Katya görmeden temizlesinler yeri," diye düşünerek kapıyı itti. Aralanan kapıdan sızan parlak ışık gözlerini aldı. Kirpiklerini kırpıştırarak, "Bu çocuk perdeleri çekmeden mi uyuyor?" diye söylendi. Uzun sürmedi, az sonra gözleri aydınlığa alışmıştı ama hâlâ her şey çok parlak görünüyordu ona. Duvar kâğıtları, masa, küçük kitaplık, yatak, yatakta uyuyan Kerem'in yüzü gümüşten bir beyazlık içinde yüzüyordu. Bir iki adım attı, odada eşyalar kendi renklerine dönmeye başladı, yalnızca Kerem'in yüzünde kalmıştı o beyaz parlaklık. Tam beyaz da değil, hafif sarımsı gibi... Derken birden donup kaldı, yerdeki kırmızılığı görmüştü. Parmakları neredeyse yere değecek kadar yataktan sarkan Kerem'in sağ eli kandan kıpkırmızıydı. Fal taşı gibi açılmış gözlerle yatağa baktı Şerif. Arkadaşı bugüne kadar yüzünde hiç görülmeyen dingin bir ifade içinde bakışlarını tavanın kartonpiyerine dikmiş, öylece yatıyordu. Dün gece tartışırken söylediği sözler çınladı kulaklarında: "Yarın çok geç olabilir." Kerem'in tuhaf bir parlaklıkla aydınlanan yüzünü görmeye daha fazla dayanamadı, başını çevirdi ama bakışları döşemedeki kana takıldı. Yer yer kurumuş bu koyu sıvı ayaklarına kadar uzanıyor, sanki onu kendine çekiyordu. Korkuyla eğilip ayaklarına baktı; mavi terliklerinin kan içinde olduğunu gördü. İrkilerek, "Buradan çıkmalıyım," diye söylendi. Telaşla kapıya döndü. İki adım atmıştı ki midesinde büyük bir basınç hissetti, eliyle ağzını tutarak kendini tuvalete zor attı. Çıkarmaya çalıştı, çıkaramadı, gözlerinden yaşlar boşalıyordu. Derin derin soluk alıp verdi. Bulantısı geçer gibi olmuştu. Yüzünü yıkamak istedi, avuçlarını açtı, elleri rüzgâra tutulmuş yaprak gibi titriyordu, sonra musluğu çevirmediğini fark etti. Titreyen eliyle açtı musluğu.

Soğuk su iyi gelmişti. "Yoldaşlara haber vermeliyim," diye düşündü. Döndü, yerdeki kan izlerini gördü. "Bu da ne?" diye söylendi korkuyla... Sonra anladı, bunlar kendi terliğinin izleriydi. Kanlı parke taşlarına basmamaya dikkat ederek çıktı banyodan.

Beşir olanlardan habersiz, kim bilir kaçıncı uykusunda horlayıp duruyordu.

"Onu uyandırmayayım hiç," diye mırıldandı kendi kendine. "Cemil'e haber vermeliyim... Cemil'e mi?" Düşündü, hayır Cemil olmazdı. Kerem'in onun hakkında söylediklerini anımsamıştı. Duraksadı... En yakın arkadaşından mı kuşkulanıyordu?.. Bunu düşünmek istemedi. Parti sekreterine, Hikmet'e söylemeliydi önce. Yoldaşlar uyanıp olayı fark etmeden, polise haber verilmeli, kanıtlar bozulmadan burada olmaları sağlanmalıydı. Kerem'in odasına bakmamaya özen göstererek çıktı daireden.

Yaklaşık üç çeyrek saat sonra yetkililer olay yerine gelmiş, yine bir arkadaşlarının öldüğünü öğrenip de dehşet içinde kalan Türk öğrenciler soğukkanlı ama hızlı bir operasyonla binadan çıkarılarak dershaneye gönderilmişti. Viktor,

Nikolay, Asaf ve Leonid'den oluşan sorgu ekibi tam kadro Kerem'in kaldığı daireye doluşmuş, ayrıca teknik bölümden beş kişi öteki odaları yeniden aramaya başlamıştı.

Viktor cesedi incelerken, Leonid, Nikolay'ın ricasıyla masanın üzerindeki daktilo makinesinde takılı duran kâğıttaki yazılanları titrek bir sesle Rusçaya çeviriyordu. Biraz dikkatli bir göz Leonid'in ayakta durmakta zorlandığını fark edebilirdi. Ama odanın durumunun değişmesini istemeyen Viktor oturmasına izin vermemişti.

"Ne olur dişinizi biraz sıkın Leonid İvanoviç," demişti. "Sonra sizi dinlenmeye göndeririz."

"Dinlenmeye gitmek isteyen kim?" diye terslemişti onu Leonid. Sonra da kalp ilacından iki tane alarak, daktilodaki veda mektubunu çevirmeye başlamıştı yeniden. Nikolay duyduklarını önündeki deftere kaydediyordu. Açık bulmadığı yerleri soruyor, gerekirse yeniden çevirtiyordu. Asaf kapıya dayanmış, sapsarı bir yüzle izliyordu onları. Kâğıtta yazılanları duydukça yüzündeki kan iyice çekiliyor, sanki çözümleme yeteneğini tümüyle yitirmiş biri gibi ne söyleyeceğini, ne yapacağını, nasıl davranacağını bilemeden öylece bakıp duruyordu. Mektupta şunlar yazılıydı:

> Yoldaşlar,
>
> Bu cehennem saatlerini daha fazla uzatmanın anlamı yok. Mehmet'i ben öldürdüm. Çünkü o bir polisti. Oğlumun ölümüne, karımın delirmesine neden olan kişiydi. Eğer onu yok etmeseydim, tıpkı Mustafa Suphi ve on dört yoldaşı gibi bizlerin öldürülmesine, en azından tutuklanmasına, ağır işkencelerden geçirilmesine neden olacaktı. Biliyorum, çoğunuz bana inanmayacaksınız, beni bir zırdeli, paranoyak sanacaksınız ama tarih haklı olduğumu gösterecektir; ülkemizde devrim olduktan sonra gizli polisin arşivleri açıldığında Mehmet'in onlardan biri olduğunu anlayacaksınız. Bana birazcık inanacağınızı bilseydim ya da Mehmet'in polis olduğunu kanıtlayabileceğim bilgilere sahip olsaydım kendimi öldürmezdim ama ne yazık ki bunlara sahip değilim. Bu konudaki bilgilerimi daha ülkedeyken partiye iletmiştim. Ama kulak asmadılar.
>
> Kendimi öldürüyorum, çünkü Sovyet polisi sonunda beni bulacaktı, bu konuda hiç kuşkum yok. Onlar tarafından tu-

tuklanmayı, sorgulanmayı kendime yediremezdim. Bir de, benim yüzümden suçsuz insanların zarar görmesine katlanamazdım.

Kavgada
kendi kendini öldüren
lanetli bir
cenazedir
benim için;
Ölüsüne
ellerimiz
dokunamaz.
Arkasından
matem marşı
okunamaz.

diyor Nâzım.

Olsun, ben doğruyu yaptığıma inanıyorum, çünkü kendimi öldürürken bile yaşamı savunuyorum. Bana inanmadığınızı bilerek ölüyorum ama yine de sizleri yoldaşça kucaklamak isterim.

Hoşça kalın.

Kerem Karabudak

Son sözcükleri de kaydeden Nikolay, "Böylece mesele kalmıyor," dedi düşünceli bir tavırla. "Katil de kendini öldürdüğüne göre iş bitti."

"Öyle mi dersin?" diye mırıldandı Viktor. Yatağın yanındaydı, eğilmiş Kerem'in kesik bileğini inceliyordu.

"Öyle görünüyor," dedi Nikolay, arkadaşının iri bedenine bakarak. "Sen ne diyorsun?"

"Hiç tereddüt çizgisi yok," dedi, sanki arkadaşının sorusunu duymamış gibi. "Çoğu intiharda, asıl çizginin yanında amacına ulaşmamış kesikler olur." Sonra başını çevirip Leonid'e baktı.

"Kerem solak mıydı?"

Ne sorulduğunu anlamamıştı Leonid.

"Efendim?"

"Kerem solak mıydı, diye soruyorum. Sağ bileği kesilmiş, bunu ancak bir solak yapabilir."

"Bilmiyorum," dedi Leonid, sonra Asaf'a dönerek ekledi. "Sen biliyor musun?"

"Ben de bilmiyorum," dedi çaresizlik içinde Asaf.

"Kolektiftekilere sormalıyız," dedi Leonid.

"Doğru," diyerek onayladı Asaf. "Yoldaşlara sormalıyız. Onlar bilirler."

"Açıkçası bu intihar bana biraz tuhaf görünüyor," dedi Viktor, başını cesetten kaldırarak.

"Ne demek istiyorsun?" dedi Leonid, sanki korktuğu başına gelmiş gibi sesi tedirgindi. "Yani bu da mı bir cinayet?"

"Olayın bu kadar kolay sonuçlanması size de biraz tuhaf gelmiyor mu Leonid İvanoviç?"

"Ama," diye karşı çıktı Leonid. "Bıraktığı mektup..."

"Onun yazdığını bilmiyoruz ki. Katil de yazmış olabilir."

Leonid'in aklı karışmıştı.

"Yani biri Kerem'i öldürüp..."

"Böyle bir şey söylemek için erken," dedi Viktor, cesedin yere sarkan parmaklarının hemen altında, kanın üstünü yarı yarıya örttüğü jilete bakarak ekledi. "Ama bence kuşkulu bir ölüm bu."

Deminden beri Viktor'un tahminlerini dinleyen Nikolay sonunda suskunluğunu bozdu.

"Bileği onunla mı kesilmiş?"

"Öyle görünüyor," dedi Viktor.

Dün geceyi anımsamıştı; genç meslektaşının Andrey'in gözüne girmek için eğilip bükülmesi geldi gözlerinin önüne. Onlara gerçek bir istihbaratçı nasıl çalışır gösterecekti. Başını eğmiş, jiletin üzerindeki markayı okumaya çalışıyordu. Sonunda başardı: "Perma-Sharp... Sovyetler'de üretilenlerden değil. Türkiye'den getirilmiş olmalı. Ne dersiniz yoldaş Asaf?"

"Ne... Ne..." diye kekeledi hazırlıksız yakalanan Asaf.

"Perma-Sharp Türkiye'de satılıyor mu?"

"Öyle olmalı. Ben Almanya'da yaşıyorum da. Ama sanırım Türkiye'de satılıyor."

"Jilet onun," dedi Nikolay. "Baksana, başucunda paketi duruyor."

Viktor yatağını yanındaki etajere baktı. Yeni açılmış bir jilet paketi vardı.

"Yoldaşlarına bunu da sormalı, bakalım gerçekten onun mu?"

Asaf kendini biraz toparlamıştı ama burada bulunmayı hâlâ içi kaldırmıyordu.

"Peki yoldaşlara ne söyleyeceğiz?" diye sordu Asaf. "Yarım saattir dershanede bizi bekliyorlar?"

Yüzünde kesin bir ifadeyle Asaf'a döndü Viktor.

"Olayın kapandığını söyleyeceğiz," dedi, kendinden emin bir ses tonuyla konuşuyordu. "Onlara Mehmet'i Kerem'in öldürdüğünü, sonra da intihar ettiğini anlatacağız."

Viktor'un sözleri üçünü de şaşırtmıştı.

"Ya kuşkularınız?" diye soracak oldu Asaf.

"Bunu yoldaşlarınızın bilmesine gerek yok," dedi Viktor.

Nikolay arkadaşının ne düşündüğünü anlamıştı.

"Özellikle de bilmemesi gerek, öyle değil mi Viktor Zahароviç?" diye sordu.

"Bravo yoldaş Nikolay," dedi alaycı bir tavırla. "Sonunda anlayabildiniz."

Nikolay bozulmuştu ama sesini çıkarmadı.

"Peki Mehmet için ne diyeceğiz?" diye atıldı Asaf.

"Nasıl ne diyeceksiniz?"

"Yani o polisti mi diyeceğiz?"

"Hayır, Kerem paranoyaktı, diyeceksiniz. Adam hastaymış zaten. Herkes buna inanır."

"Evet, sanırım buna inanırlar," diye tekrarladı Asaf.

"Peki sonra?"

"Sonrasını bize bırakın."

Bir an önce bu odadan çıkmak isteyen Asaf, bakışlarını Leonid'e çevirerek, "O zaman gidip anlatalım yoldaşlara," dedi.

"Siz gidin," dedi Viktor. "Leonid İvanoviç burada kalsın. Cesedi bulan Şerif, parti odasında bizi bekliyor, onunla konuşacağız."

Kendini yine dışlanmış gibi hissediyordu Asaf ama bu kritik anda sorun çıkarmak istemedi.

"Tamam, ben gidip konuşayım o zaman," diyerek ayrıldı yanlarından. Asaf daire kapısından yeni çıkmıştı ki, eldivenli elinde bir kitapla teknik ekipten Osip göründü.

"Madeni bulduk," dedi elindeki kitabı sallayarak.

Viktor dikkatle bakınca, bunun dün gece Andrey Alegoviç'in gösterdiği *Komünist Manifesto*'nun Türkçe basılmış nüshalarından biri olduğunu gördü.

Olanlardan bir şey anlamayan Leonid safça sordu:

"Ne kitabı?

"Şifrenin hazırlandığı kitap," diye açıkladı Viktor, iyice koyulaşmış kan birikintilerine basmamak için dikkatli adımlarla Osip'e yaklaşırken. "Vakit bulamadığımız için size söyleyemedik. Şifre kitabımız *Manifesto*."

"*Manifesto* ha!" diye şaşkınlıkla mırıldandı Leonid.

Osip'e yaklaşan Viktor ince kitabı eline aldı. Sanki Türkçe bilirmiş gibi sayfaları karıştırmaya başladı. Bir şey anlamayınca, başını kitaptan kaldırarak sordu:

"Aradığımızın bu nüsha olduğundan emin misin?"

"Eminim," dedi Osip, dudaklarında bilgiç bir gülümsemeyle. "Şifreli mesajda numaralandırılan sözcüklerin altında belli belirsiz izler var."

"Çıplak gözle nasıl görebiliyorsun?" diye beğeniyle karışık bir şaşkınlıkla söylendi Viktor.

"Eee, olsun o kadar. Bizim işimiz bu."

"Nerede buldun kitabı?"

"Karşıdaki dairede, en son odada."

Viktor'un dört köşe yüzü aydınlandı.

"Orası Cemil'in odası değil mi?" diye sordu Leonid'e.

"Sanırım öyle," dedi Leonid. "Ama Nejat da orada kalıyor. Kitap Nejat'ın da olabilir."

"Cemil'in odası," diye mırıldandı Viktor, sanki Leonid'i duymamış gibi kendi kendine mırıldanarak, sonra avının izini bulan bir avcının heyecanıyla Nikolay'a döndü. "Duydun mu, kitabı Cemil'in odasında bulmuşlar."

On Dokuzuncu Bölüm

Yaşadığı dehşeti üzerinden atamayan Şerif, perişan bir halde masaya çökmüş, ölen iki yoldaşını düşünüyordu. İçinde üzüntüden çok korku vardı. Bu duyguyu çok iyi tanıyordu; askeri darbe öncesinde, neredeyse her gün bir arkadaşları sivil faşistler, devletin gizli örgütleri tarafından öldürülür ya da yaralanırdı. İlk ölümlere çok üzülmüştü Şerif ama gitgide -buna kendi de şaşarak- cinayetleri kanıksadığını fark etmiş, henüz yirmisine varmamış üniversite öğrencilerinin, ak saçlı öğretim üyelerinin, deneyimli işçi önderlerinin cenazelerinde acıdan çok korku hissetmeye başlamıştı. Yalnızca kendi canı için duyduğu bir kaygı değildi bu; ülkenin toplu bir yıkıma, karanlık bir döneme doğru savrulduğunu görmekten kaynaklanan bir tedirginlikti. Şimdi Moskova'da o yıllar önceki tedirginliği yeniden yaşıyordu Şerif. Cinayetlerden çok, nedenleri ürkütüyordu onu. Birileri, onun ve yoldaşlarının yazgısını altüst edecek sinsi bir oyun planlıyorlardı. İşin kötüsü, ne bu oyunu düzenleyenler, ne de amaçları hakkında hiçbir şey bilmiyordu. Kerem'in cesedini bulduktan sonra aklına gelen ilk isim en yakın arkadaşı Cemil olmuştu. Bulgaristan'daki Rila Otel'de ilk tanıştıkları günden başlayarak dün geceki konuşmalarına kadar her ayrıntıyı yeniden gözünün önüne getirmeye çalışıyor, onun polis olup olmayacağını tartıyor ama bir sonuca ulaşamıyordu.

Kafası bunlarla doluyken girdi Ruslar içeri. Onları görünce toparlanarak ayağa kalkmaya yeltendi ama Leonid eliyle oturmasını işaret edince, yerine çöktü yeniden. Herkes sanki sözleşmiş gibi dün oturdukları iskemlelere yerleşti.

"Cesedi bulduğunda dikkatini çeken bir şey oldu mu?" diyen Viktor'un sorusuyla başladılar.

Olmadığını söyledi Şerif. Cesedi nasıl bulduğunu ayrıntılarıyla anlattı.

"Mektubu okudun mu?"

"Mektup mu?"

"Daktilo makinesine takılı duran."

O panik sırasında mektup filan görecek hali yoktu Şerif'in. Mehmet'in öldürülmesinden sonra bu olayın da kesinlikle cinayet olduğunu düşünmüştü.

"Çok heyecanlanmıştım, mektup görmedim, daktiloyu bile görmedim, desem yeridir."

"Kerem bir veda mektubu bırakmış. İntihar ettiğini söylüyor. Mehmet'i kendisinin öldürdüğünü de yazmış."

"Ne?" dedi Şerif, fal taşı gibi açılmış gözlerle. "Kendini mi öldürmüş?" Rusların yüzüne tek tek baktıktan sonra, "Kendini öldürmüş ha!" diye mırıldandı şaşkınlıkla. Kerem'in ölümüne üzülmesine karşın içinde garip bir rahatlama hissediyordu. "İntihar etmiş olabileceğini hiç düşünmedim. Ben de boş yere Cemil'in günahını alıp duruyordum."

Cemil lafını duyar duymaz kulakları dikilen Viktor, Leonid'in çevirisini beklemeden atıldı:

"Sor bakalım, Cemil'in ne ilgisi varmış bu işle?"

Leonid çevirisini tamamladı. Viktor mavi gözlerini Şerif'e dikmiş, sabırsızlıkla neler söyleyeceklerini bekliyordu. Onu çok bekletmedi Şerif:

"Kerem'in ruhsal sağlığı bozuktu," diye başladı anlatmaya. "Takmıştı Cemil'e. Mehmet'in ölüm haberini aldığımız gece, hastalığına aldırmadan yanıma geldi, konuşmak istediğini söyledi. Ama onu dinleyecek halim yoktu, başımdan savdım. Ertesi sabah yine geldi, birlikte kalktık yemekten. Yürürken, 'Korkuyorum yoldaş,' dedi.

Yüzüne baktım, korkudan çok acı vardı gözlerinde. Anlaşılan Mehmet'in öldürülmesi onu çok etkilemişti.

'Korkma,' dedim. 'Sovyet polisi gerekli önlemi aldı. Kimse bize dokunamaz. Yakında Mehmet'in katili de bulunur.'

Sanki beni dinlemiyor gibiydi, başını sallayarak, 'Hepimizi öldürecekler,' dedi.

'Bu çok zor,' dedim. 'Hele Mehmet'in ölümünden sonra böyle bir işe kalkışacaklarını hiç sanmıyorum.'

'Hiç de zor değil,' dedi. 'İnan bana bizi öldürecekler. Aramızda adamları var.'

'Bu henüz kanıtlanmadı. Mehmet saçma sapan bir nedenle de öldürülmüş olabilir,' dedim, buna inanmadığım halde onu sakinleştirmek için. Ama söylediklerimi işitmiyormuş gibiydi. 'Cemil'e dikkat etmeliyiz,' dedi Kerem."

"Cemil bu düşmanlığın farkında değil miydi?" diye sorarak Şerif'in sözünü kesti Viktor.

"Farkındaydı," dedi Şerif. "Ama onun normal olmadığını düşünüyordu."

"Bir daha konuştunuz mu Kerem'le?"

Bu defa Nikolay'dan gelmişti soru.

"Dün gece konuştuk. Siz sorguyu yarıda kesip ayrılınca çok öfkelendi Kerem. Beni bir köşeye çekip, 'Neden gittiler?' diye sordu. 'Acil işleri çıktı, yarın gelecekler,' dedim. Kuşkuyla süzdü beni. 'Peki onlara söyledin mi?' dedi.

'Söyledim, rahat ol, yarın önce seni alacaklar sorguya,' dedim. İnanmamıştı.

'Bu çok önemliydi,' diye mırıldandı. 'Bu gece onlarla konuşmalıydım.'

Ateşinin çıktığını, sayıkladığını düşündüm, elimi alnına koydum. Yanılmamıştım, cayır cayır yanıyordu. 'Sen hastasın, dinlenmen gerek,' dedim.

'Yatmak istemiyorum,' dedi hırçınlaşarak. 'Bu gece onlarla konuşmalıydım.'

'Yarın konuşursun,' diyecek oldum.

'Yarın çok geç olabilir,' diye kesti sözümü, koluma yapışarak ısrarla yineledi. 'Anlamıyor musun, yarın çok geç olabilir.'

O kadar abuk sabuk konuşuyordu ki kendimi kontrol edememekten, ona kötü sözler söylemekten korkuyordum.

'Hiçbir şey olmayacak,' dedim, soğukkanlılığımı korumaya çalışarak. 'Hiçbirimizin kılına bile zarar gelmeyecek artık.'

Anlaşılmadığının farkında olan bir insanın umutsuzluğu içinde baktı yüzüme.

'Yazık,' dedi. 'Bu kolektifte güvenilecek tek insan sendin.'

Başka bir şey söylemedi, ayaklarını sürüyerek odasına gitti."

Şerif'in söylediklerinden önemli bulduklarını kaydeden Viktor, not defterinden başını kaldırıp sordu:

"Konuşmanın başında Cemil'den kuşkulandığını söyledin? Kerem'in söylediklerine inanmadığın halde, Cemil'in suçlu olabileceği kanısına nasıl vardın?"

"Başlarda hiç inanmamıştım Kerem'e. Ama dün akşam o ayrılır ayrılmaz Cemil geldi yanıma.

'Gene ne istiyor bu senden?' diye sordu.

'Benden bir şey istemiyor ama kafayı sana takmış,' dedim.

'Ben ne yapacağım bu manyak herifle?' diye söylendi Cemil.

İlk kez bu kadar çok öfkeleniyordu Kerem'e. Onun bu öfkeli tavrını fazla önemsemedim. Ama gizlilik nedeniyle bunu soramadım. Cemil'in sözlerini de çok önemsememiştim zaten. Ama ertesi sabah kapıyı açıp da Kerem'in cesediyle karşılaşınca, 'Yarın çok geç olabilir,' sözleri çınladı kulaklarımda Ne yalan söyleyeyim, aklıma ilk gelen isim Cemil oldu. Aklımın ucundan bile geçirmek istemezdim ama Kerem'in söyledikleri buna yöneltti beni. Olayın intihar olduğunu öğrenince bu yüzden rahatladım. Çünkü Cemil çok iyi bir yoldaştır."

"Ama daha önemlisi," diye ekledi Nikolay. "İyi bir dost galiba."

"Öyle," dedi Şerif, sakınmadan. "Herkesin birbirini yoldaş diye çağırdığı bu ülkede, güvenilir bir dostun değerini daha iyi anlıyor insan."

Nikolay hiç hoşlanmamıştı bu sitemkâr sözlerden ama Şerif'e bulaşmadı.

"Kerem'i sevmez miydin?" diye sordu yalnızca.

"Ondan nefret etmezdim, diyelim. Mehmet'i öldürmüş olduğunu söylediğinizde bile nefret etmedim ondan. Hastaydı ama onu bu hale getiren ülkedeki ağır koşullardı. Polis baskısıydı. Çocuğu ölmüş, karısı onu terk etmiş, bütün bunları kaldıramadı. Onu fazla suçlamıyorum, belki biz de kaldıramazdık."

Leonid, Türk yoldaşının duygularını çok iyi anlıyordu. O da benzer şeyler hissetmişti Kerem'e karşı. Nikolay'ın yüzünde ise kararsız bir ifade belirmişti. Gerçi bütün kuşkular Cemil'in üzerinde toplanıyordu ama küçük de olsa Cemil'in masum olma olasılığı hâlâ vardı. Bu meslekte soğukkanlı olanın kazandığını biliyordu. En iyisi biraz daha beklemekti.

Viktor ise kendinden emin, iskemlesine yaslanmış, bir süre minnettar bakışlarla Şerif'i süzdükten sonra, sabah tıraş etmeye fırsat bulamadığı gamzeli, geniş çenesini kaşıyarak meslektaşına sormuştu:

"Soracağın bir şey yoksa gönderelim mi?"

"Gönderelim."

"Teşekkür ederiz Şerif yoldaş," dedi Leonid. "Seni yorduk."

"Önemli değil," dedi Şerif, iskemleden doğrulurken. Yüzündeki tedirginlik azalmış ama tümüyle silinmemişti. Kapıya yönelirken, kolektifin bu beklenmedik iki ölümün şokunu nasıl atlatacağını düşünüyordu.

Şerif çıktıktan sonra, Viktor kurumuş dudaklarını diliyle ıslatarak, "Birer sigara yaksak bize kızmazsınız değil mi Leonid İvanoviç?" dedi.

"Kızmam," dedi Leonid. "Benim de canım çekiyor ama..."

"İsterseniz siz de yakın," diyen Viktor, paketi uzattı.

"Yok yok, istemem," dedi Leonid, başını sallayarak; sanki kendine güçlükle engel oluyormuş gibiydi, iki istihbaratçı keyifle sigaralarını yaktılar. Viktor derin bir nefes çekerek, utkuyla parıldayan gözlerini Leonid'e çevirdi.

"Gördüğünüz gibi bütün ipuçları bizi Cemil'e götürüyor."

"Öyle," dedi Leonid. "Ama ben otopsi sonuçlarını bekleyelim, derim."

Kalın kaşları çatıldı Viktor'un.

"Neden?" diye sordu.

"Odada boğuşma olduğuna ilişkin hiçbir belirti yok. Kerem göz göre göre bileğinin kesilmesine razı mı oldu yani?"

" Yoldaş Leonid haklı," dedi Nikolay. "Öncelikle bu intihar olayı aydınlanmalı."

"Boşa zaman kaybediyoruz," dedi Viktor, Nikolay'ın çevirmeni desteklemesi canını sıkmıştı. "Katil de bunu intihar sanmamızı istiyor. Böylece ortada ne suç kalmış olacak, ne de suçlu."

"Bunları ben de düşündüm," dedi Leonid, kaygılı bir ses tonuyla. "Ama Kerem'in ölümünün cinayet olduğunu gösteren kesin bir kanıt yok ortalıkta."

"Belki kanıt yok ama kuşku uyandıran o kadar çok şey var ki."

"Neymiş onlar?" diye sordu Leonid meraklanarak.

"Birincisi, mektupta yazdığı gibi Kerem'in Mehmet'i öldürmesi oldukça güç. Yorgan döşek yattığını siz söylediniz; ikincisi, henüz umudunu yitirmemiş bir insanın intihar etmesi anlamsız."

"Umudunu yitirmediğini nasıl anladın?"

"Bizimle konuşmak istemesinden. Öldürülmekten söz ediyor ama bunu durdurabileceğine de inanıyor. Mücadele etmek istiyor."

"Kerem'in ruh hali inişli çıkışlıdır," diye karşı çıktı Leonid. "Bir gün dünyanın en iyi insanı olur, ertesi gün bir buzdağından farkı yoktur."

"Olabilir ama burada Kerem'in bir kişiye karşı olan davranışından değil, partisini, yoldaşlarını korumaya çalışmasından söz ediyoruz. Böylesi önemli bir konuda yalpalaması zormuş gibi geliyor bana."

Leonid ne diyeceğini bilemedi. Viktor'un söyledikleri mantıklıydı ama doğru muydu, bundan emin değildi.

"Ölmeseydi bize Cemil'i anlatacaktı," diye listelemeyi sürdürdü Viktor. "Çünkü Mehmet'in ölümüyle Cemil'in ilişkisi olduğunu biliyordu." Bir süre sustu. Bakışları Nikolay'ın yüzünde kesinleşti. Sanki başka bir konudan bahseder gibi yeniden başladı konuşmaya. "Biliyor musun Nikolay Yakovloviç," dedi anlamlı bir ses tonuyla. "Leonid İvanoviç'in temkinliliğini haklı buluyorum da seni anlamakta zorluk çekiyorum. Nasıl oluyor da senin gibi bir istihbaratçı bunları düşünemiyor..."

Leonid araya girerek umutsuzca yineledi:

"Bu sözleriniz anlamsız, kanıt olmadan kimseyi cinayetle suçlayamazsınız."

Nikolay'ın gözleri durgunlaşmıştı, karar öncesi anlarda hep yaptığı gibi ellerini birleştirip çenesine dayamış, başını usulca sallamaya başlamıştı.

"Yerden göğe kadar haklısınız," dedi başını kaldırarak. Arkadaşının sözlerine yanıt vermek yerine Leonid'e dönerek konuşmayı tercih etmişti. "Kanıt olmadan bizim de kimseyi, hele ülkesinde faşizme karşı dövüşen bir komünisti suçlamaya hiç niyetimiz yok. Ama şunu da kabul etmelisiniz ki, kanıt yok, diyerek tartışmamızı çıkmaza sokmanın da kimseye yararı olmaz. Gelin hep birlikte biraz akıl yürütelim isterseniz..

"Buna hiçbir itirazım yok," dedi Leonid, rahat görünmeye çalışarak ama içinde derinlerden gelen bir sıkıntı kalbini hafiften zorlamaya başlamıştı bile.

Sigarasından son bir nefes çekip önündeki kül tablasına bastıran Viktor ise, bakalım neler yumurtlayacaksın, dercesine ters ters bakıyordu meslektaşına.

"Bir an için olayın intihar olmadığını düşünelim," dedi Nikolay, o da meslektaşının arkasından söndürmüştü sigarasını. "Viktor Zaharoviç'in de belirttiği gibi, katilin gizlenmesi için bundan daha iyi bir fırsat bulunmaz. Birini öldürüyorsunuz, sonra birini daha, ikinci öldürdüğünüz kişiye intihar süsü veriyorsunuz ve ilk cinayeti ben işledim diyen bir itiraf mektubu bırakıyorsunuz. Tertemiz bir sonuç."

Leonid temkinliliğini elden bırakmadı.

"Çok akıllıca ama sadece bir varsayım."

"Doğru, varsayım ama bu kolektifte birbirini tanıyan sadece üç kişi var. Mehmet, Kerem ve Cemil. Ve bu üç kişi arasında bir gizli polis söylentisidir dolaşıp duruyor."

"Söylenti değil, bir gerçek," diye düzeltti onu yüzünde memnun bir ifadeyle Viktor. Sonunda Nikolay da pes etmiş, onu desteklemekten başka çaresi olmadığını anlamıştı. Olay çözüldüğünde kazanacakları başarıdan, aslan payını olmasa da kendine düşeni almak için vakit geçirmeden o da kollarını sıvamıştı.

"Öyle," dedi Nikolay, başını usulca sallayarak. "Bunun gerçek olduğunu şifreli mesaj söylüyor bize. Ve rastlantıya bakın ki, birbirini tanıyan bu üç kişiden ikisi öldürülüyor. Sağ kalan tek kişi var, o da Cemil. Soru şu: Cemil polis olabilir mi? Genç, atak, ülkedeki üç büyük operasyondan tutuklanmadan kurtulacak kadar zeki, poliste adı bile açığa çıkmayan, partide geleceği parlak olan bir yönetici, başka bir deyişle geleceğin Merkez Komitesi üyesi... Böyle bir insan polis olabilir mi?"

Leonid lafın nereye geleceğini tahmin etmiş, susuyordu. Arkadaşının yerine Viktor üsteledi:

"Hadi yoldaş Leonid, uzun yıllar dışişlerinde çalışmıştınız. Casusluk işlerine yabancı olmamanız gerekir. Tam gizli polisin aradığı gibi, en az dikkat çekecek, en kolay yükselecek bir adam Cemil."

"Sizi kutlarım, çok iyi mantık yürütüyorsunuz," dedi Leonid, heyecanlı bir ses tonuyla. "Ama unuttuğunuz bir nokta var: Böyle gelecek vaat eden bir adam neden cinayet işleyerek dikkatleri üzerine çeksin?"

Leonid'in bu kadar direneceğini ummayan iki istihbaratçının da yüzü gerginleşmişti.

"Çok basit," dedi Viktor, küçümseyen bakışlarını Leonid'e dikerek. "Mecbur olduğu için. Mehmet ile Kerem onu ülkeden tanıyorlardı. Belki önceden kuşkulanıyorlardı da, Moskova'ya geldiklerinde bir açığını gördüler. Onun polis olduğunu anladılar. Cemil bunu fark ettiğinde onlan ortadan kaldırmaktan başka seçeneği kalmamıştı."

"Peki neden Kerem'i öldürmek için ikinci günü bekledi? Neden ikisini de aynı gün öldürmedi?"

Kısa bir suskunluktan sonra, "Bu soruların yanıtını henüz bulamadık," dedi Nikolay, sıkıntıyla yüzünü buruşturarak. "Ama şifreli mesajların çözüldüğü kitabın onun odasında bulunması da gösteriyor ki, aradığımız kişi Cemil'den başkası değil. Sizce de öyle değil mi?"

"Ya kitap Nejat'ınsa? Ya başka birisi koyduysa kitabı oraya?" diye sıraladı Leonid, ardı ardına. "Belki de bunu Cemil'e sormalıyız. Belki mantıklı bir açıklaması vardır."

İki istihbaratçı da sinirlenmeye başlamıştı. O Türk'ü neden bu kadar inatla savunduğunu anlamıyorlardı. Öte yandan, Leonid de benzer duygular içindeydi, bu adamların neden üzerine böyle ısrarla geldiklerine bir anlam veremiyor, yeterli kanıt olmadan Cemil'e yüklenmelerini doğru bulmuyordu. Odada gergin bir sessizlik başlamak üzereydi ki, Leonid ayağa kalkarak, "İzninizle, tuvalete gitmek zorundayım," dedi, sonra yarı alaycı, mahcup bir gülümsemeyle ekledi. "Bilirsiniz yaşlılık, prostat."

Adamlar gülsünler mi, üzülsünler mi bilemeden baktılar odadan çıkan Leonid'in arkasından.

Viktor meslektaşına dönerek mırıldandı.

"Oyunu Cemil'e göre kurmamız gerekiyor."

"Doğru da, Leonid'i yanımıza almadan bu iş olmaz," dedi Nikolay. "Onsuz sorgu bile yapamıyoruz. Ama zorluk çıkarabilir. Adam Türklere adeta âşık."

"Sorun çıkarırsa başka bir çevirmen buluruz," diyerek kestirip attı Viktor. "Şifreli mesajı kime çevirttiler acaba?"

"Türkçe bilen biri vardır mutlaka ama Leonid gibi Türkleri yakından tanıyan birini zor buluruz. Sonra gizli parti bilgileri..."

"Onunla açık açık konuşalım," dedi Viktor, aklına başka bir şey gelmediği için. "Bize yardım etmeyecekse bunu bilelim."

"Haklısın," dedi Nikolay, yeşil gözlerinde kurnaz bir ifade belirmişti. "Onunla açıkça konuşalım ama sertleşmeden."

Viktor meslektaşının neyi kastettiğini anlamamıştı ama sorması için çok geçti. Leonid az önceki mahcup gülümsemesiyle odanın kapısında göründü. İskemlesine çökerken yüzü eski kaygılı halini almıştı bile.

"Şifreli mesaj hâlâ alınmadı değil mi?" diye sordu. Tuvalette düşündüğü belliydi.

"Alınmadı," dedi Nikolay, çevirmeni ilgiyle dinlediğini belli ederek. "Adamlarımız oyuncak mağazasını hâlâ gözetim altında tutuyorlar."

"Ama ajanın o mesajı alması lazım, değil mi?" diye söylendi Leonid.

"Öyle," dedi, bu konuşmanın nereye varacağını kestiremeyen Nikolay. "Bir sonraki görüşmeye gitmek istiyorsa bunu yapmak zorunda."

"O zaman beklemekten başka çaremiz yok," dedi Leonid, bir çözüm yolu bulmuş gibi. "Köstebek eninde sonunda o mesajı almaya gelecek."

"Ama unuttuğunuz bir şey var," diyerek uyardı Viktor. "İki kişi öldü. Adamımız dikkatlerin üzerinde olduğunu düşünecek. Mesajı almayabilir de."

"Bağlantı kuracağı kişiyle nasıl buluşacak peki?"

"Hep yedek bir buluşma vardır," diye açıkladı Viktor. "Sıradaki buluşma gerçekleşmezse, yedek devreye girer."

"Yine de köstebeğimizin mesajı almasından tümüyle umudu kesmiş değiliz," dedi Nikolay, gözlerindeki kurnaz pırıltılar biraz daha belirginleşti. "Bu yüzden Kerem'in ölümünün intihar olduğuna inanmış görünmeli, soruşturmayı burada kesmeliyiz. Adamımız kendini yeniden güvende hissetmeli."

"Akıllıca," dedi Leonid. "Böylece, eğer gerçekten bir katil varsa, onu suçüstü yakalamış oluruz."

Beklediği fırsatın eline geçtiğini düşünen Nikolay, doğal bir tavırla söylendi:

"Bu mükemmel olur, ancak yoldaş Viktor'un söylediği gerçekleşir de adamımız mesajı almaya gelmezse, başka bir yol bulmamız şart."

Anlamamıştı Leonid, şaşkın gözlerle Nikolay'a baktı.

"Sizin de söylediğiniz gibi, bekleyeceğiz Leonid İvanoviç," diye açıkladı ciddi bir ses tonuyla Nikolay. "Buluşma tarihinden bir gün öncesine kadar bekleyeceğiz. Ama mesaj alınmazsa, kendi yöntemimizi uygulamak zorundayız. Ve siz de bize yardım etmelisiniz."

"Ne yapacaksınız?"

"Olayı aydınlatacak küçük bir oyun oynayacağız. Belki Cemil sıkıntılı birkaç saat yaşayacak ama böylece her şey açığa çıkmış olacak."

"Nasıl bir oyunmuş bu?"

"Henüz ayrıntılar üzerinde çalışıyoruz. Hem belki de adamımız mesajı almaya gelir de bunlara gerek kalmaz."

"Yine entrika peşinde bunlar," diye düşündü Leonid. Yoksa bu soruşturmaya hiç katılmasa mıydı? Ama bunu yapamayacağını biliyordu. Odadan ayrılmak için toparlanırken, duman grisi gözlerindeki şaşkınlık yerini derin bir kaygıya bırakmıştı.

Yirminci Bölüm

Viktor haklı çıkmıştı: Kolektiftekiler, sinirleri boşanmak üzere olan Asaf'ın, sık sık burnunun üstüne düşen tel gözlüklerini sağ elinin işaretparmağıyla geriye iterek, duygulu bir ses tonuyla yaptığı konuşmaya inandılar. Sabah Kerem'in ölüm haberiyle uyandıklarında, saç tellerinden ayak parmaklarına kadar bütün bedenlerini saran dehşet, bunun bir intihar olduğunun anlaşılmasıyla dinmiş, üstelik bırakılan mektubun Mehmet cinayetindeki gizem perdesini kaldırdığı da öğrenilince, kaybettikleri yoldaşlar için duydukları derin üzüntü, yerini önce şaşkınlığa, giderek de buruk bir rahatlamaya bırakmıştı. Gerginliği bir yaşam biçimi haline getiren bu insanlar için bile -belki de herkesten fazla- dinginlik en önemli gereksinimlerden biriydi. Mehmet'in ölümünden önceki günlere yeniden dönülebilir miydi bilinmez ama iki gündür onları diken üzerinde tutan belirsizlik trajik bir biçimde de olsa artık sona ermiş görünüyordu. Asaf'ın sözleriyle anlatacak olursak: "Mehmet ile Kerem'in kaybı, yıllar boyunca yüreğimizde taşıyacağımız bir acı olarak kalacak ama Marksizm'i öğrenmek için göstereceğimiz çabayla bu üzüntü giderek azalacak, iki yoldaşımız da partinin şanlı sayfalarındaki ölümsüz savaş erlerinin yanında onurlu yerlerini alacaklar"dı.

Mehmet'in parti tarihindeki yerini kimse tartışmadı ama Kerem konusunda başta Beşir olmak üzere kimi kolektif üyelerinin kafası yeterince açık değildi.

"Bir yoldaşının ölümüne neden olan Kerem'in partinin savaş eri olarak anılması doğru değil," diyerek karşı çıkmıştı Beşir, "O bir katil..."

"Katil değil, bir hasta," diyerek düzeltmişti arkadaşını Can. "Evet, üstelik onu hasta yapan diktatörlüğün baskısı," diyerek bu savı desteklemişti Cemil. "Kerem'e karşı daha anlayışlı olmalıyız."

Cemil'in Kerem konusundaki bu ani tavır değişikliği başta Nejat olmak üzere odadakilerin dikkatini çekmiş ama kimsenin itiraz etmesine fırsat vermeyen Asaf, "Cemil haklı," demişti. "Kerem'in neler yaşadığını, başına neler geldiğini bilmiyoruz."

"Tutukevlerindeki ağır koşullarda kansere yakalanıp ölen yoldaşlarımız oldu," dedi Can. "Bence Kerem'i de onlardan biri saymalıyız."

"Ama hiçbir kanserli, isteyerek arkadaşının ölümüne yol açmaz," diye karşı çıkmıştı Nejat. "Mehmet'in ne suçu vardı? Ona karşı hiç mi sorumluluğumuz yok?"

Turgut ne söyleyeceğini bilememiş, iki arada bir derede kalmıştı. Nejat haklıydı ama Kerem'i aforoz etmek de Mehmet'i geri getirmezdi.

Durmuş da Kerem'in partili bir insan olarak anılmasının doğru olmayacağını düşünüyordu ama Asaf'ın durumun yatıştırılmasına yönelik tavrı elini kolunu bağlamış, bu nedenle Turgut gibi o da sessiz kalmayı tercih etmişti.

Beşir ile Nejat iddialarını sürdürünce Hikmet devreye girerek, "Boşuna tartışıyoruz," demişti. "Bir yoldaşın partiden uzaklaştırılmasına ancak Merkez Komitesi karar verir."

"Merkez Komitesi değil, parti kongresi," diye düzeltmişti onu Asaf. "Bu çok önemli bir karar."

"O halde yapacağımız şey basit. Bu konudaki raporlarımızı yazıp Merkez Komitesi'ne ileteceğiz. Toplanacak ilk kongrede bu olay tartışılıp karara bağlanır."

Öneri yerindeydi, itiraz eden olmamıştı. Toplantıda başka bir karar alınmadı; Can gözleri dolarak Mehmet'le ilgili bir anısını anlattı. Durmuş, ölen yoldaşların Türkiye'deki yakınlarına nasıl haber verileceği üzerine akıl yürüttü. Son olarak Asaf, bu ölümün de öteki kolektiftekilerden gizlenmesi gerektiğini açıkladı.

"Bu nasıl açıklık politikası?" diye itiraz edecek oldu Nejat.

"Öteki öğrencilerin moralini bozmaya hakkımız yok," diyerek susturdu onu Turgut.

"Onlar da yoldaşımız değil mi? Bizim acımızı paylaşsınlar," diye ilginç bir yorum kattı Beşir tartışmaya. Ama bu görüşler çoğunluk tarafından destek görmedi. Toplantı dağılırken, Hikmet istekleri kabul edilmediği için sinirli görünen Beşir'i bir kenara çekerek, "Bak Beşir yoldaş, bu kolektifin kararı. Kerem'in öldüğü kimseye söylenmeyecek. Iraklı Kürt yoldaşlara da, tamam mı?" diyerek yarı tatlı, yarı sert uyardı.

"Bunu niye söylüyorsun?" dedi Beşir, yüzü kıpkırmızı olmuştu. "Ben ne zaman parti disiplinini bozdum ki?"

"Parti disiplinini bozduğun için söylemiyorum," dedi Hikmet. "Ama ağzından kaçırırsın filan..."

Ters ters bakarak arkadaşının sözünü kesti Beşir.

"Benim ağzımdan bir şey kaçmaz," dedi sertçe. "Sen kendine bak."

"Kabalaşmaya hiç gerek yok," dedi Hikmet, olgun ama kararlı bir tavırla. "Iraklı Kürtlerle çok içli dışlısın, o yüzden söyledim."

"Ne yapayım," dedi Beşir hiç alttan almadan. "Bizim kolektifte Kürtçe bilen kimse yok. Anadilimizi de mi konuşmayalım."

Baltayı taşa vurduğunu anlamıştı Hikmet, alttan aldı.

"Elbette konuşacaksın yoldaş. Ben onu mu söylüyorum. Ağzımızı sıkı tutalım diyorum sadece."

"Tamam tamam," dedi Beşir, kaşlarını çatarak. "Sen işine bak, benden sır çıkmaz."

Ondan sonraki iki gün üzüntülü ama sakin geçmişti. Mehmet'in ardından Kerem'in de aniden "ülkeye dönmek zorunda" oluşu, ortalıkta hiç tanımadıkları adamların dolaştığını fark eden başta Sovyet öğretmenler olmak üzere, sitedeki öğrencilere önce tuhaf gelmiş ama TKP yasadışı bir parti olduğu için kimse konuyu daha fazla eşelemeye kalkmamıştı.

Gökyüzünün bulutlarla kaplı olduğu o cumartesi günü sitede de her şey normale dönmüş görünüyordu. Yalnızca, beş gündür ortalıkta dolaşan tamirat ekibi, bina bina gezip onarılacak yerleri tespit etmeyi sürdürüyor, bir de hâlâ öğrencileriyle birlikte kalan Leonid her zamankinden daha sinirli görünüyordu ama yaşanılanlardan sonra herkes bunu doğal sayıyordu.

Turgut ile Cemil ise bu kapalı cumartesi gününün sıkıcılığına inat heyecanla kalkmışlardı yataklarından. O gece Turgut'un sevgilisi Eli ile Cemil'in platonik aşkı Aliki'nin de aralarında bulunduğu, doğum günleri birbirine yakın dört Yunanlının yaş günü kutlamasına gideceklerdi. Yunanlılar, ölüm olayları başlamadan bir gün önce, geçen pazartesi günü davet etmişlerdi Türk kolektifini. Danslı, içkili bu tür eğlencelere pek katılmazdı Türkler. Okulda her hafta sonu düzenlenen balolara da bir iki kez gitmişler ama ne dansta, ne de kızlarla ilişki kurmada kendilerini pek ifade edemediklerinden olacak, bir süre sonra ayaklarını kesmişlerdi. Anlatılanlara göre, önceki yıllarda durum daha da kötüymüş. Okulun en ağırbaşlı, en disiplinli grubu olarak ün salan Türkler, daha geçen yıla kadar, öteki öğrencilerin gönüllerince eğlendikleri, dans ettikleri, şarkı söyledikleri, seviştikleri balolarda güvenlik görevini üstlenirlermiş. Baloda huzursuzluk çıkaranları uygun bir dille uyarır, sarhoş olanları odalarına götürüp yatırırlarmış. Bu yıl da balolar düzenlenmeye başlayınca, özellikle de Asaf'ın işgüzarlığıyla okul yönetimi kolektife "bodyguard"lık önerdiğinde başta Can ile Turgut olmak üzere kolektifin önemli bir bölümü bu göreve karşı çıkmış, "Biz orada güvenlikçi olarak değil, öğrenci olarak yer almak istiyoruz. Okul, güvenliğini alamadığı bir eğlenceyi düzenlemesin," demişlerdi. Bu tepkiye Asaf bozulmuş, okul yöneticileri şaşırmış, Leonid ise sevinmişti. Ama o günden sonra da kimse Türklere, "Bodyguard'lık yapar mısınız?" teklifinde bulunmamıştı.

Daha birkaç gün önce yaşanan üzücü olaylardan sonra iki yoldaşın böyle bir eğlenceye gitmesi tuhaftır ama Beşir ile Durmuş dışında kimse tarafından yadırganmamıştı. Belki Hikmet de bu durumu hoş karşılamayabilirdi ama Asaf, "Moskova'ya gitmek isteyen arkadaşları rahat bırakın," demişti. Üstelik Yunanlılara kabalık yapmak da istemiyordu. Gitmemelerinin gerçek nedenini açıklayamayacağına göre, orada olmaya can atan Turgut ile Cemil'i göndermenin ne sakıncası olabilirdi? Giritli bir köylünün oğlu olan Yunanlıların parti sekreteri Manolis'in yaş günü davetine, olumlu yanıt vermek zorunda kaldığında, "Belki hepimiz gelemeyiz ama eminim birkaç yoldaş, kutlamanıza katılmaktan memnun olacaktır," demişti Hikmet. Bu yanıt Manolis'in canını sıkmıştı. Onun beklediği Türk kolektifinin tümünün, hiç değilse Turgut ile Cemil dışında da birkaç kişinin davete gelmesiydi. Ama Hikmet'in söylediklerinden çıkardığı kadarıyla, Eli ve Aliki'yle arası iyi olan o iki heriften başka kimse gelmeyecekti. Hadi Turgut ile Eli neyse de, ikisi de evli barklı olan Aliki ile Cemil'e ne demeli? Ama Türkleri çağırarak kendi kaşınmıştı, sonucuna da katlanacaktı. Bereket Aliki'nin kocası Marko'nun yakın arkadaşı Sotiri kadını yakın korumaya almıştı da, o güzel gülüşlü Türk pek yaklaşamıyordu yanına. Yine de içi rahat değildi; beş aydır erkeksiz kalan bir kadın ile beş aydır kadınsız kalan bir erkek kadar yeryüzünde birbirini daha güçlü bir biçimde çekebilecek iki nesne tanımıyordu. İkisinin de gözlerindeki ateşi görmüş, konuşurlarken seslerindeki titremeyi duymuştu, "Bu işin sonu iyi değil ya, hadi hayırlısı," diye düşünerek sıkıntıyla iç geçirmişti Hikmet'in yanından ayrılırken.

Sabah kahvaltısından sonra Cemil ile Turgut ilk buluşmalarına giden iki liseli genç gibi sabırsızlıkla geceye hazırlanmaya koyulmuş, daha birkaç gün önce yitirdikleri iki yoldaş için duydukları üzüntü neşelerini gölgelese de, gidecekleri partinin heyecanı ağır basmış, yürekleri uzun zamandır hissedemedikleri bir coşkuyla kıpırdanmaya başlamıştı. Gömlekler, pantolonlar ütülenmiş, botlar boyanmış, banyolar yapılmış, tıraşlar olunmuş, kokular sürülmüştü. Çevrelerinde dolaşan Şerif ile Nejat onların bu halini yarı kıskanç, yarı alaycı bir tavırla izleyerek arada bir, "Bu gömlek yakışmadı, siyahı giy" ya da "Saçını şöyle tararsan daha iyi olur," gibisinden laflarla onlara takılmışlar, Turgut ile Cemil bu şakalara aldırmadan, iple çektikleri öğle yemeğini aceleyle midelerine indirip çıkmışlardı yola; daha doğum günü armağanlarını alacaklardı. Bu gecenin en sıkıcı yanıydı armağan alma işi. Moskova'daki mağazalarda çok az çeşit bulunduğundan aynı armağandan birkaç tane alınması olasılığı çok yüksekti. Bu durum bizim utangaç âşıkların neşesini kaçırmış, kara kara düşünmelerine neden olmuştu. Düşünmüş taşınmış, sonunda çözüm olarak, Şerif'in bir ara

Yunanlılardan ruble karşılığı aldığı Amerikan dolarlarına el koyarak Rusya Oteli'nin altındaki dövizle alışveriş yapılan mağazalara gitmeyi bulmuşlardı.

Cemil ile Turgut siteden çıkarken, tamir ekibinin telsizleri çalışmaya başlamış, iki Türk'ün siteden çıktığı Viktor'a iletilmişti. Viktor, hemen okul dışında tertibat alan izleme ekibini arayarak, "Siteden çıkıyorlar, onları izleyin ama sakın görünmeyin," talimatı verdi. Anında bej renk, Lada marka bir taksi, iki yoldaşın çıkacağı caddede boy gösterdi. Bizimkiler iki yanı çam ağaçlarıyla kaplı geniş caddeye çıkıp da araç bulmak için bakınırken, usulca yanlarına yaklaştı. İki yoldaş akıllarına hiçbir şey getirmeden, bu kadar kısa sürede taksi bulduklarına sevinerek atladılar arabaya.

"Reçnoy Vakzal," dedi Turgut.

"Bir dakika," diyerek atıldı Cemil. "Kurkino'daki oyuncak mağazasına da bir baksak."

Turgut, arkadaşının önerisini yersiz bularak söylendi. "Orada kızlara göre bir şey yok ki."

"Eli oyuncakları sever de..."

"Yok canım, ben oyuncak almak istemiyorum," diyerek kestirip attı Turgut. Sonra şoföre dönerek yineledi. "Reçnoy Vakzal Metro İstasyonu."

"Da, kanyeşna," diyen şoför, biraz da asabi bir tavırla taksimetreyi çalıştırarak aracı hareket ettirdi. Turgut ile Cemil şaşırmışlardı bu işe, çünkü Moskova'da şoförler yabancılara genellikle taksimetre açmazlardı.

Yılan gibi kıvrılan kavisli bir yolda, karlarla kaplı ağaçların, birbirinden ilginç küçük bahçeli, iki katlı ahşap Rus evlerinin arasından geçerek Leningrad şosesine çıktılar. Artık o güzelim evler geride kalmış, birbirine benzeyen apartmanlar arasında ilerlemeye başlamışlardı.

Metroya ulaşıncaya kadar havadan sudan konuştular. Cemil daha heyecanlı görünüyordu. Bu geceyi bir ilk buluşma gibi algılıyor, bu yüzden de Turgut'a sorular sorup duruyordu.

"Gece döneriz, değil mi?" dedi bir ara. Aslında, "Nasıl ederiz de bu gece orda kalırız?" diye geçiriyordu kafasından.

"Niye dönelim?" dedi Turgut. "Parti sabaha kadar sürer. Eğlencenin orta yerinde, "Hadi biz gidiyoruz, demek olmaz."

"Olmaz da, hani yoldaşlar ne der..."

"Merak etme, ben sekreter yoldaşa söyledim. Gece dönmek zorunda değiliz."

"İyi o zaman," dedi Cemil, bu işe çok sevinmişti ama belli etmemeye çalıştı. Bakışlarını pencereye çevirerek Aliki'yi düşünmeye başladı.

Onu okula ilk gittiği gün küçük kafeteryada görmüştü. Üç erkekle birlikte pencere kenarındaki masalardan birinde oturuyordu. Önce dik omuzlarına dökülen açık kumral saçları ilgisini çekmiş, "Onun yüzünü görmeliyim," diye geçirmişti içinden. Tezgâha yaklaşıp kahve alırken sanki başka birine bakıyormuş gibi dönmüş, iri gözlerini, kalkık küçük burnunu, ince ama biçimli dudaklarını görmüş, görür görmez de bu güzelliğin etkisinde kalmıştı. Kalmıştı da ne olmuştu sanki, Nejat'la birlikte kahvelerini içerken uzaktan izlemekle yetinmişti kadını. Zaten az sonra da Hikmet gelip kütüphaneye gideceklerini söyleyerek alıp götürmüştü onları.

O sıralar okulda tam bir karmaşa hüküm sürüyordu. Her ulustan, her renkten, yaşlı, genç öğrenciler sağlık kontrolü yaptırmaktan kimlik kartı çıkartmaya, kitap bulmaktan ders programlarını öğrenmeye kadar, bir sürü ıvır zıvır iş için henüz yabancısı oldukları bu okulun yüksek tavanlı, uzun koridorları boyunca koşuşturuyor, kimse kimseye beş dakika bile vakit ayıramıyordu.

İkinci karşılaşmaları on gün sonra kolektiflerin sanat sorumluları toplantısında oldu. Üçüncü kattaki salonlardan birinde, uzunca bir masanın etrafında toplanmışlardı. Arkadaki kabinlerde bir düzineye yakın çevirmen konuşmaları anında öğrencilerin diline aktarmak için hazır bekliyordu. Çevirmen deyip geçmemek gerek, onlar öğrencilerin gözü kulağı, okulun gerçek anlamda en ağır işçileriydi. Gezilerden doktor kontrollerine, derslerden eğlencelere kadar bütün öğrenim süresi boyunca öğrencilerin yanından ayrılmaz, onların her türlü işleri için koşturup dururlardı. Çevirmenler bu ilginç öğrencilere öyle alışmışlardı ki, mesai saatlerinin dolmasına karşın evlerine gitmek yerine çoğu kez okulda kalmayı tercih ederlerdi.

Bu toplantıya Türk kolektifinin sevilen çevirmenlerinden biri olan Zeytun katılmıştı. Kabartay Balkar olan Zeytun, buğday rengi teni, kalın bıyıkları, siyah dalgalı saçlarıyla Türklere o kadar benziyordu ki, herkes onu TKP'li sanıyordu.

Salona girip gözleriyle Zeytun'u arayan Cemil, onun üçüncü kabinden el salladığını görünce rahatladı. Henüz yeni yeni dolmaya başlayan iskemlelerden kapıya yakın birine yerleşti. Toplantıya katılacak olan yoldaşları izliyordu ki, İsveçli Sylvia'yla konuşarak içeri giren Aliki'yi fark etti. Kadına bakmak yerine nedense bakışlarını Zeytun'a çevirdi ama elindeki mikrofonla uğraşan çevirmenin onu görecek hali yoktu. Çaresiz önüne döndü Cemil ve Aliki'nin gelip tam karşısına oturduğunu gördü. Bereket İsveçli hatunla İngilizce yaptıkları sohbet o kadar sarmıştı ki kadını, otururken Cemil'e dikkat bile etmemişti. Cemil ise kalemini çıkararak, daha o sabah aldığı not defterine anlamsız yazılar çiziktirmeye başlamıştı. Ancak bir süre soma Aliki'nin bakışları da karşısındaki bıyıklı, esmer adama dikilmiş, not defterine göz atmak isteyecek kadar onunla ilgilenmeye başlamıştı.

Okulun sanat sorumlusu, toplu gösterilerin değişmez örgütleyicisi, Brezilyalı genç erkek öğrencilerin fanatik hayranı Ludmilla Kalininova'nın görkemli açılış konuşmasından sonra herkes kendini tanıtmaya başlamış, böylece birbirlerinin kültürünü derinden etkileyen iki komşu ulusun çocukları olduklarını öğrenen Cemil ile Aliki sanki bakışları birbirine değince bu küçük salonda kıvılcımlar çakacakmış gibi göz göze gelmemeye özen göstererek, yalnızca acemi gülümseyişlerle selamlamışlardı birbirlerini. Toplantı sona erince de konuşmaktan korkuyormuşçasına, iki suçlu gibi sessizce terk etmişlerdi salonu.

Üçüncü karşılaşmaları on beş gün sonra Yunanlıların Türkler için verdiği yemekte olmuştu. Çarlık döneminde genelev olarak kullanılan, şimdi ise Lenin'ci okulun hafta sonu dinlenceleri için öğrencilerine açtığı daçanın tavanında hâlâ türlü çeşitli sevişme pozisyonlarıyla süslenmiş kabartmalarının bulunduğu geniş salonunda, iki komşu ülkenin komünistleri dostça kucaklaşırken, hatta aşka gelen Durmuş yakaladığı her Yunanlıyı kadın erkek demeden öpücüklere boğarken, Cemil ile Aliki sadece tokalaşmakla yetinmişlerdi. İkisi de aralarında gizli bir bağın olduğunu artık sezinlemişler, varlıkla yokluk arasındaki o büyülü bölgede beliren bu ilgiyi, yersiz bir dokunuş, aniden söylenen bir söz, hazırlıksız bir bakışla yok etmekten korktukları için birbirlerinin bedenlerini olduğu kadar ruhlarını da uzaktan izlemeyi seçmişler, böylece farkına varmadan, ilkgençliklerini çoktan geride bırakmış, üstelik ikisi de evli olan bir erkekle bir kadın arasında artık yaşanması olanaksızmış gibi görünen, ancak ergenlik dönemlerindeki ilk aşkla kıyaslanabilecek bir ilişkinin tohumlarını atmışlardı. Aşkta kadınların oyunlara, törenlere düşkünlüğü göz önüne alınırsa Aliki'yi anlamak kolaydı ama duyguları da düşünceleri kadar hızlı olan Cemil'in yavaşlaması, gerekli müdahalede bulunarak ilişkiyi başka bir boyuta taşımaktan kendini alıkoyması biraz Türk erkeklerinin tutukluğuna bağlanabileceği gibi, biraz da bu türden tuhaf bir aşkın yaratabileceği bir mucize olarak görülebilirdi.

Kurkino'daki sitede okuyan öğrencilerin de okula indiği her pazartesi sabahı onu böyle heyecan içinde okula koşturan, çoğu yaşama sevincini yitirmiş, duvar suratlı profesörlerin sunduğu üç saatlik ağır konferanslardan edineceği bilgiler değil, Aliki'nin hep hafif bir kederle gölgelenmiş bakan iri lacivert gözleri, arka sıralardan başını uzatarak utangaç bir gülümsemeyle, "Yasu Cemil," diyen sesi, birbirinin aynı sıralarda sıkıntıyla pineklemekte olan öğrencilerin arasından cıvıl cıvıl bir yaşamın varlığını çağrıştırırcasına incecik bedeniyle geçişiydi.

İngilizcesi iyi değildi Cemil'in ama yan yana geldiklerinde İngilizce, Rusça, biraz Türkçe, biraz da Yunancayla anlaşmanın yolunu bulmuşlardı. Belki de birbirlerine bakmak yettiğinden, gerektiği kadar konuşmadıkları halde her şeyi anlatıyorlarmış gibi geliyordu onlara.

Türk ve Yunan kolektiflerinin birlikte gittikleri Gogol, Çehov, Mayakovskiy, Ehrenburg, Nâzım gibi ünlü sanatçıların yattığı tarihi Novodeviçiy Mezarlığı'nda yan yana yürürken kalın giysilerinin altındaki bedenlerinden yayılan güçlü titreşimi duyabiliyorlardı.

Bir kez bile öpüşmemişlerdi, belki de hiç öpüşmeyeceklerdi ama Cemil, Aliki'nin dudaklarının tadını onu öpen bütün erkeklerden daha iyi biliyordu. Aliki'yse bu sert görünümlü esmer adamın açık kahverengi gözlerine bakarken, onun sıcaklığının ağır ağır kendi bedenine yayıldığını hissedebiliyordu.

Taksi caddeden çıkıp metro istasyonunun önüne gelene kadar Aliki'yi düşünmekten alıkoyamadı kendini Cemil. Mehmet ile Kerem'i, günlerdir yaşadığı ağır gerilimi çoktan unutmuştu. Çok uzaklarda bıraktığı karısı ile çocuğu ise aklına bile gelmiyordu. Bugün yalnızca Aliki vardı, bugün onun için her türlü günahı işleyebilir, her türlü alçaklığı yapabilirdi. Bu soğuk, ışığı az ülkedeki günlerine tarifsiz bir heyecan katan, altı ay sonra da büyük olasılıkla bir daha hiç karşılaşmamak üzere ayrılacağı bir sevgiliye hiç değilse ömrünün bir gününü vermiş, çok muydu?

Reçnoy Vakzal Metro İstasyonu bir cumartesi öğleden sonrasının sakinliğini yaşıyordu. İki yoldaş az sonra kalkacak trenin üçüncü vagonuna atladılar, kendi dünyalarına öyle dalmışlardı ki, arkalarından aynı vagona giren iki kişiyi fark etmemişlerdi bile. Vagonda sekiz kişi vardı. Turgut ile Cemil'i ve yanlarındaki koltukta oturan genç kızı saymazsak herkes kitap ya da gazete okuyordu; iki yoldaş Türk oldukları fark edilmesin diye, Türkçe kitap bulundurmamaları gerektiği halde, yanlarına okuyacak bir şey almadıkları için yine de utandılar. Birkaç durak sonra vagon dolmaya başladı. Bizimkiler gözlerini sağ taraftaki kapının üzerinde yer alan çizelgeye dikmiş, Moskova'ya iner inmez heyecanla keşfetmeye koyuldukları ama bir hafta sonra bıktıkları Rusçadan akıllarında kalan Kiril harflerini çözerek geldikleri durakları tespit etmeye çalışıyorlardı. Gerçi her durakta gelinen yerin adı anons ediliyordu ama anlamayabilirlerdi. İnecekleri istasyonu kaçırmaktan çok korkuyorlardı. Eylül ayının başlarında Moskova'ya gezmeye çıktıkları ilk gün metroda kaybolmuşlardı. Onlar metronun güzergâhını iki yönlü bir çizgi gibi düşünmüşlerdi. Oysa koca kentin altında kocaman bir daire oluşturan kilometrelerce uzunluğunda bir tünel, bu daireyi de her yandan kesen ve doksan ya da kırk beş derecelik açılarla birbirine bağlanan çizgilerden oluşuyordu metro. Bu yüzden, inecekleri Ploşçad Revolutsiy'e gelmeden üç durak önce kalkmışlardı ayağa. Sonra erken kalktıklarını fark etmişler ama Cemil bozuntuya vermeden, "Çok kalabalık, erken kalkmakla iyi ettik," demişti. Ama yolcuların çoğu da onlar gibi

Ploşçad Revolutsiy'de inince, Cemil mahcup gülümseyerek, "Öğrenemedik gitti şu Moskova'yı," demişti. Yüzlerce Moskovalıyla birlikte ışıklı yeraltından soğuk yeryüzüne çıktılar. Yeryüzüne çıkınca kalabalık dağıldı, herkes kendi yoluna yürüyüp gitti. Bizimkiler Lenin Müzesi'nin kızıl tuğlalı binasını geçerek meydana ulaştılar. Turgut eliyle sol taraftaki dev alışveriş merkezini göstererek, "GUM'a uğramayalım mı?" diye sordu.

"Önce Rusya Oteli'ne bakalım," dedi Cemil, GUM'da harcıâlem mallar satıldığını düşünüyordu. "Uygun bir şey bulamazsak oraya da uğrarız."

Kızıl Meydan'ın özenle döşenmiş kurşuni parke taşlarına basarak Vasiliy Blajenniy Katedrali'ne yönelenler. Lenin Mozolesi'nin önünde uzanan yüzlerce kişilik kuyruğu saymazsak meydan sakin sayılırdı.

Kızıl Meydan'ı alıcı gözüyle şöyle bir süzdü Turgut. Meydanı ilk gördüğünde düş kırıklığına uğramıştı; çok daha görkemli bir alanla karşılaşacağını sanmıştı. Aslında alan küçük değildi ama burası imgelemindeki o büyülü mekâna hiç mi hiç benzemiyordu. Mozoleyi gezerken de benzeri bir duyguya kapılmıştı. Lenin'in mumyasını gördüğünde hayranlıktan çok, bir acıma duygusu uyanmıştı içinde. Lenin gibi önemli bir tarihsel kişiliğin bedeninin böyle sergilenmesinin trajik bir yanı olduğunu düşünmüştü. Ama coşkuyla sağ elini yumruk yaparak havaya kaldıran, bu yüzden de koruma görevlilerinden sert bir uyarı alan Durmuş'u, gözleri dolan öteki yoldaşları görünce bu düşüncesini dile getirmekten çekinmişti.

Cemil'in gözleri ise meydanın altında, soğana benzeyen rengârenk kuleleri, alışılmadık mimari yapısıyla unutulmuş bir masalı çağrıştıran Vasiliy Blajenniy Katedrali'ndeydi. Eski kültürün bütün gizemini taşıyan bu kilise ile sağ yanda Kremlin'i çevreleyen kızıl yıldızlı kulelerle, bu mermer mozolenin hiç benzer yanı yoktu. Ama buna şaşmamak gerekirdi. Sovyetler Birliği bir tuhaflıklar ülkesiydi. Bir yanda ateist eğitimi egemen kılmaya çalışan Komünist Parti'nin iktidarı, bir yanda etkinliğini hâlâ koruyan Ortodoks Kilisesi, bir yanda uzaya istasyon kurabilecek bir teknoloji, bir yanda abaküsle hesap yapan dev mağazalar...

Rusya Oteli'nin kapısına geldiklerinde, metroda aynı vagonda yolculuk yaptığı adamlardan orta boylu, kumral olanını tanır gibi oldu Cemil.

"Şu metrodaki adam değil mi?" diye sordu kaygıyla. Arkadaşı dönüp kumral adama baktı, bilemiyordu, daha doğrusu aklı akşamki partide olduğu için, kimlerle yolculuk yaptığının farkında olmayı bırakın, öğle yemeğinde neler yediğini bile çoktan unutmuştu. İki Türk'ün bakışlarından kendisinden bahsedildiğini anlayan adam, hiç oralı olmayarak, sakin bir tavırla otelin kapısından girdi, bir daha da ortalıkta görünmedi.

"Yanılmışım," diye düşündü Cemil.

Yirmi Birinci Bölüm

Köşe başı lambalarının solgun ışıklarıyla aydınlanan geniş bir sokaktan geçerek, gecenin maviliğinde, koyu siluetiyle bir Ortaçağ kalesi gibi ansızın karşılarına dikilen küçük bir koruya ulaştılar. Hiçbir şey konuşmadan, dallarda gezinen rüzgârın belli belirsiz çıtırtılarını, yuvalarına büzülmüş sincapların fısıltılarını dinleyerek geçtiler korudan.

Piçana Öğrenci Yurdu korunun hemen bitimindeydi. Kapıya geldiklerinde saat henüz 18.30 bile olmamıştı. İçeri girmeden önce, "Erken mi geldik?" diyen gözlerle birbirlerini süzerek kapının önünde duraksadılar. Partinin kaçta başlayacağını bilemiyorlardı, onca olayın içinde telefon edip sorma fırsatını da bulamamışlardı. İyi niyetli bir ivecenlikle, "Saat 19.00'da başlar," diye düşünmüş, kendilerini de buna göre planlamışlar ama alışveriş için ayırdıkları zaman onlara fazla gelince, Kurkino'dan oldukça erken ayrıldıklarını anlamışlardı.

Rusya Oteli'nde, girdikleri daha ikinci mağazada aradıklarını bulmuşlar; Eli'nin ince bileklerine çok yakışacak Slav motifleriyle süslü ince bir bilezik ile Cemil'in hiç dokunmadığı Aliki'nin ak boynuna yakışacağını umduğu üç minik güvercinin birleşip nakışlı bir daire oluşturdukları gümüşten bir kolye almışlardı. Aldıkları bursun yarısını götürmüştü bu armağanlar ama ne gam, kızlar mutlu olsun, bu onlara yeterdi.

Okulun merkez binasına dönmek üzere metroya bindiklerinde, Turgut aldıklarını yeterli bulmamış olacak ki, "İlle çiçek de götürelim," diye tutturdu. Söz konusu sevgililer olunca on beş-yirmi rublenin ne önemi vardı, çaresiz kabul etti Cemil. Hem böylece biraz daha vakit geçirmiş olurlardı. Metrodan inip yeniden bir taksiye atladılar. Bu defa şoför taksimetre açmadı, pazara gelince de yüklüce bir para aldı onlardan. Aldırmadılar, bugün hiçbir şeyi kafaya takmak yoktu. Pazarda bir ay önce çiğköfte malzemesi almak için geldiklerinde tanıştıkları Azeri Yusuf'u buldular. Yusuf olabilecek en ucuz fiyata dokuz adet karanfil aldı onlara. Turgut rahatlamıştı, artık partiye gidebilirlerdi. Ama vakit hâlâ çok erkendi, önce okula uğradılar, karınlarını doyurdular, sonra salondaki satranç masalarından birine çöküp, herkesin ilgiyle baktığı çiçeklerini kutsal bir emanetmiş gibi gözlerinin önünde tutarak iki parti satranç oynadılar. Akılları geceki partide olduğu için kötü hamleler, kötü savunmalar yapıyorlardı, birileri izlese rezil olurlardı, zaten sonunda dayanamayıp kendi salaklıklarına gülmeye başladılar. Yine de oyunu bırakmadılar. İlk oyunu Turgut, ikincisini Cemil aldı, üçüncüsü için vakit kalmadığına kendilerini ikna ederek yurdun yolunu tuttular.

Siteden çıktıklarından beri onları izleyen Nikolay da şaşırmıştı bu işe. Gece Yunanlıların partisine gideceklerini bir gün önceden Asaf'tan öğrenmişlerdi. Ama siteden erken ayrılınca Cemil'in bir yolunu bulup oyuncakçıya gideceğini düşünmüş, umutla beklemişlerdi. Fakat umdukları gerçekleşmemiş, bırakın oyuncakçıya girmeyi, Türkler Kurkino'da durmamışlardı bile. Yine de peşlerini bırakmamışlardı. Metroda, Kızıl Meydan'da, Rusya Oteli'nde, kolhoz pazarında adım adım izlemişlerdi onları. Ama kuşku uyandıracak hiçbir gelişme olmamış, TKP'nin iki gizli savaşçısı, tıpkı iki aptal âşık gibi çocukça bir coşkuyla, oradan oraya koşup durmuşlardı. İzleme operasyonunu bir minibüsün içinden koordine eden Nikolay'a ise ardı ardına sigaralar yakarak beklemekten başka yapacak iş kalmamıştı. Okuldan çıktıklarını görünce yeniden düşmüşlerdi peşlerine.

Onlar Piçana Yurdu'na girerken Nikolay'ın minibüsü de yurdun bir alt sokağında sakin bir köşeye yanaşıyordu. Bu sabah yurda gelen tamirat ekibi, Yunanlıların kaldığı ikinci kattaki yedi odanın yedisini de rahatça dinleyebilecek bir düzenek kurmuşlardı. Leonid kendi öğrencisinin izlenmesine katılmayacağını belirtince, çaresiz, konuşmaları banda alıp sonra çözmeye karar vermişlerdi.

"Uzun bir gece olacak," dedi Nikolay, karşısında oturan Ligaçev'e.

"Termosta yeterince çay var mı?"

"Var," dedi Ligaçev, gözlerinde bir ışık yandı söndü. "İsterseniz, birazcık votka da var."

"Görev başında votka içmemiz yasak, biliyorsun," dedi Nikolay, yapmacık bir uyarıyla.

"Biliyorum ama hava da soğuk," dedi Ligaçev.

"Haklısın," dedi Nikolay, iyice gevşeyerek. "Kimse soğuktan donmamızı istemez herhalde. Birer kadehten bir şey olmaz."

Onlar termosun kapağına doldurdukları votkaları sırayla boğazlarından aşağı yuvarlarken, Cemil ile Turgut yurdun kapısından içeri girmişlerdi. Danışmada oturan yaşlı görevli kapıda durdurdu onları. Kim olduklarını sordu. Yanında hiç de kapıcıya benzemeyen gençten bir adam daha vardı. Bizimkiler en küçük bir kuşkuya bile kapılmadan, kapıcıya kimliklerini gösterip Yunanlıların konukları olduklarını söylediler. Bıkkın gözlerle onları süzen yaşlı adam eliyle sağ taraftaki merdivenleri göstererek ikinci kata çıkmalarını söyledi. Onlar merdivenleri tırmanırken, genç adam kuşkuyla arkalarından bakmaya başlamıştı bile.

Birinci katta ağır bir yemek kokusu çarptı burunlarına, Turgut, "Yemenlilerin marifeti," dedi. O anda sürmeli gözlü Hintli bir kız gülümseyerek geçti önlerinden. İkinci katın basamaklarını tırmanırken, "Belki de Hintlilerdir," dedi Cemil.

"Yok yok, Yemenlilermiş. Her gece burada yemek yapıyorlarmış."

"Haklı adamlar," dedi Cemil. "Rusların mutfağında iş yok."

"Ondan değil, para biriktirmek için... Ülkelerine dönerken çeyizlerini düzüp gidiyorlarmış: televizyonlar, buzdolapları, çamaşır makineleri..."

"Hadi ya!"

"Valla, Eli gözleriyle görmüş. Bir de bu herifler ülkelerine dönünce devlette yüksek görevli memur olarak çalışmaya başlıyorlarmış biliyor musun?"

"Aman eksik olsun onların devletleri de, sosyalizmleri de!" diye mırıldandı Cemil, yapmacık bir ifadeyle yüzünü buruşturarak, aklı Aliki'deydi. Acaba onu nasıl karşılayacaktı?

Yedi odanın yer aldığı ikinci kata çıktıklarında uzun koridorun bomboş olduğunu görünce, sıkıntılı gözlerle birbirlerine baktılar.

"Gidip, bir saat sonra mı gelsek?" diye fısıldadı Cemil.

"Biri gittiğimizi görürse daha ayıp olur," dedi Turgut. Bu sözler Cemil'i yatıştırmaya yetmedi. Kendini diken üstünde hissediyordu.

"Kim görecek? Baksana ortalıkta in cin top oynuyor," dedi. Der demez de merdivenin yanındaki odanın kapısında iriyarı Fotis'in kızıl sakallı suratı göründü. Saçlarından hâlâ sular süzülüyordu, önce şaşırır gibi oldu ama ardından içten gülümsemeyle selamladı onları.

"Hoş geldiniz," dedi İngilizce olarak, sonra eliyle ilerde televizyonun karşısındaki koltukları göstererek ekledi, "Buyrun oturun."

Cemil'in yüzü kıpkırmızı olmuştu, Turgut işi pişkinliğe vurmuş, arsızca sırıtıyordu. İki yoldaş koltuklara yürürken Fotis de Eli'nin odasına yöneldi.

Koltuklara yerleşirken, "Salak gibi erkenden geldik," diye söylendi Cemil.

"Boş ver," dedi Turgut, oturmadan önce televizyonun düğmesine basarak. "Onlar böyle şeylere aldırmaz."

Bu kat olduğu gibi Yunanlılara ayrılmıştı. Yemenlilerden sonra yirmi iki kişiyle okulun en kalabalık kolektifiydi Yunanlılar. Görünüşleri, davranışları, konuşma tarzlarıyla Türklere o kadar benziyorlardı ki, dilleri ayrı olmasa, zaten din sorunları olmayan bu iki grubu birbirinden ayırmak olanaksız olurdu.

Cemil ile Turgut, görüntüsünü bir türlü netleştiremedikleri televizyonun karşısında fazla beklemediler. Beş dakika sonra Eli koridorda göründü. Henüz hazırlanmamıştı, sırtında hâlâ beyaz eşofmanları vardı.

"Hoş geldiniz!" diyerek yaklaştı. Önce Cemil'i kucaklayıp iki yanağından dostça öptü, Turgut'a döndüğünde bakışlarındaki masumiyet yerini tutkulu bir isteğe bırakmıştı. Turgut arkasında sakladığı karanfilleri Eli'ye uzattı. Karanfilleri gören Eli küçük bir çığlık atarak aldı çiçekleri, kokladı, bağrına bastı. Sonra Turgut'u dudaklarından öptü. Cemil bu öpüşmenin uzayacağını düşünerek başını çevirdi ve Manolis'in kalın kaşlarının altından bakan çakır gözleriyle karşılaştı.

"Kalinihta," dedi Manolis yaklaşarak. Yüzünde başa gelen çekilir gibisinden bir ifade vardı. Manolis'in sesini duyan Turgut sevgilisine sarılmayı bırakıp toparlandı.

"Kalinihta," diyerek selamladı, gönülsüz bir kayınpeder ciddiyetiyle onları süzen Manolis'i.

Eli, gülmemek için kendini zor tutuyordu. Manolis'i umursamadığı belliydi, Turgut'un da aynı cesareti göstereceğini bilse, kendini delikanlının kucağına bırakıp hemen şuracıkta sevişmeye başlayarak, orta yaşlı parti sekreterini zamansız bir kalp sektesiyle yoldaş doktorların soğuk masasına yollamaktan da çekinmezdi.

Eli, bizimkilerin getirdiği karanfilleri vazoya koymak için uzaklaşırken, televizyonu kapatan Manolis, yüzündeki ciddiyetten bir gram bile eksiltmeden konuklarına dönerek, "İyi misiniz?" diye sordu kötü Rusçasıyla.

"Haraşo... Haraşo..." diye, neredeyse yerlere eğilerek yanıtladı onu Turgut.

Kafa göz yararak Rusça, Yunanca, Türkçe ve İngilizce yapılan bu sıkıcı muhabbet, topluluğa yeni katılanlardan Sotiri'nin getirdiği Metaksas konyağı ve çikolatayla canlanmaya başladı.

Kafalar hafifçe tütsülene dursun, sürüp gitmekte olan Tarzanca sohbeti dinliyormuş gibi görünen Cemil, aslında gözlerini iyi aydınlatılmamış koridora dikmiş, Aliki'nin çıkıp gelmesini bekliyordu. Zaman akıp geçiyor, Yunanlılar teker teker gelip ellerini sıkıyor, hatta yabancı konuklar neşeli yüzleri, ellerinde armağanlarıyla koridorda boy göstermeye başlıyor ama Aliki ortalıkta görünmüyordu. Hasta falan olmasındı? Öyle olsa, Eli söylemez miydi?

"Hello!"

Cemil hazırlıksız yakalanmıştı, irkilerek başını çevirdi. Çevirir çevirmez de gözlerinin önünde sütun gibi uzanan iki bacakla karşılaştı; o kadar yakınındaydılar ki, dizlerin biraz üstündeki ayva sarısı ince tüyleri bile fark edebiliyordu. Şaşkınlıkla başını geriye çekti, o zaman bacakların hemen önünde kendisine uzanmış, ince, uzun parmaklı eli gördü. Uzatılan eli sıkarken başını kaldırdı, Norveçlilerin sanat sorumlusu İngen, çağla yeşili gözlerle kendisine bakıyordu.

"Nasılsın Cemil?" dedi, düzgün bir İngilizceyle. Cemil kısaca teşekkür edip kadının hatırını sorarken, İngen de yanındaki koltuğa teklifsizce yerleşiverdi. Yunanlı erkekler gıptayla baktılar Cemil'e ama bizimkinin bu işten hoşlandığı pek söylenemezdi. Onun aklı Aliki'deydi. Şimdi gelip yanında bu kadını görünce, kim bilir neler düşünecekti kızcağız. Manolis bile İngen'in güzelliği karşısında yumuşayıvermiş, İngilizce bilmediği için de yanındaki Sotiri aracılığıyla genç kadına laf atmaya başlamıştı. Ama İngen'in gözleri Cemil'deydi. Manolis'in sorularından kendini kurtarır kurtarmaz Cemil'e dönüyordu. Geçen yıl Türkiye'ye gittiğini, eşeklerin sırtında yaptığı Büyükada turunu anlatıyordu. İngilizcesi yeterli olmayan Cemil, kadının söylediklerinin ancak bir kısmını anlıyor ama ayıp olmasın diye arada bir, "Yes... yes..." diyerek durumu idare etmeye çalışıyordu. İngen, İstanbul'u bitirip Antalya anılarına geçmişken, birinin bakışlarını hissetti Cemil üzerinde. Başını kaldırıp bakmak istedi, yapamadı, bir şey engel oldu ama karşısında durmuş ona bakan kişinin Aliki olduğunu çok iyi biliyordu. Onun adım adım yaklaştığını, yavaşladığını, durduğunu, ona seslenmek üzere olduğunu hissetti, başını kaldırdı: Aliki yanındaydı. Yine koyu renk giysiler giymişti, açık kumral saçları siyah bluzunun üstünden bir ipek yumuşaklığı içinde dik omuzlarına dökülüyordu.

"Yasu Cemil," dedi, gülümsemiyordu, loş ışıkta iyice koyulaşıp adeta siyaha dönen iri lacivert gözlerinde tuhaf bir pırıltıyla öylece bakıyordu.

Ayağa kalktı Cemil, göz göze geldiler. Elini uzatmayı düşündü ama Aliki daha iyisini yaptı, sımsıkı sarıldı ona. Bir merhaba bile diyememişti Cemil ama kimin umrunda. Ne Manolis'in iğneleyici bakışları, ne yanında oturan dünyalar güzeli İngen'in düş kırıklığına uğrayacağı geldi aklına. Yüreğinin sevgiyle büyüdüğünü, bu koridoru, karlar içindeki Moskova'yı, Sovyetleri, bütün dünyayı sardığını hissetti. Sonra Aliki çekti kendini yavaşça. Cemil'in kolları yanına düştü, gözleri ondan uzaklaşmakta olan kadında, bir an ne yapacağını bilemeden kaldı, sonra usulca oturdu yerine.

Aliki ötekilerle ilgilenmeye başlamıştı, İngen'le öpüştü, Sotiri'yi az içmesi için uyardı, sonra Manolis'i de yanına alarak koridorun başında mutfak olarak kullandıkları odaya gitti.

Yarım saat içinde üzerleri peynir, havyar, salatalık turşusu, çeşit çeşit salamlar, salamura balık, kefirle yapılan cacık, Yunanistan'dan getirilen iri leblebilerle dolu tabaklar, Metaksas, uzo ve Simirnof şişeleriyle kaplı iki uzun masa koridora çıkarılmıştı. Anlaşılan bu gece kimsenin SBKP'nin içki yasağını takmaya niyeti yoktu. Mikis Teodorakis'in şarkıları, Maria Faranduri'nin içli sesiyle başlayıp gitgide romantikleşen ezgiler, çekingen bedenleri yakınlaştırmış, koltuktan koltuğa yapılan konuşmaları kulaktan kulağa söylenen fısıltılara dönüştürmüştü. Dans parçaları çalınmaya başlayınca son çekingenlikler de kırılmış, sevgililer, flört eden çiftler gecenin başından beri bekledikleri o anın geldiğini fark ederek istekle sokulmuşlardı birbirlerine. Turgut ile Eli koridorun sol ucundaki karanlık köşede iç içe geçmiş bir halde dans ederken, Cemil koltuğunda tek başına oturmuş, dudağında aptal bir gülümsemeyle çevresinde dönüp duran çiftleri izliyordu. Bütün itirazlarına karşın İngen onu rahat bırakmayıp iki kez dansa kaldırmış, bedenini bedenine bastırarak, adeta sevişir gibi ayakta kıvranmaya başlamıştı. Aklı Aliki'de olan Cemil ne kadar uzak durmaya çalışırsa, İngen de o kadar istekle çekiyordu onu kendine. Neyse ki sonunda Yunanlılar İngen'i, soluk aldırmadan, peş peşe dansa kaldırarak Türk yoldaşlarının yardımına koşmuşlardı da Cemil yerine çökmüş, huzur içinde, çiftleri izlemeye başlamıştı yeniden. Kafası şimdiden iyi olmuştu. Aslında fazla içmemişti; bir kadeh konyak, bir kadeh de uzo; açık vermemek için özellikle az içiyordu. Ama günlerdir yaşadığı gerilim, buna bir de Aliki'yle karşılaşmalarının verdiği heyecan eklenince, alkol etkisini daha yoğun olarak göstermişti. Sahi Aliki neredeydi? İyice dumana boğulan koridorda yanan gözleriyle, sarmaş dolaş olmuş bacakların, kolların arasından Aliki'yi aramaya başladı. Onu son gördüğünde Kanada'daki bir çevre örgütünden gelen şişko Walter'la dans ediyordu. İngen gibi Aliki'nin de müşterisi çoktu: Şişko Walter'dan önce Alman August, Şilili Neto, İspanyol Pedro, Filipinli Macario da onu dansa kaldırmış, Cemil kalabalıktan bu dansların görebildiği kadarını biraz da içi burkularak izlemiş ama sevdiği kadına yaklaşıp da onu dansa kaldırmaya da bir türlü cesaret edememişti. İngen'le dans ederken bir ara Aliki'nin gözleriyle karşılaşmış ama bir sülük gibi bedenine yapışmış olan Ingen'in hızlı temposuyla uzaklaşıp gitmişti, hiç yitirmek istemediği o kederli bakışlardan. Aliki kızmış mıydı ona? Ama Cemil ne yapabilirdi ki, kadın halden anlamıyordu işte. Yine de içi rahat değildi. Ne yapıp etmeli, Aliki'yi bulmalıydı, onun için gelmişti buraya. Henüz armağanını bile vermemişti. Ayağa kalktı, bakındı, iki metre ilerde dans eden bir çifte takıldı gözleri. Kadının saçları Aliki'ye benziyordu. Ama olamazdı, o kimseyle böyle sarmaş dolaş dans etmezdi. Daha önce dans ettiği üç kişiyle arasındaki ince mesafeyi hep koruduğunu mutluluk içinde izlemişti Cemil. Yine de yüreğini keskin tırnaklı bir pençenin avuçlamasına engel olamadı. Sallanarak çifte yaklaştı. Ne kadar da çok benziyordu Aliki'ye. Yanındaki de Arjantin kolektifinin sanat sorumlusu, yılışık gülümseyişli şair Fernandez'di. Yüreğini sıkan pençe biraz daha daraldı. Hiç sevmezdi bu oğlanı, daha ilk gördüğü anda yapmacık bir şeyler sezinlemişti tavırlarında. Onlara yaklaşırken başka bir çifte çarptı. Yeni Zelandalı Ruth, "Pardon," dedi gülümseyerek. Kızın dans ettiği Güney Afrikalı Abraham ise daha anlayışsızdı, ters ters baktı. "İzviniyte," diyerek Rusça özür diledi Cemil. Siyahi Abraham ise hiçbir şey söylemeden kendi malıymış gibi Ruth'u sürükleyerek uzaklaştı oradan. "Ben ne yapıyorum?" diye sordu Cemil kendine. "Ben onun nesiyim ki? Aramızda hiçbir şey geçmedi. Kiminle isterse onunla dans eder..." Dönüp yerine oturmayı düşündü ama son bir kez bakmadan edemedi; kadın halinden çok memnun görünüyordu, kendini tümüyle Latin şairin kollarına bırakmıştı. Daha fazla dayanamayarak öfkeyle döndü ve o tanıdık lacivert gözlerle karşılaştı. Gözlerdeki keder daha da yoğunlaşmış gibiydi ama Cemil bunu fark etmedi.

"Neredeydin?" diye sordu Türkçe olarak. "Dakikalardır seni arıyorum."

Yanıt olarak sarıldı Aliki, Yunanistan'da bıraktığı yedi yaşındaki oğluna, Selanik'teki ilk sevgilisine sarılır gibi. Derin bir iç geçirerek kucakladı Cemil onu. Hiç kıpırdamadan öylece kaldılar, Aliki'nin bedeninin sarsıldığını fark etti Cemil; ağlıyor muydu? Yüzüne bakmak için başını geri çekti, Aliki gizlemeye çalıştı ama çok geçti, Cemil gözyaşlarını görmüştü. Sağ eliyle kadının gözyaşlarını sildi, sonra uzanıp ıslak gözlerinden öptü. Aliki kirpiklerinin ardında çocuklaşan gözleriyle utanarak bakıyordu. Cemil gece boyunca taşıdığı minik armağan paketini cebinden çıkarıp uzattı.

"Senin için," dedi İngilizce.

Aliki şaşırmış gibiydi, paketi aldı, merakla açtı. Kolyeyi görünce beğeniyle baktı, sarılıp Cemil'i öptü. Sonra kolyeyi ona uzatıp eliyle saçlarını toplayarak, boynuna takmasını istedi. Cemil kolyeyi aldı, kadının isteğini yerine getirdi. Bir adım gerileyip hayranlıkla baktı.

"Krassiva, oçin krassiva," diyerek, çok yakıştığını belirtti.

Aliki'nin hâlâ gözyaşlarının izlerini taşıyan yüzünde artık büyük bir mutluluk okunuyordu. Yeniden genç adama sokuldu, kalabalığa karışıp dans etmeye başladılar ama müzik aniden kesiliverdi. İkisi de ne yapacaklarını bilemeden öylece birbirine bakmaya başlamışlardı ki, koridoru kaplayan sirtaki müziği bütün havayı dağıttı. Cemil sevdiği kadının yüzündeki ifadenin değiştiğini fark etti, neler olduğunu anlamaya çalışırken Sotiri yanlarında bitiverdi, Aliki'yi kolundan çekerek az ilerde kurulan sirtaki ekibine doğru sürükledi. Bakışları geride, Cemil'de kalmış olsa bile Aliki'nin pek gönülsüz olduğu söylenemezdi, dansa yatkın olan bedeni daha şimdiden müziğin ritmine uymuş, ağır ağır kıpırdanmaya başlamıştı.

Cemil çaresiz, koltuğuna dönerek, dudaklarında eskisinden daha tatlı bir gülümsemeyle sirtakiyi izlemeye başladı. Ama gözü dans eden beş kişinin ortasındaki Aliki'deydi. Öteki erkeklerle omuz omuza olsa da, sevdiği kadının diz kırmasını, bel bükmesini, ayağını geriden atarak uyumlu adımlarla sağa sola ilerlemesini büyülenmiş gibi izliyordu. Gecenin en hoş gösterisiydi bu. Kulağını okşayan bu tanıdık müzik, hiçbirini tam olarak anımsayamadığı birkaç türküyü birden çağrıştırıyor, belleğinde bir türlü netleşemeyen sözcüklerin, ezgilerin peşi sıra sürüklenerek ülkesine kadar götürüyordu onu.

Sovyetler Birliği'nde geçirdiği günler, yurtdışına çıkmadan ülke sevgisinin ne anlama geldiğinin tam olarak kavranamayacağını öğretmişti Cemil'e. Ayrı düşmüş insanlar için ülke bazen yalnızca bir türkü demekti, bazen buğusu üstünde sıcak bir yemek, bazen bir sokak görüntüsü, bazen de bir isim. Nereye giderse gitsin ülkesini içinde taşırdı insan. Ülke düşüncelere sinerdi, davranış olur, hiç beklemediğiniz bir anda kendini gösterirdi. İsteseniz de kurtulamazdınız ondan, bir tat, bir dokunuş, bir ses, bir koku, bir görüntü olur, aklınıza takılır, çekip götürürdü çocukluğunuzun, gençliğinizin geçtiği yerlere.

Parti sabaha karşı üçte sona erdi. Hızını alamayan iki Yunanlı Kızıl Meydan'a kadar yürümeyi önerdi ama kimse yanaşmadı bu cesur teklife. Onlar da çoğunluğa uyup yatak odalarının yolunu tuttular ama daha önce birer kadeh votka yuvarlamayı ihmal etmediler.

Eli, aynı odayı paylaştığı Aliki'yi kovalayarak Turgut'u yanına almıştı. Zavallı Cemil'e ise Sotiri'nin odasında gecelemek düşmüştü. Manolis öyle uygun görmüştü çünkü. Bakışlarında hınzır parıltılar dolaşan bu kara yağız Türk komünistini boş bırakmamak gerekti. Ama geceler, hele içki ve müzikle ayartılmışsa, doğru öngörülere dayanılarak alınmış en sağlam önlemleri bile boşa çıkaracak sürprizler içerirdi.

Koridorda kimse kalmayıp herkes yataklarına çekildikten sonra Sotiri'nin kapısı çalındı. O sırada Sotiri ile Cemil birbirine paralel konulmuş yataklarına uzanmıştı. Yunanlı yoldaşının soruları üzerine Cemil, İngilizcenin kafasını gözünü yararak Türkiye'yi anlatıyordu. Kapı çalınınca merakla doğruldular. Az sonra kapıda alımlı bedeniyle İngen göründü.

"Hello comrades!" dedi işveli bir sesle.

"Hello İngen," dedi Sotiri, ağzı kulaklarına vararak. Ama Ingen'in gözleri Cemil'deydi. Doğrudan onun yatağına yöneldi.

"Uyumak için çok erken," dedi.

Cemil kadının ne söylediğini anlayamamıştı ama bakışlarından niyetini çıkarmıştı. Ellerini yastık yapıp başının altına koydu. Ama İngen, "Olmaz," dedi, eliyle yukarıyı göstererek. "Bana, kahve içmeye geleceksin."

Bir an bu daveti kabul etmeyi düşündü Cemil. İngen'in diri bedeninin kollarının arasında kaydığını düşündü. Bu düşünce bile uyarılmasına yetmişti, bacaklarının arasında bir hareketlenme hissetti, fark edecekler diye düşünerek utançla yatağın içinde toparladı.

"Çok üzgünüm," dedi başını sallayarak; uzun cümleler kuramıyordu. "Yorgunum."

İngen onu dinlemiyordu, elini yakalamış, çekiştirip duruyordu.

Bir ara yardım istemek için Sotiri'ye döndü Cemil. Sotiri gözlerinde tutkuyla yanan bir ifadeyle kadına bakıyordu. Cemil'in aklına parlak bir fikir geldi. Elini hızla çekerek kadının avuçlarından kurtardı. Sotiri'yi işaret ederek, "Onun uykusu yok," dedi. İngen küsmüş gibiydi, bir çocuk gibi dudaklarını büzerek Cemil'e baktı. Cemil de oyuna uydu, yaramazlık yapıp da affedilmesini isteyen bir çocuk gibi başını eğerek gülümsedi. Bir süre daha Cemil'i süzen İngen, bu adamdan iş çıkmayacağını anlayınca Sotiri'ye döndü. Başıyla işaret ederek, "Come?" dedi.

"Memnuniyetle," diyen Sotiri, Yunanistan'dan getirdiği çizgili pijamalarıyla atladı yataktan. Kadın onun elini tuttu, odadan çıkarlarken İngen sitemle, Sotiri minnetle baktı Cemil'e.

Işığı söndürdü Cemil. Başını yastığa koydu, gözlerini kapadı, yorulmuştu, hemen uyuyacağını sanıyordu, olmadı, sağa döndü, bir süre öyle kaldı, yine olmadı. Sırtüstü yatmayı denedi. Hayır, uykusu kaçmıştı, gözlerini açtı, sokak lambasından yansıyan solgun bir ışık odanın tavanına kadar ulaşıyordu. Yukarıdan gelen tıkırtılar duydu. Sotiri'nin İngen'e sarılmış olduğunu düşündü. Şu anda öpüşüyor olmalıydılar. Bu kadar çabuk mu? Kadın çok kararlıydı, odaya girer girmez atlamıştır Sotiri'nin üstüne. Sotiri'nin de bu saldırıya itiraz etmeyeceği ortadaydı. O anda kapının açıldığını duydu, "İngen Sotiri'yi kovdu galiba," diye düşünerek gözlerini kapadı. Uyumuş numarası yaparak onun döndüğünü fark etmemiş gibi davranacaktı. Böylece Sotiri'nin daha fazla mahcup olmasını önleyeceğini düşünüyordu. Kapı açıldığı gibi usulca kapandı. Sotiri'nin kapıda durup ona baktığını, uyuyup uyumadığını anlamaya çalıştığını hissetti. Hiç kıpırdamadan, düzenli soluk alıp vermeye başladı. Sotiri numarayı yemişti anlaşılan, yaklaştı. Ama tuhaf, aradan geçen zaman içinde çoktan yatağına ulaşması gerekirken, neden hâlâ ayaktaydı bu adam. Önce tanıdık bir parfüm kokusu, sonra ılık bir soluk hissetti yüzünde. Heyecanla gözlerini açtı, başucunda Aliki duruyordu. Bu, gece hiç beklemediği anda üçüncü kez çıkışıydı karşısına.

Karanlıkta Aliki'nin yüzünü tam olarak göremiyordu ama gülümsediğini biliyordu Cemil. Yorganını açtı, onu yatağına davet etti. Aliki sanki her gece onun yanında uyuyormuş gibi hiç yabancılık çekmeden girdi yatağa. Cemil'in sağ elini alıp sol yanağına bastırdı. Yanağı sıcacıktı. "Filise me," diye mırıldandı genç kadın. Bu, Yunanca iki sözcüğün bir aşk daveti olduğunu anlıyordu Cemil, ama bir an, çok kısa bir an, "Ya Sotiri gelirse," diye duraksamadan edemedi. Sonra, "Sotiri'nin cehenneme kadar yolu var," diye düşünerek Aliki'nin yarı aralık dudaklarına uzandı.

Dışarıda kar serpiştirmeye başlamıştı. Hâlâ akşamüzeri park ettikleri yerde bekleyen minibüsün içinde, Nikolay belki İngilizce konuşmalardan bir şeyler çıkarırım diyerek kulaklıkları takmıştı ama Cemil ile Aliki'nin aşk fısıltılarını daha fazla dinlemeye dayanamadı, "Şu işe bak, adam içerde karıyı götürüyor," diye söylendi. "Bizim de burada kıçımız donuyor."

İriyarı Ligaçev gülümseyerek dinliyordu amirini.

"Boş verin yoldaş Nikolay," dedi içten bir tavırla, sonra elindeki termos şişesini sallayarak, "Şu bardağınızı uzatın da size bir çay daha vereyim."

"Votka kalmadı mı?"

Çaresizlik içinde kalın boynunu büktü Ligaçev.

"Ver bakalım," dedi yazgısına boyun eğmiş birinin yılgın sesiyle Nikolay, bardağını uzatırken. "Herif Yunanlıyı yesin, biz de çayla yetinelim."

Yirmi İkinci Bölüm

Duvarları beyaz badanalı, büyükçe odanın içinde kara bir nokta gibi duran abanoz masanın etrafına üşüşmüş, heyecanla tartışıyorlardı.

"Cemil ile Turgut siteye döndü," dedi Viktor, bu durumdan hoşnut muydu, yoksa canı mı sıkılmıştı, dingin bir deniz gibi içedönük mavi gözlerinden bunu anlamak olanaksızdı. "Ama şifreli mesaj hâlâ oyuncak mağazasının tuvaletinde duruyor."

"Bekliyor," dedi Asaf. "Cemil'i tanırım, eğer köstebek oysa yanlış bir davranışta bulunmayacaktır."

Halinden ilk kez memnun görünüyordu Asaf. Onu buraya çağıran Leonid'in ısrarından, bugüne kadar haberi olmadığı Yıldırım ve şifreli mesajdan söz etmelerinden anlamıştı ki, sorgucuların kendisine ihtiyaçları vardı.

"Çok önemli bir fırsatı kaçırmak üzereyiz," dedi Viktor, gözlerinde kaygı yüklü ışıltılar yandı söndü. "Yarın son gün."

"Ben hâlâ Cemil'i çağırıp konuşmamız gerektiğini savunuyorum," dedi Leonid ama sesi biraz çekingen gibiydi.

Viktor, bütün konuştuklarımızdan sonra nasıl oluyor da bu kadar aptalca bir öneri getirebiliyorsunuz, diyen bir ifadeyle Leonid'e bakarak, "Bu her şeyi bozar," dedi.

"Viktor haklı," diye atıldı Asaf. "Ondan kuşkulandığımızı anlar anlamaz bütün bağlantılarını keser."

"Ama onun köstebek olduğundan emin değiliz ki!" diye karşı çıkarken kapı açıldı, elinde çay tepsisiyle Nikolay girdi içeri. Üzerinde çaydanlık, demlik ve dört çay bardağı ile şeker kutusu olan nakışlı pirinç tepsiyi masanın üstüne koydu. Bütün geceyi minibüste Cemil'i dinleyerek geçirdikten sonra, gün boyu uyuduğu için gözleri şişmişti. Odadaki gerginliği anlamakta gecikmedi. İşi mavraya vurdu, bardaklara çay koyarken, "Bakalım bizim çayımızı beğenecek misiniz Leonid İvanoviç," dedi.

İçten bir gülümseme belirdi Leonid'in ince dudaklarında. Bardağa dökülen parlak, koyu kırmızı sıvıyı koklayarak sordu:

"İran çayı mı?"

"O da var ama arşivdeki, Mitya'nın deyimiyle, kusursuz bir karışımmış," dedi Nikolay. "Size elimizdekilerin en iyisini sunmak istedik."

"Hımm, teşekkür ederim," dedi Leonid, keyifle. "Güzel görünüyor." Sonra bardağı kaldırıp dudaklarına götürdü.

"Şeker?" diye sordu Nikolay.

Leonid'in keyfi kaçar gibi oldu, çayı elinde tutarak, "Bak genç dostum," dedi. "Bir tiryakinin öğrenmesi gereken ilk kural çayın tadını şekerle bozmamasıdır."

"Şekersiz çay acı olmaz mı?" diye sordu Viktor, yüzünde meraklı bir ifade belirmişti.

"Votkadan daha acı değil," dedi Leonid ve daha fazla dayanamayarak bardağından bir yudum aldı. Yüzü bir şarap eksperininki gibi gerilmişti, sıcak sıvıyı boğazına göndermeden önce, aradığı tadı bulmak istercesine gözleri boşlukta gezindi, sonra ağzındaki çayı zevkle boğazından aşağı gönderdi.

"Nefis," dedi, Nikolay'a dönerek. "Bu karışımın tarifini alabilir miyim?"

"Neden olmasın," dedi Nikolay, öteki bardakları doldururken. "Mitya'nın buna itiraz edeceğini sanmıyorum."

"Sizde de çay çok içilir, değil mi?" diye sordu Viktor, içten bir tavırla Asaf'a.

"Evet, bizim ulusal içeceklerimizden biridir çay."

"Rakıyı unutma," dedi Leonid, muzipçe gülümseyerek.

"O başka. Rakının yerini hiçbir şey tutmaz."

"Bizde de votkanın yerini başka bir şey tutmaz," dedi Nikolay.

Bir süre cam bardaklara çarpan metal kaşıkların çıkardığı seslerden başka bir şey duyulmadı odada. Çayından ikinci yudumu aldıktan sonra yüzü ciddileşen Leonid konuyu yeniden açtı.

"Otopsi sonuçlarını aldınız mı Viktor Zaharoviç?"

"Aldım," dedi Viktor, deri çantasını açıp içinden fotokopiyle çoğaltılmış evraklar çıkararak. Kâğıtları masanın üzerinde bir düzene soktuktan sonra okumaya başladı. "Sağ bileğindeki arterin kesilmesi sonucu kan kaybından öldüğü yazıyor. Otopsiyi yapan doktor bunu ancak bir solağın yapabileceğini söyledi."

"Onu öğrendim," dedi Leonid. "Kerem solakmış."

Nikolay da Viktor gibi düş kırıklığına uğramıştı. Dayanamayarak sordu:

"Emin misiniz?"

"Evet," diye lafa karıştı Asaf. "Ben de öğrendim, Kerem solakmış."

"Katilimiz bunu da hesaba katmış olabilir," dedi Viktor. "İntihar olmadığını gösteren başka belirtiler de var. İntihar edenlerde öldürücü yaranın yanında tereddüt çizgileri olurmuş, Kerem'in bileğinde yalnızca bir tereddüt kesiği var."

"Bence bu bir şey kanıtlamaz," dedi Leonid. "Bir insan ölmeyi gerçekten istiyorsa, duraksamadan kesebilir bileğini. Üstelik Kerem damar açma konusunda hiç de bilgisiz sayılmaz. Onun üç yıl tıp fakültesinde okuduğunu biliyor musunuz?"

"Biliyoruz," dedi Viktor, canı sıkılarak. "Özgeçmişini biz de okuduk. Başka bir şey daha var. Kanında yüksek dozda uyuşturucu bulunmuş."

Bu açıklamaya da hiç şaşırmamıştı Leonid.

"Diazem kullanıyordu. Okul doktoru Nataşa vermişti ilacı ona."

Viktor sıkıntıyla iç geçirerek otopsi raporlarını bıraktı.

"Bakın Leonid İvanoviç," dedi sonunda dayanamayarak. "Olaya hep Cemil'in açısından yaklaşıyorsunuz. Bu doğru değil. Lütfen biraz tarafsız olun."

"Ama onu birinin savunması gerek."

"Ben Leonid İvanoviç'e hak veriyorum," diyerek, Nikolay karıştı tartışmaya. "Yaptığını doğal karşılıyorum, çünkü Cemil onun öğrencisi. Biz de savcı gibi düşünüyoruz, bu da doğal. Davranışlarımız sizinkiyle çelişiyor. Ama bir noktada buluşabiliriz. O da gerçeğin ortaya çıkması. Hepimiz bunu istiyoruz."

Çayından bir yudum daha alan Leonid, başını sallayarak, "Kesinlikle öyle," dedi.

"Güzel," dedi Nikolay ellerini kavuşturarak. "Sizinle açık konuşacağım. Anımsarsanız geçen tartışmamızda mesajın alınmasını beklemeye karar vermiştik. Ama mesaj alınmadı. Şimdi gerçeğin ortaya çıkması için elimizde kalan tek koz mesajda belirtilen görüşme. Yapılacak iş de belli: Bu görüşmeye Yıldırım'ın beklediği kişiyi yollamak."

Leonid'in yüzünde beliren kararsızlığı hisseden Viktor da atağa kalktı.

"Çok kritik bir noktadayız Leonid İvanoviç. Eğer mesajdaki görüşmeye Cemil'i gönderemezsek, adamının görüşmeye gelmediğini gören Yıldırım, gizlilik önlemlerini iki katına çıkaracak, belki de bir daha görüşme talebinde bulunmayacak. Onu, yani bizi köstebeğe götürecek adamı tümüyle yitirmiş olacağız. Anlıyor musunuz?"

Lafın nereye geleceğini kestiremeyen Leonid düşünceli bir yüzle başını sallayıp, "Anlıyorum ama," diyecek oldu, Viktor sözünü tamamlamasına izin vermedi.

"Bunun aması kalmadı," dedi kesin bir tavırla. "Ya bir numaralı zanlı olan Cemil'i görüşmeye yollayacağız ya da bu işi unutacağız."

"Ya Cemil köstebek değilse, onu boş yere deşifre etmiş olmayacak mıyız?"

"Çocuk olmayın Leonid İvanoviç. Köstebeğimiz yoldaşlarının yüzünü çoktan göstermiştir Yıldırım'a. Dua edelim de fotoğraflarını çektirmemiş olsun."

Leonid karar vermekte zorlanıyordu, Asaf'a döndü:

"Sen ne diyorsun yoldaş?"

"Harika bir fikir," diye heyecanla atıldı Asaf. "Eğer Cemil köstebek değilse, böylece o da açığa çıkmış olacak. Görüşme yerinde adamını göremeyen Yıldırım, Cemil'in yanına bile yaklaşmayacak."

"Cemil bozulmayacak mı bu işe? Sonra ne diyeceğiz ona?"

"Bakın yoldaş" diye sürdürdü sözlerini Asaf. "Cemil de, ötekiler de benim yoldaşlarım. Hiçbirinin kılına zarar gelmesini istemem. Ama eğer aramızda bir köstebek varsa, yoldaşların hepsi tehlikede demektir. Bir kişiyi rahatsız edeceğiz diye eli kolu bağlı oturmayı ben kabul etmiyorum. İzler bizi nereye görülüyorsa, cesaretle gitmeliyiz."

Leonid'in son direnme noktalarının da kırıldığını gören iki istihbaratçı, Asaf'ın söylediklerinden hoşnut, tartışmayı keyifle izliyordu.

"Peki, Cemil'i nasıl göndereceksiniz görüşmeye?" diye yorgun bir sesle sordu Leonid.

"Bu noktada parti kolektifi yardımcı olacak bize," diyerek Asaf'a döndü Viktor. "Olursunuz, değil mi?"

"Elbette oluruz," dedi Asaf. "Köstebeğin yakalanması için elimizden gelen her şeyi yaparız."

"Fazla bir şey istemiyoruz zaten," dedi Viktor. Sadece Parti Sekreteri Hikmet'le konuşup Cemil'e Merkez Komitesi'nden bir randevu geldiğini söyleyeceksiniz. Cemil de parti randevusuna gittiğini sanacak."

"Çok akıllıca," dedi Leonid ama içi hiç de rahat değildi. Önünde soğuyan çayını unutmuş gibiydi, başını kaldırıp Viktor'a baktı. "Siz senaryoyu çoktan kurmuşsunuz zaten. Anlamadığım, beni ikna etmek için neden bu kadar çok çaba harcadığınız."

"Bu olayda sizin tavrınız çok önemli Leonid İvanoviç," dedi Viktor.

"Yeni bir çevirmen bulmak zaman alır, değil mi?"

"Sorun bu değil. Sağduyusuyla bizi dengeleyecek sizin gibi bir çevirmeni asla bulamayız."

Dikkatle karşısındaki istihbaratçının açık renk gözlerine baktı, onun doğruyu söylemediğinin farkındaydı Leonid ama onlara katılmaktan başka çaresi olmadığını da anlamıştı. İyimserliğini yitirmemeye çalıştı, kim bilir, belki de işler yolunda gider, böylece Cemil'in suçsuzluğu da kanıtlanmış olurdu.

Yirmi Üçüncü Bölüm

Karınları kurşun renkli bulutların Moskova göklerindeki hükümranlığı, pazar gecesi başlayan kar yağışıyla sona erdi. Görünmeyen elleriyle asık suratlı binalara, geniş caddelere, tarihi kiliselere, görkemli devrim anıtlarına dokunan kar, bu yaşlı kente bir genç kız tazeliği veren ak giysilerle örttü her yanı.

Pazartesi sabahı içinde bir sıkıntıyla uyanan Yıldırım, tipiye dönüşen kar yağışını görünce sevindi. Bu havada daha kolay gizlenebilirdi. Kalkar kalkmaz radyoyu sonuna kadar açarak mutfağa girip çay suyunu koydu. Geceden kimseye göstermeden eve aldığı Ali, duyduğu Rusça şarkıyla baskına uğramış gibi panik içinde açtı gözlerini. Dairesinin dinlendiğinden emin olan Yıldırım, el kol işaretiyle Ali'ye banyoya girmemesini işaret etti. İki kez tuvalete çıkılması, iki kez yüz yıkanması dikkati çekerdi. Allah'tan, alışamadığı bu sert iklimde sürekli kabızlık çeken Ali'nin tuvalet ihtiyacı yoktu. Sessiz sedasız giyindi genç adam. Hiç konuşmadan yapılan Türk usulü kahvaltıdan sonra, Ali amirinin paltosunu, beyaz kalpağını giydi. Beden ölçülerinin aynı olduğunu düşünen Yıldırım yanılmamıştı. Tıpatıp uymuştu giysileri Ali'ye. Karısının ördüğü koyu kahverengi yün atkıyla da delikanlının yüzünü iyice saran Yıldırım, arabasının anahtarlarını uzattı. Ali gözlerinde hınzırca bir gülümsemeyle anahtarları alırken Yıldırım kulağına fısıldadı.

"Arabaya binince kalpağını çıkarma, atkını çözme. Ben olduğuma inanmalılar."

Ali önemsemez bir tavırla başını salladı. Yıldırım genç adamın kayıtsızlığına bozulmuştu. Ali'yi omuzlarından yakalayıp yeniden kulağını fısıldadı:

"Bu çok önemli. Seni Yıldırım sanmalılar."

Toparlandı Ali ama yılışmadı. Kendinden emin fısıldadı Yıldırım'ın kulağına.

"Tamam Amirim. Merak etmeyin. Her şey tereyağından kıl çeker gibi olacak. Daha önce de yaptık bunu."

Yıldırım bir süre kuşku dolu gözlerle süzdü genç meslektaşını. Doğru söylüyordu, bu ilk şaşırtmaca görevi değildi Ali'nin. Üstelik bugüne kadar hiç yanlış da yapmamıştı çocuk. Ama Yıldırım'ın işi şansa bırakmaya niyeti yoktu.

"Tamam," dedi Yıldırım güvenle delikanlının omuzlarını yakalayarak. "Sana güveniyorum. Hadi şu Rusları kandıralım."

Ali eliyle hoşça kal işareti yaptıktan sonra çıktı kapıdan. Yıldırım ses çıkarmadan salona döndü. Tül perdeyi kıpırdatmamaya özen göstererek, tipinin ıssızlaştırdığı bahçeyi gözetlemeye başladı.

Bu gözcü olayı kariyerinde kötü bir dönüm noktası olabilirdi. Kendini akıllıca düzenlenmiş bir kumpasın içinde hissediyordu. İki çetin düşman vardı karşısında: KGB ve kendi teşkilatındaki rakipler. KGB'yi tanıyordu, onların neler yapabileceğini kestirebiliyordu. Ama aynı şeyi kendi teşkilatındakiler için söyleyemezdi. MİT'te yeniden organizasyonun gündeme geldiği, sivil partilerin hükümet olmaya başladığı son iki yıldır teşkilattaki iç çatışmalar iyice su yüzüne çıkmış, siviller de kendi aralarında bölünmüşlerdi. Ayrılıkların raporlara yansımasıyla başta Yıldırım olmak üzere birçok sivil istihbaratçı askerlerin gözüne batmış, teşkilat içi entrikalar kurulmaya başlanmıştı.

İstanbul'dan ayrılırken, havaalanında çalışma arkadaşı, can dostu Sedat'ın söyledikleri geldi aklına.

"Aman abi dikkatli ol. Bu işte ters bir şeyler var."

O zamanlar Sedat'ın abarttığını düşünmüştü ama söyledikleri bir bir gerçekleşiyordu işte. Bunca yıllık meslek yaşamında kendini hiç bu kadar yalnız hissetmemişti. Oysa bir istihbaratçının dünyanın en yalnız adamı olduğunu daha görevinin ilk yıllarında öğrenmişti. İstihbaratçı yalnız yaşar, yalnız karar verirdi, hatta onun kendine ait bir kişiliği, kimliği bile yoktu. Tıpkı sık sık kullandığı sahte nüfus kâğıtları, pasaportlar gibi başka kimliklere bürünür, bunların çoğuyla da tuhaf bir biçimde özdeşleşirdi. Bu farklı kimliklerden sonra gerçek Yıldırım kim, kendisinin bile unuttuğu olurdu. Ancak evinde karısının, oğlunun yanında yeniden eski kimliğine döner ama geceyarısı gelen bir telefon ya da bürodan verilen bir yurtdışı göreviyle yeniden emredilen kimliğe, yeni kişiliğinin gerektirdiği yalnızlığa bürünüverirdi. Verdiği kararların bedelini çoğu kez tek başına ödemek zorunda kalırdı. Politikacılar, askerler ilk önce onları gözden çıkarırlardı. Bunun nedeni biraz da kıskançlıklarıydı, çünkü istihbaratçı her zaman erkin en yakınındaki insandı. Görevi erki korumaktı. Hükümetler değişir ama istihbaratçılar erkle birlikte varlıklarını sürdürürlerdi.

Daha önce de kendisine yönelik operasyonlarla karşılaşmış, bunları başarıyla göğüslemişti. Ama nedense, karlarla kaplı bu soğuk kentte bugüne kadar hiç olmadığı kadar yalnız hissediyordu kendini. Keşke yanında Sedat olsaydı. Onunla çok daha kolay çözerlerdi bu işi. Gözcü yetenekli bir elemandı ama deneyimsizdi; Ali'ye gelince, küçük işler için hazırlanmış biriydi. Bu çapta bir işte çuvallaması kaçınılmazdı. Onlarla dört başı mamur bir operasyona kalkmak akılsızlık olurdu. Hep savunmada kalmalıydı. Generaller hoşlanmayacaktı bundan. Saldırmasını, atak olmasını istiyorlardı. Onu da en çok kuşkulandıran bu istekleriydi.

Eğer düşündüğü gibi, hedef TKP'liler değil de kendisi ise, Allah yardımcısı olsundu. Şu aşamada askerler bunu yaparlar mıydı? Onlar yapmak istese bile, babacan Memduh Paşa buna izin verir miydi? Emin olamıyordu. Sonuçta o da bir askerdi. Ülke çıkarları söz konusu olduğunda emir demiri keserdi. Askerlerin sivillere güvensizliğini başından beri biliyordu Yıldırım. Aldığı gizli bilgiler de bu kanısını güçlendirecek yöndeydi. Sivilleri çıkarcı, yeteneksiz, iradesiz kişiler olarak görüyorlardı. Bu yüzden erki tamamen onlara bırakmayı hiçbir zaman düşünmüyorlardı. Teşkilattaki etkinliklerini korumaları da erki bırakmama planlarının bir parçasıydı. Bu yüzden, Gözcü operasyonunda komünistlerin tutuklanması, ülkede başlayacak anti Sovyet kampanya, buzdağının görünen bölümü olabilir, altta ise Yıldırım ve arkadaşlarını teşkilattan uzaklaştırması gibi çok daha farklı bir amaç bulunabilirdi. Operasyonu durduralım önerisinin reddedilmesinden sonra bu olasılığa daha çok inanır olmuştu. Sedat'ın söylediği gibi çok dikkatli olmalıydı, girmek zorunda kaldığı bu iğneli fıçıdan en az sıyrıkla kurtulmayı başarmalıydı. Sağlam bir plan vardı kafasında. Ama önce Gözcü'yü ikna etmeliydi. Yüz yüze görüşmek istemesinin nedeni de buydu. Büyük bir otoritesi vardı onun üzerinde. On beş dakika konuşması yeterdi. Soluk alışlarının bile izlendiği bu Allah'ın cezası kentte, KGB'nin gözetiminden çalınmış on beş değerli dakika her şeyi değiştirebilirdi. Onu uyaracak, aktivitesini en az düzeyle sınırlamasını söyleyecekti. Öne çıkmanın, gereksiz yere riske girmenin anlamı yoktu. Tam tersine, onlara gereken derin bir kış uykusuydu. Böylece KGB'nin ilgisini çekmemiş olurlar, parti grubu yurda dönmeden iki ay önce de yeniden görüşmeye başlarlardı. Tutuklamalar için bu iki aylık hazırlık yeter de artardı bile.

Bir karaltının bahçeye çıktığını fark etti. Dikkatli bakınca bunun Ali olduğunu anladı. Sevindi, tahmin ettiği gibi kar görüş mesafesini kısaltıyor, gizlenmelerine olanak sağlıyordu. Az önce yanından ayrılmamış olsa o bile tanımayacaktı aşağıda yürümekte olan Ali'yi. Onun Yıldırım olmadığını anlamaları mümkün değildi. Dudaklarında kurnaz bir gülümseme belirdi. "Teşekkürler kış yoldaş," diye düşündü. Yine de temkinliliği elden bırakmamak gerekiyordu; başkaları var mı diye geniş bahçeye bakındı, kimsecikler görünmüyordu. Ama KGB'lilerin buralarda bir yerlerde onu beklediğini çok iyi biliyordu. Ali arabayı hareket ettirip bahçeden ayrılırken, "Hadi takılın peşine," diye geçirdi aklından. Kar aydınlığının vurduğu koyu renk gözlerinde düşmanlarını atlatmanın verdiği keyif okunuyordu. "Hadi izleyin onu, Yıldırım elçiliğe gidiyor."

Yirmi Dördüncü bölüm

Kar yağışı öğleden sonra yavaşladı; yumurta sarısı bir güneş, pamuk helvayı andıran bulutların arasından şöyle bir görünüp kayboldu. Dinamo Metro İstasyonu'ndan çıkan Cemil, "Kar topluyor," diye düşündü. "Bunun arkası gelecek." Yanılmamıştı, güneş kaybolur kaybolmaz yeniden ak tanecikler uçuşmaya başladı gözlerinin önünde. Siyah kalpağını kaşının üstüne kadar çekip kalın paltosunun yakasını kaldırdı. Sonra saatine baktı, 13.59'u gösteriyordu.

"Tam 14.00'te yürümeye başlayacaksın," demişti Hikmet. "Beloruskaya İstasyonu'na indiğinde ise saat tam 14.20 olmalı. Adımlarını ona göre ayarla. İstasyondan içeri gir, sağdaki yürüyen merdivenle aşağı in. Merdivenin sağ yanında beklemeye başla. Yetkili yoldaş gelip seni bulacak."

"Beni tanıyor mu?" diye sormuştu Cemil kuşkuyla.

"Tanıyormuş," diye yanıtlamıştı Hikmet. Olan bitenden onun da haberi yoktu. Biraz da yadırgamıştı bu görüşmeyi. Hatta Asaf ilk söylediğinde kıskançlık bile duymuştu; parti sekreteri dururken neden Cemil'le görüşmek istiyorlardı? Ölüm olaylarından sonra ona güvenmemeye mi başlamışlardı yoksa? Asaf'ın davranışlarından böyle bir sonuç çıkmıyordu. Hem Hikmet kendini biliyordu, hiçbir yanlış yapmamıştı ki. Sonunda içi rahatlamış, kendinden memnun bir ruh haliyle gitmişti Cemil'in yanına. Asaf'ın söylediklerini iletmiş, randevu yeri ile saatini vermiş, bu görüşmeden kimseye bahsetmemesi için sıkı sıkıya da uyarmıştı onu.

Son dakikayı geçirmek için Dinamo İstasyonu'nun çıkışında bir süre dikildi Cemil. Gözleri birkaç metre ilerdeki dondurma büfesine takıldı. Genç bir kadın altı yedi yaşlarındaki oğluna dondurma alıyordu. Dondurma sözcüğü bile ürpermesine neden oldu. Rusları anlayan beri gelsindi, insanın soluğunun bile donduğu bu havada nasıl dondurma yiyebiliyorlardı? Bu da bir şey miydi canım, Moskova Irmağı'nın üzerini kaplayan kalın buz tabakasını kırıp kendilerini suyun dondurucu serinliğine bırakanlara ne demeli? Yeniden paltosunun kolunu sıyırıp saatine baktı: Daha otuz saniyesi vardı. Otuz saniyenin ne önemi var, demeyin, gizlilikte dakiklik çok önemliydi. Hele görüşme parti üst yönetiminden biriyle yapılacaksa, Cemil salisesine bile dikkat ederdi. Üstelik böyle ansızın yapılan bir görüşmede yanlış bir adım atmamalı, Türkiye'de faşizm koşullarında pişmiş bir yoldaş olarak kusursuz davranmalıydı.

Aslına bakarsanız önce kuşkulanmıştı bu görüşmeden. Hikmet'in sözleri Aliki'yle birlikte olduğu gecenin bütün büyüsünü alıp götürmüş, onu yaşadığı yalın gerçekle yeniden yüz yüze getirmişti. Görüşmeyi anlıyordu da bu kadar gizli tutulmasına bir anlam veremiyordu. Ama biraz kafa yorunca, yasadışı bir partinin Sovyetler Birliği'nde bile gizlemesi gereken sırları olduğu sonucuna ulaştı, bu kanıya o iflah olmaz kendine güveni de eklenince böylesi bir sırrın kendisiyle paylaşılmak istenmesinin büyük bir onur olduğunu düşünerek erken bir sevince boğuldu. Ama sonra öngörüleri değişti, tedirginliğe kapılarak, "Bu sır Mehmet ile Kerem'in ölümleriyle ilgili olmalı," diye akıl yürütmeye başladı. Onları Türkiye'den tanıyan tek kişi kendisiydi. Zaten şu ana kadar onu sorgulamamaları da düşündürücüydü. Yoksa ondan kuşkulanmaya mı başlamışlardı? Belki kolektiftekilerin üç yoldaş arasındaki bu tanışıklığı bilmesini istemedikleri için konuyu açmadılar diyerek kendisini avutmuştu. Ama soracakları zaman gelmişti işte. Yine de emin olamıyordu, çünkü ölümlerin nedenleri açıklanmış, faili bulunmuştu. Üstelik bu açıklamayı Sovyet polisinin bulgularına dayanarak parti yapmıştı. O halde neden onunla görüşmek istiyorlardı? Yoksa bütün bunların altında başka bir iş mi vardı? Söylenenlerin tümü birer aldatmacadan mı ibaretti? Karar vermekte zorluk çekiyordu Cemil. Neyse, az sonra olanı biteni anlayacaktı.

Yeniden saatine baktı: Tamı tamına 14.00'tü. Derin bir soluk alarak Moskova'nın kuru soğuğunu ciğerlerine doldurdu, artık yürümeye başlayabilirdi.

"Yürümeye başladı," diye mırıldandı Viktor, elindeki telsize. "Beloruskaya Garı'na ilerliyor." Caddenin karşısında park etmiş minibüsün içinden Cemil'i izliyordu, yanında iki operasyon görevlisi daha vardı.

"Tamam," dedi telsizin öteki ucundaki Nikolay'ın sesi. "Gelsin. Biz hazırız."

Nikolay, Beloruskaya İstasyonu'nun yakınlarında, Cemil'in yürüdüğü kaldırımı gören küçük bir sokağın girişinde, sarı bir Lada'nın içinde, Ligaçev'le birlikte bekliyordu. Tutuklamayı yapacak üçer kişilik iki ekip ise istasyonun girişi ile aşağıda yürüyen merdivenin çevresine yerleşmişti. Ekip şefleri yüzlerinde soğukkanlı bir ifade, elleri ceplerinde, kalpaklarının altına gizledikleri kulaklıklarından olan biteni dikkatle dinliyorlar, gerektiğinde mesajlarını telsize fısıldayıveriyorlardı. Kısa bir sessizliğin ardından telsizden Viktor'un sesi duyuldu yeniden.

"Öteki adamımız Sokol yakınlarında. Bir taksiye binmiş, bölgeye yaklaşıyor. Dikkatli olun."

Yıldırım zar zor bulduğu taksinin sağ arka köşesine büzülmüştü. Dinamo İstasyonu'na yaklaşınca toparlandı, gözlerini kaldırıma dikerek pürdikkat kesildi. Kaldırım sakin görünüyordu. Çevreye bakındı, kuşku uyandıracak hiçbir belirti yoktu. Saatine baktı, 14.07'ydi. Gözcü epeyce ilerlemiş olmalıydı. Ön cama çarpan kar taneciklerini temizleyen sileceklerin arasından ileriye baktı. Az sonra kaldırımda yürüyen biri belirdi gözlerinin önünde. Gözcü müydü, emin olamadı. Henüz yeterince yakın değildi, üstelik onu arkadan görüyordu. Taksi yaklaşınca, yürüyen adamın Gözcü gibi orta boylu biri olduğunu fark etti, aynı siyah kalpak, aynı palto... "Yoksa biraz farklı mı? Yok yok aynı gri palto." Araç adamın yanından geçerken dönüp baktı Yıldırım. Ama adamın yüzünü görmek mümkün değildi; kalpağı kaşına kadar indirmiş, ağzı burnu da atkıyla sarılmıştı. Yıldırım'ın Ali'yi de aynı yöntemle gizlemiş olmasına karşın aslında bu kuşku uyandıracak bir durum değildi. Sokakta yürüyen on kişiden en az sekizi aynı biçimde yüzünü gözünü sarmıştı. Yine de kızdı Gözcü'ye. Bu yürüyüşün güvenlik için yapıldığını bilmesi gerekirdi. On dakikalığına yüzü açık gezse ölmezdi herhalde. Geçtikten sonra dönüp bir kez daha baktı; başını omuzlarının arasına çekmiş ağır adımlarla ilerleyen adamın yüzünü göremiyordu ama o her şeyiyle Gözcü'ye benziyordu.

O kadar kalın giyinmesine karşın hâlâ üşüyordu Cemil ama bu görüşmede her şey dakikası dakikasına olması gerektiğinden adımlarını da hızlandıramıyordu. "İyi ki Türkiye'de iklim bu kadar sert değil," diye geçirdi kafasından. "Öyle olsaydı yanmıştık." Moskova'da alışık olmadıkları şey yalnızca soğuk değildi. Güneşin cömert davrandığı bir ülkenin çocukları olarak soğuktan daha kötüsü, bu ülkede ışığın az olmasıydı. Neredeyse hemen her gün kapalı bir gökyüzü, sıkıcı bir griye boğulmuş gündüzler. Güneşin eksik olmadığı bir iklimin ışığıyla doğup büyüyen Akdenizliler için yalnızca bu grilik bile bir bunalım nedeni sayılabilirdi. "Biraz ışık, biraz ışık," diye yarı şaka, yarı ciddi az söylenmemişti Cemil, sabahları yataktan kalkarken. Ama şu anda ışıktan yana sıkıntısı olduğu söylenemezdi, kar o ölgün griliği kırmış, yumuşak bir beyazlıkla kaplamıştı her yanı. Kalpağıyla atkısının arasından sıyrılarak, gözlerine kadar ulaşan kar taneciklerine aldırmadan başını kaldırıp ilerdeki Beloruskaya İstasyonu'na baktı Cemil. "İşte geldik," diye neşeyle mırıldandı. Az sonra gireceği metronun sıcak havasını daha şimdiden hisseder gibiydi.

Cemil'in istasyona yaklaştığını gören Nikolay, yanındaki Ligaçev'e döndü. "Adamımız geliyor," dedi. "Hadi takıl peşine. İstasyondaki ekiplere onu sen göstereceksin."

Gözleri yaklaşmakta olan siyah siluete takılan Ligaçev, "Tamam, hemen gidiyorum," diyerek çıktı araçtan.

Ligaçev daha kapıyı kapatmadan telsizi dudaklarına yaklaştırdı Nikolay:

"İlk yolcu istasyona iniyor. Ligaçev arkasında olacak."

Ligaçev iriyarı bedeninden beklenmeyen bir çeviklikle Cemil'in peşine takılırken, Viktor'un minibüsü de istasyona yaklaşmıştı. Viktor telsizine uzandı.

"Öteki adamımız Barikadnaya İstasyonu'na indi. Metroyla size doğru geliyor, dikkat edin."

İstasyon günün bu saatinde bile sakin sayılmazdı. İçeri giren Cemil atkısını çenesine kadar indirdi, artık yüzü görülebiliyordu. Kalabalıkta hedefini yitirmekten korkan Ligaçev, Cemil'in hemen ardından damlamıştı içeriye. Elinde bond bir çantayla merdivenin başında bekleyen birinci ekibin şefi Afanasiyev'i bulmakta zorlanmadı, başıyla Cemil'i gösterdi. Afanasiyev ilgilenmez gibi görünerek ama hedefin en küçük bir hareketini bile kaçırmadan, Ligaçev'in işaret ettiği adamı izlemeye başladı. Cemil hiçbir şeyden kuşkulanmadan, yürüyen merdivenlere bindi. Yedi basamak yukarısında onu takip eden Ligaçev'le birlikte, istasyonun tavanının ne kadar yüksek olduğuna şaşarak indi aşağıya. Böylece ikinci ekibin şefi İlya da Ligaçev'in baş işaretleri sayesinde dikkat çekmeden hedefi tanıma fırsatı buldu.

Merdivenlerden inen Cemil'in ilk işi saatine bakmak oldu. Saat 14.20'ydi, "Tam zamanında," diye düşündü, kendinden memnun bir ifadeyle. Sonra sanki buluşacağı kişi istasyonda bekleyenlerden biriymiş gibi, yolcuları incelemeye başladı. Bu çabasından sonuç alamayacağını anlayınca, gelecek kişinin tanıdık mı, yoksa hiç tanımadığı biri mi olacağı konusunda fikir yürüterek vakit geçirmeye koyuldu. Bir de Asaf çıkıp gelmiyor muydu? Olmayacak iş değildi.

Bunları düşünürken yukarıda bir gürültü koptu. Gençten alkolik bir adam merdivenden kayıp birkaç basamak aşağıya düştü. Merdivendeki öteki insanlar bağırış çağırış yardımına yetiştiler. Cemil de dönüp olup biteni izlemeye başladı. Zavallı adam o kadar çok votka içmişti ki, neler olup bittiğinin farkında bile değildi. Çevresinde toplanan insanlara utangaç gözlerle bakıp, "Ben düşmedim, merdiven durdu," diyerek açıklamalar yapıyordu.

O anda Barikadnaya yönünden gelen tren istasyona girdi. Yıldırım daha önceden hesapladığı gibi yürüyen merdivenin hemen önünde duracak olan vagona binmişti. Mesajda yazılan yerde sırtı dönük olarak duran Cemil'i görünce kapının açılmasını bile beklemeden öne çıktı. Bu arada kuşku uyandıracak kimse var mı diye çevreyi kontrol etmeyi de unutmamıştı, her şey normal görünüyordu. Vagonun kapısı açılır açılmaz, emin adımlarla Cemil'e yürüdü. Birkaç adım atmıştı ki, genç alkoliğin başına toplananları izlemekten sıkılan

Cemil döndü, Yıldırım'la göz göze geldiler. Kısa bir duraksamadan sonra Cemil'in dudaklarında içten bir gülümseme belirdi.

Metrodaki mermer sütunlardan birinin ardına gizlenerek onları izleyen Ligaçev, "İki hedef karşılaştı," diye mırıldandı yakasındaki minik mikrofona.

Telsizin öteki ucundaki Viktor hemen uyardı, "Acele etmeyin, bırakın konuşsunlar... Boris fotoğraf çekmeyi unutma!"

Uyarı gereksizdi, ikinci ekibin elemanlarından Boris çakmak görünümündeki Sovyet harikası fotoğraf makinesini çıkarıp sigara yakma bahanesiyle deklanşörüne defalarca basmıştı. Boris'in son gördüğü Cemil'e yaklaşan adamın bir an duraksadığı, sonra yüzünde kaygılı bir ifadeyle yoluna devam etmesiydi.

Yıldırım'ın Cemil'in yanından geçerek merdivenlere yöneldiğini gören Ligaçev telaşla telsize mırıldandı:

"Buluşma gerçekleşmedi. İkinci hedef buluşma yerinden uzaklaşıyor."

"Çort vazmi," diye bir küfür duyuldu telsizin öteki ucundan, sonra kısa bir süre sessizlik oldu. Ligaçev'in gözü yürüyen merdivende yukarı çıkmakta olan Yıldırım'daydı. "Belli ki uyandı herif," diye düşünüyordu. Hâlâ onu enseleyebilirlerdi ama neyle suçlayacaklardı. Beloruskaya Garı'na gelmek suç değildi ki. Aynı şeyleri Viktor da düşünüyor olmalıydı ki, telsizdeki suskunluk sürüyordu. Tren geldiği gibi rayları gıcırdatarak ayrıldı istasyondan. Yıldırım yürüyen merdivenin son basamağındayken Viktor'un sinirden titreyen sesi duyuldu:

"Uzaklaşan hedefe dokunmuyoruz. O gardan ayrılır ayrılmaz ötekini tutuklayın."

Cemil'in yüzünde de umutsuz bir ifade belirmişti. Gözleri saatine kaydı: 14.20'yi gösteriyordu. Başını çevirip yürüyen merdivene baktı. Aynı anda iriyarı iki adamın arasında buldu kendini. Çelik gibi eller omuzlarından yakalamıştı onu.

"Ne oluyor? Siz kimsiniz?" diye Türkçe söylendi. Adamlar yanıt vermeden onu yürüyen merdivene sürüklediler. Ellerinden kurtulmaya çalıştı Cemil; bağırmak üzereydi ki sağ tarafındaki adam okkalı bir yumruk oturttu midesine. İki büklüm oldu, soluk almakta güçlük çekiyordu. Adamlar istasyona inenlerin meraklı bakışlarına aldırmadan, sanki olağan bir iş yapıyorlarmış gibi rahat tavırlarla, onu kollarından kaldırarak yürüyen merdivene taşıdılar; o kadar güçlüydüler ki, Cemil'in ayakları yerden kesilmişti. Yürüyen merdivenin ortasına geldiklerinde toparlanır gibi oldu Cemil, "Lütfen yoldaşlar," dedi boğuk bir sesle. "Yanlış yapıyorsunuz, ben SBKP MK'nin konuğuyum."

Yanıt olarak ikinci bir yumruk indi midesine, kendini kaybetmişti.

Yirmi beşinci bölüm

Alnında zonklayan bir ağrıyla uyandı Cemil. Gözlerini açtığında pembe bir odada buldu kendini. Baharda açan mine çiçeklerinin uçukluğunda bir pembelik; küçük kızı Nergis'in yatak odası renginde. Olanları anımsayarak aceleyle toparlandı. Odada kendisinden başka kimse yoktu. Gözleri ortadaki masaya, duvardaki büyük aynaya takılınca bir sorgu odasında olduğunu anladı. Panik içinde ayağa kalkarak kapıya yürüdü ama ulaşmadan kapı açıldı; Viktor, Nikolay ve Leonid içeri girdiler.

"Dobre den tavariş," dedi Viktor, nazik bir ifadeyle.

Onları gören Cemil rahatlamıştı, Viktor'un selamına karşılık vermeden öğretmenine yaklaştı.

"Ne oluyor Leonid yoldaş? Beni niye getirdiler buraya? Kimdi o adamlar?" diye sordu, sesindeki tedirginlik fark edilmeyecek gibi değildi.

"Sakin ol yoldaş," dedi Leonid, soğuk bir tavırla. Eliyle ilerdeki iskemleyi göstererek ekledi. "Lütfen otur. Sakin ol. Her şey düzelecek."

Leonid'in yatıştırıcı sözleri yüzündeki duygusuz ifadeyle çelişiyordu. Cemil'in şaşkınlığı daha da arttı.

"Bir yanlışlık mı olmuş? diye sordu dudaklarında aptalca bir gülümsemeyle. "Beni birine mi benzetmişler?"

"Anlatacağım Cemil yoldaş ama lütfen şuraya otur."

Cemil çaresiz dönüp iskemleye yerleşti; Leonid sağ yanına, Viktor da sol tarafına oturdu. Nikolay ise gözlerini zanlıya dikerek ayakta kalmayı seçmişti.

"Beni dövenler..." dedi Cemil, incinmiş bir sesle. "Polisti değil mi onlar?"

"Evet, polisti," dedi Leonid, üzgün bir ifadeyle. "Sana öyle davranmamaları gerekirdi. Haklarında soruşturma açılacak."

Cemil öğretmenin son sözlerini duymamıştı.

"Benden kuşkulanıyorlar," diye söylendi, sesi cılız çıkmıştı, sanki kendi kendine konuşuyordu.

"Korkacak bir şey yok," dedi Leonid, başıyla Viktor'u işaret ederek. "Sadece bazı soruları yanıtlamanı istiyorlar."

"Benden kuşkulanıyorlar," diye yineledi Cemil, sesi şimdi daha güçlü çıkmıştı. "İyi ama neden?"

"Artık başlayalım Leonid İvanoviç," diyen Viktor'un müdahalesiyle kesildi Cemil'in konuşması.

"Tamam," dedi Leonid, geçiştiren bir tavırla, sonra Cemil'e döndü. "Pis bir durum yoldaş. Ama eminim gerçek anlaşılacak. Senden ricam, sorulara açık yanıtlar vermen. Hiçbir şeyi ama hiçbir şeyi gizleme ne olur."

Cemil'in gözlerinde acı yüklü bir ifade belirmişti, zoraki gülümsedi.

"Türkiye'de cuntanın polisinden kaç, kurtul, hayallerindeki ülkede kendi yoldaşların seni tutuklasınlar! Nasıl iştir bu Leonid yoldaş?"

"Kafanı bunlara takma şimdi. Toparlan. İnan bana her şey düzelecek."

"Sahi mi?" dedi, alaycı bir ifadeyle Cemil.

Viktor sabırsızlanıyordu.

"Ona metrodaki adamla nerede tanıştığını sorar mısın?" diye homurdandı.

Soruyu Türkçeye çevirdi Leonid. Soruyu duyan Cemil'in yüzünü bir şaşkınlık kapladı.

"Hangi adamla?"

"Buluşmaya gittiği adamla," dedi Viktor.

Cemil'in kafası karışmış görünüyordu.

"Bir dakika... Bir dakika," diye mırıldandı. "Ben metroda kimseyle buluşmadım."

"Buluşmak istemedin," diye suçladı Viktor. "Adam yaklaşıyordu, seninle konuşmaması için uyardın onu."

Leonid'in çevirisini duyan Cemil, "Ne... Ne diyorsunuz?.." diye kekeledi. "Ben orada kimseyi görmedim. Daha doğrusu, trenden inen bir sürü insan gördüm ama kimse bana yaklaşmadı."

Viktor masanın üzerine bıraktığı çantasını açtı, içinden bir fotoğraf çıkarıp Cemil'e uzattı.

"Peki bu gülümseyiş ne?"

Boris'in çektiği fotoğraftı bu. Cemil'in kendisine yaklaşan Yıldırım'a gülümsediği açıkça belli oluyordu.

"Şeyy," diye kekeledi Cemil, fotoğrafa göz attıktan sonra. "Onu parti adına gelen yoldaş sandım."

"İnkâr etmen boşuna," dedi Viktor, uyaran bir ses tonuyla, Cemil'in elinden fotoğrafı çekerken. "Faaliyetlerinizden ve amacınızdan haberimiz var."

"Ne faaliyeti?" dedi Cemil, kaygıyla. "Ne amacı? Siz ne demek istiyorsunuz?" Bir an durdu. Yardım dilercesine Leonid'e döndü. "Bu adam neyin peşinde? Ne yapmak istiyor?" diye sordu.

"Üzgünüm ama soruları yanıtlamak zorundasın yoldaş," dedi Leonid.

Belki de durumun ciddiyetini ilk o zaman anladı Cemil. Rus öğretmene bakarak bir süre düşündü, şaşkınlığı kaybolmuş gibiydi.

"Bu soruyu yanıtlayamam," dedi ağır ağır konuşarak, dershanedeki tartışmalarda takındığı o hırçın ifade gelip oturmuştu yüzüne. "Bu parti sırrı. Eğer TKP'den bir yetkili sorguya katılmazsa, hiçbir sorunuzu yanıtlamam."

Leonid söylenenleri Rusçaya çevirdi. Viktor karşı çıkacaktı ki, Cemil ondan önce davrandı, "Bunun zor bir şey olduğunu sanmıyorum," dedi, sonra eliyle yandaki duvarı kaplayan aynayı göstererek ekledi. "Eminim Asaf yoldaş bu aynanın arkasından sorguyu izliyordur."

Odada bir suskunluk oldu. "Zeki piç," diye geçirdi aklından Viktor. Tam düşündüğü gibi biriydi bu Cemil.

Leonid, Cemil'i anlıyordu. Bu sorgunun bir parti yetkilisinin gözetiminde yapıldığını kanıtlamak amacındaydı. Bunu hem kendi güvenliği için, hem de ileride Asaf'ın, benim bu sorgudan haberim yoktu, dememesi için istiyordu. Viktor ile Nikolay göz göze geldiler.

"Peki," dedi. "Yoldaş Nikolay, bakar mısınız, Asaf buralarda bir yerlerde olmalı. Onu da çağıralım."

Nikolay çıktı kapıdan. Cemil sağ eliyle hâlâ zonklayan başına dokundu, alnının sağ tarafında fındık büyüklüğünde bir şiş vardı.

"Acıyor mu? Ağrı kesici ister misin?" diye sordu Leonid, mahcup bir yüzle.

"Çok acımıyor. Anlayamadığım şu: Adamlar benim mideme vurmuşlardı, neden başım şiş?"

Viktor sakar bir çocuğun masum gülüşünü takınarak yanıtladı.

"Taşırken ellerinden kaymış, başını bir yere çarpmış."

"Olur," dedi Cemil, Leonid'den yanıtı duyunca, az önceki alaycı ifadeyi takınmıştı yine. "Yoldaşlıkta böyle şeyler olur. Stalin'in paranoyası yatışsın diye yüz binlerce komünist canını vermekten bile çekinmemişti. Bizim başımız şişmiş çok mu?"

"Bu oyunun benim fikrim olmadığım bilmeni isterim," dedi Leonid.

"Ama onlara yardım ediyorsun."

"Bunu biraz da senin iyiliğin için yapıyorum."

Cemil dimdik, dosdoğru baktı Leonid'e, "Benim suçlu olmadığıma inanıyorsun, değil mi?" diye sordu.

Leonid ne diyeceğini bilemedi. Viktor, sorgudan önce Cemil'in Yıldırım'ı uyardığını, bu yüzden buluşmanın gerçekleşmediğini anlatmıştı ona. Kafası iyice karışmıştı, bakışlarını kaçırdı.

"İnanmıyorsun," diyerek kendi sorusunu kendi yanıtladı Cemil, düş kırıklığı içinde.

"Suçlu olduğuna da inanmıyorum," dedi Leonid. "Kanıt olmadan kimseyi suçlayamam."

O anda kapı açıldı, önde Nikolay, arkasında da pişkin bir suratla Asaf göründü.

"Merhaba Cemil yoldaş."

Cemil gözlerini kısarak nefretle baktı Asaf'a.

"Lütfen bana yoldaş deme," dedi.

"Duygusal davranıyorsun," dedi Asaf, boş sandalyelerden birine otururken.

"Ya ne yapacaktım?" dedi öfkeyle sağ elini yana açarak. "Kendi yoldaşlarım beni oyuna getirecek, ben de, 'Aa ne güzel yaptınız, aferin size yoldaşlar,' mı diyecektim?"

"Başka çaremiz yoktu," diyerek kendini savundu Asaf. "Yerimizde olsan sen de öyle yapardın. Biz profesyonel devrimcileriz."

"Yapmazdım," dedi Cemil. "Ben de profesyonel devrimciyim ama sizin yaptığınızı yapmazdım."

"Öyle olsun Cemil yoldaş," dedi Asaf, dudaklarında anlamsız bir gülümseme belirmişti.

"Bana yoldaş dememeni söylemiştim," dedi Cemil, sertçe.

"Nasıl istersen," diyerek geriledi Asaf. "Ama şunu bilmeni isterim ki, eğer suçsuzsan, ben yanında olacağım."

Cemil onun sözünü bitirmesini bile beklemeden Leonid'e dönmüştü.

"O görüşmeye neden gittiğimi Hikmet'e sorun. Size anlatır," dedi. Gözleri Asaf'a kaymıştı. "Ya da buna sorun. Eminim her şeyden haberi vardır."

"Ben sana böyle bir şey söylemedim," dedi Asaf, yapmacık bir tedirginliğe bürünerek.

"Hikmet senin iznin olmadan tuvalete bile gidemez. O görüşmeyi sen tezgâhladın."

Birden durdu, onu izleyen adamlara bakarak gülmeye başladı.

"Allahım çok salağım," diye sağ elini alnına vurdu. "Bunu sizler de biliyordunuz. Birlikte kararlaştırdınız... Anlayamadığım, neden böyle düzmece bir görüşmeye gerek duydunuz? İstediğiniz zaman beni sorgulayabilirdiniz."

Viktor ile Nikolay hiçbir şey söylemeden Cemil'i izliyorlardı. Bu genç zanlının tepkilerini ölçüyor, onun suçluluğunu kanıtlayacak davranışlarını tespit etmeye çalışıyorlardı.

"Orada kimi yakalamayı umuyordunuz? O resimdeki adam da kim?" diye ardı ardına sordu Cemil. Ama karşısındakiler suskunluklarını bozmadılar, bunun üzerine konuşmaya başladı: "Partinin onayıyla bildiğim her şeyi anlatırdım size." Durdu, acı acı gülerek Asaf'a baktı. "Partinin onayıyla... Gerçi bu iş de partinin onayıyla oldu ama..." Yine sustu, kafasında uçuşan düşünceler birleşmeye başlamıştı. Ulaştığı sonuca kendisi de şaşırmış gibi söylendi.

"Kerem'in Mehmet'i öldürdüğüne inanmıyorsunuz..." Odadakilerden yanıt alamayınca ikinci bir tahminde bulundu: "İntihar etmiş olmasına da..."

"Sen inanıyor musun?" diye sordu Asaf.

Soruyu yanıtlamadan biraz düşündü Cemil.

"İnanıyorum," dedi kararlı bakışlarını Asaf'a dikerek. "Kerem zırdelinin biriydi... Anlıyor musun, zavallı bir deliydi o..."

"Yoldaşını, kendini öldürecek kadar mı?"

"Evet, o kadar. Fırsatını bulsa beni de öldürürdü."

"Bunu neden yapsın ki?"

Soru Nikolay'dan gelmişti, gözlerini Cemil'in üzerinden ayırmadan, kıpırtısız bir yüzle bekliyordu yanıtı.

"Mehmet'in polis olduğuna inanıyordu," diye açıkladı Cemil, hiç duraksamadan. "Mehmet'i desteklediğim için benden de kuşkulanıyor ama emin olamıyordu."

"Sen Mehmet'i mi destekliyordun?" diye ikinci soruyu patlattı Nikolay.

"Evet, çünkü Kerem'in anlattıkları ipe sapa gelir şeyler değildi."

Leonid'in çevirdiği konuşmayı Viktor da merakla dinliyor ama hiçbir şey anlamıyordu.

"Böyle bölük pörçük olmuyor," dedi sonunda. "Şu işi başından anlatsın."

"Tamam," dedi Cemil ama birden aklına gelmiş gibi Asaf'a dönerek ekledi. "Özellikle senin dikkatle dinlemeni istiyorum."

Asaf ne demek istediğini anlamamıştı.

"Neden ben?"

"Belki anlattıklarım çoktan unuttuğun eski devrimcilik günlerini anımsatır diye."

Asaf'ın yüzü karardı ama kendini bırakmadı.

"Bana hakaret etmek sana bir şey kazandırmaz."

"Bana kazandırmayacağını biliyorum ama belki seni etkiler diye söylüyorum. Ben devrimcilerden kolay kolay umut kesmem."

Asaf'ın yerinde duramayan minik gözbebekleri öfkeyle Cemil'in yüzünde sabitlendi, karşılık vermek üzereydi ki, Leonid araya girdi.

"Cemil yoldaş istersen başlayalım."

Leonid'in anlayış bekleyen solgun yüzüne baktı Cemil. "Tamam Leonid yoldaş," dedi teslim olmuş bir ses tonuyla. "Başlayalım."

Yirmi Altıncı Bölüm

“Başlayalım,” demesine karşın söze hemen giremedi Cemil. Gözleri masanın mat yüzeyinde, bir süre düşündü, iki istihbaratçı onun tepkilerini dikkatle izlemeyi sürdürüyorlardı. Kahverengi gözlerinde geçmiş günlerin koyu gölgeleri kıpırdanan Cemil, adamların kendisini izlemelerine aldırmadan, Leonid’e dönerek anlatmaya başladı:

“İstanbul’da üniversite gençliği içindeki örgütleri yöneten bir komitede yer alıyordum. Komitemiz üç kişiden oluşuyordu: Yöneticimiz olan İhsan yoldaş, Mehmet ve ben. Mehmet’in de İhsan gibi gerçek kimliğini bilmiyordum, hâlâ da bilmiyorum. O da benimkini bilmezdi. Bizi gerçek kimliklerimizle tanıyan yalnızca İhsan’dı. Mehmet ile ben üniversitelerdeki parti örgütlerinden sorumluyduk. Önemli bir alanı kontrol ediyorduk. İstanbul’daki bütün üniversiteler, yüzlerce kişiden oluşan üye ve sempatizan ağı... Bir de örgütlenmeden ayrı olarak yürüyen dağıtım ağımız vardı. Partinin merkez organı *Atılım*, gençlik içinde çıkardığımız *İleri* gibi dergiler, bu ağ kanalıyla örgütlerimize ulaşıyordu. Bu ağın sorumlusu da Kerem’di. Ama Kerem henüz üst komitede yer almıyor, geçici olarak Mehmet’e bağlı olarak çalışıyordu. İleride onu da büroya alacaktık. Kadrolarımızı düşünsel olarak besleyecek yayınlar olmadan sağlıklı bir örgütsel çalışma yürütmek olanaksızdı. İyi bir koordinasyon sağlamamız için de Kerem’in bizim büroda yer alması zorunluydu. Ancak gizlilik sorunlarımız vardı. Cuntanın polisi her an peşimizdeydi.

Sık sık ev değiştirmek durumunda kalıyorduk. Yeterince güvenli örgüt evi yoktu. Bir ara başı sıkışan Mehmet bile yirmi gün kadar Kerem'in evinde konuk olmak zorunda kalmıştı. Zaten olumsuzluklar da Mehmet'in o evde konuk olmasıyla başladı.

Kerem'in yanında kalmaya başlamasının üzerinden iki hafta geçmişti ki, Mehmet o evden ayrılmak istediğini söyledi. Kerem karısı Ayşe'yi ondan kıskanıyormuş, evde tatsız bir hava hüküm sürmeye başlamış. Ayşe'yi legal dönemden tanıyordum, aklı bir karış havadaki çocuk kadınlardan değildi. Kerem'den önce yakın arkadaşım Yılmaz'la ilişkisi vardı. Yılmaz faşistler tarafından öldürülünce birkaç yıl erkek arkadaşı olmamış, sonunda Kerem'in ısrarlarına dayanamayıp onunla çıkmaya başlamıştı. Çok iyi anlaştıkları söyleniyordu, Ayşe'nin onu aldatması için bir neden yoktu. Üstelik sağlığı yerinde olmayan iki yaşındaki oğluyla o kadar haşır neşirdi ki, bu tür işlere vakit ayıracağını sanmıyordum. Ama belli de olmazdı. İtiraf etmek gerekir ki, eşlerimiz için illegal yaşam oldukça sıkıcıydı. Darbe öncesinde örgütün en ön saflarında dövüşen bu genç kadınlar, yeraltı çalışmasıyla birlikte eşlerine destek sağlayan yardımcılar durumuna düşmüşlerdi ki, aralarında değme erkek yoldaşlara taş çıkartacak kadar zeki, cesur, yetenekli olanları vardı. Ayşe de bu ağır yaşamdan iyice bunalmış, Mehmet'le flört etmek istemiş olabilir miydi? Belki. Belki de aralarında hiçbir şey yoktu da Kerem boş yere karısını kıskanıyordu. Ne olursa olsun, Mehmet artık orada kalamazdı.

Güvenliği biraz daha düşük olmakla birlikte yeni bir ev ayarladık, Mehmet de hemen ertesi gün ayrıldı onlardan. Ama olan olmuştu, iki yoldaşın arasına kara kedi girmişti bir kere. Kerem artık Mehmet'e güvenmiyor, her fırsatta bunu hissettirmekten de çekinmiyordu.

Aradan bir ay geçti. Son komite toplantısında İhsan yoldaş bir süre bizden ayrı kalacağını söyledi. Bize açıklamamasına karşın parti yönetimiyle görüşmeye gittiğini tahmin edebiliyorduk. Daha önce de ortalıkta görünmemiş, sonra Merkez Komitesi'nin *plenum* kararlarıyla dönmüştü. O yokken çalışmaları Mehmet'le ikimiz yürütecektik. On beş gün sonrasına bir görüşme saptayıp ayrıldık.

On beş gün sonraki görüşmeye, alı al moru mor geldi Mehmet. Onu görür görmez kötü bir şeyler olduğunu anlamıştım.

'Operasyon var,' dedi. 'Polis dağıtım ağına sızdı.'

Sanki az sonra tutuklanacak, işkence masasına yatırılacakmış gibi panik içindeydi. Doğrusunu söylemek gerekirse, ben de korktum. Mehmet'in takip edilmiş olabileceği geliyordu aklıma. Ama öyle olsa bile artık yapacak bir şey yoktu. Şu anda en kötü şey paniğe kapılmaktı. Onu duymamış gibi davrandım. Bir kafede oturuyorduk, ne içeceğini sordum. Nasıl böyle sakin olabiliyorsun, der gibi şaşkınlıkla yüzüme baktı, aldırmadım. Çayının yanına üzümlü keklerden almasını söyledim. İstemedi ama davranışım etkisini göstermiş, panikten kurtulmuştu. Çayından birkaç yudum aldıktan sonra, benim isteğim üzerine olanları anlatmaya başladı.

Altı gün önce polis Kerem'in evini basmış. Beklenmedik bir operasyonmuş bu. Çünkü ne dağıtım ağında, ne de örgütte daha önce gözaltına alınan kimse yokmuş.

'Kerem yakalanmış mı?' diye sordum hemen korkuyla.

'Hayır,' diyerek yüreğime su serpti Mehmet. 'Ev basıldığında Kerem yokmuş. Karısı ile iki yaşındaki çocuğundan başka kimseyi bulamamışlar evde. O gün Kerem'in işleri yoğunmuş, eve geldiğinde vakit geceyarısına yaklaşıyormuş. Eve her gelişinde yaptığı gibi, önce güvenlik işareti olarak kullandıkları makrameye bakmış, yerinde duruyormuş.'

Kerem'in yakalanmamasına sevinmiştim, o, polisin eline geçseydi tam bir felaket olurdu..." diye sözlerini sürdürüyordu ki Cemil, Nikolay müdahale etti.

"Şu güvenlik işareti nedir, anlayamadım," diye merakla sordu.

Asaf soruyu havada kaparak hevesle yanıtladı:

"Gizlilik koşullarında çalışan bir parti üyesi için hiçbir mekân yeterince güvenli değildir, buna kendi evi de dahil. Bu yüzden evlerin balkonuna, penceresine bir havlu, bir çiçek saksısı, kapalı bir perde, açık tutulan ışık gibi her şeyin yolunda olduğunu gösteren işaretler koyarız. Bir baskın anında evdeki kişi önce bu işaretleri kaldırır. Dışarıdan gelecek yoldaş işareti görmeyince bir terslik olduğunu anlar, içeri girmez, böylece tutuklanmaktan kurtulur."

Asaf'ın iyi olmayan ama meramını aktarmayı başaran Rusçasını Cemil'e çevirmeyi ihmal etmemişti Leonid. Asaf'ın konuşması biter bitmez, Cemil ironik bir ses tonuyla sürdürdü sözlerini:

"Ama her zaman işler Asaf yoldaşın söylediği gibi tıkırında gitmez. Bazen baskın öyle ani olur ki, evdeki kişi işaretleri almayı başaramaz. Kerem'in evinde de öyle olmuş işte. Zili duyan Ayşe, 'Kim o?' diye sormuş. Kapıdaki biri kadın öteki erkek, iki kişi, Arçelik için anket yapmaya geldiklerini söylemişler, Ayşe boş bulunup kapıyı açınca da, içeri dalıp onu kıskıvrak yakalamışlar. Kadıncağız güvenlik işareti olan makrameyi pencereden almaya fırsat bulamamış. Baskından habersiz eve dönen Kerem de makrameyi görünce rahatlıkla girmiş apartmana. Çocuğunu uyandırmamak için zili çalmamış, anahtarla daire kapısını açmış. İçeri girmiş ki ne görsün: Salonda üç sivil polis horul horul uyumuyor mu. Anında olanları anlamış, usulca geri dönmüş, kapıyı çekip çıkmış."

"Bir dakika, bir dakika," diyerek sözünü kesti Cemil'in Asaf.

"Sen şimdi, Kerem'in karakol kurulan eve girdiğini, sonra da elini kolunu sallayarak çıktığını mı söylüyorsun?"

"Ben değil, Kerem söylüyor."

Leonid'in çevirisini dinleyen Viktor da bu duruma şaşırmış olmalı ki, "Kerem'in söylediğini kanıtlayabilir misin?" diye sordu.

"Elbette. Kerem'in kendi el yazısıyla partiye yazdığı rapor var. Arşivde olması gerek."

"Peki sen inandın mı buna?" diye sordu Asaf.

"Önce inanmadım. Çünkü Kerem'in evinin basılmasının ardından dağıtım ağında da tutuklamalar başlamıştı. Birbirini hiç tanımayan yoldaşlar, bir gecede evlerinden teker teker toplanmıştı. Adreslerini bilen tek kişi ise Kerem'di. Mehmet'ten bunları duyduğumda ben de Kerem'den kuşkulandım.

'Kerem'in durumu nasıl?' diye sordum Mehmet'e.

'Üzgün,' dedi. 'Sanırım, polisin elindeki karısını, çocuğunu merak ediyor.'

"Tutuklamalarla ilgili ne söylüyor?' dedim.

'Şaşkın,' dedi Mehmet. 'Polisin alttaki yoldaşları bilmesinin imkânsız olduğunu söylüyor.'

'İzlenmiş olabileceğini kabul etmiyor mu?'

'Çok dikkatliydim, izlenmediğimden eminim, diyor.'

'Sana karşı tavırları nasıl?'

'Soğuk. Ama her istediğimi yerine getiriyor.'

Mehmet'i dinlerken polis operasyonunun genişlemesini engellemek için başka ne tür önlemler alabileceğimizi düşünüyordum. Örgütte görüşme periyotlarını azaltmak, evlerde yasadışı yayın bulundurmamak gibi ek önlemler almamız gerektiği sonucuna vardım, bunları Mehmet'e söyledim. Önlemleri yerinde buldu, on beş gün sonra buluşmak üzere ayrıldık.

Mehmet'ten ayrılır ayrılmaz arkamı dikkatle kontrol ettim. Çift çıkışlı hanlara girdim, tek yönlü yollarda taksilere bindim, sakin sokaklarda yürüdüm... Yaklaşık yarım gün süren bu denetimden sonra temiz olduğuma inanarak yoldaşları aramaya, aldığımız önlemleri uygulamaya başladım. Hiçbir sorumluyu dağıtım görüşmesine göndermedim. Böylece operasyon benim alanıma sıçramadan dağıtım ağındaki 53 kişinin tutuklanmasıyla sona erdi.

Ama bu operasyonda aydınlığa çıkmayan karanlık noktalar vardı. Kerem polisle işbirliği yapıyor olabilir miydi? Bunu söylemek güçtü. Onu yasal dönemde, uzaktan uzağa gençlik örgütünden tanıyordum. Biraz ağırkanlıydı ama oldukça zeki, hepsinden de önemlisi inançlı biriydi. Devrimci savaşım uğruna tıp fakültesini üçüncü sınıftayken bırakmış, birinde bıçakla, diğerinde tabancayla olmak üzere iki kez de faşistler tarafından vurulmuştu. Ama evde polisleri uyur bulup tutuklanmaktan kurtulmak da doğrusu akla mantığa sığacak bir açıklama değildi.

Partinin davalarına bakan bir avukat vardı. Ona gittim. Önce Kerem'in karısının gözaltında olduğunu, ilgilenmesini söyledim. Haberi vardı ama yapabileceği bir şey yoktu. Polisin 90 gün gözaltında tutma yetkisi vardı, o süre içinde de görüşme yapması olanaksızdı.

'Kocası ele geçmediği için iyice yüklenecekler,' dedi avukat. 'Onun yerinde olmak istemezdim.'

Kim isterdi ki? Bırakın işkence görmeyi, 1. Şube'de yapılanları dinlemek bile insanın ruh sağlığını bozmaya yeterdi.

'Umarım dayanır,' dedim, söyleyecek başka bir şey aklıma gelmediği için.

'Umarım sakatlanmadan, sağ salim çıkar,' dedi avukat.

Bu operasyon hakkında neler bildiğini sordum. Genel bilgiler edinmişti. Onun görüşüne gereksinimim vardı, partiyle ilgili bölümleri atlayarak olayı ayrıntılarıyla ona anlattım. Beni ilgiyle dinledikten sonra, 'Olabilir,' dedi, sonra hayretten açılmış gözlerime bakarak sürdürdü sözlerini. 'Evet, hiç şaşırma, polisler uyuyakalmış olabilir.'

'Nasıl olabilir?'

'Sen bu kentte bir gecede kaç kişinin tutuklandığını biliyor musun?' dedi. 'Yalnızca TKP'yi düşünme, öteki sol partiler, gruplar, muhalefet yapan herkes... Bunların izlenmesi, tutuklanması, sorgusu, işkencesi, yargısız infazı... Polis seferberlik ilan etmiş, birkaç yıldır izin filan yok. Emniyet Müdürlüğü'nün Sıkıyönetim Komutanlığı'na yazdığı bir dilekçe geçti elimize. Teşkilattaki polis sayısının yetersizliğinden yakınıyorlar. Teşkilat karakoldaki bekçisine kadar çift mesai yapıyor. Eğer tutuklamalar üst üste geldiyse, ki olabilir, çünkü sözünü ettiğin tarihlerde Devrimci Yol örgütüne yönelik büyük bir operasyon vardı, günlerdir uykusuz kalan polisler sızmış olabilir.'

Avukatın söyledikleri ilginçti ama inanmakta zorluk çekiyordum. Böyle olduğunu kabul etsek bile, dağıtım ağındaki yoldaşların tutuklanmasına ne demeli?

'Belki evde isimlerin bulunduğu bir liste vardı,' diye bir tahminde bulundu avukat yoldaş.

Bu hiç aklıma gelmemişti doğrusu. Gerçi evde isimlerin olduğu yazılı materyaller bulundurulması kesinlikle yasaktı. Ama yoldaşlar bazen büyük yıkımlara yol açabilecek dikkatsizlikler yapabiliyorlardı. Belki bir zamanlar parti istediği için yazılmış, sonra da bir köşede unutulmuş olabilirdi.

'Söylediklerimin tümü varsayım. Yine de temkinliliği elden bırakmamak gerekir,' diyerek uyardı avukat beni. Teşekkür ederek ayrıldım yanından.

Mehmet'le on beş gün sonra yeniden buluştuk. Kendini toparlamıştı, iyi görünüyordu. Kerem'i sordum.

'Kötü,' dedi. 'İyice içine kapandı. Evinde kaldığı insanlarla gerekmedikçe konuşmuyormuş. Partiden yetkili biriyle görüşmek istediğini söylüyor.'

'Sen görüşüyorsun ya,' dedim.

'Benim dışımda biriyle görüşmek istiyormuş.'

'Neden?'

'Sanırım olanlardan beni sorumlu tutuyor.'

'Seni mi sorumlu tutuyor?' diye sordum şaşkınlıkla. 'Öyle mi söyledi.'

'Açıkça söylemedi ama tavırlarından o anlaşılıyor.'

'İyi be,' diye söylendim öfkeyle. 'Hem kendi örgütünü polise teslim et, hem de sorumluyu suçla.'

'Kötü günler geçiriyor,' dedi Mehmet, her zamanki anlayışlı tavrıyla. 'Ona yardımcı olmalıyız. Bir yetkili onunla görüşürse iyi olur.'

Ne yapmak istiyordu bu Kerem? Koca dağıtım ağının çökmesine neden olmuştu. Şimdi de başkalarının başını mı belaya sokacaktı? Ama öte yandan operasyonla ilgili bilgileri yalnızca Mehmet'ten almıştım, Kerem'in sorumlusuyla sürtüşmesi de göz önüne alınınca, gizlediği başka bilgiler olabileceğini düşündüm. Tehlikeliydi ama onunla görüşmem gerektiğine inanmaya başladım. Bu düşüncemi Mehmet'e açtım. O da bana hak verdi. Ne zaman görüşmek istediğimi sordu.

'Hemen,' dedim.

Şaşırmıştı, bu tür görüşmeler katı gizlilik kuralları uygulanarak yapılırdı. Ama bence en güvenli yol, polisin haber almasına izin vermeden görüşmeyi hemen yapmaktı.

'Evet, hemen,' diye tekrarladım. 'O şu anda evde değil mi? Bir taksiye atlayıp gidelim. Böylece tehlikeyi en aza indirmiş oluruz.'

Mehmet'in yüzündeki sorular kaybolmuştu. Yarım saat sonra Kerem'in saklandığı evdeydik..."

"Senin o eve gitme yetkin var mıydı?" diyerek Cemil'in sözünü kesti Asaf. "Anlattığın kadarıyla komitenin sekreteri değilmişsin."

Asaf'ın sözlerini anında Rusçaya çevirdi Leonid; iki istihbaratçı merakla yanıtı beklemeye başladılar.

"Doğru, değildim," dedi Cemil. "Ama bu konularda Mehmet'ten daha deneyimliydim. Aramızda böyle bir görev bölümü olmamasına rağmen, sekreter yoldaş yokken sorumluluk doğal alarak bana geçerdi. Mehmet de bunu hisseder, sorun çıkarmazdı. Üstelik Kerem benim alanıma da dağıtım yapıyordu. Yani konu beni de doğrudan ilgilendiriyordu. İnisiyatif kullanmak zorunda hissettim kendimi."

"Riskli değil mi?" diye üsteledi Asaf.

"Tehlikeyi göze almadan yeraltında çalışamazsın," dedi Cemil, küçümseyen bir ifadeyle.

"Ben polisi değil, partideki konumunu riske attığından söz ediyordum," dedi Asaf.

Anlamlı anlamlı gülümsedi Cemil.

"Sen de bilirsin, son dönemde kullandığımız bir slogan var: 'Nerede bir yoldaş varsa Türkiye Komünist Partisi oradadır.' Yaşamın dayattığı bir şey bu. Ülkede çoğu zaman yalnız başımıza kalırız. O anlarda kendi kararımızı kendimiz vermek zorundayız. Bunun bedelini de öderiz kuşkusuz."

Cemil'in sözlerindeki iğneleyiciliği Asaf kadar Leonid de hissetmişti. Bu arada söze Nikolay karıştı.

"Yeri gelmişken ben de bir şey sormak istiyorum," dedi Cemil'e bakarak. "Özgeçmişinizi okurken bir şey dikkatimi çekti. Siz hiç yakalanmamışsınız, hatta poliste adınız bile geçmemiş."

Cemil adamın nereye varmak istediğini kestirmeye çalışıyordu.

"Bu bana biraz tuhaf göründü. Beş bine yakın üyesi, yandaşı, sempatizanı tutuklanan bir partinin yöneticisi olarak polisin sizi tespit edememesi tuhaf."

"Hiç de tuhaf değil. Bu gizlilik kurallarını uygulamakla, biraz uyanıklıkla, biraz da şansla ilgili bir şey," dedi Cemil, sonra alıngan bir ses tonuyla ekledi. "Şunu da bilmenizi isterim ki, polisin beni tespit edememiş olmasından utanç duymuyorum. Yıllar sonra çenesi düşük yaşlı bir adam olduğumda genç yoldaşlarıma övünerek anlatacağım az sayıdaki konudan biri de bu olacak."

"Sorularınız bittiyse yeniden Kerem'e dönelim," dedi Viktor, konunun dağılmasından rahatsız olmuş gibiydi. Cemil yeniden anlatmaya başladı:

"Kerem Boğaz sırtlarında, parti yandaşı, zengin bir adamının evinde kalıyordu. Kapıyı gençten, güzel bir kadın açtı. Beni görünce biraz tedirgin oldu ama Mehmet'in sıcak tavırları onu rahatlattı, gülümseyerek içeri buyur etti bizi. Kısa bir hoşbeşten sonra Kerem'in kaldığı küçük odaya girdik. Bir baskın gibi aniden gerçekleşen bu görüşme Kerem'i korkutmuşa benziyordu. Ürkek gözlerle beni süzmeye başladı.

'Merhaba yoldaş,' diyerek elimi uzattım, kısa bir kararsızlık anından sonra elimi dostça sıktı. Yüzündeki endişenin kaybolduğunu hissettim. Mehmet parti adına onunla görüşmeye geldiğimi söyleyerek çıktı, yan odada beni bekleyecekti. Küçük odadaki divanın üzerinde, aramızda yarım metrelik bir mesafe, yan yana oturuyorduk.

'Evet yoldaş,' dedim, soğuk bir ses tonuyla. 'İşte geldik. Partiyle görüşmek istemişsin.'

'Aslına bakarsan geleceğinizi sanmıyordum,' dedi.

'Tahmininde yanılmış sayılmazsın. Bu tür istekler pek hoş karşılanmaz. Partiyle ilişkini sağlayan bir sorumlun varken onu çiğneyip seninle konuşmak, yoldaşa haksızlık olur. Ancak yaşadığınız tuhaf operasyon nedeniyle bu kuralı çiğnemek zorunda kaldık.'

Sözlerim onu zerrece etkilememişti, kızarmış gözlerini yüzüme dikerek sordu.

'Onun sorumlusu musun?'

'Bunu sana açıklayamam. Ama şu kadarını söyleyeyim ki, parti adına geliyorum.'

Gözlerini yüzümden ayırmadan usulca yanıma yaklaştı, öyle dikkatle bakıyordu ki, kendimi bir tuhaf hissettim; dost mu düşman mı olduğuma tıpkı bir kedi gibi beni koklayarak karar vereceğini sandım. Birden kulağıma doğru eğildi, sanki birileri bizi dinliyormuş gibi fısıltıyla, 'Kim olduğunu bilmiyorum ama seni daha önce gördüm,' dedi. 'Cağaloğlu'ndaki NATO'ya Hayır korsan eyleminde konuşmuştun. İnan bana, bu aşinalık olmasaydı seninle konuşmazdım.'

Onun bu gizemli tavırları canımı sıkmaya başlamıştı. Kendimi geri çekerek, 'Neden?' diye sordum.

Titreyen eliyle yan odayı göstererek, 'Çünkü o bir polis," dedi.

'Ne?' dedim, şaşkınlıkla.

'İçerdeki adamın polis olduğunu söylüyorum,' dedi kendinden emin ama neredeyse benim bile duymakta zorluk çekebileceğim kısık bir ses tonuyla.

'Dur, dur bir dakika,' dedim onu anlamaya çalıştığımı göstererek. 'Sen ne söylediğinin farkında mısın?'

Yüzünü çaresizlik kapladı.

'Çıldırmış olduğumu düşünüyorsun,' dedi. 'Ama inan bana, söylediklerim doğru.'

Onun tedirginliği bana geçmişti.

'Bu korkunç bir iddia,' dedim. Sesimdeki ürküntüyü ben bile hissedebiliyordum.

'Partiyi saran tehlike çok daha korkunç,' dedi, sonra yalvarırcasına ekledi: 'İnan bana yoldaş, bu adam polis.'

'Nasıl bu kadar emin olabiliyorsun?' diye öfkelenerek sordum.

'Onu gördüm.'

'Gördün mü? Nerede?'

'Bir arabada. Yanında MİT'te çalışan bir adam vardı.'

'MİT'te çalışan adamı nereden tanıyorsun?'

'İbrahim Sucu. Bizim eski mahalleden, çocukluk arkadaşım Ragıp'ın üvey abisi. Ama adamı uzun zamandır görmemiştim. Emin olmak için gidip Ragıp'ı buldum. Lafı İbrahim'e getirdim. Değişip değişmediğini sordum. Hiç değişmediğini, tıpkı benim gördüğüm adam gibi, hâlâ genç ve dinç olduğunu söyledi.'

'Saçmalıyorsun,' diye çıkıştım Kerem'e. 'Tipi MİT'çiye benzeyen bir adamla gördüm diye insan yoldaşını polislikle suçlar mı?'

Kerem üzüntüyle başını sallayarak, 'Ne yazık ki ben de senin gibi düşündüm,' dedi. Yoldaşıma toz kondurmak istemiyordum. Bunun MİT'in partiye sızmak için düzenlediği bir operasyon olduğunu sandım. Yoldaşımı uyarmaya karar verdim. Onu görmem sorun değildi, o günlerde bizde kalıyordu. Akşam olayı açtım. Söylediklerimi duyunca tedirgin oldu ama soğukkanlı görünmeye çalıştı. Gördüğüm kişinin kendisi olmadığını, birini ona benzettiğimi söyledi. Israr edince, görüştüğü yoldaşlar arasında tarif ettiğim tipte birinin bulunmadığını belirtti. Daha da ileri giderek, o gün evden çıkmadığı yalanını ağzından kaçırıverdi. İstersem eşime sormalıymışım. Oysa o gün eşim, oğlumu doktora götürmüş, uzunca bir süre evde bulunmamıştı. Bense tuhaf bir önseziyle evi iki kez telefonla aramış, yoldaşın açması için zili şifreli olarak üç kez çaldırmıştım ama kimseyi bulamamıştım. Bunu söyleyince de banyo yaptığını, zili duymamış olabileceğini söyledi.'

Kerem anlattıkça söylediklerine daha çok inanır gibiydi. Onun bu duyguya kapılmasını önlemek için, 'Olayı soğukkanlı değerlendirirsen, sorumlu yoldaşının söylediklerinin gerçekleşmeyecek şeyler olmadığını anlarsın,' dedim.

'Haklısın,' dedi, 'Her şeye karşın ben de sabırlı davrandım, onu suçlamakta acele etmedim. Keşke etseymişim. Onlar benden önce davranarak inanılırlığımı ortadan kaldırdılar.'

'İnanılırlığını mı?'

'Anlamıyorsun, değil mi?' dedi düşünceli bir tavırla. 'Sana hak vermiyor değilim. O kadar ustaca düzenlenmiş bir oyun ki, senin yerinde olsam ben de anlamazdım.'

'Anlatmayı denersen belki anlarım,' dedim.

'Ondan kuşkulandığımı biliyordu,' dedi Kerem. 'Ben artık onun için tehlikeli biriydim. Bu yüzden ortadan kaldırılmalıydım. Ama öldürülmem gürültü koparır, dikkat çekerdi. Daha iyisi, beni sözüne güvenilmez biri haline getirmekti.' Durdu, kan çanağına dönmüş gözlerini yardım dilercesine yüzüme dikerek sordu: 'Şimdi anladın mı? Evimin basılması, yoldaşların tutuklanması hepsi bunun için yapıldı. Benim güvenilmez, sözüne inanılmaz biri olduğumu kanıtlamak için.'

Kerem'e acımaya başlamıştım. Ama ona inanmak içimden gelmiyordu.

'Tamam, söylediklerini inceleyeceğiz, sorumlu yoldaşın üzerinde düşüneceğiz,' dedim sakin bir ses tonuyla. 'Ama iyi düşün, izlenmiş olmayasın?'

'Olamam. Olsaydım fark ederdim. Görevim gereği çok sıkı bir güvenlik sistemi kurdum. Görüşmelerden sonra eve dönerken en az beş güvenlik bölgesinden geçer, arkamda gölge var mı diye kontrol ederim. Yaz kış fark etmez, hiç üşenmeden yıllardır bunu yaparım.'

'Her şeye rağmen polisi atlatamamış olabilirsin.'

'Sanmıyorum ama öyle olduğunu kabul etsek bile, alttaki yoldaşların tümünün bir gecede toparlanması olanaksız.'

'Evde unutulmuş isim listesi...' diyecek oldum.

'Ben yoldaşlarımın adlarını yazılı olarak vermem,' dedi öfkeyle, sonra sol elinin işaretparmağıyla şakağını göstererek sürdürdü sözlerini. 'İsimler burada yazılı. Sözlü olarak aktarırım ama yazılı olarak asla vermem. Parti kararı olsa bile uymam. Bu yüzden partiden uyarı cezası bile aldım. Sorarsan söylerler. Biz dağıtımcılar bu konuda siz örgütçülerden daha duyarlıyız. Çünkü belge taşıyoruz. Belge demek yıllarca hapis yatmak demektir. İşkencede direnşen bile savcılıkta seni hiçbir şey kurtaramaz. Evimde isim yoktu. Çünkü ben onları yazmadım.'

'Alttaki yoldaşları senden başka kim biliyor?'

'Kim olacak, içerdeki,' dedi anlamlı bir bakışla. 'Benden başka isimleri bilen tek kişi o.'

Yazılı vermediğini söylüyorsun, nasıl öğrendi isimleri.'

'Ezberleyerek. Çok zeki biri. Tam bir ajan o.'

Düşünceli bir tavırla yüzüne baktım. Karşımda kendi kâbusunun kurbanı olan biri vardı.

'Seninle açık konuşacağım yoldaş,' dedim. 'Anlattıklarından yola çıkarak içerdeki yoldaşı polis diye suçlayamayız. Bu düşünceden sen de vazgeçsen iyi olacak. Çünkü yanlış. Geçmişi çok temiz bir yoldaş o.'

'Temiz bir yoldaş mı?' diye düş kırıklığı içinde söylendi. Yüzünü büyük bir umutsuzluk kaplamıştı. Sanki kötü bir kehaneti haber verir gibi fısıldadı.

'Mahvolacağız...' dedi, durdu, yüzüme baktı. 'Partiyi yok edecekler, hepimizi tutuklayacaklar, belki de öldürecekler.'

Onu izliyordum, rol yapar gibi bir hali yoktu, söylediklerine kesinlikle inanıyordu. İçine düştüğü paranoya histerisinin şiddetini ben bile hissedebiliyordum. Hiç beklenmedik bir anda büyük bir operasyon yemiş, bütün örgütünü kaybetmişti. Tutuklanan, işkence gören arkadaşları için duyduğu vicdan azabı, örgüte vereceği hesap, bir de karısıyla oğlunun işkencecilerin elinde olması, hepsi üst üste gelince ip bir yerde kopmuştu. Ama ayakta kalması, bir şeylere sarılması gerekiyordu, bu yüzden belki de hiç olmamış bir rastlantıyı bahane ederek bütün sorumluluğu Mehmet'e yüklemeye çalışıyordu.

Onun söylediklerine inanmamız için hiçbir neden yoktu ama bu Kerem'in polis olduğu anlamına da gelmezdi. Yatıştırıcı sözler söyleyip olayı araştıracağımızı belirterek ayrıldım yanından.

Yolda Mehmet, neler konuştuğumuzu sordu.

'Kafası çok karışık. Ne söylediği belli değil,' diye geçiştirdim. Sorumlu yoldaşla konuşmadan Kerem'in anlattıklarını ona söylemeyi uygun bulmadım.

Ama Kerem artık Mehmet'in sorumluluğunda kalamazdı, onu başka bir eve yerleştirdik. Buna çok memnun olmuştu. Sekreter yoldaş gelene kadar da hiç sorun çıkarmadan o evde kaldı.

Sorumlu yoldaşımız gelince durumu ona anlattım. Ayrıntılı sorular sordu, bildiğim her şeyi anlattım. O da benim gibi, Mehmet'ten kuşkulanmamızın yersiz olduğu kanısına vardı.

Bir hafta sonra kötü haber geldi. Kerem'in oğlu ölmüştü. Polis karısını gözaltına alırken çocuğu da kimsesizler yurduna bırakmış, zaten ciğerlerinden sorunlu olan çocuk, yurttaki kötü bakım nedeniyle üşütüp zatürree olmuş, tedavisi de gecikince on beş gün içinde eriyip gitmişti."

Konuşmanın başından beri gözlerini Cemil'den ayırmayan Viktor, iskemlesinin arkasına yaslanarak, "Güzel hikâye! Anlattıkların Kerem'in intihar etmiş olma olasılığını destekliyor..." dedi. Canı sıkılmış gibiydi. Sorguda Cemil'in inisiyatifi ele geçirdiğini düşünüyordu. Bir süre sustu, birden aklına gelmiş gibi sordu: "Sen Kerem'in evini biliyor muydun?"

"Bilmiyordum, nereden bileyim? Söyledim ya, o benimle çalışmıyordu."

"Ama Mehmet'le buluşuyordunuz," diyerek Nikolay karıştı lafa. "Onu izleyerek Kerem'e ulaşmak hiç sorun olmazdı değil mi?"

"Olmazdı herhalde," diye sinirli bir ses tonuyla yanıtladı Cemil. "Ama aynı şekilde, sorumlu yoldaşı tespit etmek de sorun olmazdı. Polis olsaydım Kerem'i yakalatmak yerine sorumlumu yakalatırdım."

"Benim merak ettiğim başka bir şey var," diyerek konuyu değiştirdi Viktor. "Nasıl oldu da üçünüz Moskova'da buluştunuz?"

Cemil derinden bir iç geçirerek, "Bir yanlışlık sonucu... Biraz da Bulgaristan Komünist Partisi'nin vurdumduymazlığı yüzünden..." dedi. Söylediklerinden kimsenin bir şey anlamadığını fark edince işin ayrıntısına girdi.

"Kerem'in birimindeki tutuklamalarda bazı soruların yanıtı bulunamamıştı. Sanırım sorumlu yoldaş bizlerin, yani ben, Kerem ve Mehmet'in bir süre ülkeden, örgütlerden uzak kalmamızın doğru olacağına karar verdi ki, bence de yerinde bir tutum. Böylece bizim eğitim olayımız gündeme geldi. Ama Bulgaristan'da bir terslik oldu. Kerem'in Sofya'daki okulda eğitim görmesi gerekiyordu. Ancak ülkedeki parti örgütleri fazla adam yollamış, oradaki kontenjan da dolmuştu. Zaten Türklerin asimilasyonu nedeniyle Bulgaristan'la bizim partinin arası iyi değildi. Kerem'i okula almadılar, o da bizimle birlikte Moskova'ya geldi. Gelir gelmez de paranoyası yeniden depreşti. Üstelik oğlunun ölümü, daha sonra eşiyle arasının bozulması onu iyice çileden çıkarmıştı. Bütün bunların sorumlusu olarak gördüğü Mehmet'i gözüne kestirdi. Yalnızca Mehmet'i mi, kendisini desteklemediğim için beni de kara listeye aldı; orada burada çekiştirip durmaya başladı."

"Biliyoruz," dedi Viktor, ağır ağır başını sallayarak. "Burada ilginç olan şu ki, bu konuşmaların en şiddetlisinin onun ölümünden birkaç saat önce yapılmış olması. O konuşma sırasında Kerem ısrarla bizimle görüşmek istediğini söylüyor Şerif'e. Sence ne anlatacaktı Kerem?"

"Bilmem," dedi kayıtsızlık içinde Cemil. "Belki suçunu itiraf edecekti."

"Ama Şerif'in söylediklerine bakılırsa, bize anlatacakları biraz seninle ilgiliymiş."

"Olabilir, belki de yine benim hakkımda saçma sapan laflar söyleyecekti."

"Saçma sapan laflar ha..." dedi Viktor, kalın kaşlarının altından kuşkuyla Cemil'in yüzüne bakarak. "Asıl önemli olan Kerem'in bizimle konuşacak fırsatı hiç bulamamış olması."

"Mektup bırakmış ya!"

"Onun yazdığından emin olamayız," diyerek savuşturdu Cemil'in varsayımını Viktor. "Kerem bize önemli açıklamalarda bulunacağını Şerif'e anlatıyor. Şerif de bütün iyi niyetiyle olanları sana söylüyor. Sen Kerem'e çok kızıyorsun. Ve o gece Kerem ölüyor. Biraz tuhaf değil mi?"

"İntihar ediyor," diye anımsattı Cemil.

"Öyle görünüyor ama yapılan otopside kanında aşırı dozda Diazem bulundu. Doktorların söylediğine göre bileğini değil, dilini kesmeye kalksalar karşı koyamazmış."

"Yani onu ben mi öldürdüm?"

"Bunu sen söyleyeceksin," deyip soğuk bir ses tonuyla sordu Viktor. "Onu sen mi öldürdün?"

İlk kez doğrudan suçlanan Cemil'in dehşetle büyüyen gözleri Leonid'in yüzünde durdu.

"Çok saçma," dedi. "Onu ben öldürmedim. Neden öldüreyim ki? Tamam, Kerem hasta biri ama benim yoldaşım. Leonid yoldaş lütfen anlatın onlara... Ben Kerem'i öldürmedim... Bu... Bu çok saçma."

"Biraz sakin olun," dedi Viktor, yeniden söze karışarak.

"Nasıl sakin olabilirim ki, beni yoldaşlarımı öldürmekle suçluyorsunuz," dedi Cemil, gerginliğini sürdürerek.

Bu arada Viktor önündeki dosyayı açıp içinden bir kitap çıkararak Cemil'e uzattı.

"Bakın bakalım, bu kitap sizin mi?"

Titreyen elleriyle uzatılan kitabı alan Cemil, "Bu, *Komünist Manifesto*," diye mırıldandı.

"Onu biliyoruz, bu kitap sizin mi, değil mi, onu söyleyin," dedi Viktor, adeta tehdit edercesine.

Leonid sorgunun sertleşmesinden rahatsız olmaya başlamıştı ama soruyu çevirmemezlik edemedi.

"Bu kitapları okulun kütüphanesinden aldık. Hepsi birbirine benziyor," diye düşünceli bir ses tonuyla söylendi Cemil.

"Senden rica ediyorum," dedi Leonid, adeta yalvarırcasına. "Ne olur elindeki kitaba iyi bak, o senin mi, değil mi? Bu çok önemli."

"Ona ne anlatıyorsunuz?" diyerek araya girdi Nikolay.

"Soruyu açıyordum," dedi Leonid. "Anlayamazsa doğru yanıt da veremez."

"Onun doğruyu söylemeye niyeti yok. Farkında değil misiniz? Sabahtan beri yalan uyduruyor."

"Bu kadar önyargılı olmayın," dedi Leonid. "Yalan söylediğini nasıl anladınız?"

"Yüz ifadesinden, konuşma tarzından, söylediklerinin Kerem'in intihar olayını desteklemesinden."

“Saçma,” diye çıkıştı Leonid. “Söyledikleri pekâlâ doğru da olabilir.”

“Tamam tamam,” diyerek araya girdi Viktor. Odadaki havanın elektriklenmesinden rahatsız olmuştu. “Hepimiz sakin olalım lütfen.”

Ne konuştuklarını çözememesine karşın Leonid’in kitapla ilgili sözlerinin ona verilmiş bir tüyo olduğunu anlayan Cemil, *Manifesto*’nun kapağını açarak sayfalarını karıştırmaya başladı.

Nikolay’ın ince dudaklarını Cemil’in tavırlarını sahte bulduğunu belirten kurnaz bir gülümseyiş süslüyordu. Ama beklenmedik bir şey oldu, Cemil on birinci sayfaya bakarak heyecanla açıkladı:

“Bu kitap benim değil, daha doğrusu bizim değil. Bizimkinin on birinci sayfasında bir sigara yanığı olacaktı. Bunda yok.”

Viktor düş kırıklığı içinde Cemil’e baktı. Ama Nikolay ondan önce davranarak sordu:

“Bunu kanıtlayabilir misin?”

“Elbette,” dedi Cemil, rahat bir tavırla. “Nejat’ı çağırıp sorabilirsiniz. O yakmıştı kitabın sayfasını.”

Bir suskunluk oldu, bunu fırsat bilen Asaf soruyu yapıştırdı:

“Neden yaktı?”

“Nejat’ın zıpırlığı. Kütüphanede toplam yedi tane *Manifesto* vardı. Biz Nejat’la ortak kullanıyorduk ama ona rağmen yine de kitabımız durmadan kayboluyordu. Kitabı belirlemek için Nejat böyle bir işaret koydu işte.”

“Öğreneceğiz,” dedi Nikolay, sesi iyice sertleşmişti. “Şimdi bize metroda gördüğünüz adamın seninle konuşmaması için ne yaptığını anlat.”

Cemil bıkkın bir ifadeyle söylendi.

“Neden anlamıyorsunuz, ben metroda kimseyi görmedim. Bunu siz tezgâhladınız. Siz daha iyi bilirsiniz neler olup bittiğini.”

“Sesini yükseltme,” diye bağırdı Viktor.

Cemil’in gözlerindeki alaycı pırıltı, yerini kaygı verici bir donukluğa bıraktı.

“Yükseltmiyorum,” diyerek yutkundu.

"Bak hâlâ söyleniyor," diye gürledi Viktor.

Leonid kaygılanmaya başlamıştı, bir şeyler yapalım dercesine Asaf'ın yüzüne baktı. Asaf hiç oralı değildi.

"Hadi bu kadar palavra yeter," dedi iri yumruğunu masaya indirerek Viktor. "Artık gerçekleri konuşmanın zamanı geldi."

"Onunla böyle konuşmaya hakkınız yok," dedi Leonid. "Ona zorbaca davranamazsınız."

"Onu nasıl sorgulayacağımıza karışamazsınız," dedi Nikolay; günlerdir bu adama karşı yapay bir saygının ardına gizlediği öfke sonunda patlamıştı. "Unutmayın, burada çevirmen olarak bulunuyorsunuz."

"Hayır, ben burada yalnızca çevirmen olarak değil, bir öğretmen, daha da önemlisi, bu Türk'ün bir yoldaşı olarak bulunuyorum."

"Ölenleri de unutmayın. Sanırım onların da yoldaşıydınız," diye anımsattı Nikolay.

"Öyleyim. Ben de adaletin yerine gelmesini istiyorum. Ama ortada tanık, kanıt yokken suçu birine zorla yükleyerek değil."

Tartışmayı kalın kaşlarını çatarak izleyen Viktor, "Neden hayatı zorlaştırıyorsunuz Leonid İvanoviç?" diye homurdandı. Çevirmenin kendini adalet havarisi gibi göstermesine o da sinir olmaya başlamıştı. "Bırakın işimizi yapalım. Gerçek kısa sürede ortaya çıksın."

"İşinizi zora başvurmadan yapmalısınız."

"Ne zoru," dedi Viktor, alaycı bir tavırla. "Onu sorguladığımız şu odaya bakın, bahar renginde. Olumsuz etkilenmesin diye onu böyle bir odada ağırlıyoruz, siz de tutmuş ona işkence ettiğimizi söylüyorsunuz."

"Siz zorun ne olduğunu bilmiyorsunuz!" diyerek atıldı Nikolay. "Ona daha bir fiske bile vurmadık."

"Bir de vursaydınız!"

İki adamın gergin bakışları karşılaştı.

"Gerekirse vururuz," dedi Nikolay, gerilemeyerek.

"O zaman bana ihtiyacınız yok. Mademki burada çevirmen olarak bulunuyorum. Konuşma bittiğine göre benim de işim biter," diyerek öfkeyle önündeki defteri, kalemi toparlamaya başladı. "Kendinize yeni birini bulmanız gerekecek..."

Olanları tedirgin bir yüzle izleyen Cemil, "Neler oluyor Leonid yoldaş?" dedi.

"Merak etme," diyerek döndü Leonid. "Sana hiçbir şey yapamayacaklar. Buna izin vermeyeceğim."

"Sanıkla konuşmayın," diye uyardı Viktor. "Yoksa sizi de tutuklamak zorunda kalırım."

"Geç bile kaldınız," diye bağırdı Leonid. "Böylece işleri daha kolay yürütürsünüz."

"Lütfen sakin olun," dedi Asaf, cılız bir sesle. O da en az Cemil kadar tedirgin olmuştu. "Birbirimize öfkelenerek hiçbir sorunu çözemeyiz."

"Görmüyor musun Asaf yoldaş," dedi, çantasını kapatan Leonid ayağa kalkarak. "Bunların sorun çözmeye niyeti yok. Kararı çoktan vermişler, amaçları Cemil'i mahkûm etmek."

"Asıl siz kararı önceden vermişsiniz," diye tısladı Nikolay, başıyla Cemil'i göstererek. "Onu elinde jiletle Kerem'in başında yakalasaydık bile katil olmadığını söyleyecektiniz."

"Yeter artık," diye gürledi Viktor. "Sizi burada zorla tutacak değiliz yoldaş Leonid. Gitmek isterseniz kapı orada."

"Gidiyorum zaten. Ama bu çocuğu da size yedirmeyeceğimi bilin."

"Elinizden geleni ardınıza koymayın," dedi Viktor, sonra bu konuyu kapanmış sayarak Asaf'a döndü. "Peki siz yoldaş, siz bize çevirmenlik yapar mısınız?"

Asaf yutkundu, ne yapacağını bilemiyordu, aşağı tükürse sakal, yukarı tükürse bıyık.

"Çok isterdim," dedi çatlak bir sesle. "Ama benim Rusçam yetersiz. Sorguyu yanlış yönlendirebilirim."

"Anlıyorum," dedi Viktor, sonra Nikolay'a dönerek: "Bir çevirmen bulmalıyız."

Leonid toparlanmış, çıkmaya hazırlanıyordu. Cemil'e yaklaşıp elini uzattı.

"Sıkı dur yoldaş," dedi. "Bu heriflerin canını sıkmalarına izin verme."

Cemil'in yüzüne yine o acı, alaycı ifade gelip oturmuştu, Leonid'in elini sıkarak, "Sağ ol," dedi. "Sen gerçek bir dostsun."

Viktor yeniden onları uyarmak üzereydi ki, Leonid buna fırsat tanımadan Asaf'a döndü, "Sen çıkmıyor musun?" dedi Türkçe olarak.

Asaf bir an duraksadı, sonra Rusça, "Kalsam iyi olacak," dedi. "Neler olup bittiğini kaçırmamalıyım. Biliyorsun, partiye rapor vereceğim."

Leonid inatla Türkçe konuşmayı sürdürdü.

"Cemil'e baskı yapılmasını engellemek için parti merkezini ararsın diye düşünüyordum."

İyice ezildi, un ufak oldu Asaf ama tavrını değiştirmedi. "Bana kalırsa bu gerekli değil," dedi bozuk Rusçasıyla.

"Anlıyorum," demekle yetindi Leonid, sonra kimseye bir şey söylemeden kapıya yöneldi, çıkarken nedense dönüp odadakilere bakma gereği duydu. Sanki gitmekte zorlanıyor gibiydi; tedirgin bakışları Nikolay'ınkilerle karşılaştı, gücünden emin birinin şımarık parıltıları vardı genç adamın gözbebeklerinde. "Lanet olsun," diye mırıldanarak Cemil'e döndü. Sırtını iskemlesine dayamış, başını dik tutmaya çalışıyordu Cemil ama derin kaygı çoktan gelip oturmuştu solgun yüzüne. Türk yoldaşının bu hali içine dokundu Leonid'in. "Onu bırakıp gitmekle yanlış mı yapıyorum?" diye düşündü bir an. Ama gitmezse onu hiç kurtaramazdı.

"Merak etme," dedi Cemil'e, kapıdan çıkmadan önce. "Kısa sürede geri döneceğim."

Yirmi Yedinci Bölüm

Bodrum kattaki sorgu odasından ayrılan Leonid, ona çaresizliğini anımsatacak kadar yüksek tavanlı koridorlardan aceleyle geçerek girişteki görevlinin yanına çıktı. Yüzü mobilyasız duvarlar kadar soğuk olan görevliye, "Andrey Alegoviç'in odası kaçıncı katta?" diye sordu.

Görevli, Leonid'i tepeden tırnağa şöyle bir süzdükten sonra, "Siz Viktor'un ekibindensiniz, değil mi?" diye sordu.

"Evet evet," diyerek sabırsızlandı Leonid. "Andrey Alegoviç'in odası..."

"Yoldaş Alegoviç'le görüşmek mi istiyorsunuz?" diye kesti görevli, en az yüzü kadar soğuk bir ses tonuyla.

"Evet, onunla hemen görüşmem gerek."

"Adınız?"

"Leonid İvanoviç."

Görevli önündeki deftere notunu aldı. Eliyle sağ taraftaki koltukları göstererek, "Lütfen orada bekleyin yoldaş," dedi.

"Çok önemli, bir an önce konuşmam gerekiyor," diye dayatmaya kalktı Leonid.

"Lütfen orada bekler misiniz?" dedi görevli yeniden; adamın yüzünde ne fazladan bir kas kıpırdamış, ne sesinde en ufak bir dalgalanma olmuştu.

Çaresiz, koltuklara yöneldi Leonid. Meşin kaplı iki siyah koltuğun dayandığı duvarda kocaman yağlıboya bir tablo asılıydı. İlk geldiğinde fark etmemişti tabloyu, dikkatli bakınca, Ekim Devrimi'ne karşı yürütülen suikast ve sabotajları önlenmek için kurulan Çeka'nın yöneticisi, Polonyalı Bolşevik Feliks Dzerjinskiy'in resmi olduğunu anladı. Dışişleri'nde göreve başladığı ilk günler geldi aklına, o zamanlar Dzerjinskiy'in hayranıydı. Bu hayranlık onu KGB'ye girmeye kadar götürmüş, ancak babasının partiden çıkarılmış olması nedeniyle onu almamışlardı. Önceleri bu duruma çok üzülmüş, hatta işi sürgünde ölen babasını suçlamaya kadar vardırmıştı. Sovyetler Birliği'nde istihbaratçılar, ne yapacağı belli olmayan güvenilmez insanlar değil, birer halk kahramanı olarak görülürdü. Leonid'i KGB'ye kabul etmeyenler, yurtseverlik onuruyla oynamış, onu küçük düşürmüşlerdi. Ancak yurtdışında yaşadığı deneyimler örgüte alınmamasının ne kadar büyük bir şans olduğunu göstermişti ona. Birleşmiş Milletler'de görev yapan, Ned adında kaşarlanmış bir İngiliz istihbaratçı vardı. Dışişleri'ne geçmeden önce, uzun yıllar duvarın öte yakasında bir casus örgütünü yönetmişti. O günlerden kalmış olacak, Rus votkasına bayılırdı. Yenilmiş bir adamdı Ned; uzun yıllar İngiliz istihbarat örgütünde çalışmıştı; tam önemli bir yerlere gelmeyi beklerken, "köstebek bulma" adı altında düzenlenen büyük bir operasyonun rüzgârıyla savrularak, sorgu odasında, zanlılar arasında bulmuştu kendini. Sular durulup gerçek anlaşıldığında, küçük bir özür dilenmiş ve Birleşmiş Milletler'de ikinci sınıf bir kariyer sunulmuştu kendisine. Ama tüm bunlara rağmen, biraz alkolün, biraz da yaşama ironik bakabilme yetisi sayesinde ayakta kalmayı başarmış, emekli olana kadar sürdürmek zorunda olduğu yeni mesleğinde hoşça vakit geçirmek için, kendisi dahil Birleşmiş Milletler'deki üst düzey memurların neredeyse tümünü tiye alan bir tarz tutturmuştu. Belki de bu yüzden, işine yabancılaşmış, kabına sığmayan ruhunu alkolle yatıştırmaya çalışan Leonid'le çok iyi anlaşıyorlardı. Sıkıcı resmi toplantılara hiç yakışmayan bu güler yüzlü iki diplomat, kokteyllerde, içkili toplantılarda sık sık yan yana gelmeye başlamışlardı. Önceleri istihbarat servisleri bu işten kuşkulanır gibi olmuş ama sonra bu iki zararsız diplomatın görüşmesini karşı tarafı avlamak için uydurdukları yanlış bilginin ulaştırılması açısından gerekli bularak onlara bulaşmamışlardı. Aslına bakarsanız Leonid de, Ned de farkındaydı istihbaratçıların bu tavrının. Arada bir birbirlerine mesleki küçük kazıklar atmakla birlikte dostlukları sürüp gidiyordu. Ned daha olumsuz düşünüyordu istihbaratçılar hakkında. Leonid başlarda iyimserdi. Birleşmiş Milletler'in açılış kokteylinde yaptıkları tartışmayı hiç unutmuyordu Leonid.

"Bütün istihbaratçılar ikiyüzlüdür," demişti Ned, önlerinden geçen CIA şefini göstererek. "İngiliz, Amerikalı, Rus fark etmez. Hepsi devletlerinin çıkarına olduğuna inandıkları ya da inandırmak istedikleri yalanları söyler, sonra buna kendileri de kanarlar.

Ellerindeki büyük gücü kullanmak için bu yalana gereksinimleri vardır. Kendilerine saygılarını yitirmemek için de sizde sosyalizm, bizde demokrasi gibi neredeyse kutsal sayılacak birtakım değerleri savunuyor görünürler. Bazen doğrudur da bu ama çoğu zaman yalandır. Büyük çaplı, tehlikeli bir erkek oyunundan başka bir şey değildir oynadıkları."

"Bizim istihbaratçılar öyle değil," diyecek olmuştu Leonid.

"Hadi canım," demişti. "Sizinkilerin ne farkı olabilir ki?"

"Marksizm'e duydukları inanç," demişti Leonid, sonra anlamlı bir gülümsemeyle eklemişti. "Bu yüzden sizin istihbarat örgütünü çökerttik ya."

Kahkahalarla gülmeye başlamıştı Ned. Gözleri yaşarana kadar gülmüştü, sonra viskisinden bir yudum alıp, "Yanılıyorsun yoldaş," demişti alaycı bir tavırla. "Bizim istihbarat örgütünü çökerten, ünlü bir romancımızın da söylediği gibi, sizinkilerin Marksizm'e duydukları ortodoks inanç değil, geleneksel İngiliz ibneliğidir."

Zaman Ned'i haklı çıkarmıştı. Leonid istihbaratçıların halk kahramanları değil, devletin olanaklarından fazlasıyla yararlanabilen, bu yüzden de büyük sorunları çözüyormuş gibi yapan, denetlenmesi güç memurlar topluluğu olduğunu anlamıştı.

Gözleri Dzerjinskiy'in ince uzun yüzünü süsleyen kırçıllaşmış sakalına kaydı. Genç yaşta ölen bu efsanevi devrimciye hâlâ hayranlık duyuyordu. "Sen onlardan değildin," diye mırıldandı. "Senin zamanında sosyalizm daha devlet olmamıştı, henüz umuttu."

Başını çevirdiğinde görevlinin kendisini izlediğini fark etti. Koltuklardan birine çöktü. Oturduğunu gören görevli sonunda telefona uzanabildi. Numarayı çevirdi. Bekledi, birden yüzündeki o sert ifade yumuşadı, ezilip büzülerek konuşmaya başladı. Telefonun öteki ucundaki kısa kesti. Kapatır kapatmaz eski mermer maskesini yeniden takındı görevli.

"Leonid İvanoviç," diye seslendi. Umutla doğruldu Leonid. Hızlı adımlarla görevliye yaklaştı.

"Üzgünüm, Andrey Alegoviç çıkmış."

Leonid'in bakışları adamın yüzüne yapışıp kaldı.

"Çıkmış mı? Ne zaman?"

"Bilmiyorum, sadece çıktığını söylediler."

"Peki, ev telefonu ya da onu bulabileceğim bir yer..." diye kıvrandı Leonid.

"Ne yazık ki yok."

Doğru mu, yoksa yalan mı söylüyordu kestiremedi. Zaten bunu anlamanın da bir yararı yoktu. Ne yapacağını bilemeden görevlinin masasının önünde bir süre kaldı. Gözleri saatine kaydı. Saat 19.27'yi gösteriyordu. Okuldaki yönetim toplantısını anımsadı. 16.00'da başlayacaktı. Acele ederse dekanı yakalayabilirdi. O sert görünüşünün altında bir çocuk kalbi taşıyan yaşlı adam kendi öğrencisine işkence yapılmasına razı olamazdı herhalde. Eğer dekanı bulamazsa Kurkino'ya gidecek, Türk kolektifini ayağa kaldıracaktı. Bu kararla kapıya yöneldi.

Dışarıda karanlık çoktan çökmüştü. Geceyle birlikte kar kesilmiş, Moskova'nın o keskin ayazı ortalığı kasıp kavurmaya başlamıştı yeniden. Kapının önünde durup derin bir soluk aldı. İçerideki gergin havadan sonra bu dondurucu soğuk iyi gelmişti Leonid'e. Ama hemen üşümeye başladı. Paltosunun yakasını kaldırdı, yürümeye hazırlanıyordu ki gözleri caddenin girişinde bekleyen Volga marka siyah arabaya takıldı. Bu Andrey'in aracı değil miydi? "Olmayabilir," diye düşündü. Resmi görevlilerin çoğu bu renk, bu marka araç kullanıyordu. Yine de geçip gidemedi Leonid, araca yaklaştı. Önde oturan şoför onu görünce gülümsedi. Evet, bu Andrey'in aracıydı, geçen gün okuldan sonra onu evine bırakmışlardı. "Demek içerdesin Andrey Alegoviç," diye söylendi öfkeyle. Araç çalışır durumda olduğuna göre birazdan çıkacaktı. Beklemeyi düşündü ama eski arkadaşı, Cemil konusunda kararını vermişe benziyordu. Yoksa Leonid'den kaçmaya çalışmazdı. Andrey'in ne kadar politik biri olduğunu biliyordu, konuşması büyük olasılıkla bir işe yaramayacaktı. Daha kötüsü, Andrey ona açık davranmayacak, hiçbir şeyden haberi yokmuş gibi şaşıracak, "Merak etme, hemen düzeltiriz," diyecek, sonra da kılını bile kıpırdatmadan çekip gidecekti. Üstelik onu beklerken dekanı da kaçırabilirdi. Daha şimdiden yeterince zaman kaybetmişti zaten. Adımlarını hızlandırarak metro istasyonuna yöneldi.

Geniş merdivenlerden akan kalabalığa bıraktı kendini. Turnikelerden geçerken içine bir kurt düştü. Bu yaptığı doğru muydu? Ya Viktor'un söylediği gibi Cemil gerçekten katilse? Derslerde zaman zaman Cemil'in gözlerini süsleyen hınzır pırıltıyı anımsadı, aptalca bulduğu bir konuşma olduğunda dudaklarında beliren hinoğluhin gülümseme geldi gözlerinin önüne. "Ama ortalıkta onu suçlu gösterecek bir kanıt yok," diye mırıldandı.

"Bir şey mi söylediniz?" dedi yanında yürümekte olan şişman bayan, ciddi bir suratla.

"Hayır... size söylemedim," diye kekeledi Leonid. Sonra kalabalığı itekleyerek kadından uzaklaştı. Ama aklını karıştıran düşüncelerinden bir türlü uzaklaşamıyordu. Cemil bütün soruları hiç teklemeden yanıtlamıştı ama bu söylediklerinin doğru olduğu anlamına gelmiyordu. Katilse şansı, masumsa şanssızlığı, onu doğrulayacak iki kişinin de ölmüş olmasıydı. Cemil'den başka olayı ayrıntılarıyla bilen bir kişi vardı, o da sorumlu yoldaşları olan İhsan'dı. Gerçek adını bile bilmedikleri İhsan'ı nerede bulacaklardı? Büyük olasılıkla Türkiye'de, evden eve gizlenerek partiyi ayakta tutmaya çalışıyordu. Eğer Cemil suçluysa, onu aklamaya çalışmakla büyük bir yanlış yapıyordu Leonid. Yanlış yapıyorsa, korktuğu şey, severek yaptığı öğretmenlik işini yitirmesi değil, ölenlerin anısına yaptığı saygısızlık, daha da önemlisi, öteki yoldaşların yaşamını tehlikeye sokacak olmasıydı. Başından beri karışık olan düşünceleri, karar vermesi gereken şu anda iyice karman çorman olmuştu. Viktor'a zaman tanısa... Hayır, hayır... Bunu yapamazdı. Cemil suçluysa, bu sağlam kanıtlara dayanarak ispatlanmalıydı. Her yana çekilebilecek kuşku yüklü izlenimlerle değil. Eğer Viktor'a zaman tanırsa, Cemil'e suçu zorla kabul ettirebilirlerdi. Viktor ve genç arkadaşı böyle kolay bir başarıyı kaçırmak istemiyorlardı. Gerçi

Cemil sağlam yapılıydı, cesur görünüyordu ama bu iş görüntüye hiç bakmazdı. Üstelik inandığı, bel bağladığı yoldaşları tarafından suçlanan Cemil, şimdi çok daha çabuk teslim olabilirdi. Böylece suçsuz bir insan cezalandırıldığı gibi, katil de belki sonsuza kadar gizlenmiş olurdu. İstasyona giren trenin gürültüsü koydu düşüncelerine son noktayı. Cemil'e yardım etmeliydi. Yanılıyorsa? Yanılma riskini de göze almak zorundaydı. İkircimden kurtulmanın verdiği rahatlıkla, trene akan kalabalığın arasına karıştı.

Okulun kapısından girer girmez toplantıyı sordu kapıcı Ustin Petroviç'e.

"Az önce bitti," dedi.

"Yuriy Konstantinoviç çıktı mı?" diye sordu telaşla.

"Çıkmadı, eşini bekliyor. Bilmiyor musunuz, genel sekreter bu gece Kremlin'de akademisyenlere yemek veriyor."

"Bu gece miydi o? İyi, çok iyi. Dekan odasında mı?"

"Sanırım oradadır," dedi yaşlı adam.

Leonid vestiyere yöneliyordu ki, arkasından seslendi.

"Size bir not var. Svetlana Antoliyevna bıraktı. Bütün gün sizi aramış, bulamamış."

"Kadıncağızı da ihmal ettik," diye düşünerek aldı Leonid, yaşlı adamın uzattığı küçük zarfı. Merakla açtı. Notta düzgün bir el yazısıyla şunlar yazıyordu:

> Sevgili Leonid İvanoviç, öğle yemeğinden sonra Kiev'den bir telefon geldi. Telefona bakan görevli burada olmadığınızı söylemiş. Arayan önemli olduğunu belirtince beni çağırdılar. Bağışlayacağınızı umarak onlarla ben konuştum. Ne yazık ki kızınız Aleksandra düşük yapmış. Hastaneye kaldırmışlar. Bebeği kurtaramamışlar ama kendisinin durumu iyiymiş. Korkacak bir şey yokmuş. Onu arar mısınız? Sanırım size çok ihtiyacı var.
>
> Geçmiş olsun dileklerimle...
>
> Svetlana Antoliyevna

Pusulanın altına Kiev'deki hastanenin telefon numarası da eklenmişti.

"Şaşa," diye mırıldandı Leonid, geç kalmış bir adamın çaresizliği içinde. Kaç gündür yaşananlar kızını tümüyle unutturmuştu ona. Sonra yeniden mektuba döndü. "... Durumu iyiymiş. Korkacak bir şey yokmuş" cümlelerini iki kez üst üste okudu.

Leonid'in yüzünün tütün gibi sarardığını gören yaşlı adam, "İyi misiniz Leonid İvanoviç?" demekten kendini alamadı.

"İyiyim," dedi Leonid, kendini toparlayarak. Karısının ölüm haberini aldığı günü hatırlamıştı. New York'ta elçiliğe geldiğinde söylemişlerdi uçağın düştüğünü. Daha sabahleyin yolcu etmişti onu. Büyük bir kavga çıkmıştı aralarında. Ama karısının ölüm haberini aldığında, onu ne kadar çok sevdiğini anlamıştı. Oysa aşkları evlenmeden çok önce, evlilikleri ise Leonid'in yurtdışına atanmasıyla birlikte bitmişti. Başka sevgililerle avunduklarının ikisi de farkındaydılar. Ama Larissa'nın ölümü adeta yıkmıştı onu. Günlerce sarhoş dolaşmış, sonunda gözünü bir hastanede açmıştı. Şimdi de kızı mı?

Korkuyla, paltosunu bile çıkarmadan, asansörün yanında yer alan öğrencilerin kullandığı telefonlara yöneldi. Telefonlardan birinde Seyşelli melez bir kız konuşuyordu, öteki boştu. Cebinden çıkardığı kapikleri peş peşe telefonun kumbarasına attıktan sonra, titreyen parmaklarıyla Kiev'deki hastanenin numarasını çevirdi. Karşısına çıkan sese kızını sordu. Ses, "Bir dakika yoldaş, bağlıyorum," dedi. Bekledi, az sonra Aleksandra'nın bitkin sesi duyuldu.

"Alo"

"Şaşa, kızım?"

"Baba? Sen misin?" dedi Aleksandra, sesindeki bitkinlik azalmıştı.

"Benim. Ne oldu? Nasılsın yavrum?"

"İyiyim... İyiyim baba."

"Ağrın, acın var mı?"

"Biraz ağrım var. Doktorlar geçeceğini söylüyorlar..." Sustu Aleksandra, Leonid onun derinden iç geçirdiğini duydu.

"Kızım, orda mısın?"

"Burdayım... Ben burdayım... Ama bebeğimi yitirdim."

"Önemli olan sensin... sağlığın. Boş ver şimdi bebeği."

Telefonun öteki ucundan uzun süre ses gelmedi. Leonid kızının bebek konusunda çok duyarlı olduğunu bildiğinden, "Keşke son sözleri söylemeseydim," diye düşündü. Ama olanlar onu öfkelendirmişti. O felsefe profesörü olacak kart zamparayı suçluyor, kızının başına gelenlerden onu sorumlu tutuyordu. Sessizlik biraz daha uzayınca, "Alo, Şaşa, kızım orda mısın?" diye yeniden sormak zorunda kaldı Leonid.

"Evet," dedi titrek bir sesle Aleksandra.

"Belki sözlerime kızdın ama ben senin iyiliğini istiyorum."

"Bebeğini yitiren birine bunlar söylenmez," dedi Aleksandra.

"Ama Şaşa," diyecek oldu Leonid.

"Beni onaylamıyorsun, biliyorum," dedi. İç çekişlerinden kızının ağladığını anlamıştı Leonid. "İlişkimi de onaylamıyorsun. Ama ben o adamı seviyorum. Ve ondan bir çocuk doğuracağım."

Kızının sesindeki bu kırgın ama kararlı tınıyı çok iyi tanıyordu Leonid. Tartışmayı uzatmanın yararı yoktu.

"Tamam Şaşa, nasıl istersen öyle olsun," dedi. "Önemli olan senin sağlığın. Gerçekten iyi misin? Yanına gelmemi ister misin?"

Kısa bir sessizlikten sonra, yaralı birinin şefkate gereksinim duyan sesiyle, "Çok isterim baba," dedi. "Lütfen gel."

"O herif yanına gelmedi, değil mi?" diyecekti, son anda zor tuttu kendini.

"Tamam, geliyorum," dedi, der demez de Cemil'i anımsadı. "Ama..."

"Ne oldu?" diye sordu Aleksandra.

"Hay aksi... Telaştan unuttum. Burada korkunç olaylar oldu..."

Sustu, ne yapacağını bilemiyordu. Ona en çok ihtiyacı olduğu anda kızını yalnız mı bırakacaktı? Ama Kiev'e giderse Cemil ne olacaktı? Belki de haksız yere ölüme ya da uzun yıllar hapishane yaşamına mahkûm edilecek genç bir adamı böyle bir durumda tek başına bırakıp gitmeyi kendine yediremiyordu.

"Beni korkutuyorsun, ne oldu baba?" diye sordu Aleksandra kaygıyla.

"Korkma, benimle ilgili değil. Öğrencilerimin başında büyük bir bela var."

Yine sustu Leonid.

"Nasıl bir bela?" diye sordu Aleksandra.

"İki öğrencim öldü... Telefonda anlatılacak gibi değil."

Kısa bir sessizlik oldu.

"Anlıyorum," dedi Aleksandra. "Bana gelmesen de olur."

Kırgın mıydı, yoksa gerçekten de babasına yardımcı olmaya mı çalışıyordu, kestiremedi Leonid.

"Olmaz," dedi. "Mutlaka yanına geleceğim. Ama bana biraz zaman ver. Çok değil, bir gün, yalnızca bir gün... Yarın, yarın ilk trenle geliyorum."

"Harika, ben o kadar da kötü değilim zaten," dedi Aleksandra, sesine yapay bir neşe vermeyi başararak.

"Özür dilerim kızım," dedi Leonid, sesi titremeye başlamıştı. "Ama şu anda onları bırakamam."

"Tamam baba. Anlıyorum... Ben iyiyim, gerçekten."

Kızının ona gereksinimi olduğunu, üzmemek için rahat davrandığını çok iyi biliyordu Leonid ama elinden gelen bir şey de yoktu.

"Sağ ol canım, seni yine arayacağım. Bir gün sonra da yanındayım zaten."

"Bekliyorum," dedi Aleksandra, sesi doğal halini almıştı. "Hoşça kal."

"Hoşça kal," dedi Leonid ama ahizeyi yerine koyamadı, ta ki kulağına duygusuz, duyarsız bir düdük sesi gelinceye kadar. Telefonu kapattı, yanda Seyşel'le konuşan kız öğrenciye fark ettirmeden, eliyle gözyaşlarını sildi. Sonra adımlarını hızlandırarak dekanın odasına yöneldi.

Odasında, bu gece genel sekretere söyleyeceği sözleri tasarlarken yakaladı Yuriy Konstantinoviç'i. Kırlaşmış saçları ile gri takım elbisesi hoş bir uyum sağlamış, gümüş rengi çerçeveli gözlüklerinin de katkısıyla saygın bir akademisyen görünümü almıştı yaşlı dekan.

"Şükür sizi zamanında bulabildim," diyerek yaklaştı Leonid.

"Kötü görünüyorsunuz," dedi gözlüklerinin üzerinden onu süzen Yuriy Konstantinoviç. "Ne oldu kuzum size?"

"Şu cinayet soruşturması..." dedi yutkunarak, merdivenleri çıkarken soluk soluğa kalmıştı.

"Gelin şöyle oturun," dedi dekan. "Önce bir soluklanın."

"Vaktimiz yok. Suçsuz yere çocuğu mahkûm edecekler."

"Hangi çocuğu?"

"Cemil'i... Cemil Türk yoldaşlardan biri. Ellerinde yeterli kanıt yok. Suça fail yaratmaya çalışıyorlar."

Dikkatle Leonid'i süzen yılların diplomatı Yuriy Konstantinoviç'in çelik mavisi gözbebeklerinde bir parıltı yanıp söndü.

"Peki, şu sizin dostunuz Andrey ne diyor bu işe?"

"Bilmiyorum," dedi Leonid. "Ona ulaşmaya çalıştım, başaramadım. Bu yüzden size geldim. Merkez Komitesi'ne başvuralım. Soruşturmanın işkenceye dönüşmesini engelleyelim."

"İşkence mi yapıyorlar?"

"Henüz değil ama yapacaklar."

"Bundan nasıl emin olabiliyorsunuz?"

"Sorgudaydım, oradan geliyorum. Ellerinde kanıt yok. Zorla alınmış bir ifadeye gereksinimleri var."

Yuriy Konstantinoviç düşünceli bir tavırla gözlüğünü çıkardı. Bir süre düşünüyormuş gibi yaparak gözlüğünün sapıyla oynadı. Sonra Leonid'e dönerek, "Bana biraz abartıyormuşsunuz gibi geliyor," dedi. "İstihbaratçılarımızın bu kadar düşüncesizce davranacaklarını sanmıyorum. Belki zanlıyı biraz korkutmak için kabalaşmışlardır."

"Hayır," dedi Leonid, çaresizlik içinde. "Onları tanıyorum. Çocuğun canına okuyacaklar."

"Peki," dedi, Yuriy Konstantinoviç. "Asaf ne diyor bu işe. Asaf'tı değil mi, TKP adına sorguya katılan yoldaşın adı?"

"Evet Asaf. O da kararsız. Bizimkileri tanımıyor. Bir de..."

"Bir de..." diye kurnaz bir ses tonuyla sordu dekan.

"Yanlış adım atıp kendi konumunu sarsmaktan korkuyor."

"Anlıyorum," dedi dekan. "Merak etmeyin, ilgileneceğim. Bu akşam Kremlin'de akademisyenlerin yemeği var. Yemekte..."

"Şimdi telefon etseniz," diye kesti sözünü Leonid.

"Bu işler telefonla çözülmez," diyerek karşı çıktı dekan. "İlgili yoldaş orada olacak. Yüz yüze konuşmakta fayda var."

Yorgun gözlerle süzdü dekanı Leonid. O kalabalıkta, herkesin parti genel sekreterine saygılarını sunmaya çalıştığı görkemli seremonide, ilgili yoldaşı bulması bile kuşkuluydu. Bulsa da bu konuyu ya hiç açmayacak ya da şöyle bir değinip geçecekti. "Bu adam yardım etmeyecek," diye geçirdi aklından. Umudu kırılmaya başlamıştı. Omuzları çökmüş, başı önüne düşmüş bir halde öylece kaldı bir süre. Ama pes edemezdi. Daha oynayacak kozu vardı. Kurkino'ya gidip Türk kolektifini harekete geçirerek parti merkezini ayaklandırabilir, Cemil'in daha adil bir biçimde sorgulanmasını sağlayabilirdi. Hiçbir şey söylemeden usulca doğruldu.

"Kalkıyor musunuz?" dedi dekan. "Merak etmeyin bu işi hallederiz. Siz asıl kendinize dikkat edin. Renginiz sapsarı, yerinizde olsam doğru revire iner, tansiyonumu ölçtürürdüm."

"Sağlığıma gösterdiğiniz ilgiye teşekkür ederim yoldaş dekan," dedi Leonid, duygularını belli etmemeye çalışarak. Tıpkı diplomatlık günlerinde olduğu gibi mesafeli ama nazik bir gülümsemeyle bakıyordu adama. Her şeye rağmen vazgeçmek niyetinde değildi. Belki onu etkiler, son anda yardım etmesini sağlarım umuduyla ekledi. "Ama Cemil'i de unutmazsanız sevinirim. O bizim öğrencimiz."

"Unutacağımı kim söyledi. Bu gece o işi halledeceğim."

Masaya yaklaşarak dekana elini uzattı.

"Size güveniyorum Yuriy Konstantinoviç," dedi adamın elini sıkarken. Davranışlarındaki sahtelik kendisini bile rahatsız ediyordu ama yılmadı, kendi inançsızlığına da karşı durarak sürdürdü konuşmasını. "Ne olur Cemil'i o adamların elinden kurtarın. Okulumuzun adının böyle bir zorbalıkla kirletilmesine izin vermeyin."

"Bundan kuşkunuz olmasın," dedi dekan, öğretmeninin elini aynı heyecanla sıkarken ama gözleri daha şimdiden önünde duran notlara kaymış, bu gece yemekte genel sekretere söyleyeceği sözleri yeniden kafasından geçirmeye başlamıştı.

Yirmi Sekizinci Bölüm

Leonid, saat 22.00'ye doğru varabildi siteye. Okulda araç bulamamış, önce metroyla Reçnoy Vakzal Istasyonu'na, orada uzun süre bekledikten sonra da bulduğu bir taksiyle Kurkino'ya gelebilmişti.

Siteye gelir gelmez önce yolunun üzerindeki oyun salonuna uğradı, bilardo oynayan Turgut ile Durmuş'a sekreterin nerede olduğunu sordu. Odasında olduğunu öğrenir öğrenmez de iki yoldaşın şaşkın bakışlarına aldırmadan, hızlı adımlarla Türk kolektifinin kaldığı daireye yollandı.

Türk öğrenciler Leonid'den saatler önce, ortalık daha kararmamışken dönmüşlerdi. Otobüse binerken Cemil'i aralarında göremeyen Şerif ile Nejat, parti sekreterini bir köşeye çekip, "Nerede kaldı bu çocuk?" diye sormuştu. Olan bitenden haberi olmayan Hikmet, "Asaf yoldaşla bir işi var. Gece döner herhalde," demişti. Bu açıklama Şerif ile Nejat'a doyurucu gelmese de geceyi beklemeyi uygun görerek daha fazla eşelememişlerdi konuyu. Ama akşam olup da yemek masasında Cemil'i göremeyince Şerif daha fazla dayanamamış, "Cemil'in bu kadar gecikmesi normal değil, Asaf'a telefon edelim," demişti.

O sırada, iyi pişirilmiş bifteğinden düzenli aralıklarla kestiği ikinci parçayı ağzına atmakla meşgul olan Hikmet, "Gelir canım, merak edecek bir şey yok," diyerek geçiştirmeye çalışmıştı.

Arkadaşının bu kadar rahat olmasına canı sıkılan Şerif, "Ya merak edecek bir şey varsa?" diye üstelemişti. "Ya Mehmet ile Kerem gibi Cemil'i de kaybedersek."

Lokması boğazında kalmıştı Hikmet'in, ağzındaki eti aceleyle zar zor yutarak, "Bunu da nereden çıkarıyorsun yoldaş?" diyebilmişti. "Biliyorsun, o olaylar kapandı."

"O zaman Cemil'i neden çağırdılar?"

Şerif'in kararlı bakışları tedirginlikten çok öfke uyandırmıştı Hikmet'te.

"Nereden bileyim," diye çıkışmıştı. "Parti işi bu? Cemil'le ne görüşeceksiniz diye soramazdım ya!"

"Artık sorabilirsin. Cemil çok gecikti," demişti Nejat, önündeki su bardağını asabi bir şekilde masanın ortasına iterek. "Bunca olaydan sonra hassasiyetimizi normal karşılarlar herhalde."

"Yoldaşlar haklı," demişti Can, her zamanki ağırbaşlılığı içinde. "Bu kadar gecikmemesi lazımdı."

"Belki yemekten sonra gelir," diyerek ortalığı yatıştırmak istemişti Turgut. "Ben biraz daha bekleyelim, derim."

"Bence de bekleyelim," demişti Beşir. "Ortalığı boş yere velveleye verip Sovyet yoldaşlara rezil olmayalım."

Önündeki borç çorbasını kaşıklayan Durmuş, yemeği bitinceye kadar sesini çıkarmamış, sonunda dudaklarını yalayıp gözlerinde alaycı bir ifadeyle Hikmet'e bakarak, "Belki de Cemil'in Asaf yoldaşla görüşmesi çoktan bitmiştir de Aliki yoldaşla Türk-Yunan anlaşmazlığı üzerine uzun bir konsültasyona başlamışlardır," demişti.

"Cemil'i kendinle karıştırdın," diye atılmıştı Nejat. "O senin gibi sorumsuz değildir. Bir kadınla beraber olacağım diye yoldaşlarını merak içinde bırakmaz."

Durmuş'un geniş alnı kırışmış, çekik gözleri iyice küçülmüş, "Ne diyorsun sen be?" diye çıkışmıştı.

"Herkesin bildiğini söylüyorum," demişti Nejat, sesini en az onunki kadar yükselterek. "Yalan mı, şu bulaşıkçı kadın için kaç gece uykusuz bıraktın bütün kolektifi."

"Tamam yoldaşlar, tamam," diyerek araya girmişti Hikmet, yan masalarda oturan Lübnanlılar ile İsraillilerin kınayan bakışlarını üzerlerinde hissederek. "Saat ona kadar bekleriz. Eğer Cemil gelmezse Asaf'ı ararız."

Yüzlerdeki gerginlik silinmese de tartışma böylece tatlıya bağlanmış, herkes önündeki yemeğe dönmüştü yeniden.

Ama aradan iki saat daha geçip de Cemil gelmeyince Şerif ile Nejat, Hikmet'in odasına damlamışlardı hemen. Odasında yalnızdı Hikmet; yemekten dönünce oda arkadaşı Durmuş'un dağınıklığına söylenerek ortalığı toplamış, masanın üzerindeki kitapları yerleştirmiş, giysilerini küçük dolaba astıktan sonra eşofmanlarını giyerek yatağa uzanmış, Bulgaristan partizanlarının bitmek bilmez kahramanlık öykülerinin anlatıldığı kızıl dizilerden birine dalıp gitmişti. Şerif ile Nejat'ın içeri girdiğini görünce, asık bir suratla yatağında doğrularak sormuştu:

"Gelmedi mi?"

"Gelmedi," demişti Şerif kaygıyla. "Bu çocuğun başında bir iş var."

"Boş yere kaygılanıyorsun," demişti Hikmet. "Asaf yoldaşla birliktedir."

"Okulda değillerdi, nereye gideceklerini sana söylemediler mi?"

"Okulda olmayacaklarını biliyorum, ama nereye gideceklerinden haberim yok," demişti Hikmet.

"Saat on," demişti Şerif, kolundaki saati göstererek. "Artık Asaf'ı aramalıyız."

"Peki," demişti Hikmet, sıkıntıyla iç geçirip. "Madem içiniz rahat değil, arayalım bakalım."

İsteksizce kalkmıştı yataktan. İki arkadaşının acele etmesine aldırmadan üşengen adımlarla elbise dolabına yaklaşmış, askıya özenle asılmış giysilerini almış, eşofmanının üstüne kalın yün pantolonunu giymiş, sırtına paltosunu geçirmiş, botlarının bağcıklarını ağır ağır bağladıktan sonra, "Gidebiliriz," demişti.

"Nihayet," diye mırıldanmıştı başından beri sabırsızlıkla onu izleyen Nejat.

"Bir şey mi söyledin?" diye sormuştu Hikmet.

"Yok yok, bir şey demedim. Hadi gidelim artık," demişti Nejat, öfkesini bastırarak.

Üçü birlikte çıkmışlardı odadan, merdivenlerden hızla inmişler ama Hikmet ağırkanlılığından mı, telefon etmek istememesinden mi bilinmez, hep arkada kalmıştı. Tam binanın kapısından çıkarken Leonid'le karşılaşmışlardı.

"Nereye gidiyorsunuz?" diye sordu Leonid. Öğretmenlerini karşılarında bulan Hikmet'in içini nedense bir sevinç kaplamıştı.

"Asaf'a telefon edecektik," dedi. "Yoldaşlar kaygılanıyorlar. Cemil dönmedi de."

"Ben de bunun için geldim," dedi Leonid. "Hadi içeri girelim."

Rus öğretmenin solgun yüzüne sinen kaygı yüklü ağırlığı hemen fark etti Şerif.

"Cemil'in başına bir iş geldi, değil mi?" diye sordu.

"Yukarı çıkalım da öyle konuşuruz," dedi Leonid bakışlarını kaçırarak.

Leonid'in açıklamamasına karşın üçü de kötü bir şeyler olduğunu sezinlemişlerdi. İlk kez kaygılandı Hikmet. Yoksa Cemil'in başı gerçekten de belada mıydı? Onu görüşmeye kendisi yollamıştı. Gerçi randevuyu Asaf vermişti ama Cemil'e ileten oydu. Asaf görüşmeyi verdiğini reddederse? Niye reddetsindi canım? "Ben de Kerem gibi paranoyaklaşmaya mı başladım ne?" diye düşündü. Tırabzanlara tutunarak merdivenleri çıkan Leonid'e kaydı gözleri, belki de boş yere tasalanıyordu. Belki de Cemil şimdi okulda oturmuş, parti yetkilileriyle sohbet ediyordu.

Daire kapılarının önündeki sahanlığa geldiğinde hangi kapıya yöneleceğini bilemedi Leonid, öğretmenlerinin neden duraksadığını anlayan Hikmet, "Parti odasına gidelim yoldaş," dedi.

Işıkları yakıp paltoları çıkardılar. Masaya oturur oturmaz konuyu açtı Leonid.

"Cemil zor durumda," dedi kül rengi gözlerini tek tek yoldaşların yüzlerinde gezdirerek. "Ona yalnızca siz yardım edebilirsiniz."

"Tutuklandı mı?" diye sordu Şerif, sanki olanları biliyormuşçasına.

"Gözaltında. Onu Mehmet ile Kerem'in katili olmakla suçluyorlar."

Hikmet aptallaşmıştı.

"Ama..."

"Yapılan açıklamaların hepsi yalandı," diye açıkladı Rus öğretmen. "Cemil'den kuşkulanıyorlardı. Onu ürkütmemek için Kerem'in mektubuna inanmış göründüler."

"Vay be! Demek bizi kandırdılar ha," dedi Nejat; sevdikleri tarafından aldatılan bir çocuğun kırılgan ifadesi belirmişti yüzünde.

"Onları anlamalısın Nejat yoldaş. Söz konusu olan sizin güvenliğinizdi. Soruşturma için bazı önlemler alınmalıydı. Bu zorunluydu. Ben de onayladım. Ancak Cemil'i suçlayacak hiçbir kanıt bulunamadı. Onu serbest bırakmaları gerekirdi. Bırakmadılar..."

Leonid sanki birden anımsamış gibi durdu.

"Sahi Nejat yoldaş, sizin okuduğunuz *Komünist Manifesto*'nun sayfalarından birinde sigara yanığı var mıydı?"

Utangaç bir gülümseme belirdi Nejat'ın dudaklarında.

"Evet, on birinci sayfada. Bizim kitap sürekli kayboluyordu. Ben de öyle bir işaret koymak zorunda kaldım."

"Biliyordum," dedi Leonid, kendi kendine konuşur gibi. "Peki sizin kitap nerede? Onu bulabilir misin?"

"Odamızda herhalde."

"Hayır, odanızdaki kitap sizinki değil, o katilinki."

"Katilinki mi?"

"Evet ama bizim polis Cemil'in sandı."

"Cemil anlatmadı mı?"

"Anlattı ama inanan kim? Onun katil olduğunu düşünüyorlar."

"Kitap yüzünden mi kuşkulanıyorlar Cemil'den?" diye safça sordu Nejat.

"Yalnızca kitap değil, başka şeylerde var. Ama daha önemlisi, bizimkiler kuşku sınırını çoktan geçtiler. Cemil'in katil olduğundan adeta eminler."

"İşkence mi yapacaklar?" dedi Şerif, korktuğunun başına gelmesinden endişelenen bir adamın gergin ses tonuyla. Leonid yanıt vermek yerine kül rengi gözlerinde acı bir ifadeyle baktı yüzüne. Odayı ağır bir suskunluk kaplamıştı.

"Buna engel olmalıyız," diyen Nejat'ın heyecanlı sesiyle bozuldu sessizlik. "Cemil'i onların eline bırakamayız."

"Ne yapabiliriz ki?" diyerek, daha kavgaya girmeden teslim olmuş bir savaşçının ezikliği içinde boynunu büktü Hikmet.

Ama Leonid umudunu yitirmemişti, inançla açıkladı:

"Kolektifi toplayıp parti merkezini uyarmak için bir karar alabilirsiniz. Hikmet'in yüzündeki korkak ifadenin sürdüğünü görünce eklemeden geçemedi. "Cemil bu kolektifin bir üyesi. Onu savunmak herkesten önce size düşer."

"İyi de," dedi Hikmet. "Hiç düşündünüz mü, Sovyet polisi bu işin üzerinde niye bu kadar çok duruyor? Ateş olmayan yerden duman çıkmaz."

"Ne dumanı yahu?" diye söylendi Şerif, sabrı taşmak üzereydi. "Duymadın mı? Adamların ellerinde kanıt manıt yokmuş. Zorla kabul ettirecekler suçu çocuğa."

"Valla bilemiyorum," diyerek kendini geri çekti Hikmet. "Ortada iki ölü var. Kolektifteki öteki yoldaşların can güvenliği..."

"Tamam tamam, anladık," diyerek lafını ağzına tıktı Şerif. "Sen karışmayacaksın bu işe. Hiç değilse bize engel olma."

"Niye olayım canım," dedi Hikmet ama sanki dünyanın bütün yükü omuzlarına binmiş gibi yorgun bir ifade kaplamıştı gözlerini.

"O zaman kolektifi toplayıp konuşalım," dedi Nejat, neredeyse herkese haber vermek için yerinden fırlamaya hazır bir ivecenlikle.

Şerif ile Leonid kararsızlıkla birbirlerine baktılar, bunu fırsat bilen Hikmet atıldı.

"Yanlış yapıyorsunuz yoldaş," dedi. "Soruşturmada parti zaten temsil ediliyor. Yani parti olanlardan haberdar. Asaf'ı aşarak parti merkezine baskı yapmaya çalışmamız karışıklık yaratır. Asaf yoldaşla konuşun."

"Bunun bir yararı olacağını sanmıyorum," dedi Leonid, umutsuzca başını sallayarak. "Asaf'la ben konuştum, onun Cemil'e yardım etmeye niyeti yok."

"O zaman sonucuna da katlanır," dedi Hikmet, sanki çok önemli bir gerçeği dile getirmiş gibi kasılarak.

"Sonucuna katlanırmış," diye öfkeyle arkadaşını taklit etti Şerif. "Anlamıyor musun hâlâ, sonuçlara katlanacak olan Cemil. Yakacaklar çocuğu. Ama sana göre hava hoş. 'Kararları Asaf verdi,' deyip çekileceksin kenara. Böylece partinin işleyişi, düzeni de bozulmamış olacak. Hayatında bir kere olsun bağımsız düşün be."

"Böyle konuşmaya hakkın yok," diye parladı Hikmet. "Sen kim oluyorsun da beni yargılıyorsun."

"Ben senin yoldaşın oluyorum. Bırak artık şu yalakalığı da adam ol, adam."

Hikmet'in donuk gözleri canlanır gibi oldu. Şerif'e bir şeyler söylemek istedi, beceremedi, Leonid'e döndü.

"Kusura bakmayın ama ben burada daha fazla kalamayacağım," dedi. Ağzını bozmaktan, kendini tutamayıp Şerif'le kavga etmekten korkuyordu.

"Tabii bu da bahanesi" diye kışkırttı onu Şerif. "Kaç oğlum, kaç. İş tatlıya bağlanınca çıkarsın ortaya."

Hikmet'in suratı kıpkırmızı olmuştu. Ama kendini tutmasını bildi, tek söz bile etmeden kalktı, kapıya yöneldi.

"Nereye gidiyorsun yoldaş?" diyecek oldu Nejat.

"Bırak gitsin," dedi Şerif, önemsemez bir tavırla. "Onun bize bir yararı olmaz. Kolektifi toplamanın filan da anlamı yok. Yoldaşların çoğu iyi niyetli, belki ortak bir karar çıkar ama parti merkezinin bunu takacağını sanmıyorum. Şu sıra konferans hazırlıkları sürüyor. Ortalık toz duman. Bize doğrudan ilişki kurabileceğimiz biri lazım."

"Nereden bulacağız o kişiyi?" diye sordu Nejat.

"Benim tanıdığım biri var," dedi Şerif, kendinden emin bir tavırla. "Darbe öncesinde birlikte çalışmıştık: Baran yoldaş. Sağlam biridir. Şimdi TKP MK üyesi. Ona ulaşırsak Cemil'i kurtarırız."

"Telefon numarası yanında mı?"

"Aklımda," dedi Şerif, kurnaz bir gülümsemeyle. "Ülkede başım sıkıştığında sık sık arardım onu."

"Çok iyi, çok iyi," diye mırıldandı Leonid, kül rengi gözleri akşamdan beri ilk kez ışıldıyordu.

"O zaman ne duruyoruz, hadi Baran yoldaşa telefon edelim," dedi Nejat.

"Edelim," dedi Leonid, "Ama önce senin şu sayfası yanık *Manifesto*'yu bulman gerek."

"Tamam," dedi Nejat. "Bütün odaları dolaşırım. Bakalım kimdeymiş bizim kitap."

"Yönetim odasında buluşuruz o zaman," dedi Şerif. "Zaman yitirmeyelim. Sen kitabı oraya getir."

"Anlaştık," dedi Nejat. On beş yaşındayken duvarlara antifaşist belgiler yazmaya çıktığı ilk eylemdekine benzer, taptaze bir heyecanla yöneldi kapıya.

Yönetim odası sitedeki ikinci binanın giriş katandaydı. Sitenin sırtı ezilmiş siyah bir kaplumbağayı anımsatan kocaman ahizeli tek telefonu bu odada bulunuyordu. Öğrencilerin çoğu yasadışı çalışmak zorunda kalan partilere üye olduklarından, ülkelerindeki yakınlarıyla konuşmak gibi bir talepleri olmuyor, telefona da pek gereksinim duymuyorlardı. Ama zaman geçip de okulda dostluklar kurulup aşklar yaşanmaya başlayınca telefona olan talep artmış, pek sık olmasa da yönetim odasının önünde küçük kuyruklar oluşmaya başlamıştı.

Binadan içeri girdiklerinde konuşmalar duyan Leonid, yine telefon kuyruğu var sanmıştı ama yaklaşınca içeridekilerin yüksek sesle neşeli bir muhabbete koyulduklarını anladı. Konuşmaları Şerif de duymuş, önemsememişti, aklı Baran'daydı. Bakalım onlara yardım edecek miydi? Pis bir işti, ortalıkta iki ölü vardı. O bunları düşünürken Leonid adımlarını iyice hızlandırmıştı. Yönetim odasının önüne gelince de hiç beklemeden kapıyı usulen şöyle bir tıklatıp daldı içeri, biraz geriden gelen Şerif de peşinden.

Önce iriyarı üç sivil polis çarptı Leonid'in gözüne. Bir adamı ortalarına almışlar, yarı şaka, yarı ciddi sıkıştırıyorlardı. İçeri birilerinin girdiğini anlayınca dudaklarında yarım kalmış gülümseyişleriyle döndüler, böylece iri gövdeleriyle oluşturdukları çember aralandı, sorguladıkları adamın yüzü açığa çıktı: Bu, yemekhanedeki yaşlı aşçı Aleksey'den başkası değildi. Adamın kıpkırmızı olmuş iri burnunu gören Leonid polislerin onu dövdüklerini sandı ama odayı kaplayan keskin alkol kokusunu duyunca yaşlı aşçının kibrit çaksan parlayacak kadar sarhoş olduğunu anladı.

Polisler önünden çekilince Aleksey de içeri girenleri görmüş, tek gözünü kısarak onları tanımaya çalışmış, kim olduklarını fark edince de çürük dişlerini göstererek gülümsemiş, sağ ve sol yakası en az beşer madalyayla kaplı eski ceketinin düğmelerini ilikleyerek saygıyla ayağa kalkmıştı.

"Ooo Leonid İvonoviç, iyi akşamlar... İyi akşamlar yoldaş Türk," diyerek, yerlere kadar eğilerek onları selamladı. Sonra sanki bu oda kendi eviymiş gibi polisleri aralayarak pencere kenarındaki boş iskemleleri gösterdi:

"Buyrun, gelin şöyle oturun."

Onun bu tavrı belki de sitedeki son geceleri geçirmekte olan sivil polislerin şefi Dimitriy'i rahatsız etmişti. Az önce bu yaşlı sarhoşu konuşturup kahkahalar atan genç polis, "Tamam yoldaş Aleksey, sen sakin ol bakalım," diyerek, omuzlarından tuttuğu gibi iskemlesine oturttu. Leonid'e dönerek, "Mutfaktan erzak aşırırken yakaladık onu," dedi.

"Ben bir şey çalmadım," diyerek yeniden doğrulmaya çalıştı Aleksey. Ondan atik davranan Dimitriy yaşlı adamın kıpırdamasına izin vermedi ama konuşmasına da engel olamadı.

"Buradakilerin çoğu Arap. Arap ne demek, Müslüman. Müslümanlar domuz etini sevmez. Yani bu jambonları kimse yemiyordu, çürüyeceklerdi. Depoda bozulacaklarına bu ihtiyarcığın midesini şenlendirmeleri daha iyi olmaz mı?"

Leonid'in gergin suratında zamansız bir gülümseme belirdi.

"Gülüyorsunuz Leonid İvanoviç," dedi yaşlı aşçı, boynunu bükerek. "Ama yine de beni ihbar etmekte bir sakınca görmediniz."

"İhbar mı?" dedi Leonid. Adamın söylediklerinden bir şey anlamamıştı, soru dolu bakışlarını Dimitriy'e çevirdi.

"Ona aldırmayın," dedi Dimitriy. "Sarhoş, ne dediğini bilmiyor."

"Sarhoş senin babandır," diye gürledi Aleksey. "Biz eski toprağız evlatçığım. Öyle iki kadeh votkayla kendimizi kaybetmeyiz."

Feri kaçmış gözlerini Leonid'e çevirerek sürdürdü sözlerini.

"Ben Türkleri çok severim Leonid İvanoviç. Mert insanlardır, cesur insanlardır. Ama bana bunu nasıl yaptılar, anlayamadım? Onlara çok gücendim, çok."

"Niye gücendin?" diye sordu Leonid, gülümsemesini yitirmeden.

"Beni ihbar ettiler."

"Bir dakika, ne diyorsun? Kim ihbar etti seni?" diye sordu Leonid, adamın söylediklerinden kuşkulanır gibi olmuştu.

"Sizin öğrencilerden biri. Şu hafif kilolu, gür saçlı olanı. Benim Alyoşam gibi hep yalnız dolaşan..."

Kimden bahsettiğini çıkarmaya çalışıyordu Leonid.

"Siz ona aldırmayın Leonid İvanoviç," dedi Dimitriy yeniden. "Ne konuştuğunu bilmiyor."

"Ne konuştuğumu biliyorum ben," diye atıldı Aleksey. "Onunla karşılaştık. Karşılaşmak ne demek, çarpıştık. Hızla koşuyordu, bir çarptı bana. Hoop kucağımdaki erzaklar havaya. Artık o karanlıkta toparlayabilirsen toparla. Odama gittim ki jambon eksik..."

Yaşlı adam matrak matrak anlatırken, Şerif, "Ne olmuş, ne anlatıyor?" diye sordu Leonid'e.

"Erzak çalıyormuş. Yakalamışlar. Onu Türk öğrencilerden birinin ihbar ettiğini söylüyor," dedi Leonid, dalgınlaşmıştı, aklını bir şey kurcalıyor gibiydi.

"Bu adam normal değil," dedi Şerif. "Geçenlerde durup dururken Kerem'e kahvaltı hazırladı."

"Kerem'e mi?" diye sordu Leonid, dalgınlığından sıyrılarak.

"Evet, Kerem'e," diye başını salladı Şerif, gözleri sarhoşluğun daha da sevimli hale getirdiği yaşlı adama takılıp kalmıştı.

"Sakın sözünü ettiği kişi Kerem olmasın?" diye sordu Leonid.

"Olabilir," dedi Şerif, bir anlam çıkarmaya çalışmayarak. "Bunun ne önemi var ki?"

"Çok önemi var. Cinayet gecesi bulunan jambonu hatırlasana?"

Şerif bağlantıyı çözememiş, şaşkın düşünürken, Leonid yaşlı aşçının yanına yaklaşarak elini dostça adamın omzuna koydu.

"Sana çarpan öğrenci Kerem'miydi?" diye sordu.

Yaşlı adamın suratında aptal bir ifade belirdi.

"Kerem mi? Adını bilmem," dedi. "Benim Alyoşam gibi sessiz olan."

"Hani şu geçenlerde kahvaltı götürdüğün öğrenci mi?"

Yaşlı adamın yüzü ışıdı.

"Evet," dedi. "Ta kendisi."

"Aman Tanrım," diye bağırmaktan kendini alamadı Leonid. "Kerem'miş!"

Leonid'i izleyen yaşlı adamın şaşkınlıktan ağzı açık kalmıştı.

"Yalvarırım kendinize gelin Leonid İvanoviç. Neler oluyor size? O öğrenciyi zaten tanıyorsunuz."

"Tabii tanıyoruz," dedi Leonid, bütün dikkatini yaşlı adamın üzerinde toplamıştı. "Senden çok rica ediyorum, şimdi bana onunla hangi gece karşılaştığını söyler misin?"

Yaşlı adam gözlerini iri iri açarak Leonid'e baktı.

"İstersen biraz düşün," dedi Leonid. "Doğru hatırlaman çok önemli."

"Nesini düşüneceğim canım," dedi yaşlı adam, kendinden emin bir tavırla. Sonra onları dinleyen Dimitriy'i işaret ederek. "Bakmayın siz bunların sözlerine. Sarhoş filan değilim ben. O geceyi de çok iyi hatırlıyorum. Geçen salıydı. Kahvaltıyı da çarşamba sabahı götürdüm ona zaten. Yanındaki yoldaşına sor, hatırlayacaktır. O da yemekhanedeydi çünkü."

Soluğunu tutarak Şerif'e döndü Leonid.

"Bu adamın Kerem'e kahvaltı getirdiği günü hatırlıyor musun?"

Şerif'in kırışıklarla bezeli alnında hepsinden daha derin iki çizgi belirdi, yok oldu.

"Sanırım çarşamba günüydü," dedi. "Mehmet'in öldürüldüğü gecenin sabahı."

Leonid, onu kolundan tutarak sarstı.

"Emin misin?"

"Eminim," dedi Leonid'in bu kadar telaşlanmasına bir anlam veremeden. "Çarşamba günüydü ama bunu niye soruyorsun ki?"

"Hatırlasana, Kerem cinayet gecesi dışarı hiç çıkmadığını söylemişti. Oysa koşarak bir yerlerden geliyormuş. Aleksey'le çarpışmış. O gece milislerin bulduğu jambon işte bu çarpışmada yere düşmüş."

Şerif'in aklı karışmıştı.

"Ama... Ama Kerem o gece hastaydı. Nasıl koşabilir ki?" diye sordu; Leonid'i saran heyecan şimdi ona geçmişti.

"Sadece nezleydi. Üstelik sabah iyi görünüyordu. Ama cinayetten sonra yaptığımız toplantıda sanki hastalığı üstelemiş gibiydi."

"Haklısın," dedi Şerif, derin bir uykudan uyanır gibiydi. Sanki gözlerinin önünden bir perde ağır ağır kalkıyor, olaylar kafasında bütünleşerek, geçmişin gerçek görüntüsünü hızla ortaya çıkarıyordu.

"Doğru, toplantıda çok iyi görünüyordu. Yanımda oturuyordu, bir kez bile hapşırdığını duymadım. Ama akşam birden ateşi çıktı, hapşırmaya başladı..." diye mırıldandı ama hemen duraksadı. Erken bir karara varmaktan korkuyor gibiydi. Bakışları yaşlı adama kaydı yeniden. "Acele etmeyelim. Emin olmalıyız. Kerem'i gördüğünde saat kaçtı acaba?"

Şerif'in sorusu Leonid'in kararlılığını gölgelemedi. Kendinden emin açıkladı:

"Bu saatlerde olmalı. Gündüz gözüne erzak yürüteceğini sanmıyorum bu uyanık ihtiyarın."

Ama Şerif'in gözlerindeki kuşku bulutlarının dağılmadığını görünce yaşlı aşçıya sormak zorunda kaldı.

"Peki saat? Saati hatırlıyor musun?"

"Bak bu zor işte," dedi yaşlı adam, suratını buruşturarak. "Dakikası dakikasına nasıl söylerim ben sana saati."

"Yaklaşık olarak..."

Yüzü aydınlandı yaşlı adamın.

"Hah, öyle dersen tamam. Her gece on buçukta falan kaparım mutfağı. Beş dakka önce, beş dakka sonra, hiç değişmez bu."

"Tam cinayet saati," dedi Leonid, sevinç içinde adeta bağırarak. "Demek Kerem'in mektupta yazdıkları doğruymuş."

Şerif'in içinden Leonid'e sarılmak geçti ama onları izleyen polislerin soğuk bakışlarını hissedince bundan vazgeçti.

O anda kapı açıldı, elinde *Komünist Manifesto*'nun bir nüshasını tutan Nejat paldır küldür daldı içeri. Soluk soluğaydı; daha ilk girdiği odada kitabı bulunca hiç üşenmeden buraya kadar koşmuştu.

"İşte bizim *Manifesto*," dedi çocuksu bir coşkuyla.

Leonid kitabı aldı, Nejat'ın sağ işaretparmağıyla araladığı on birinci sayfaya baktı, gerçekten de sağ alt uç sigarayla yakılmıştı. Leonid kitaba bakarken, arkadaşlarındaki değişikliği fark eden Nejat safça sordu:

"Baran yardım edecek mi?"

"Baran'la konuşmamıza gerek kalmadı," dedi Leonid, dudaklarında utku dolu bir gülümsemeyle. Başıyla Aleksey'i işaret ederek tamamladı sözlerini. "Kerem'in katil olduğunu kanıtlayacak bir şahit bulduk."

Önce şaka yapıyorlar sandı Nejat ama iki yoldaşının sevinç içinde yüzen gözlerini görünce doğru söylediklerini anladı.

"Bu çok iyi işte," diye bağırarak, sağ elini yumruk yapıp havaya kaldırdı. "Cemil'in masum olduğu belliydi zaten."

Sabrının sonuna gelen Dimitriy, "Neler olup bittiğini bize de anlatacak mısınız?" diye homurdanarak araya girdi.

"Sanırım cinayetler aydınlandı," dedi Leonid umutlu bir gülümseyişle, genç polisin asık suratına bakarak. "İş çözüldü. Katili gören bir tanığımız var artık."

"Bu sarhoş herif mi?" dedi dudak bükerek Dimitriy.

Aleksey alınmış gözlerle baktı Dimitriy'e.

"Onu küçümseme," dedi Leonid, yaşlı adamı savunarak. "O, senin benim gibilerin ayıkken bile fark edemediklerini sarhoşken görebilecek biri. Yerinde olsam Viktor'u arar, oraya doğru geldiğimizi bildirirdim."

Dimitriy duraksadı. Konuşmaları can kulağıyla dinlemişti, cinayet bölgesinde bulunan jambondan haberi vardı ama Leonid'in söylediklerinin ne kadarına inanabilirdi, işte bundan emin değildi. Ortalıkta fol yok, yumurta yokken harekete geçip üstlerinden azar işitmekten korkuyordu.

"Korkma," dedi Leonid. "Kendimi aptal konumuna düşürmek ister miyim hiç?"

İnanır gibi olmuştu Dimitriy ama çekingenliğinden bir türlü kurtulamıyordu. Kocaman elinin birer sosisi andıran parmaklarıyla dik saçlarını kaşıdıktan sonra, "Peki," dedi. "Umarım yanılmıyorsunuzdur Leonid İvanoviç?"

"Yanılmıyorum... Hadi güven bana, nereye sakladıysan çıkar şu telsizi de ara Viktor'u. Cinayetleri aydınlatacak bir tanık bulduğunu söyle. İstersen ben konuşayım."

"Hayır hayır, ben konuşurum," dedi Dimitriy, masanın arkasındaki alet çantasına sakladığı telsizi çıkarmaya giderken.

"Aferin yoldaş Dimitriy," diye mırıldandı Leonid, takımı maçı kazanan bir futbol antrenörünün gürbüz neşesiyle. "Ekibin ve sen takdir alacaksınız."

Yirmi Dokuzuncu Bölüm

Dimitriy'in kullandığı minibüs KGB binasının önünde durunca, toparlanarak yanında uyuklamakta olan Aleksey'e baktı Leonid. Adamcağızın altçenesi aşağıya düşmüş, ağzındaki bütün çürük dişler ortaya çıkmıştı. Şefkatle adamın omzuna dokundu, bana mısın demedi Aleksey.

"Dürtüklemezsen uyanmaz," dedi motoru durduktan sonra geriye dönen Dimitriy. "Baksana sızmış herif."

O anda Aleksey'in tek gözü açıldı.

"Herif sensin," dedi. "Biraz terbiyeli ol."

Gülmemek için kendini zor tuttu Leonid.

"Hadi Aleksey Maksimoviç," dedi. "Gideceğimiz yere geldik."

Sanki canı yanıyormuş gibi eliyle belini tutarak doğruldu yaşlı adam. Minibüsten inen Şerif ile Nejat'ın peşi sıra ilerledi. Kapıdan inince ayağı kaydı, son anda kolundan yakalayan Şerif onu düşmekten zor kurtardı.

"Teşekkür ederim," dedi yaşlı adam gülümseyerek ama başını çevirip de KGB binasının önünde olduklarını anlayınca beti benzi attı, olduğu yerde donup kaldı.

"Aman Tanrım," dedi istavroz çıkarak. "Beni nereye getirmişler böyle." Sonra telaşla Leonid'i aramaya başladı. Onu minibüsten inerken görünce sendeleyerek yaklaştı, "Azizim Leonid İvanoviç, bu nasıl insanlık, bu nasıl yoldaşlık. Bir parça jambon için bir Sovyet vatandaşına yapılır mı bu?"

Leonid adamın elini yakalayıp avuçlarının içine aldı, sonra güvenle gözlerinin içine bakarak, "Sana bir şey olmayacak," dedi. "Sen tanıksın. Anladın mı, sen tutuklu değilsin."

Yaşlı adam, "İnansam mı, inanmasam mı?" diye kısa bir duraksamadan sonra, hazır ol durumuna geçti, sağ elini kalpağına götürerek selam verdi.

"Emredersiniz," dedi. "Şu andan itibaren Sovyet devletinin emrindeyim. Oğlum Alyoşa da zaten Afganistan cephesinde çarpışıyor."

"Tamam Aleksey Maksimoviç. Artık gidelim," diyerek yaşlı adamın koluna giren Leonid'le birlikte ekibin öteki üyeleri de binaya yürümeye başlamıştı.

İlk kontrollerden geçtikten sonra akşamki görevliyi aynı yerde, aynı surat ifadesiyle oturur buldu Leonid ama onları görür görmez ayağa fırladı adam.

"Sizi aşağıda bekliyorlar yoldaş Leonid," diyerek eliyle merdivenleri gösterdi. "İsterseniz sizi götüreyim."

"Teşekkür ederim, yolu biliyorum," dedi Leonid. "Bu ne değişiklik," diye geçirdi aklından. "Andrey Alegoviç binada mı?" diye sordu, merdivenlere yönelmeden önce.

"Yoldaş Andrey de aşağıda sizi bekliyor," dedi görevli.

"Güzeeel," diye mırıldanarak, çevik adımlarla merdivene yöneldi.

Aşağıda merdivenlerin başında Asaf karşıladı onları.

"Bir tanık bulmuşsunuz ha?" diye sordu telaşlı, sırnaşık bir tavırla.

"Evet, tanıştırayım: Aleksey Maksimoviç."

"Cinayeti mi görmüş?"

"Öyle sayılır," dedi Leonid, fazla açıklama yapmaya heves etmeden. "Cemil nerede?"

Bakışlarını kaçırdı Asaf.

"İçerde olmalı," dedi.

"İçerde mi olmalı?" diye durdu Leonid. Yüzü endişeli bir hal almıştı. "Sen yanında değil miydin?"

"Değildim, sen gidince başka bir çevirmen getirdiler. Beni de odadan çıkardılar."

"Karşı çıkmadın mı?" diye atıldı Şerif.

"Yapma Şerif yoldaş, sanki karşı çıksaydım beni dinlerlerdi de."

"Dinlemesinler. Sen de yoldaşınla birlikte sorgulansaydın."

"Öyle atıp tutma bakalım," diye diklendi Asaf. "Daha Cemil'in masum olduğu bile belli değil."

"Belli," dedi Leonid, küçümseyen gözlerle Asaf'a bakarak. "Cemil'in katil olmadığı artık kesinlik kazandı."

İnanmayan gözlerle baktı Asaf, Rus öğretmene. Leonid, ona haber anlatacak durumda değildi, adımlarını hızlandırarak koridorda ilerlemeye başladı. Sabahki sorgu odasına yönelen Leonid'i Asaf uyardı.

"Odayı değiştirdiler, koridorun sonundalar."

Leonid'in yüzündeki endişe iyice artmıştı.

"Cemil'i onların eline bırakmaman gerekirdi," diye söylendi. Suçlu biri gibi başını öne eğen Asaf bu defa sesini çıkarmadı. Adımlarını daha da hızlandırdı Leonid, peşindekiler de ona ayak uydurdular.

Koridorun sonundaki odaya vardıklarında kapıdaki iri kıyım iki nöbetçi durdurdu onları.

"Andrey Alegoviç bizi bekliyor," diye açıkladı Leonid. Elleri hafif makineli tüfeklerinin üzerinde gezinen nöbetçilerden kumral olanı, küçük topluluğu süzdükten sonra, "Burada bekleyin, haber vereyim," dedi.

Çok beklemediler, az sonra nöbetçiyle birlikte Nikolay çıktı dışarı.

"Bütün okulu buraya toplasaydınız bari," dedi, alaycı bir tavırla.

"Gerekliydi," dedi Leonid.

"Anlayacağız," dedi Nikolay. "Şu sizin tanığı içeri alalım. Ötekiler sağdaki odada beklesinler. Nöbetçi yoldaş götürür onları."

"Onlar da tanık," diye karşı çıkacak oldu Leonid.

"Hepsini aynı anda sorgulayanlayız ki," diye tersledi Nikolay. "Sırası geldikçe herkesle konuşacağız."

Leonid, Nikolay'ın söylediklerini Türk yoldaşlarına açıkladıktan sonra, nöbetçi Şerif ile Nejat'ı alıp ilerdeki odaya götürdü.

Nikolay'ın gözü Asaf'a takılmıştı.

"Ne o, migreniniz geçti galiba?" diye sordu alaycı bir tavırla. Leonid anlamamıştı, bakışlarını Asaf'a çevirerek sordu:

"Ne migreni?"

Asaf yerine, alaycılığını sürdüren Nikolay yanıtladı:

"Sorgu biraz sertleşince yoldaş Asaf, migrenim tuttu, diyerek odadan çıkmıştı da..."

Asaf bir suçlu gibi gülümseyerek Leonid'e baktı, sonra duyulmayacak kadar cılız bir sesle, "Geçti, geçti," diye mırıldandı.

Asaf'ın küçük numaraları umrunda değildi Leonid'in, aklına Nikolay'ın, "Sorgu sertleşince," sözlerini takmıştı.

"Hadi içeri girelim artık," diye sabırsızlıkla söylendi.

"Buyrun," dedi Nikolay, yapmacık bir nezaketle kapıyı açarak.

Leonid, Asaf, Aleksey ve minibüsü park ettikten sonra onları kapıda yakalayan Dimitriy odaya girdiler, içerisi pas rengi duvar kâğıtlarıyla kaplıydı. Nikolay'ın akşamki sorguda, "Onu sorguladığımız şu odaya bakın, bahar renginde," deyişini anımsadı Leonid. "Demek ki sorgu sertleşince odanın da rengi değişiyor," diye düşündü. Tıpkı ilk odadaki gibi ortada bir masa vardı. Viktor ile Andrey masanın uzun kenarındaki iskemlelere yerleşmişlerdi, Cemil'in sırtı kapıya dönüktü, omuzları çökmüş, sanki uyuyor gibi başı öne düşmüştü. Leonid kaygıyla Cemil'e atıldı. Ancak ondan önce davranan Andrey, eski dostunu ayakta yakaladı.

"Bir merhaba yok mu Lenya?" dedi sevimli görünmeye çalışarak. Leonid'in gözleri Cemil'deydi.

"Ona ne yaptınız?" diye söylendi.

"Sakin ol... sakin ol," dedi Andrey. "Ona hiçbir şey yapmadık."

Leonid onu iterek masaya yaklaştı. "Cemil, Cemil yoldaş," dedi.

Genç adam yarı baygın gibiydi, sanki konuşulanları işitmiyordu.

"Cemil yoldaş uyan, uyan," diye ısrarla omzuna dokundu Leonid.

Güçlükle başını çevirdi Cemil. Sağ kaşı neredeyse gözünü tümüyle kapatacak kadar şişmişti. Sağ burun deliğinde kızıllaşmış bir pamuk ya da bez parçası vardı, dolgun altdudağı tam ortasından yarılmıştı. Ama Leonid'i ürküten bunlar değil, Cemil'in o ürkütücü, bomboş bakışlarıydı.

"İyi görünmüyor," dedi panik içinde doğrularak. "Beyin kanaması geçiriyor olmasın?"

"Hiçbir şey geçirmiyor," dedi Andrey, sakin bir tavırla. "En az senin benim kadar sağlam. Biraz sakinleştirici verdik, hepsi o kadar."

"Bunu yapmaya hakkınız yoktu," diye gürledi Leonid.

"Bir şey yapmadık ki," dedi Nikolay, arsızlığını sürdürerek. "Hatırlamıyor musunuz, buraya geldiğinde böyleydi."

"Hepinizi dava edeceğim," dedi Leonid, yumruklarını sıkıp Nikolay'ın üzerine yürüyerek. İri gövdesiyle araya giren Viktor durdurdu onu.

"Asıl biz seni dava edeceğiz," dedi öfkeyle Leonid'in suratına haykırarak. "Görevimizi yapmamıza engel oluyorsun."

Neredeyse yumruk yumruğa birbirlerine gireceklerdi ki, "Yoldaşlar, yoldaşlar," diyerek Andrey girdi araya. "Bırakın bu anlamsız tartışmayı. Lenya haklı, biraz daha nazik olabilirdik. Ama oldu bir kere. Sen de sakinleş artık Lenya."

"Sakinleş demesi kolay. Zamanında yetişmeseydim kim bilir daha neler yapardınız çocuğa?"

"Hadiii, o kadar da kalpsiz değiliz canım. Hem o alışkındır böyle şeylere. Ne de olsa faşizm koşullarında dövüşen bir devrimci," dedi şirin görünmeye çalışarak.

"Lanet olsun," diye mırıldandı Leonid. "Hepinize lanet olsun."

"Bize küfrederek hiçbir sorunu çözemezsin. Bak geceyarısı önemli bir toplantıyı bırakıp geldim buraya. Şu senin dekan ortalığı velveleye vermiş."

"Ne? Yuriy Konstantinoviç'ten mi söz ediyorsun?" diye sordu Leonid, öfkesi geçer gibi olmuştu. "Demek hâlâ güvenilecek insanlar var," sözcükleri döküldü dudaklarından.

"Var ya, yoksa niçin buraya geleyim?" diyerek övgüyü kendi üzerine aldı Andrey. Sonra korkudan kapının yanına büzülmüş duran Aleksey'e dönerek, "Bu mu senin tanığın? Hadi gel de anlat bakalım ne gördüğünü," dedi.

"Durun bir dakika," dedi Leonid, elini kaldırarak. "Cemil'i bu halde bırakamam. Önce onu götürüp yatıralım."

"Haklısın," dedi Andrey, Leonid'le uzlaşabilecek bir konu bulduğu için yüzünde memnun bir ifadeyle Nikolay'a dönerek: "Onu yandaki yataklı odaya taşıyın."

Nikolay kapıdaki nöbetçilere seslendi. Cemil az sonra iki askerin arasında odadan çıkıyordu; Leonid de onlarla birlikte gitmek istedi ama Asaf ondan önce davrandı.

"Ben ilgilenirim," dedi, gözlerinden pişmanlık okunuyordu. Onu kıramadı Leonid.

"Tamam, rahat etmesini sağla lütfen."

Onlar çıkınca yeniden yaşlı adama çevirdi bakışlarını Andrey.

"Evet, gelelim tanığımıza. Ne görmüş bu ihtiyarcık?"

"Kendin sor," dedi Leonid, sonra yaşlı aşçıya döndü, Cemil'in kalktığı boş iskemleyi göstererek.

"Gelin Aleksey Maksimoviç, şöyle oturun."

"Teşekkür ederim, teşekkür ederim," diyerek yine yerlere kadar eğildi yaşlı aşçı. Ürkek gözlerle Andrey'e bakarak sessizce oturdu gösterilen iskemleye.

"İsterseniz ben anlatayım yoldaş Andrey," dedi odaya girdiğinden beri suskunluğunu koruyan Dimitriy.

"Tamam sen başla," dedi Andrey, meraklı bir yüz ifadesi takınarak.

"Onu biz yakaladık," dedi Dimitriy, eliyle yaşlı adamı göstererek. "Cinayet gününden sonra her gece yaptığımız gibi sitede geziniyorduk. Aleksey Maksimoviç'i karanlıkta elinde bir paketle yürürken gördük. İkide bir dönüp arkasına bakmasından kuşkulandık. Ağaçların arkasına saklanarak izlemeye başladık ama adam bizi fark etti. Fark eder etmez de elindeki paketi atıp kaçmaya başladı. Onu iki bina ötede yakaladık. Attığı paketin içinde, tereyağı, jambon, kurutulmuş balık, iki şişe de votka vardı. Votkalardan biri düşme sırasında kırılmış. Adamı yakalayınca yemekhanedeki aşçı olduğunu anladık, onu sitedeki yetkililere teslim etmek için yönetim odasına getirdik. Tam o sırada yanında Türk bir öğrenciyle Leonid İvanoviç girdi odaya. Onları gören Aleksey açıklamalarda bulunmaya başladı, olayın rengi değişti. Ben de durumu merkeze bildirdim."

"Bravo yoldaş Dimitriy," dedi Andrey, abartılı ama durumun kontrolünde olduğunu hissettiren bir ses tonuyla. "Doğru olanı yapmışsınız. Ama olayın rengini değiştiren açıklama ne? Hâlâ onu öğrenemedik," dedikten sonra bakışlarını yaşlı adamın üzerine çevirdi.

"Eee Aleksey Maksimoviç, top sizde, anlatın bakalım olanları."

Yaşlı adam önce tutuk tutuk konuştu ama giderek açıldı ve ballandıra ballandıra anlattı her şeyi. O konuşurken Viktor ile Nikolay'ın suratı renkten renge giriyordu. Nikolay'ın açık renk gözlerini umutsuz bir ifade kapladı ama Viktor kolay pes edecek bir insan değildi, telaşla çantasını kaptı, içinden çıkardığı Kerem'in cinayet gecesi ne yaptığını anlatan rapora yeniden göz attı. Nikolay söyleyecekleri biten Aleksey'i nöbetçilere teslim ederek öteki tanıkların kaldığı odaya gönderirken, Viktor da raporu Andrey'e uzattı. Andrey ilgiyle okudu raporu. O sırada kapı çalındı, Asaf içeri girdi.

Rahatlamış görünüyordu ama yüzündeki pişmanlığın izleri hâlâ silinmemişti.

"Nasıl?" diye sordu Leonid.

"Uyuyor," dedi gölgeli bir gülümsemeyle.

Onlar konuşurken Andrey okuduğu kâğıttan başını kaldırdı.

"İlginç bir durum," dedi Leonid'e dönerek. "Ama bu beklenmedik tanığın söyledikleri Kerem'in katil olduğunu kanıtlamaz. Kerem o gece dolaşmaya da çıkmış olabilir."

"Hasta hasta, öyle mi? Güldürme insanı... Öyle olsa, bunu niye gizlesin ki?"

"Çünkü Mehmet'le arasının iyi olmadığı biliniyor. Onu suçlayacaklarından korkmuştur," diyerek akıl yürüttü Viktor.

"Eğer bıraktığı mektup olmasaydı bu doğru olabilirdi. Ama Kerem'in cinayet saatinde dışarıda olmasını, Aleksey'e çarptıktan sonra özür bile dilemeden kaçmasını, üstelik bunu gizlemesini, bir de mektupta yazdıklarını birleştirirsek..."

"Tamam," diyerek sözünü kesti Andrey. "Bir an için varsayımının doğru olduğunu düşünelim. Ama önemli bir soru hâlâ yanıtsız. Köstebek kim? Kerem'in yazdığı gibi Mehmet mi? Yoksa başka biri mi?"

"Mehmet'in polis olmasını düşünemiyorum," dedi Asaf.

"Neden? Mehmet'in Cemil'den ne farkı var? Birinin ölü, ötekinin canlı olmasından başka."

"Ne demek istiyorsun?" diye sordu Nikolay. "Öğrendiğin bir şey mi var?"

"Önce şu akıl yürütme işini sürdürelim. Mehmet yerine Cemil öldürülseydi, Mehmet'ten kuşkulanmamız kaçınılmazdı. Çünkü o da Kerem'i ve Cemil'i tanıyan tek kişi olacaktı; parti siciline baktığımızda en az Cemil kadar parlak olduğunu görürüz. Yani Cemil'i suçlamak için dayandığımız bütün veriler Mehmet için de geçerli."

"*Manifesto* dışında" diye düzeltti Viktor.

"Yanılıyorsun," dedi Leonid. "Eğer Nejat'ı buraya çağırırsak, Cemil'le ortak kullandıkları *Komünist Manifesto*'yu gösterir size."

Viktor, düş kırıklığına uğramış bir suratla Andrey'e baktı.

"Çağırın şu adamı, bakalım ne anlatacakmış bize?" dedi Andrey merakla.

Nikolay kapıya yönelirken, Leonid kendinden emin, varsayımını sürdürüyordu.

"Mehmet 28 Ocak'ı 29'a bağlayan gece öldürüldü. Yani Mustafa Suphi ve on dört arkadaşının hunharca katledildiği gece. Aslında cinayetin o gece işlenmiş olması da bir mesajdı. Kerem, partiye sızan ajanın tıpkı 65 yıl önce olduğu gibi yoldaşlarını katletmesine engel olmak için onu öldürdüğünü söylemek istiyordu."

"Bunu yoldaşlarından neden gizlesin ki?" diye sordu Andrey, inanmamış gözlerle eski dostunu süzerek.

"Birincisi, ona inanmıyorlardı. İkincisi, TKP terörizme karşıdır. Hiçbir zaman bu cinayeti onaylamazdı. Kerem bunu çok iyi biliyordu."

"Kendini niye öldürdü?"

"Aleksey'le karşılaştıktan sonra yakalanacağından emindi. Zaten harap olan sinirleri daha fazla beklemeye dayanamadı."

Bu tartışma sürerken kapı açıldı, önde Nejat, arkada Nikolay içeri girdiler.

"Gel Nejat yoldaş," dedi Leonid, ayağa kalkarak. "Bize *Manifesto*'yu verir misin?"

Nejat paltosunun cebine sokuşturduğu *Manifesto*'yu çıkarıp Leonid'e uzattı. Ama kitabı daha önce davranan Viktor kaptı. Leonid'in dudaklarında kalender bir gülümseme belirdi.

"Telaşınızı anlıyorum yoldaş Viktor," dedi. "Lütfen on birinci sayfaya bakar mısın?"

Viktor iri parmaklarıyla kitabı karıştırıp on birinci sayfayı buldu.

"Cemil'in sözünü ettiği yanığı gördün mü?" diye sordu Leonid. Viktor hiçbir şey söylemeden kitabın kararmış ucuna bakıyordu. Leonid, odanın ortasında, sanki kavga etmeye gelmiş gibi kararlı bir ifadeyle dikilen Nejat'a döndü.

"Yoldaş bu kitap sizin mi?"

"Evet, ucunu ben yakmıştım," dedi Nejat. "Ama bir süredir kaybolmuştu."

"Onu nerede buldun?"

"Mehmet'in kitaplarının arasında."

Leonid'in çevirisini dinleyen Viktor, "Ama," diye karşı çıktı. "Bu, kitabın Mehmet'in olduğunu kanıtlamaz ki. Başka biri de koymuş olabilir oraya."

"Viktor'a katılıyorum," dedi Andrey, Leonid gibi bir amatörün sanki konunun uzmanıymış gibi ortaya çıkıp sorguyu yönetmesi canını sıkmaya başlamıştı. "O kitap kolektifteki herkesin olabilir."

"Doğru, Cemil ile Nejat dışında herkesin. Ama biz Kurkino'dan gelirken minibüste yararlı bir tartışma yaptık. Tartışmamız kitabın Mehmet'in olması varsayımına dayanıyordu."

"Siz kimsiniz?" diye sordu Viktor kuşkuyla.

"Nejat, Şerif ve ben."

"Cemil'in dostları," dedi dudak bükerek.

"Evet ama küçümsemesen iyi olacak. Çünkü işaretli *Manifesto* ile Aleksey'i de biz bulduk."

Andrey eski dostuna kızmasına karşın bu gizemli konuşmasının altında önemli bilgilerin yattığını sezinliyordu.

"Hadi Lenya, bu kadar girizgâh yeter, çıkar ağzından şu baklayı," diye söylendi sabırsızlıkla.

"Tamam, acele etme, her şeyi anlatacağım. Ama önce bir soru sormam gerekiyor. Cemil'in Beloruskaya Garı'nda görüşmeye gittiği şu Türk istihbaratçısı, yanlış duymadıysam orta boylu, esmer, bıyıklı biriydi değil mi?"

Viktor hiç düşünmeden yanıtladı.

"Evet, tam tarif ettiğin gibi biri. Neden sordun?"

"Minibüste Şerif ve Nejat'la, Mehmet'in polis olup olamayacağını tartışıyorduk. Asaf'ın da söylediği gibi, Mehmet'in polis olduğu konusunda kuşku uyandıracak en küçük bir izlenim bile uyanmamıştı kimsede. Ama Şerif küçük bir olayı anımsadı. Aslında biraz düşününce sizler de anımsayacaksınız. Anımsamazsanız bile sorgu kasetlerinde dinleyebilirsiniz bu anıyı. Çünkü bu olaydan bahsetmişti Şerif bize. Ama bizim bütün dikkatimiz Cemil'de olduğu için önemsememiş, bu olayı es geçmiştik. Türk kolektifi bir gece Bolşoy'a gitmiş. Perde açılıp gösteri başladıktan sonra Mehmet midesinin rahatsız olduğunu söyleyerek tuvalete zor atmış kendini. Arkadaşını merak eden Şerif de peşinden çıkınca salonda bir adamla konuşurken görmüş Mehmet'i..."

Viktor ile Nikolay'ın fısıldaştığını fark eden Leonid onlara baktı: "Anımsadınız mı?"

"Evet anımsıyorum," dedi Nikolay, soğuk bir tavırla.

"Güzel. Andrey de duysun diye anlatıyorum. Şerif, Mehmet ile adamın yanına yaklaşmış. İngilizce konuşuyorlarmış. 'Tiyatrodaki görevlilerden biri,' diye açıklamış Mehmet. 'Yeniden içeri girmemem konusunda beni uyarıyordu.' Moskova'da hiç tanımadıkları insanlarla bu türden konuşmalar yapmış olduklarından olayı çok önemsememiş Şerif. Bize de öyle anlatmıştı zaten. Ama esmer, orta boylu ve bıyıklı olan adam, Rus'tan çok bir Türk'ü andırıyormuş."

"Ne olacak canım," diye kesti Andrey. "Sovyetler Birliği bir halklar mozaiğidir. Bolşoy'da Türk kökenli biri rahatlıkla görev yapabilir."

"Şerif de böyle düşünmüş zaten. Ama bu olayı da aklının bir köşesine yazmış. Bu gece öğrendiklerimizden sonra olay belleğinde yeniden canlandı, hemen bize anlattı. Tabii, o Cemil'in Beloruskaya Garı'nda görüşmeye gittiği adamın esmer, orta boylu ve bıyıklı biri olduğunu bilmiyordu."

"Saçma," dedi Nikolay. "Moskova'da söylediğin tipte binlerce insan var."

"Saçma olup olmadığını anlamamız çok kolay. O Türk istihbaratçının eminim sizde bir fotoğrafı vardır."

"Anlayamadım nereye varmak istiyorsunuz Leonid İvanoviç?" diye sordu Viktor.

"Şu fotoğrafı bulup getirin hemen," dedi Andrey, bakışlarındaki anlam değişmişti.

"Şerif'i de çağırmamız gerekiyor," dedi Leonid.

Nikolay kararsız bakışlarını Andrey'e çevirdi. Leonid'in isteğini onayladığını belirten bir baş işareti yaptı amiri. Nikolay kapıya yönelirken gözleri Nejat'a takıldı.

“Onu götüreyim mi?”

“Bırak kalsın,” dedi Andrey. “Sen git ötekini getir.”

Andrey cebinden sigara paketini çıkardı. Paketten bir tane alıp dudaklarına yerleştirdi, yakmak üzereydi ki bakışları Nejat’a kaydı. Eliyle karşısındaki iskemleyi göstererek, “Otursana,” dedi. Nejat söyleneni anlamıştı, Leonid’in çevirmesine gerek kalmadan iskemleye yerleşti.

“Anlayamadığım bir şey var,” dedi Andrey, elini yana açarak. “Neden kitabın sayfasını sigarayla yakmış.”

Leonid’in çevirisini duyan Nejat’ın gergin kasları yumuşadı, yaramaz bir çocuğunki gibi muzip ifade belirdi yüzünde.

“Kitabımız hep çalınıyordu. Kızmıştım, o anda elimde sigara vardı. Ucunu yakıverdim.”

Andrey anlamamıştı ama ısrar etmedi, sigarasını yaktıktan sonra Leonid’e dönerek, “Öğrencilerin de senin gibi tuhaf,” dedi.

“Sen ise hiç tuhaf değilsin,” diye yapıştırdı Leonid lafı.

“Kötü mü bu?”

“İyi olmadığı kesin.”

Kahkahalarla gülmeye başladı Andrey.

Az sonra kapı açıldı, önde Şerif, arkada elinde bir fotoğraf kataloğuyla Nikolay göründü.

“Gel Şerif yoldaş,” dedi Leonid, sıcak bir tavırla. “Şöyle otur.”

Odayı gözden geçiren Şerif, “Cemil nerede?” diye sordu masaya yaklaşırken.

“Yan odalardan birinde uyuyor. Biraz hırpalamışlar, dinlenmesi lazım.”

Şerif’in canının sıkıldığını görünce:

“Merak etme, önemli bir şey yok.”

Nikolay kataloğu getirip Andrey’in önüne koydu. Sayfaları çevirip Yıldırım’ın birkaç ay önce Moskova’ya geldiği gün oldukça yakından çekilmiş bir fotoğrafını gösterdi. Yanında beş ayrı kişinin fotoğrafı daha vardı. Andrey kataloğu Şerif’e uzatarak Leonid’e seslendi.

“Şunlara bir baksın, Bolşoy’daki adama benzeyen biri var mı içlerinde?”

Şerif kataloğu önüne çekerken, Leonid Andrey’in söylediklerini çevirdi. Adamların yüzüne bakmaya başladı Şerif, tek tek sanki belleğine nakşedecekmiş gibi büyük bir dikkatle inceliyordu fotoğrafları. O fotoğraftan incelerken herkes soluğunu tutmuş onu izliyordu. Yıldırım'ın resmine gelince durdu Şerif, eğilip biraz daha yakından baktı, sonra sigara içmekten sararmış işaretparmağını üstüne koyup, "İşte bu," dedi başını kaldırarak. "Mehmet'in tiyatroda konuştuğu adam buydu."

Herkes merakla uzanarak Şerif'in gösterdiği fotoğrafa baktı. Fotoğraftaki kişinin Yıldırım olduğunu görünce üçü de ayrı tepki verdi. Andrey çok şaşırmadı, dinlediklerinden olayın bu noktaya gelebileceğini az çok tahmin etmişti. Nikolay şaşırdı ama bunu belli etmeye yanaşmadı, durumu kabullenir göründü. Viktor ise direnmeyi seçti.

"Bunun o adam olduğuna emin misin?" diye sordu tehditkâr bir ses tonuyla.

Leonid'in çevirisini dinleyen Şerif, "Eminim, bu o," dedi doğal bir tavırla.

"Onu yalnızca bir kere gördün. Yanılıyor olmayasın?" diye üsteledi Viktor.

"Yanılmıyorum," dedi Şerif. Sinirlenmeye başlamıştı. İşaretparmağıyla fotoğrafa iki kez üst üste vurarak yineledi: "Eminim, bu kesinlikle o adam."

"Sakın arkadaşını korumak için böyle konuşuyor olmayasın?" dedi Viktor, gerginliğini sürdürerek.

"Bunu çevirme," diyerek Andrey girdi araya. "Neden ısrar ediyorsun, anlamıyorum yoldaş Viktor. Adam o olduğunu söylüyor işte."

Viktor yenilmiş bir suratla,

"Ama yoldaş Andrey..." diye gevelerken, Leonid olanı biteni anlamaya çalışan Şerif ile Nejat'a döndü, "Merak etmeyin" dedi göz kırparak.

"İşler yolunda, birazdan Cemil yoldaşı da alıp okulumuza döneceğiz."

"Bu kadar çabuk mu?" diye sordu Nejat şaşkınlıkla.

"Çok sevdiysen sen burada kalabilirsin," dedi Leonid neşeyle. "Ama benim yarın ilk trenle Kiev'e gitmem gerekiyor."

Otuzuncu Bölüm

Leonid ön kompartımanlardan birinde pencere kenarına oturmuş, trenin kalkmasını bekliyordu. İstasyon ana baba günüydü; trene yetişmeye çalışan yolcular, onları geçirmeye gelen yakınları, peron boyunca kendinden emin adımlarla yürüyen demiryolu görevlileri... Leonid'in ne dışarıda olup bitenleri, ne de aynı kompartımanda yolculuk edeceği üç kişilik Kazak ailesini görecek hali yoktu. Bakışları, gökyüzünü kaplayan iri kar bulutlarında, son günlerde yaşadıkları olayları düşünüyordu. Henüz tazeliğini yitirmeyen anılar belleğinde yeniden canlanıyor, birçok yüz ardı ardına geçiyordu gözlerinin önünden. Bu yüzlerin içinde en belirgin olanı, çatılmış kaşlarının altında derin bir acıyı saklayan Kerem'inkiydi. İşlediği cinayeti onaylamak mümkün değildi ama oğlunun ölümüne, yoldaşlarının tutuklanmasına, işkence görmesine neden olan birinin yaşamına son verdiği için onu adi bir katil olarak suçlamak da içinden gelmiyordu. Ya Mehmet? Her şeye rağmen Kerem'i anlamak olanaklıydı da, Mehmet'i nasıl tanımlayacağını, davranışını nasıl açıklayacağını bilemiyordu. Mehmet'in biraz gölgeli, temiz bakışları geldi gözlerinin önüne. Gizli polis, bir provokatör olduğunu, kolektifteki herkesin mahvı için çalıştığını öğrenmesine karşın ona hâlâ kızamıyordu. Mesleği için bir insan bu denli büyük bir tehlikeye atabilir miydi kendini? Bütün bunlara değer miydi? Dün akşam revire yatırdığı, yüzü yara bere içindeki Cemil'i anımsadı. Cemil kendine gelince ondan özür dilemişti Leonid.

"Niçin?" diye sormuştu genç adam.

"Başına gelenler için," diye açıklamıştı. "Sana bunu yapanlar benim ülkemin insanları. Onların işbaşında bulunmasından ben sorumluyum."

"Hayır," demişti Cemil, patlamış dudaklarıyla gülümsemeye çalışarak. "Onlar senin olduğu kadar benim de insanlarım. Onların işbaşında bulunmasından senin kadar ben de sorumluyum."

Sarılıp öpmüştü Cemil'i Leonid. Cemil'se yaşlı yoldaşının kulağına eğilerek, "Sana bir sır vereyim mi," diye fısıldamıştı, kapanmayan tek gözünde ukala bir parıltıyla. "Tehlike yaşamı daha anlamlı kılıyor."

"Pis serüvenci," diye söylendi Leonid, sevecen bir sesle. Tam karşısında oturan orta yaşlı adamın tuhaf tuhaf ona bakmaya başladığını fark edince, trende olduğunu anımsayarak kendine geldi. "Böyle kendi kendime konuşmayı sürdürürsem beni akıl hastanesine kapatacaklar," diye düşündü. Sonra oturduğu yerden kalkarak koridora yöneldi. O ayağa kalktığında peş peşe iki düdük sesi duyuldu, ardından tren sarsılarak ilerlemeye başladı. Koridora çıkan Leonid, pencerelerden birinin önüne gelerek dışarıyı izlemeye koyuldu.

Tatlı bir sarsıntıyla ilerleyen tren kısa sürede istasyondan çıktı, evlerin arasından ilerlemeye başladı. Evleri, sokakları, boş arsaları izleyen Leonid, yaşananların bütün ağırlığına karşın içinde tuhaf bir dinginlik hissediyordu. Nerdeyse bir haftadır aralıksız süren soruşturmanın, gerilimin, koşturmacanın yarattığı yorgunluk sanki bir anda kaybolmuş gibiydi. Yüreğinde yıllardır duymadığı bir kıpırtı, bir sevinç vardı. Hayır, kızını görmeye gidiyor olmasından kaynaklanmıyordu bu, daha başka bir şeydi. Birden bu yaşlı kenti ne kadar çok sevdiğini fark etti. Meslekte henüz çiçeği burnunda bir memurken, yurtdışı dönüşlerinde, uçak kentin üzerinde alçalırken, çoğu insanın görmeye can attığı Kızıl Meydan, Lenin Tepeleri, Gagarin Anıtı, Gorki Parkı, Televizyon Kulesi gibi simge olmuş yerleri değil, ilk oturdukları arka mahalledeki Vişneskaya Sokağı'nı, annesinin çalıştığı fabrikayı, Aleksandra'nın doğduğu evi bulmaya çalışır, uysal güneşin altında sırtı ışıl

ışıl yanan kavisli nehre bakıp, bu kentin benliğinde ne derdi silinmez izler bıraktığını anlayarak adeta onunla bütünleşir, içini derin bir dinginlik kaplardı. Ama yıllardır bu duyguyu hissettiği yoktu. Hatta uzun bir aradan sonra ülkeye döndüğünde bile yorgunluk içinde çöktüğü koltuğuna gömülüp kalıyor, başını kaldırıp da pencereden dışarı bakmak isteği bile gelmiyordu içinden. New York'ta çalışırken bir Moskova dönüşü Andrey'e açmıştı duygularındaki bu değişimi. Andrey'in evinde, geniş balkona oturmuş, batmakta olan yaz güneşinin tadını çıkararak, Leonid'in Moskova'dan getirdiği votkayla ağır ağır demleniyorlardı. Leonid'i dinleyen Andrey, sıcaktan mı, votkadan mı mayıştığı belli olmayan bakışlarını arkadaşına çevirerek, "Olması gereken bu oğlum," demişti. "Ben de aynı şeyleri yaşadım. Bir zamanlar bana dünyanın en büyülü manzarasıymış gibi görünen Moskova'nın karlar altındaki silueti bugün nasıl boğucu, sıkıcı geliyor, anlatamam. Ama normal bu. İnsan yaşlandıkça duyguları da değişir. Nasıl ki bir zamanlar deli gibi âşık olduğun bir kadın gün gelir seni heyecanlandırmazsa, hatta onu gördüğünde arkanı dönüp kaçmak için fırsat kollarsan, zamanla doğduğun kent de senin için yabancılaşır, bir anlam ifade etmez olur. Orada yaşadığın en tatlı anılar, bir sürü ıvır zıvır günlük olayın kalabalığı altında ezilir, yok olur. Eğer bunun için canını sıkıyorsan, aptalın birisin derim sana."

"Bunun aptallıkla bir ilgisi yok," demişti Leonid. "Bir kadını artık sevmeyebilirsin ama çocukluğunun geçtiği kentin senin için başka bir anlamı olmalı. Orası kişiliğimizle, kimliğimizle ilgili şifreler taşıyan bir yer. Yaşadığın, yaşayacağın bir sürü olayın ipuçları oradaki sokaklarda, binaların içinde saklı. İster farkında ol, ister olma, böyle bu. Ve bizi büyüten kent, artık bizi duygulandıramıyorsa, çoktan boku yemişiz demektir."

"Boku yediğimizi anlamak için buna gerek yok ki. İnsanlarla şöyle bir konuş, televizyonun düğmesini çevir, haberleri izle, sokakta yürü, alışverişe çık, hemen anlarsın neler olduğunu. Üstelik yalnızca Moskova'da değil, burada, New York'ta, Londra'da. Her yerde aynı mutsuzluk virüsü sarmış insanları. Ama kendimizi şanslı sayabiliriz. En azından bunun farkındayız."

"Keşke olmasaydık," demişti Leonid. "Değiştiremedikten sonra ne yararı var ki farkında olmanın."

"Öyle söyleme, gerçeği bilmek bir ayrıcalıktır."

"Mutsuz olma ayrıcalığı."

Andrey kaykıldığı iskemlede doğrulmuş, "Yanlış düşünüyorsun Lenya," demişti, sanki parti toplantısında konuşur gibi yapmacık bir heyecanla. "Biz gerçeği bilme ayrıcalığına sahibiz ama mutsuz değiliz, aksine, sorunları çözeceğimiz için çok mutluyuz."

"Bence mutlu filan değiliz," deyip ağzına kadar dolu votka bardağını göstererek eklemişti: "Bu yüzden de çok içiyoruz."

"İçmemizin bununla bir ilgisi yok," demişti Andrey, elindeki votka bardağına hayran hayran bakarak. "Rus halkı geleneksel olarak votkaya düşkündür. Napolyon'u, Hitler'i votka içerek yendik. Göreceksin, komünizmi de votka içerek kuracağız."

Daha fazla konuşmak içinden gelmemişti Leonid'in. O yaprak kımıldamayan boğucu New York akşamında sessiz kalmayı seçmiş, içkisini yudumlayarak, karanlığa gömülen yaz güneşine dalıp gitmişti. Ama şimdi, buz gibi bu Moskova sabahının içinde ilerlerken, trenin aralık penceresinden içeri dolan o dipdiri kar kokusunu yeniden duyuyordu. Yıllar öncesinde bıraktığı bu duyguyu aradan geçen bunca zamandan sonra neyin, hangi olayın ona armağan ettiğini tam olarak kavrayamasa da, ciğerlerini kar kokusuyla doldurarak Moskova'nın aşina olduğu köşelerine, binalarına, sokaklarına sevgiyle bakıyordu.

Otuz Birinci Bölüm

Rusya Oteli'nin ikinci katındaki geniş salon takım elbiseli, kravatlı, resmi suratlı sıkıcı bir topluluğu ağırlıyordu. Kokteyl Türk müteahhitlerinin Moskova'da yapacakları dev iş merkezinin temel atma töreni nedeniyle düzenlenmişti. Konuklar tam saatinde salona girmeye başlamış, ihaleyi kazanan müteahhit firma yetkilileri dudaklarında baldan tatlı bir gülümseyişle ortalıkta dört dönüp geleneksel Türk konukseverliğini göstermek için yanıp tutuşuyorlardı. Doğrusunu söylemek gerekirse, Türk firması bu kokteylin en iyi biçimde geçmesi için hiçbir fedakârlıktan kaçınmamıştı. Söylentilere göre bu gecenin çiçekleri, yiyecekleri, içecekleri Türkiye'den özel uçakla getirilmişti. Ama bunlara rağmen, yürüyüşlerine, içki içişlerine kadar her tavırları ölçülü olan bu topluluğu canlandırmakta pek başarılı oldukları söylenemezdi. Salonun sol tarafındaki küçük sahnede yerini alan orkestra üyeleri de bu sıkıntılı havadan olacak, bir türlü çalmaya başlayamıyorlardı.

Görüntüyü kurtarmak için bu tür toplantılara katılması gereken Yıldırım'ın yüzünde bıkkınlıktan çok, kederli bir ifade vardı. Türk firmasının babacan yöneticisinin şakaları bile onun neşesini yerine getiremedi. Pazartesi günü tutuklanmaktan kıl payı kurtulduğu görüşmeden sonra Gözcü'nün deşifre olduğundan emindi. Büyük olasılıkla da tutuklanmıştı. O günden beri diken üzerindeydi. Her an istenmeyen adam ilan edilip Sovyetler Birliği'nden kovulmayı bekliyordu. Sohbet ettiği işadamı neşeyle bir şeyler anlatırken, o mesleki kariyerinin artık sonuna geldiğini düşünüyordu. Rus bir bürokratın yanlarına gelmesini fırsat bilip firma yöneticisinin elinden kurtularak büfeye yöneldi. En kararlı diyetçileri bile baştan çıkaracak bir çekicilikle sergilenen mezelere şöyle bir göz attı; aylardır Türk yemeklerinden uzak kalmasına karşın canı bir şey yemek istemiyordu. Gözleri rengârenk şişelerin içinden sadeliğiyle seçilen rakıya kaydı. İşte aradığı oradaydı. Önünde uzanan masadaki her şey gibi Türkiye'den getirilen esmer güzeli kıza yaklaştı, "Rakı lütfen," dedi.

Kızın su koyduğu rakının beyazlaşmasını keyifle izlerken bir elin omzuna dokunduğunu hissetti. Başını çevirdi, Andrey'in yeşili bol ela gözleriyle karşılaştı.

"İyi akşamlar," dedi Andrey, aksanlı bir İngilizceyle.

Onu görür görmez tanımıştı Yıldırım. "Demek vakit geldi," diye düşündü. Tuhaf ama rahatladığını hissetti. Tam düşündüğü gibiydi, Gözcü'nün Mehmet olduğunu anlamışlar, onu konuşturmuşlardı; şimdi de sıra ona gelmişti. Ama Andrey hiç oralı değildi.

"Rakınızın ününü duydum," dedi ilgiyle kızın elindeki kadehe bakarak. "Ama bugüne kadar içmek kısmet olmadı. Sizce de uygunsa bu gece denemek istiyorum."

"Neden olmasın?" dedi Yıldırım, boş vermiş bir tavırla. Sonra kızın doldurduğu rakı bardağını alırken ekledi: "Aynısından bir tane daha verir misiniz?"

Gülümseyerek elindeki bardağını Andrey'e uzattı.

"Lütfen buyrun."

Böyle bir davranış beklemeyen Andrey, "Ooo, teşekkür ederim, çok naziksiniz," diyerek aldı bardağı ama içmedi. İkinci bardağın doldurulmasını bekledi.

"Tanışıyor muyuz?" diye sordu Yıldırım.

"Hiç karşılaşmadık ama sanırım birbirimizi tanıyoruz," dedi Sovyet istihbaratçı, hınzırca sırıtarak. "Ben Andrey Alegoviç, siz de Binbaşı Yıldırım."

Son sözcükleri duymazlıktan geldi Yıldırım

"Adınızı hiç duymadım," dedi anımsamaya çalışırmış gibi alnını kırıştırarak. "Kültür Bakanlığı'ndan mısınız?"

Andrey alaycı bakışlarla şöyle bir süzdü meslektaşını.

"Biraz klasik müzikle ilgim vardır. Babam müzisyendi. Ama hepsi bu. Sizin kültürle ilginiz ne kadarsa benim ki de o kadar."

Adam onu pençesine düşürmüş, şimdi de gönlünce oynuyordu. Sesindeki alaycı tını Yıldırım'ı sinir etmeye başladı. Kızın uzattığı rakıya bir kurtarıcı gibi sarıldı. İçecekti ki Andrey'in kadeh kaldırmak için kendisini beklediğini fark etti. Dudaklarında zoraki bir gülümsemeyle bardağını kaldırdı:

"Sovyetler Birliği'nin şerefine."

"Türkiye Cumhuriyeti'nin şerefine," diyerek yanıtladı onu, Rus istihbaratçı.

İçkisinden bir yudum alan Andrey, tadını tartmak istercesine bir süre düşündü, "Hiç de fena değil," dedi başıyla kadehi göstererek. "Sevdim."

"Güzeldir," dedi Yıldırım, serzenişte bulunmaktan da geri durmadı. "Ama hızlı içmeyin, çarpabilir."

"Kurkino'daki adamınız da sever miydi?" diye birden sordu Andrey, yüzü ciddileşmişti.

"Efendim?"

"Kurkino'daki adamınız diyorum," diye sakin bir ses tonuyla yineledi. "O da sever miydi rakıyı?"

"İnanın ne dediğinizi anlayamıyorum," diye sürdürdü oyununu Yıldırım, başını sallayarak.

"İki gün sonra Viyana kent morguna giderseniz anlarsınız," dedi Andrey, aynı ses tonuyla.

Bütün salon Yıldırım'ın başına çökmüş gibi oldu. Demek Gözcü ölmüştü ha! Her şeye hazırdı ama bunu beklemiyordu. Kendini toparlamaya çalıştı. Yoksa boş atıp dolu mu tutmak istiyordu bu adam. Hiçbir şey bilmediğini söylemeye hazırlanıyordu ki, orkestra ondan önce davrandı, hafif bir müzik salona yayılmaya başladı. Andrey dönüp orkestraya baktı, sonra Yıldırım'a dönerek hoşnutsuz bir suratla söylendi:

"*Kuğu Gölü*. Hiç duruma uygun bir müzik değil. Davetliler için *Moskova Geceleri*'ni, sizin için Mozart'ın başlayıp da tamamlayamadığı *Requiem*'i çalmaları gerekirdi."

Çökmüş omuzlarına, rengini yitirmiş yüzüne inat hâlâ aptalı oynamayı sürdüren Yıldırım, "Bakın, ne demek istediğinizi anlayamıyorum," diye tekrarladı.

Andrey içten bakışlarla süzdü Yıldırım'ı.

"Ah dostum, sizi kandırmaya çalıştığımı sanıyorsunuz. İnanın, doğruyu söylüyorum. Gelin şöyle yürüyelim de anlatayım size ayrıntıları."

Kemanlar bütün sesleri bastırıp salondaki resmi havayı yumuşatırken, Andrey ile Yıldırım, ellerinde rakıları, dertleşmeye giden iki arkadaş gibi, Moskova Irmağı'na bakan geniş pencerelere yöneldiler.